LA SENDA DEL JAGUAR

LA TRAMA

ANTONIO GUADARRAMA COLLADO

LA SENDA DEL JAGUAR

EDICIONES B

México · Barcelona · Bogotá · Buenos Aires · Caracas
Madrid · Montevideo · Miami · Santiago de Chile

La senda del jaguar

Primera edición en México, mayo 2014

D.R. © 2014, Antonio Guadarrama Collado

D.R. © 2014, Ediciones B México, S. A. de C. V.
    Bradley 52, Anzures DF-11590, MÉXICO
    www.edicionesb.mx
    editorial@edicionesb.com

ISBN 978 - 607 - 480 - 642 - 7

Impreso en México | *Printed in Mexico*

Para ti...
Qué cosas tiene la vida, Mariana...

NOTA

Ésta es la segunda entrega de la trilogía *Enigmas de los dioses del México Antiguo*:

    El misterio de la serpiente

    La senda del jaguar

    La revelación del águila

    Se recomienda leer *El misterio de la serpiente* antes de *La senda del jaguar*.

Aquí nadie está loco; sólo vive una realidad distinta.

Jim Morrison

I

Sabía a sal… Olía a sal… Sentía la sal… Una rasposa y salada sensación le limaba la garganta a Gonzalo Guerrero, quien, sumergido aún en la inconsciencia, percibió a lo lejos un estruendoso retumbo. ¡Tum…! En la penumbra de su colapso intentó descifrar el origen de aquel sonido que golpeteaba lentamente, una y otra vez en aquel silencio ahuecado. ¡Tum…! (Silencio.) ¡Tum…! (Silencio.) ¡Tum…! (Más silencio.) Algo pretendía comunicarle su descalabrada memoria. ¡Tum…! Nuevamente aquel sabor a sal le rasguñó las paredes de la boca. La oscura prisión de su desmayo le brindó otra pista: viento. Zumbaba el viento… Sentía el viento… Olía el viento… El viento olía a sal, sabía a sal. Las renuentes persianas de sus ojos impedían la entrada de los primeros rayos de sol de aquel amanecer de 1511.

Sus párpados lo encarcelaron en un lapso de incertidumbre. Recordó un poco de lo ocurrido la noche anterior: agua, agua, mucha agua. Su cuerpo empapado, el sabor a sal, el aroma de la sal, más sal, el viento, un estallido, el crujir de la madera, sal, un ensordecedor trueno. ¡Más agua! ¡Agua salada! ¡Olas! Una tormenta vomitaba sobre ellos. De nada sirvió su esfuerzo por mantenerse a flote. Una ola monumental devoró la embarcación. Con gran aprieto alcanzaron la superficie pero el agua los succionaba constantemente.

Un silencio los inundaba, sacudían los brazos y piernas a todo lo que toleraban sus cansados músculos. ¡Gritos, gritos y más gritos!

¡Auxilio!

Luego, los alaridos de socorro enmudecieron.

Soplaba el viento… ¡Tum…!

(Silencio.)

¡Tum…!

Jaló aire, enterró los dedos en la arena, liberó un gemido y por fin abrió los ojos. Apareció frente a él un cielo despejado y colmado de gaviotas… había amanecido. Gonzalo Guerrero yacía boca arriba, a la orilla del mar envuelto en una grumosa capa de arena mojada. El sol brotaba caluroso en el horizonte; las olas retumbaban una y otra vez, empapándole hasta las rodillas. Rodó la cabeza a la izquierda y escupió la arena que se acumuló en su boca durante la madrugada. Una ola lo empapó hasta la cintura. No era una pesadilla; había sobrevivido al naufragio.

Se encontraba con vida, pero muy lejos de casa en Palos de la Frontera, en la provincia de Huelva, Andalucía. Se sentó sobre la arena e intentó buscar, lentamente con la mirada, en aquellas aguas, los restos del batel que se había hundido la noche anterior. Al parecer, estaba solo.

Dio oídos a un ruido extraño y giró temerosamente la cabeza a su derecha hasta notar que a su espalda lo observaba una docena de hombres tostados, de cuerpos y rostros pintados, con enormes argollas en las orejas y narices, y lanzas en las manos. Sobre sus cabezas surcaron el cielo unas gaviotas hambrientas. Gonzalo Guerrero alzó las manos sin quitar la mirada de los hombres, que de igual manera lo observaban con asombro. Muy despacio se puso de pie. Luego de mirarse mutuamente por un rato, el náufrago concluyó que no pretendían hacerle daño y señaló el agua con el dedo índice y con las manos les dio a entender que no pretendía huir, sino enjuagarse los grumos de arena en su rostro. Los hombres señalaron el agua e imitaron el gesto. El español caminó en reversa hasta que el agua le llegó a la cintura; sin quitar la mirada se hincó y se zambulló.

Cuando salió, con los ojos cerrados, exprimió su larga cabellera y la echó hacia su espalda, al mismo tiempo que dirigía la mirada al cielo. Al abrir los ojos le sorprendió encontrar a los hombres junto a él, imitando sus movimientos, mojándose entre las olas. Se preguntó si eso era un ritual de aquellos hombres para saludar, o si ellos lo hacían pensando lo mismo.

Comenzaron a hablar en una lengua desconocida, mientras a él, en su cabeza, una lista de preguntas le desordenaba las fichas en el tablero de su lucidez. En interminables tertulias, todos los marineros que había conocido divagaban sobre cómo reaccionarían si algún día naufragaban; había escuchado infinidad de historias y consejos. Pero la realidad superaba las expectativas. Sus temores lo empujaban a la caverna de la demencia. ¿Qué ocurriría? ¿Lo matarían? ¿Lo harían esclavo? Sólo unos cuantos conocían esas tierras.

Los hombres de piel tostada salieron del agua e hicieron señas al náufrago para que los siguiera. Temeroso, dio unos cuantos pasos forzados entre las olas hasta llegar a la arena seca y ahí se detuvo por un instante, caviló en correr, ¡sí!, ¡claro!, ¿quién no lo haría?, ¡huir!, ¡salvar la vida! Pero comprendió que lo alcanzarían; cualquiera de esas lanzas que sostenían surcaría la poca distancia que él lograra poner entre ellos, e inevitablemente le perforaría la espalda.

Al inferir lo que decían los gestos de aquellos hombres, la ruta a seguir sería tierra adentro. Dirigió su mirada en varias direcciones y pronto descubrió un casi imperceptible punto negro a la orilla del mar. Señaló con desesperación. Los hombres dispararon la mirada hacia aquel sitio y se dirigieron con prontitud. Conforme se acercaron, Gonzalo Guerrero distinguió la silueta de otro hombre en la orilla del mar. Caminó hacia él.

—¿Aguilar? —corrió. Los hombres de piel morena lo siguieron—. ¡Aguilar! ¡Aguilar! ¡Aguilar! —gritó al reconocer a aquel hombre sentado sobre la arena—. ¡Aguilar! ¡Os encontráis vivo, Jerónimo! —sonrió Gonzalo Guerrero y dejó escapar una carcajada mientras corría.

Jerónimo de Aguilar, al encontrarse con la imagen de uno de sus acompañantes, sintió un bálsamo de tranquilidad.

—¡Sobrevivimos al temporal! —gritó Jerónimo al ver mucha gente a lo lejos, y se puso de pie.

—¡Sí! —sonrió Guerrero y siguió corriendo.

Aguilar intentó distinguir los rostros de sus demás compañeros, y al descubrir que éstos no eran sino unos extraños hombres con los cuerpos y caras pintadas, se encontró sumergido en otro chubasco de temor.

—¿Pero qué es esto?

—No os preocupéis —dijo Gonzalo al estar frente a él—, no pretenden haceros daño.

Aguilar no dejaba de mirar a los hombres con desdeño y desconfianza.

—Andaos —dijo Guerrero—, que ellos nos darán alimento.

—¿Dónde estamos? —preguntó Jerónimo a los desconocidos—. ¿Cómo se llama vuestra tierra?

Uno de ellos disparó las cejas al cielo y dijo:

—¡Yucatán, Yucatán! —que en su lengua significaba *¡No entiendo, no entiendo!*[1]

—¿Yucatán? —preguntó Guerrero—. ¿Así se dice este lugar?

—¡Yucatán!

—Debemos buscar a los demás —dijo Aguilar.

Guerrero hizo señas a los hombres de piel tostada para que le ayudaran en la búsqueda. Así recorrieron la orilla de la playa por un largo rato sin encontrar un solo sobreviviente. Hasta que los hombres de piel morena les dieron a entender que ya era tiempo de volver.

El par de náufragos se miró mutuamente. Su destino se elevaba como una oscura nube de humo por un rumbo plagado de incertidumbres. Cual cubetazo de hielo, la añoranza de una carabela encallada en los bajos de las Víboras se escurría melancólica por todo su cuerpo. Los acontecimientos de los días anteriores repercutían en la memoria de los náufragos. No bien había caído la noche cuando el cielo se iluminó por las constantes ráfagas de ensordecedores truenos en el lóbrego horizonte; luego un ventarrón y una recua de olas. La carabela dirigida por el español de nombre Valdivia, que salió del Darién con rumbo a Santo Domingo, encalló en los bajos de las Víboras. Encalló porque Valdivia y el capitán del navío se encontraban inmersos en una absurda disputa por dinero. Luego llegó el desorden, la histeria, la crisis. Dieciséis hombres y dos mujeres lograron abordar un pequeño bote salvavidas, el cual se hundió días más tarde tras la embestida de otra tormenta. Ninguno de los dos sobrevivientes volvió a ver a sus compañeros, les perdieron el rastro entre las monumentales olas.

Esa mañana de 1511, los náufragos que encallaron accidentalmente en los bajos de las Víboras, en la península maya, Gonzalo Guerrero y Jerónimo de Aguilar, los únicos sobrevivientes, fueron llevados tierra adentro entre la espesa y húmeda selva a la ciudad de Maní, perteneciente a Xaman Há, donde encontraron una civilización desconocida. La gente detenía sus actividades para verlos pasar. Se les llevó ante el *halach uinik* de los cocomes, quien ordenó que se les diese de comer. Los náufragos tuvieron que hacer malabares para darse a entender. Aguilar intentó explicar que él pertenecía a una orden religiosa; con lenguaje corporal señaló al cielo, con las manos pintó figuras sagradas en el aire, y mostró reverencia a su dios crucificado. El *halach uinik* sonrió cuando creyó que por fin había entendido lo que significaban aquellos gestos y mímicas; se puso de pie, levantó las manos y dijo con voz estruendosa:

—¡Mizcit Ahau! —sonrió y levantó los brazos.

Los pobladores ahí presentes también sonrieron y repitieron al unísono:

—¡Mizcit Ahau! ¡Mizcit Ahau! ¡Mizcit Ahau!

II

La prolongada sombra de un hombre en medio del pavimento fue lo único que logró distinguir la cansada mirada de una anciana, quien luego de asomarse tras la cortina de su ventana sintió un escalofrío bajar a cascadas por todo su cuerpo. Aseguraba que a esas horas de la madrugada sólo las ánimas en pena deambulaban por aquellos rumbos. Quitó los dedos de la cortina, se persignó, puso la chalina que tejía sobre la mesa y se fue a dormir. Afuera, un perro empapado ladró defensivo, mas no se acercó al hombre encapuchado que caminó sigiloso por la calle. Segismundo, el abarrotero, lo tuvo frente a él antes de abordar su camioneta rumbo a la Central de Abasto en la ciudad de México, pero no le dio importancia: debía ir y volver antes de las seis de la mañana cargado de mercancía. No distinguió su rostro, pues se mantenía inmóvil junto al poste de luz más cercano en la esquina, y la capucha dibujaba una telaraña sombría al desconocido sobre la cara.

La llovizna de aquella madrugada de 1993 era escasamente una brisa, las sobras de un aguacero. Sólo se escuchaban el coro de sus pasos apaleando los charcos y algunas goteras encaprichadas en seguir aplaudiéndole al chubasco que les había dado vida. La sombra se escurrió ágilmente entre las callejuelas hasta llegar a la parroquia de Atotonilco, que tenía meses cerrada desde la misteriosa muerte del padre Juan Carlos Palomares. Sin preámbulo, con un hacha que llevaba bajo la gabardina, el encapuchado partió en dos el candado de la puerta que daba al patio lateral; luego encendió su linterna y llegó hasta una pesada puerta de madera, único acceso que le impidió el paso al antiguo monasterio. No había candado y destrozarla a golpes despertaría a los vecinos. Tras buscar apresuradamente una manera alterna de ingresar, se filtró entre los arbustos y el muro hasta dar con una ventana. Con un ligero golpe rompió una parte del cristal, por donde introdujo la mano izquierda para abrir. Tuvo que dar un brinco para alcanzar el borde de la ventana y entrar, con lo cual se cortó el antebrazo con un pedazo de vidrio. Las gotas de sangre sobre el piso amenazaron con denunciarlo, pero la suela de su zapato camufló la evidencia al tallar un poco y forrar el área con una gasa de polvo. Su sombra se tatuó enorme en uno de los muros, y un roedor temeroso se dio a la fuga antes de que una ráfaga de viento azotara la ventana. El encapuchado se apresuró a cerrarla; luego caminó a la puerta. Del otro lado se encontró con un amplio pasillo de paredes de altura considerable; bajó por unas escaleras, llegó a otro pasillo, se dirigió al fondo de éste hasta topar con una gruesa y pesada puerta de madera que daba a la mazmorra, donde se hallaba una habitación vacía de grandes proporciones. El hueco en el piso que daba a la mazmorra estaba sellado con tablones y una ligera capa de concreto. Comenzó a golpear con el hacha el piso. La sombra en la pared triplicaba las dimensiones de su cuerpo: las manos que levantaban y enterraban el hacha parecían gigantescas. El grosor de los muros enclaustraba el ruido, era imposible que se escucharan los golpes desde la calle. Cuando por fin logró remover la capa de concreto, sacó un martillo y una uña de acero y comenzó a extraer los largos clavos que se aferraban al piso. Se astilló una mano al jalar uno de los tablones: removió tres de ellos, suficiente para poder entrar; introdujo una escalera arcaica de madera que se encontraba a un lado y bajó prontamente, linterna en mano. El Arzobispo Primado de México, Gregorio Urquidi Montero, yacía en el suelo. Se acercó a él y le tomó el pulso: aún se encontraba con vida.

—Urquidi —dijo al tocarle el pecho ligeramente—, Urquidi, ¿me escucha?

No reaccionó.

—Gregorio —insistió—. Urquidi. Despierte.

El hombre no se movió.

—¡Urquidi! —lo abofeteó—. ¡Reaccione!

Lo zarandeó, lo cacheteó, le tapó la nariz.

— ¡Despierte!

El cuerpo de Urquidi respondió con un fuerte latigueo de brazos y piernas al despertar de golpe. Tardó en ubicarse; reparó en la sombra que se dibujaba titánica en los oscuros muros de la mazmorra, el piso empolvado y la luz de la linterna. Tres días en la mazmorra no fueron suficientes para quitarle la vida al Arzobispo Primado de México, un hombre poderoso e intocable; uno de los dueños de México, uno de los consentidos del Vaticano; después del Papa, el religioso más importante y venerado del país, un hombre capaz de mover a las masas, socio de los grandes magnates y políticos, clave indiscutible en las elecciones nacionales, manipulador de los votos desde los púlpitos.

Levantó la mirada y se encontró con el rostro del encapuchado que lo rescataba de aquel infierno en el que estaba a punto de morir. Si bien no dijo una sola palabra, no fue por falta de vocablo sino por un gesto de complicidad y agradecimiento: infló los ojos y sonrió rebosante.

—Tengo un auto en la entrada del pueblo —dijo sin volver a mirarlo—. Lo llevaré a su casa.

La sombra del encapuchado eclipsó gran parte del muro. Urquidi permaneció en silencio sin moverse del piso; observó detenidamente al hombre que le había salvado la vida, inhaló aire de manera pausada; por un instante dudó que aquello fuese real: temió que sólo se tratara de un delirio, un vago deseo en su inconsciencia que rogaba que alguien lo sacara de esa mazmorra. Se masajeó la nuca, se talló los ojos, se frotó la espalda baja. No estaba delirando, seguía con vida. En unas cuantas horas estaría de vuelta en su casa tomando una copa de vino. Sonrió nuevamente y se puso de pie. Tuvo dificultad para subir las escaleras de madera. Al salir caminaron un largo tramo para llegar al auto, que se encontraba escondido entre matorrales afuera del pueblo.

El encapuchado manejó de vuelta a la ciudad de México. Urquidi agradeció, prometió lealtad, ofreció dinero y juró gratitud. El hombre no respondía ni aceptaba los lujos ni el poder que se le ofrecía en charola de plata.

Llegó el silencio. Mientras ambos veían la carretera apenas iluminada por los focos del auto, Urquidi comenzó a pensar en Delfino Endoque y el anciano Salomón Urquidi, quienes lo habían encerrado en esa mazmorra días atrás:

«Eres un imbécil, Delfino Endoque. Si hubieras entendido. Las venganzas deben ser lentas pero asertivas. No habrá más errores.»

Unas cuadras antes de llegar a la casa del arzobispo el encapuchado detuvo el auto.

—Aquí lo dejo —dijo sin mirarlo—. Hay muchos periodistas en la puerta de su casa.

Urquidi agradeció una vez más y lo invitó a tomar una copa. El encapuchado le dio a entender con una mirada que eso sería una imprudencia y lo rechazó con un ligero movimiento de cabeza. El Arzobispo Primado de México no insistió y bajó del auto. Caminó varias cuadras, frotándose los brazos para contrarrestar los embates del frío. Al cruzar la esquina encontró un tumulto de reporteros en espera de la nota del año; principalmente el trágico anuncio de su muerte; en segundo plano una explicación de su desaparición por tres días, y finalmente alguna excusa barata e inverosímil pero creíble para las masas. Uno de los reporteros lo descubrió caminando cansado al final de la calle y corrió hacia él; otra veintena lo siguió. Lo acorralaron, lo bañaron con reflectores, le impidieron el paso, cuestionaron su ausencia, preguntaron si había sido víctima de un secuestro.

—¿Se encuentra bien? ¿Qué le ocurrió? ¿Dónde estaba? ¿Cómo llegó hasta aquí? ¿Por qué se encuentra en este estado, señor Arzobispo? ¿Le hicieron daño?

—No —respondió firmemente—. Déjenme pasar, por amor de Dios. Mañana daré una conferencia de prensa.

Cuatro de sus guardias de seguridad estaban de pie en la puerta, temerosos a la reacción del arzobispo. ¿Cómo era posible que, teniendo escolta, hubiese desaparecido el Arzobispo Primado de México por tres días? Por obvias razones: él no les notificó que saldría a ajustar cuentas pendientes; y mucho menos imaginó que el tiro le saldría por la culata y lo dejarían encerrado en una mazmorra. Jamás volvería a reaccionar con tal arrebato. Los guardias acudieron al auxilio del arzobispo y ordenaron a los reporteros que se hicieran a un lado. Uno de ellos se quitó el saco para cubrir a Gregorio Urquidi.

Pronto las puertas de su mansión se abrieron ante él. Sus tres cocineras, cuatro mucamas, dos choferes, tres jardineros, y otros seis guardias de seguridad, secretarios, asistentes, monjas y sacerdotes se encontraban de pie esperando su llegada a la orilla del enorme jardín lleno de diversos tipos de flores. Por protocolo se abstuvieron de correr a él y atiborrarle con preguntas. Se escucharon rezos en voz baja. *Santísima Virgen de los Milagros, gracias por mantener a nuestro Santo Arzobispo sano y salvo.* El Arzobispo de Guadalajara se acercó a él y le ofreció sus manos.

—Bendito sea Nuestro Señor Jesucristo que lo trajo de vuelta a casa. El Nuncio de Roma lo está esperando en su despacho.

Urquidi asintió con la cabeza y caminó sin demora. Al entrar a su oficina encontró al Nuncio sentado en su silla con un puro Cohiba entre los dedos y una copa de Pinot Gris Clos Jebsal, perteneciente a la elite de los vinos de Alsacia.

—Alabado sea el Señor que bien sabe por qué hace las cosas —dijo con acento italiano.

—Amén.

—Y bien —agregó intrigado—. Dígame qué le ocurrió en estos tres días. Nuestro Santo Papa no ha podido dormir por la preocupación. Y vaya que le ha dado muchos dolores de cabeza últimamente.

Urquidi respiró profundamente y bajó la mirada. Dudó por un instante de lo que iba a responder.

—Me… —cerró los ojos, intentó forzar una lágrima, pero no pudo. Pensó en lo que realmente le había ocurrido: en su fracaso, en el intento de culminar su venganza en contra del anciano Salomón Urquidi, a quien mantuvo encerrado por años en una mazmorra pestilente, pero no pudo llorar. El Nuncio de Roma alzó las cejas en espera de una respuesta.

—Me secuestraron, me torturaron —dijo frente al Nuncio—. Esos narcos son unos cabrones. Exigen que apoye su movimiento y su partido político.

—¿Su antecesor no le informó antes de su muerte? —preguntó el Nuncio de Roma.

—¿De qué?

—Creo que no —movió la cabeza de izquierda a derecha.

Gregorio Urquidi comprendió que había errado enormemente y corrigió:

—¡No! Yo no hablo de ellos sino de *los otros*. Usted sabe.

—Ya habíamos pactado con ellos. Aceptaron las reglas y ahora se aguantan. Arreglaré ese asunto.

Urquidi había errado una vez más. Y a su vez comprendió que el Vaticano no tenía idea de los acontecimientos en Atotonilco. Sabía que culpar a *los otros* de su secuestro le traería complicaciones. Programó mentalmente un encuentro con ellos para evadir malos entendidos.

—Debido a los últimos acontecimientos nacionales —dijo el Nuncio con propiedad—, políticos, religiosos y económicos, el Papa ha considerado prudente su muerte.

A Urquidi se le enroscaron las tuercas de los huesos. Estuvo a punto de confesar todo lo que había ocurrido en los últimos meses, pero el Nuncio de Roma en México le impidió hablar.

—A dos personajes de la política nacional se les aniquilará —el Nuncio hizo un gesto sarcástico de tristeza—, literalmente. Para que una conspiración sea creíble, y sobre todo que no se culpe a la Iglesia como hace muchos años con el asesinato de Álvaro Obregón, debe haber otro homicidio. Y lo mejor será que usted sea el... *otro*.

Urquidi tragó saliva. Su corazón tamborileaba. Simuló no temer a lo que escuchaba, caviló en huir del país, pero, ¿cómo? Siendo sacerdote se puede huir de un gobierno, pero jamás del Vaticano, cuyas redes son ineludibles. Su única salida era que corriera bajo el cobijo de los judíos o los musulmanes.

—Culparemos a los narcos —continuó el Nuncio de Roma—. Ellos no lo negarán pero tampoco aceptarán los cargos. Usted tendrá libertad económica, política e internacional: le daremos una nueva identidad y podrá salir y entrar a cualquier país cuando usted guste. Será intocable. Aunque alguien lo reconozca, jamás habrá una nota que lo denuncie. Ése es el privilegio de los muertos que no están muertos. No por ello dejará de servir al Vaticano. Usted moverá los listones de esta enorme marioneta. Estamos perdiendo muchos católicos y es imperativo rescatarlos de alguna u otra forma. Por eso crearemos una nueva religión protestante, y usted será quien lleve a cabo esta labor. Pero, antes de todo eso, deberá refugiarse un año en la Casa Alberione.

Urquidi no pudo ocultar su felicidad al saberse liberado. Sería un fantasma a partir de entonces. Señor de la impunidad y la corrupción.

Dos semanas más tarde una camioneta salía del aeropuerto internacional de la ciudad de México y, justo cuando entraba al Circuito Interior, dos autos le cerraron el paso. Otros dos lo bloquearon por atrás. Un par de conductores molestos tocaron el claxon con desesperación por el estancamiento vial, mientras otros hicieron malabares para librar el caos. Frente a los espectadores bajaron tres hombres con metralletas AK47 y AR15; fueron hacia la camioneta y vaciaron cuarenta y seis tiros desintegrando los vidrios en segundos y dando una muerte instantánea al chofer y al hombre que viajaba en el asiento trasero. El tránsito se detuvo por completo, la gente en los autos y camiones se mantuvo estupefacta en sus asientos, los peatones se escondieron temerosos. Los sicarios abordaron sus autos y se retiraron veloces sin que alguien intentase detenerlos.

Ese día se anunció en todos los medios que el Arzobispo Primado de México había sido acribillado al salir del aeropuerto en su camioneta. La escena del cuerpo ensangrentado fue tan obvia que no hubo, entre las masas, quien dudara de la muerte de Gregorio Urquidi Montero. Los únicos que supieron *parte* de la verdadera versión fueron políticos y algunos periodistas; que jamás tendrían el permiso —en algunos casos, agallas— para divulgarlo.

III

—Hay tres cosas en este país con las que debes cuidar tus palabras: la política, la religión y el narco —el piano del bar propagaba una nostalgia ineludible—. El periodismo en esta nación no tiene cabida para los héroes. Ya lo sabes, cabrón, entre veinte y cuarenta reporteros mueren cada año. Víctor, entiéndelo, no te metas, aléjate, no te la juegues, deja eso, sigue con tus reportajes, vas bien, tu denuncia sobre la trata de personas fue un trancazo.

—Pero...

—¿Qué tanto valen las agallas de un periodista? ¿Vale la pena arriesgar la vida y la de los seres queridos para denunciar la corrupción y la impunidad? ¿Quién colgaría a su hijo de un árbol para salvar a la patria? Y siendo así, ¿la salvaría? ¿La sacaría del inmenso hoyo de mierda en que se encuentra? En México los héroes mueren en el intento. La impunidad aún predomina: carcome a la nación, invade los hogares, hipnotiza a los jóvenes en la política hasta bañarlos en el pantano de la corrupción, hechiza a los burócratas, y convence a los ciudadanos de que *quien no tranza no avanza*. Los petardos del periodismo deben ser discretos. Aunque haya dudas, la versión oficial debe ser respetada.

—Mi fuente es buena —Víctor Tobón intentó convencer con ese pueril comentario al jefe de redacción.

—¡Eso qué importa, cabrón! ¡No te apendejes! —arrugó el gesto don Segoviano.

El reportero de nota roja se recargó en el respaldo de su silla y tomó su cigarrillo, jaló humo y lo exhaló lentamente. El cantinero apareció frente a ellos y preparó dos bebidas: una Perla negra y un Dry Martini. El reportero miró al jefe de redacción, quien mantuvo una reputación envidiable en el periodismo, hasta que el gobierno le quitó su programa de radio con más de treinta años al aire, por lo cual perdió sus propiedades tras un largo litigio, que lo llevó al borde de la ruina. Aún así, don Segoviano estaba de pie, fuerte, ahora como jefe de redacción del diario *La Denuncia*.

—¿Quieres saber por qué duré treinta años al aire? —don Segoviano puso los codos sobre la barra y se inclinó hacia el reportero para explicar—. Porque supe llevar buenas relaciones con el gobierno. Cada vez que entraba un nuevo presidente nos invitaban a los medios a comer a la residencia presidencial. Nos trataban como reyes, y luego de un par de whiskys, el presidente sacaba sus cartas y nos ponía bien claro qué era lo que estaba permitido denunciar. Eso hice, hasta que la oposición llegó al poder. Y todo se fue por el caño, por pendejo, por creer que había llegado la democracia. Imbécil —don Segoviano encendió un cigarrillo y con éste entre los labios siguió hablando—. Nos quedamos sin publicidad en la radio por órdenes de allá —el jefe de redacción señaló con su dedo índice hacia el techo.

Bajo luces rojas, azules y amarillas, opacadas por nubes de nicotina, y el suspiro melancólico de un saxofón, a una mesera se le cayeron un par de vasos; uno de los clientes se apresuró a auxiliarla; el pianista siguió su partitura, indiferente al acontecimiento; y el cajero anotó en una libreta para más tarde pasarle la factura.

—Ella era mía —escuchó Víctor a su derecha, en la barra.

La mesera desapareció tras una cortina con los trozos de vidrio. El cantinero sirvió un par de mojitos cubanos y un Liquid Cocaine. Otra mesera llegó apurada por su comanda. Sacó de la blusa un par de billetes y ajustó cuentas con el cajero.

—En verdad —insistió Tobón—, este caso se puede denunciar, don Segoviano.

—Sí, sí, sí, ya me lo explicaste… —don Segoviano contó con los dedos—: ocho veces, ya sé lo que ocurrió: encontraron un monolito al hacer las excavaciones para la nueva línea del metro.

—¡Claro! Si lo hacemos público antes de que el gobierno intervenga, no habrá forma de que lo escondan.

—Sí, cabrón, pero las elecciones están a la vuelta de la esquina. ¿Tú crees que van a detener la obra para hacer público el descubrimiento de una piedra? ¡Ya lo viví! A la gente le importa más un progreso vial que un hallazgo arqueológico. La población aplaude que un gobernador les haga su camino al trabajo más fluido; no que les bombardeen con una piedra que labró quién sabe quién. ¡Ponte las pilas, hijo! ¡Despierta! Supongamos que sí se publica tu nota. Te van a elogiar unos días, pero en un par de semanas lo van a olvidar. Entiende la política. Es un pinche negocio. Nada más.

—No es una piedra cualquiera, don Segoviano —corrigió Tobón—. Es un monolito. Y si no hacemos algo lo van a tirar a la basura. O lo venderán en el mercado negro, o a algún extranjero, qué sé yo.

—¿Y qué? —el jefe de redacción acercó su rostro hacia Víctor Tobón lo más que pudo, con intenciones de intimidarlo.

—Nuestra nación pierde.

—¿Qué pierde? —dijo con su cigarrillo entre los labios.

La pregunta taladró en la mente del reportero de la nota roja. ¿Qué perdía su país? ¿Qué perdía una nación indiferente a su pasado? ¿Qué perdía una población ausente?

—Ella era mía —insistió el hombre a la derecha de la barra.

En la pequeña tarima, en una esquina, un trompetista intervino; el vocalista le otorgó el escenario. El reportero giró la mirada hacia el fondo del bar. La nostalgia se apoderó del lugar, el pianista aprovechó para darle un trago a su coñac, y al voltear la mirada descubrió que uno de los clientes introducía sigilosamente su mano en la blusa de su compañera mientras se besuqueaban.

—Le encantaba jugar con los dedos —dijo el hombre a la derecha de la barra, hundido en su ebriedad.

Con el sexto cigarrillo de la noche entre los labios, Tobón hizo evidente que le perturbaba saber que había un gran hallazgo arqueológico y nadie estaba dispuesto a mover un dedo. Ahí estaba, a cinco metros bajo tierra, en manos de un grupo de ingenieros, topógrafos y medio centenar de obreros indiferentes a su pasado. Se encontraba atado de manos, sin el permiso del jefe de redacción. Podía vender la nota a una cadena extranjera, pero corría el riesgo de jamás ser contratado en su país.

—Ya qué, don Segoviano, ¿qué puedo hacer? —dijo y le dio un trago a su Chivas Regal.

El pianista dio inicio a una melodía más tortuosa.

—La tarde que me abandonó —dijo el borracho a su derecha y luego le dio un trago a su tequila y encendió un cigarrillo. El hombre al que le contaba su historia lo ignoraba con obviedad. Contemplaba su mano, a la que le faltaban tres dedos—, juré que me cobraría todo ese sufrimiento…

Harto de escuchar al desconocido, el hombre de dos dedos sacó la cartera y echó a volar un billete sobre la barra; el cantinero hizo un gesto de aprobación, y el hombre salió del Jones & Rut's bar.

—Ya tengo que irme a trabajar, don Segoviano —el reportero se preparó para pagar la cuenta pero el jefe de redacción lo detuvo con la mano y un amistoso "yo pago, muchacho, ve a hacer lo que tengas que hacer".

Don Segoviano sonrió y recordó cuando Víctor Tobón, sin licenciatura en comunicaciones, tras una cadena de senderos laberínticos, había llegado al periódico, donde él, don Segoviano, lo empleó como *hueso* o ayudante; luego fue escalando puestos, hasta que apareció la oportunidad de cubrir la nota roja. La razón por la que le había dado el puesto era su atrevimiento e instinto osado de informar y denunciar todo tipo de calamidades. Detestaba la desvergonzada inmunidad de los políticos, la avaricia de los comerciantes, el descaro de los burócratas, la indiferencia de los funcionarios y la ausencia de su nación. Y ese apetito de denuncia lo llevó esa noche a investigar en las excavaciones que se llevaban a cabo para la construcción de la nueva línea del Metro. Su fuente era un ingeniero otoñal de apellido Mateos, que, sin deseos de lucro, le había informado del hallazgo.

Ambos se conocieron mientras el reportero de *La Denuncia* cubría la nota de una fuga de agua que inundó dos kilómetros a la redonda y cuyo responsable era Obras Públicas del Distrito Federal; pero, dado el caso de que esto había ocurrido en zona federal, culpó a la constructora en la que trabajaba Mateos. Tobón creía tener en sus manos la gran nota. El titular sería: "Compra responsabilidad de constructora el Gobierno de la Ciudad". Al llevar su reportaje a la redacción descubrió que también el periódico anunciaría la noticia oficial: "Constructora rompe tuberías de agua".

Aquella tarde Tobón volvió a la construcción e invitó unos tragos al ingeniero Mateos, quien ya entonado le platicó de los hallazgos encontrados mientras se llevaba a cabo la construcción de la enorme biblioteca en Buenavista, al norte de la ciudad.

—¿Qué pasó? —preguntó Tobón.

—Pues, ¡qué chingados va a pasar! En este país eso no importa. Las vendieron, así como chácharas. Les fue mejor que a los restos de un dinosaurio, que se hallaron en la construcción del metro Azcapotzalco y que fueron a dar a la basura.

—¿Y usted qué hizo?

—¿Cómo que qué hice? Pues nada. ¿Qué podía hacer? Soy un empleado. Estas constructoras no dependen de uno. Aquí somos como los envases de cerveza: canjeables y prescindibles. Pero te propongo que si volvemos a encontrar algo, te aviso. Pero tú —el ingeniero Mateos se tapó los labios con el dedo índice—, chitón. Si mencionas mi nombre, voy a decir que ni te conozco.

Un año más tarde el mismo ingeniero Mateos era responsable de las excavaciones de la segunda etapa del túnel para la nueva línea del Metro. Justo donde debía quedar una de las estaciones se encontraba una línea eléctrica, y para evitar accidentes en esa parte tenían que trabajar a pico y pala. Uno de los obreros anunció al ingeniero Mateos el descubrimiento de una piedra labrada. El ingeniero bajó al túnel para revisar el área.

—¿Cuántos golpes le diste, Juan? —preguntó al quitar con la mano un poco de tierra de la pieza.

—Pues, como cinco… o diez —dijo el obrero—, pero está bien dura.

El ingeniero Mateos bajó la mirada y suspiró profundo. Luego ordenó que llevaran una manguera para quitarle con agua la tierra a la pieza sin maltratarla. Al salir a la superficie caminó a su camioneta y buscó en su agenda el número telefónico del reportero que había conocido un año atrás.

—Te tengo una nota —espetó y dio la ubicación de la zona de construcción.

Veinte minutos más tarde llegó Víctor Tobón en una de las motocicletas del periódico. El ingeniero Mateos lo esperaba en la entrada de la obra, la cual estaba restringida a todo tipo de personas y en particular a periodistas.

—¡No me jodas, cabrón! —dijo Mateos al verlo llegar con uniforme de cuero y cámara fotográfica—. Si ven la moto todos se darán cuenta de que hay medios en la obra. Ve a esconder tu chingadera y quítate ese traje. A la vuelta hay un estacionamiento.

Tobón volvió diez minutos después. El ingeniero le proporcionó un casco, botas, guantes, gafas y chaleco para disimular.

—Toma —le extendió unos planos—, si te preguntan algo, responde que eres ingeniero eléctrico y que vienes a ver el cableado en el túnel.

Cruzaron por una zona llena de grúas, retroexcavadoras, muros prefabricados, varillas, camiones cargados de tierra lista para salir del área de construcción, obreros caminando de un lado para otro. La supervisora de seguridad industrial se acercó al ingeniero y le pidió que se pusiera el casco; el ingeniero Mateos obedeció y siguió caminando. Al llegar al hueco de la excavación ambos bajaron por las escaleras de unos andamios. La pieza ya estaba lavada. El reportero sacó su cámara y comenzó a presionar el disparador.

—¿Cuándo la encontraron? —preguntó Tobón sin quitar la mirada de la pieza.

—Esta mañana.

—¿Quién más sabe de esto?

—Algunos obreros y tú. Tienes solamente un día para publicar tu nota.

—¿Un día? —giró la cabeza el reportero.

—Así es. Yo tengo que avisar hoy mismo a mi jefe. Mañana no te puedo asegurar que esto se encuentre aquí. Si tu reportaje sale publicado mañana temprano, la constructora tendrá que devolver la pieza. Pero si te tardas más tiempo ni los medios le darán importancia a tu noticia. Sé muy bien lo que te digo. Cuando encontramos los restos del dinosaurio en la construcción del metro Azcapotzalco, un reportero quiso publicarlo tres días después; nadie le creyó. No había pruebas. Jamás se publicó.

—¿Cuánto tiempo puede demorar el informe con su jefe?

—Tres horas, a lo mucho.

Tobón se frotó la frente con las yemas de los dedos, levantó los pómulos y asintió. El ingeniero Mateos acompañó al reportero hasta la salida. Tobón fue por su motocicleta y se dirigió a la redacción del periódico *La Denuncia*. Se dirigió a su cubículo y comenzó a redactar su nota. El sonido de los teléfonos, las impresoras, la gente hablando, los noticieros en los televisores parecieron enmudecer en ese momento. Tobón no prestó atención a ningún sonido. Tenía en las manos su gran noticia. Cuando por fin terminó su nota, se dirigió a la oficina de don Segoviano, quien se encontraba ocupado. Intentó interrumpirlo, pero su secretaria se lo impidió. Esperó una hora. Cuando salió la persona que hablaba con el jefe de redacción, Víctor Tobón intentó entrar a la oficina pero don Segoviano ya iba de salida con su saco colgado al hombro sostenido por los dedos índice y medio.

—Don Segoviano…

—Lo siento, muchacho, tengo una junta, en cuanto salga te atiendo.

—Pero es una gran nota…

—¿A quién mataron?

—A nadie…

—Entonces espera.

Víctor caminó a su lado y explicó:

—Encontraron un monolito en las excavaciones de la nueva línea del Metro. Nadie lo sabe aún.

El jefe de redacción siguió su camino indiferente a lo que acababa de escuchar:

—Eso no es nota de primera plana.

—Será nota si denunciamos que intentan esconderlo. O si lo venden. O si lo tiran a la basura.

—¿Quién?

—El gobierno.

—Entonces no podremos publicarlo.

—¿Cómo? ¿Por qué?

—Tú lo has dicho: quieren ocultarlo. Estás hablando de un hallazgo en la construcción de la nueva línea del Metro. No van a detenerla por eso. Las elecciones son en un año.

Don Segoviano se puso el saco, se detuvo frente a una puerta y miró al reportero.

—Eso no es nota.

Mientras tanto el ingeniero Mateos se hallaba en la sala de espera de su jefe. El plazo acordado con Tobón se había vencido.

—Pase —dijo la secretaria amistosamente.

Apenas cruzó la puerta vio a su jefe sentado frente a su escritorio, viendo el noticiero en un televisor colgado de la pared.

—Cabrón, qué gusto verte. ¿Cómo va el pedo? —en cuanto notó la seriedad en el rostro de Mateos cambió su actitud—. No me digas que ya se mató alguno de esos pendejos.

—¡No! ¿Cómo crees?

El dueño de la constructora cambió su semblante:

—¿Entonces?

—Encontramos restos arqueológicos.

—Ni modo, tenemos muy pocas opciones.

—¿Tirarlo a la basura? —respondió con una mueca el ingeniero Mateos.

—No me mires así —el dueño de la constructora arrugó la cara y volvió la mirada al noticiero—. No es mi decisión —dirigió su atención a la computadora que anunciaba un nuevo correo—. Voy a llamar al jefe de gobierno —dijo con apatía—. Que él se las arregle —levantó el teléfono y marcó a la oficina del jefe de gobierno, Eulalio Valladares Lasso.

—Señor, encontramos una pieza arqueológica —Mateos observaba desde el otro lado del escritorio.

—Sabes bien que no podemos detener la obra —dijo Valladares y se rascó la sien—. ¿Quién más sabe de esto?

—Sólo mi ingeniero de confianza.

—Pues ya sabes qué hay que hacer.

—¿A quién?

—No lo sé. Necesito buscar un buen comprador. Ocúpate de que la saquen hoy mismo con mucho cuidado. Guárdala en un lugar seguro y yo te aviso.

Pero esa noche alguien se adelantó: llegó a la obra un grupo de hombres encapuchados que brincaron la reja improvisada y caminaron sigilosos al cuarto donde se encontraba el guardia de seguridad, un joven desnutrido que perdía el tiempo viendo la televisión. Dos golpes en la puerta no fueron suficientes para alertarle del peligro que lo acechaba. Apenas si tuvo tiempo de abrir ingenuamente cuando alguien le inyectó un sedante en el cuello que lo derrumbó en segundos. Los encapuchados revisaron ágilmente el área. Luego de un rato entraron al túnel; encendieron sus linternas y observaron la pieza. Le tomaron fotos. Y con pico y pala comenzaron a remover la tierra que la tenía adherida a la pared.

Afuera, el reportero Víctor Tobón esperaba fotografiar a los ladrones del monolito. De pronto vio una luz intensa emerger del túnel. Varios minutos después uno de los encapuchados salió cargando a otro de ellos en hombros; los demás llevaban la herramienta de vuelta a la camioneta. Apurados abrieron la reja de la obra y se fueron, dejando la pieza tal cual la habían encontrado.

A la mañana siguiente Víctor Tobón llegó apurado a la oficina del jefe de redacción.

—¡Se lo llevaron! —dijo con el rostro agotado—. ¡Ya no está el monolito!

Don Segoviano le dio un sorbo a su taza de café sin exaltarse.

—¿Qué pasó?

—No sé. Llegué esta mañana a la obra y el ingeniero que me dio la información me dijo que la pieza ya no estaba.

—¿Lo comprobaste?

—¡Sí! ¡Yo mismo entré al túnel! Ya no estaba. Sólo había obreros trabajando, como si nada hubiese ocurrido.

El jefe de redacción se mantuvo en silencio sin mirar al reportero. Tomó su taza de café y fijó la mirada en el oscuro líquido.

IV

Siete años después, Gonzalo Guerrero aseguraba ser feliz. Atrás había quedado la vida en el puerto de Palos de la Frontera, mismo lugar de donde partieron el 3 de agosto de 1492 las carabelas La Pinta y La Niña y la carraca Santa María, con el Almirante Cristóbal Colón, los hermanos Pinzón, los marineros de Palos y la comarca vecina, todos rumbo a lo desconocido. Ahí estaba enterrada la antigua vida del joven de cabellos rubicundos, ojos azules y piel rosada; el soldado Gonzalo Guerrero que se había iniciado en la Guerra de Granada, durante el reinado de los Reyes Católicos, para liberarse del poder islámico del rey Boabdil, a quien lograron rendir ese mismo año. El futuro del soldado quedó marcado para siempre, tras aquella victoria sobre los musulmanes en la que se emplearon las tácticas y armas de guerra más modernas de su tiempo. En la conquista de Granada aprendió que una guerra no se ganaba con batallas de campo abierto, sino con estrategias, asedios, con artillería y maniobras políticas; con el amparo y el financiamiento de los nobles, los reyes, la Iglesia católica y la Santa Hermandad; así como de concejos, órdenes militares, mercenarios y arqueros ingleses.

Además de la combinación del armamento: artillería, infantería, picas, espingardas y arcabuces, las formaciones militares mixtas y un uso menor de caballería —comparado con las guerras medievales— facilitaron los combates. Por si fuera poco las nuevas estrategias de guerra incluían la cancelación del código de honor del vasallaje feudal, transformando a los soldados en mercenarios, y el empleo de hasta treinta mil civiles de clase baja para incendiar cosechas y destruir los bosques.

Recién había cumplido dieciocho años el joven Gonzalo cuando aprendió a usar el arcabuz. Terminada la guerra de conquista de Granada, siguió a su maestro Gonzalo Fernández de Córdoba —el Gran Capitán que lideró las tropas en aquella guerra— a Nápoles, creyendo entonces que su destino estaba en las armas. España lograría su dominio en Europa en pocos años, y él, el joven Gonzalo, seguía esforzándose para alcanzar un puesto importante al lado de su maestro, el Gran Capitán, quien en alguna charla le hizo entender que, si lo que buscaba era riqueza y poder, ahí en las tropas no alcanzaría su meta, ya que el esfuerzo de los soldados no tenía grandes retribuciones: las conquistas, las riquezas, los galardones y aplausos los recibían los capitanes, la nobleza que financiaba aquellos ejércitos, los reyes. "Si queréis haceros de riquezas os recomiendo que vayáis como marinero a la tierras descubiertas que llaman el Nuevo Mundo", le dijo Fernández de Córdoba.

El joven soldado escuchó con atención aquel consejo y desertó del ejército que se encontraba en Italia. Al volver a España supo que Diego de Nicuesa estaba reclutando marinos para viajar al Nuevo Mundo, donde ya habían sido creadas pequeñas poblaciones europeas: la Nueva Andalucía en el Cabo de la Vela, gobernada por Alonso de Ojeda; y la Veragua, en el Cabo Gracias a Dios, por el mismo Diego de Nicuesa.

La mañana de 1510 en que partió Gonzalo Guerrero rumbo al Nuevo Mundo, había mucha gente en el puerto. Se imaginó volviendo años después cargado de riquezas. Quiso ver en aquel regreso a su madre, ansiosa de besarle y abrazarle. Algún pueril pensamiento le hizo creer que se trataba de llegar, sacar el arcabuz, dar muerte a unos cuantos, recoger el oro como pirata mercenario y volver a casa para nunca más preocuparse por la pobreza que había vivido hasta entonces. Se marchó sin imaginar que la guerra por el poder iniciaba entre ellos mismos.

La rivalidad entre Alonso de Ojeda y Diego de Nicuesa llenó de conflictos la estancia de los recién llegados. Ambos habían tramitado sus cédulas de posesión de Tierra Firme, pero ninguno tenía asegurado su nombramiento. Sin embargo se comportaban como feudatarios de la Corona; creaban mapas y fraguaban en sus mentes las calles de lo que sería la nueva colonia. Cada uno deseoso de ponerle el pie al otro para impedirle el descubrimiento del tan ansiado oro. Guiados por su ceguera llevaron a su gente a interminables luchas por el territorio ubicado en las fértiles tierras que rodeaban el Golfo de Urabá. Llevaron a cabo exploraciones, haciendo prisioneros a los indígenas que hallaban a su paso. Indiferentes a sus necesidades los esclavizaron, obligándolos a trabajar en exceso, limitándoles el alimento y dejándolos morir cuando enfermaban. Por ende, tiempo después tuvieron escasez de esclavos y tuvieron que ir en busca de más prisioneros, pero éstos huían en cuanto los veían llegar. Hasta entonces Gonzalo Guerrero era tan sólo un marinero sin voz ni voto. Si bien no sentía afecto hacia aquellos hombres cenizos, sin barba ni pelo en pecho, sí sentía una pena profunda al verlos morir de hambre, sed y enfermedades. Estaba consciente de que no era una batalla justa. También reconoció que no tenían técnicas de guerra.

Alonso de Ojeda fundó entonces el poblado de San Sebastián de Urabá en Nueva Andalucía, donde años más tarde se fundaría la ciudad de Cartagena de Indias. La cacería de esclavos continuaba día tras día. Algunos nativos huían y otros decidieron enfrentarlos. En una ocasión uno de ellos logró herir a Ojeda en una pierna, lo cual lo obligó a volver a La Española. Francisco de Pizarro quedó al mando y en espera de Martín Fernández de Enciso, bachiller y Alcalde Mayor de Nueva Andalucía, que llegaría con una embarcación en la que se encontraba Vasco Núñez de Balboa, quien encontró un camino al que llamaron el Mar del Sur, por donde se podía llegar al Oriente a través del Occidente.

En septiembre de 1510 Vasco Núñez de Balboa fundó Santa María de la Antigua del Darién, de la cual se autoproclamó alcalde, dando el cargo de regidor a su capitán Juan de Valdivia, a quien envió de vuelta —con 300 marcos de oro— para que notificase al Almirante y jueces y que ellos solicitaran mil hombres al rey.

Obedeciendo las órdenes de Núñez de Balboa, la mañana del 15 de agosto de 1511, el recién nombrado oficial a cargo de esclavos y tripulación, Gonzalo Guerrero salió con Juan de Valdivia desde el Darién rumbo a la isla Fernandina (Santo Domingo), en la nao Santa María de Barca, construida en Almería. El joven Gonzalo Guerrero llevaba en mente grandes planes, si todo salía como deseaba; al llegar le solicitaría a Diego de Almagro en La Española el cargo de oficial en el galeón San Pelayo de Antequera. ¿Por qué no? Además, llevaba las recomendaciones del capitán con el que había llegado a esas tierras, Diego de Nicuesa.

Hacía buen tiempo: soplaba el aire, el cielo se encontraba despejado, había olas adecuadas para navegar. Mientras cruzaban aquellas aguas, Gonzalo Guerrero observó la proa y se imaginó siendo oficial en el galeón San Pelayo de Antequera. Quizá en poco tiempo él podría, por su cuenta, descubrir más islas, encontrar oro, fundar una ciudad, volver a Palos de la Frontera. Sonrió. Divagó en sus sueños sin darle a la congruencia la posibilidad de cambiar la brújula de su destino imaginario. Sonrió tanto que olvidó que alguna vez alguien le había contado sobre lo tormentoso que era naufragar. "¿Naufragar? ¿A mí?". Al tercer día comenzó a llover, las olas se desataron como tentáculos enloquecidos, comenzaron a caer peces voladores en la cubierta.

—¡Oh, no! ¡Dios nuestro Señor nos ha enviado un castigo! —dijo uno de los marineros.

—¡Qué! —preguntó Guerrero con gritos tratando de mantenerse en balance mientras la nao se tambaleaba por la olas.

Un par de barriles rodó de un lado a otro.

—¡Es un mal presagio! —respondió a gritos el marinero—. ¡Si caen peces voladores quiere decir que nos hundiremos!

La tormenta meneaba la nao como a un pedazo de papel; las velas se desgarraron, uno de los mástiles se rompió; un grupo de marineros intentó en vano reparar los daños, y por más que intentaron perdieron el control. Cual fiera despiadada el mar comenzó a devorar la nave con enormes olas que cubrían la cubierta. Y cuando menos lo esperaban, un golpe bestial les anunció que habían chocado contra algo; corrieron a las orillas de la nao y se asomaron apurados. La oscuridad y la tormenta les impidieron reconocer la zona. Comprendieron que la altura del agua era de escasos metros. Apresurados bajaron e intentaron sacar la nave, pero al ver los daños comprendieron con dolor que ya no había más qué hacer por el navío: la proa estaba destrozada. Bajaron el batel y cargaron con el poco alimento que tenían a bordo. Valdivia quiso llevar el oro consigo pero la tripulación se lo impidió.

—¡Nos hundiremos; es mucho peso! —gritó uno de los marineros tapándose la cara con el antebrazo para eludir las fuertes gotas de lluvia y los vientos tempestuosos.

Dieciocho personas abordaron el batel, dejando a los esclavos, el alimento y el oro a bordo de la nao y se fueron con dificultad. La histeria se apoderó de ellos y comenzaron severas discusiones. Valdivia, enfurecido, golpeó a uno de ellos y lo tiró al mar. Pronto aquel marinero se perdió entre las enormes olas.

Al amanecer todos se encontraban aterrorizados al no encontrar tierra firme. La incertidumbre de no saber a dónde los habían llevado las olas cayó sobre ellos como otra tormenta. El sol apareció y se tornó en su verdugo. Tuvieron que beber su orina para sobrevivir.

Luego de tres días de navegar y cuatro de naufragar, uno de ellos murió de inanición. Jerónimo de Aguilar hizo una oración por su alma y se preparó para tirarlo al mar.

—¡No! —exclamó uno de ellos desesperado—. Que Dios nuestro Señor nos perdone pero es el único alimento que tenemos a bordo.

—¿Qué? —preguntó Aguilar y se quedó boquiabierto.

Los demás náufragos se mantuvieron en silencio.

—Podemos beber su sangre y comer su carne.

—No os permitiré tal barbarie —dijo Aguilar.

—Vos habéis permitido la esclavitud, la crueldad contra los nativos y ahora estáis en contra de que salvemos nuestras vidas.

—¡No! —gritó Jerónimo de Aguilar una vez más.

El marinero le dio un golpe en la cara. Nadie lo defendió. El recién estrenado caníbal le quitó la ropa al cadáver, lo lavó con agua del mar, le cortó con una navaja una de las muñecas y sin desperdiciar una sola gota comenzó a beber la sangre. Otro de los náufragos, se liberó de sus prejuicios, se apresuró a cortar la otra muñeca y de igual manera sació su sed. Gonzalo Guerrero también bebió de aquel líquido rojo. Finalmente, Aguilar hizo lo mismo, aunque algunos se negaron. El marinero comenzó a cortar el pecho del difunto, le sacó los intestinos y pulmones; le mutiló la cabeza, manos y pies; le arrancó la piel y lanzó todo eso al mar; el resto lo fragmentó en tajos y lo repartió.

—Os ruego que si muero no hagáis esto conmigo —dijo una de las dos mujeres que se rehusó a comer.

El marinero la miró de reojo mientras masticaba con la boca llena de sangre.

—No os lo puedo prometer.

Aquella noche, creyendo que todos dormían, la mujer, atormentada por la idea de que la destazarían, se lanzó al mar y se dejó morir. A la mañana siguiente, otro de los náufragos amaneció muerto. De la misma manera bebieron su sangre y comieron su carne. La segunda mujer optó por suicidarse como lo había hecho su compañera. De aquellos sobrevivientes sólo ocho alcanzaron a llegar a las costas de Yucatán; no sin antes ser víctimas de otra tormenta que los derribaría del batel. Entre ráfagas de viento, lluvia y truenos lograron nadar, sin poder verse los unos a los otros. Pudieron distinguir tierra firme cuando el cielo se alumbraba con los rayos.

Al amanecer, Gonzalo Guerrero se descubrió solo a la orilla del mar. Un grupo de hombres lo observaban a su espalda. Era un grupo de cocomes, que después de encontrar también a Jerónimo de Aguilar, los llevó ante el *halach uinik*, quien les quiso dar a entender que serían sacrificados al dios Mizcit Ahau. Ese día llegó otro grupo de cocomes con el resto de los náufragos, entre ellos Valdivia. Pese a sus vagos intentos por darse a entender no lograron evitar que los encerraran en unas pequeñas jaulas hechas con delgados palos de madera. Aguilar, temeroso, rezaba todo el tiempo, mientras Gonzalo Guerrero observaba cautelosamente los movimientos del exterior. Al día siguiente ocurrió lo anunciado: sacrificaron a Valdivia y a otros tres hombres.

—Padre Nuestro que estáis en los cielos… —rezó Jerónimo de Aguilar.

—Vos deberíais estar pensando en la manera de salir de aquí —dijo Guerrero con enfado—, vuestro dios no os salvará.

—Hereje del demonio —dijo Aguilar en voz baja.

Tras la conquista islámica, muchos de los jóvenes en la antigua España habían caído en un abismo de dudas religiosas, aunque bien no lo expresaban debido a la Inquisición española. Declararse hereje era peor que lanzarse en un batel y naufragar hasta que los tiburones o los demás náufragos se alimentaran con su cadáver.

Con la certeza de que cualquier día serían sacrificados, Gonzalo Guerrero comenzó a elaborar un plan para huir. Escapar de aquellas jaulas hechas con troncos de madera no era lo complicado, sino deshacerse de los dos guardias que los custodiaban día y noche. Observó minuciosamente cada uno de sus movimientos, hasta que, una noche, cuando uno de los guardias perdió la concentración tras un bostezo, lo sorprendió por la espalda y le apresó del cuello. Cuando el otro guardia intentó salvarlo fue demasiado tarde: en ese instante otro de los cautivos tomó la lanza del guardia y se la enterró en el pecho. Sin perder tiempo abrieron la jaula y emprendieron la huida. Minutos más tarde, otros guardias los persiguieron entre los árboles oscuros y los tenebrosos sonidos de la noche. Dos de los fugitivos murieron heridos por sus lanzas. Guerrero y Aguilar lograron escapar.

Luego de un par de días encontraron a los tutul xiues, enemigos de los cocomes, en la ciudad-Estado de Maní, a la que pertenecía Xaman Há. Inevitablemente fueron apresados y llevados ante el halach uinik Taxmar, quien a su vez los entregó en ofrenda al sacerdote Teohom. Pronto el halach uinik de los cocomes se enteró y mandó pedir que le devolviesen a los presos. Y como si se tratara de un trofeo, Teohom decidió mantenerlos como esclavos, cargadores de leña, agua y pescado; asimismo debían trabajar en los maizales. Con el paso de los años, los náufragos aprendieron la lengua y se adaptaron a aquella vida. Gonzalo Guerrero comenzó a amar esa "nueva" cultura, mientras que Jerónimo de Aguilar se aferraba al sueño de algún día ser rescatado. Sabía que el Darién no estaba lejos y que, algún día, llegarían más expediciones en busca de tierras.

Luego volvieron al servicio del halach uinik Taxmar, quien al tratarlos y lograr hablar con ellos comprendió que bien podía aprovechar sus conocimientos, especialmente los del soldado Gonzalo Guerrero.

—Si me lo permite, puedo sugerirle formas de ataque y defensa —dijo Gonzalo Guerrero—. Necesita formaciones en cuadros y columnas. No es conveniente mandar todos los soldados al mismo tiempo, sino en relevos para alternar la batalla y el descanso, así sus hombres no caerán en fatiga antes que los enemigos. También debe dificultarles el camino, destruirles la siembra, para acorralarles hasta llevarlos a la rendición.

Pronto, aquel soldado de Palos de la Frontera se convirtió en consejero de guerra, estratega y jefe de las tropas, logrando la victoria sobre los cocomes. Aguilar, por su parte, obedecía y seguía a Guerrero con la única intención de aprovechar los privilegios que recibía su compañero.

—¿Cuándo creéis que podremos huir de aquí, hermano Guerrero? —preguntó el fraile.

Gonzalo lo miró con un gesto de despreció, pues él, el soldado que ambicionaba conquistar tierras americanas, ya lo estaba haciendo, de una manera muy peculiar: ya era un guerrero maya; ya tenía el prestigio que jamás habría logrado en Europa; ya tenía el respeto del halach uinik, y estaba seguro de que muy pronto obtendría su libertad. Y tal cual lo esperaba, un día Taxmar lo entregó como una preciada joya con Na Chan Can, el halach uinik de los cheles en la ciudad de Ichpaatún, al norte de la Bahía de Ch'aak Temal.

—Este hombre que te traigo, Na Chan Can —dijo Taxmar—, es un gran guerrero, cómo él dice que es su nombre: Guerrero. A él le debemos la derrota de los cocomes.

—Bien aprovechado será entre nosotros —dijo Na Chan Can, y lo llevó con el *nacom balam* (jefe de guerreros).

A partir de entonces, el nacom balam ocupó la sabiduría del hombre de barbas, quien en todo momento demostró lealtad; incluso cuando el nacom balam fue atacado por un caimán, Guerrero atacó al animal con su lanza y rescató al jefe de guerreros de la muerte.

—Amigo Gun Zaló —dijo en ese momento el nacom balam con respiración agitada—. Te debo la vida. Y no puedo hacer más que devolverte la tuya. Eres hombre libre. Te puedes ir a donde quieras.

—Pero aquí soy feliz —sonrió Gun Zaló.

—Estoy seguro de que tu amigo Aguilar me habría dejado morir —dijo el nacom balam—, y habría escapado cobardemente.

Ese día hubo una gran celebración en su honor. El nacom balam agradeció públicamente al héroe:

—Gun Zaló es ahora nuestro hermano. Es uno de nosotros. Ha recibido su libertad y de esta manera ha decidido quedarse con nosotros. Siendo así, nadie podrá tratarlo como esclavo —el nacom balam dirigió la mirada a Gun Zaló—. ¿Tienes algo qué pedir? Lo que tú quieras, yo te lo concedo.

—La libertad de mi amigo Aguilar.

—Así será.

En aquella celebración se dejó hacer las mutilaciones y tatuajes, rituales propios a su rango, para demostrar su desprecio al dolor y la muerte. Los años siguientes siguió luchando junto a los cheles.

Pronto fue nombrado nacom al casarse con la princesa Zazil Há, también llamada Ix Chel Can, hija de Na Chan Can. Tuvo hijos, y aceptó que se les aplanara la frente con una tabla, de la cual pendía una pequeña esfera que colgaba entre los ojos para provocar que aquellos infantes fueran bizcos, un signo de belleza maya. Su integración y amor a la cultura de los cheles y su pueblo adoptivo fue tal que, incluso, aceptó sacrificar a su hija primogénita, llamada Ixmo, en Chichén Itzá, para acabar con una plaga de langostas.

V

En tanto los católicos del país lloraban la muerte del arzobispo en aquel oscuro 1993, y miles de mujeres rezaban al unísono un rosario por su alma, se incineraba el *huarachito* (como vulgarmente se le conoce al cadáver que sustituye a la persona que finge estar muerta), los titulares tapizaban los puestos de periódicos asegurando su muerte y en la radio se discutía la autenticidad de su fallecimiento disimuladamente con un "nuestros radioescuchas opinan, fulanito duda"; mientras se distraía al pueblo, se cocinaba otro fraude electoral y Gregorio Urquidi Montero se instalaba en la Casa Alberione, en Tlaquepaque, cerca de Guadalajara.

Los colindantes del búnker, situado en la descuidada y polvorienta colonia Vista Hermosa, jamás imaginaron que a partir de esa noche tendrían como vecino al difunto Arzobispo de México. Imposible saber quién entraba y salía. Sólo tenían como certificado la llegada de lujosas camionetas blindadas con vidrios polarizados y escoltas. Era de conocimiento popular que ahí se hospedaban sacerdotes acusados de pederastia y que la Iglesia los enclaustraba mientras pasaba la tormenta, para luego enviarlos a otras iglesias donde nadie supiera de ellos. El "Centro de las Adicciones" —como le llamaba la misma iglesia, y donde supuestamente se llevaba a cabo, bajo terapia psicológica, la readaptación de los sacerdotes— era para unos un paraíso y para otros un infierno. Paraíso para aquellos acusados de pederastia, administración de narcolimosnas, macrolimosnas y tráfico de influencias, entre otros crímenes; infierno para aquellos que se atrevían a traicionar a la Iglesia: a pensar diferente, a denunciar sus crímenes.

Gregorio Urquidi Montero fue nombrado director general del Centro de las Adicciones, Casa Alberione. El búnker contaba con alberca, gimnasio, sala de juegos, bar, biblioteca, comedor, sala de juntas, oficinas y baños de vapor y jacuzzi. Tras los enormes ventanales de su nueva habitación podía ver los formidables jardines. Hasta cierto punto era uno de los peores castigos que podía recibir aquel hombre que amaba la libertad y la clandestinidad.

Le reconfortaba saber que no era el primer sacerdote que tenía que desaparecer del mapa. "En circunstancias diferentes otros obispos tuvieron que buscar escondites —pensó Urquidi—, disfrazarse, solicitar refugio en el extranjero, tal como hizo el obispo de Puebla, Pelagio Antonio Labastida y Dávalos en 1856, al ser el primer expulsado por Ignacio Comonfort.

„Luego, en 1861, todo el episcopado fue acusado por fomentar y financiar a los conservadores durante la Guerra de los Tres Años (1858-1861) y por oposición a los decretos del presidente Benito Juárez.

„En 1914 los obispos de México, Oaxaca, Yucatán, Michoacán, Durango, Guadalajara, Aguascalientes, Sinaloa, Saltillo, Tulancingo, Zacatecas y Querétaro se refugiaron en La Habana. En Chicago se albergaron el Arzobispo de Morelia, Leopoldo Ruiz y Flores; el Arzobispo de Linares, Francisco Plancarte, y el vicario general de Veracruz, Francisco Banegas. En San Antonio, Texas, se amparó el Arzobispo de México, José María Mora y del Río.

„Y sin duda uno de los más polémicos fue Francisco Orozco y Jiménez, quien en el exilio brincó de México a Veracruz, luego a La Habana, para llegar a España y trasladarse a Roma, donde tendría una audiencia con el nuevo papa, Benedicto XV, quien había sido su compañero de estudios en la Universidad Gregoriana. Orozco le explicó cómo aquellos malvivientes que se decían liberales no habían hecho más que agredir al clero, arrebatándoles sus propiedades y expulsándolos del país que ellos habían formado desde la Conquista. Ya con la aprobación de Benedicto XV, Francisco Orozco regresó a México con un pasaporte ilegalmente tramitado por su amigo el obispo José Garibi, bajo el nombre de Jesús Quiroz. Se hizo pasar por comerciante, se dejó crecer la barba y vistió como campesino."

Sin duda, Orozco era uno de los religiosos mexicanos que más admiraba Gregorio Urquidi. Por latifundista, empresario, mentiroso, y manipulador. Sí. El que había organizado a las Damas Católicas, esas que darían la orden en casa: ¡Defendamos a la Iglesia!

—Señor arzobispo —dijo un joven sacerdote desde la puerta.

—Sí, diga —respondió Gregorio aún con la mirada enfocada en los jardines.

—Buenas tardes —continuó el sacerdote—, permítame presentarme —Urquidi lo ignoró—: me llamo Ernesto Bañuelos. Disculpe mi tardanza, pero no me informaron que llegaría hoy y me encontraba en el confesionario.

Debido al supuesto asesinato, el anterior director del Centro fue nombrado Cardenal de Guadalajara. Tomaría un par de semanas para que a Urquidi se le pusiera al tanto de muchos asuntos del Centro, en particular de los más confidenciales. Hasta entonces, el padre Bañuelos sería su guía y asistente personal.

—Muy bien —aún frente al ventanal, Urquidi alzó la mirada intentando ver más allá de la lejana barda.

—Ya están todos esperándolo en la capilla para darle la bienvenida.

—¿Qué hay del otro lado del muro? —preguntó sin voltear.

—Una colonia popular, señor arzobispo —respondió el sacerdote.

—¿Qué tan popular?

—Malvivientes, pecadores, mujeres de la vida alegre.

—¿Y la seguridad? —Urquidi se dio la vuelta y se encontró con un hombre joven, diminuto y enclenque.

—La máxima. Aquí no entra nadie sin permiso. Y mucho menos la policía.

—Me parece excelente. ¿Cómo te llamas?

—Ernesto Bañuelos.

—¿Te gustan las mujeres? —disparó el nuevo director del Centro de las Adicciones.

Para tan inesperada pregunta no había nada preparado en el cesto de respuestas del joven sacerdote.

—Yo hice un voto de castidad y…

—¿Te gustan los hombres?

La nueva pregunta taladró aún más.

—¡No! ¡Cómo cree!

—¿Te gustan los niños?

—No. Tampoco. Yo…

—Entonces responde a mi primera pregunta. ¿Te gustan las mujeres?

Sí. Sí. ¡Sí! Vaya castigo tener que guardarse lo que pensaba. Le bloqueaba el pensamiento tener un par de piernas femeninas frente a él, lo idiotizaban las mujeres con escotes, se le endurecía la verga bajo la sotana al verle las nalgas en pantalones entallados a las jóvenes, le hervía la sangre al escuchar sus pecados en el confesionario; indagaba cual detective: "Cuéntaselo todo al Señor. Él ya lo sabe pero quiere que te confieses, que admitas que has pecado. ¿Cómo fue que te entregaste a tu novio sin haber llegado al matrimonio? No te preocupes, después de contarle al Señor lo que sentiste, lo que te hizo, lo que pensabas en esos momentos, después de decir toda la verdad te sentirás liberada. Para eso es la confesión. Tu alma será purificada. ¿Tuvieron sexo oral? ¿Quién dio la iniciativa? ¿Cómo fue? ¿Por qué le fuiste infiel a tu marido? ¿No te complacía? ¿Qué hizo tu amante que no hacía tu esposo? Y… ¿el tamaño… importa? Cuéntame, cuéntame. No te guardes nada. Esto es por la paz de tu alma." Y finalizadas las confesiones elaboraba películas mentales y en soledad se desahogaba, imaginaba que él era el amante que llevaba a la cúspide del orgasmo a todas esas mujeres insaciables, cansadas de la monotonía de sus matrimonios; mientras se exprimía el falo se transformaba en los novios que le perforaban el himen a todas esas jovencitas inexpertas en las acrobacias del sexo. Las besaba, acariciaba, desnudaba, hacía todo aquello que jamás había logrado en la vida real. Ni una sola mujer había aceptado darle un beso. Desde la infancia hasta la adolescencia se había enamorado de sus compañeras de clases, vecinas, amigas, y ninguna le dio siquiera una esperanza, o un posible "vamos a tratarnos". ¡No! Todas sus cartas de amor fueron rechazadas. Todas las jóvenes experimentaron en algún momento una ligera repulsión por el pequeño hombrecito de palmas empapadas en sudor. Sí. Como amigo era un buen amigo, pero ¿cómo tomarle la mano siempre húmeda? Aunque se secara con el pantalón, una y otra vez, el sudor volvía al ataque. Y la ropa en sus axilas, siempre mojada. Bañuelitos, pobre Bañuelitos. A todas las vio hacia arriba. Su diminuta estatura le daba la imagen de un niño de primaria. No era enano. Simplemente bajo, muy corto de estatura. Insuficiente para las exigencias de todas esas mujeres que aspiraban a tener novios, amantes, esposos altos o por lo menos de su misma talla. Pobre Bañuelitos. La cadena de desprecios lo empujó al seminario.

—No puedo negar que hay mujeres muy guapas —respondió temeroso y se secó las palmas de las manos en el pantalón.

—¿Sí o no? —insistió Urquidi—. Sólo quiero que respondas eso.

—Sí, señor arzobispo.

—No me llames así. Ahora soy el director de la Casa Alberione.

—Como usted ordene.

—¿Por qué estás aquí?

—Fui ordenado en Roma el año pasado —respondió temeroso a que se malinterpretara su estancia—. Y se me solicitó que apoyara al Centro mientras se me instala en alguna parroquia. En las tardes estoy en el confesionario de la iglesia de Vista Hermosa y los domingos imparto las homilías de la mañana.

Urquidi notó el miedo en el novicio y sonrió. Una gota de sudor de las manos del padre Bañuelos evidenció en el piso su incontenible necesidad de salir de ahí.

—Le recuerdo que lo están esperando en la capilla para darle la bienvenida —continuó el joven sacerdote.

—Padre Bañuelos —Urquidi alzó las manos cual si se encontrara en una homilía—, no hagamos esperar a nuestros hermanos.

Rumbo a la capilla, el joven sacerdote se dio a la tarea de orientar al nuevo director del Centro de las Adicciones.

—Por este lado tenemos las celdas de los sacerdotes, allá las celdas de las monjas que atienden a los sacerdotes, de este otro la sala de juntas, al fondo el comedor y a mano derecha la capilla.

Urquidi escuchaba la voz del sacerdote en la lejanía, pues no tenía el más mínimo interés en saber lo que decía. El grande, su Alteza Serenísima, el Arzobispo Primado de México, Gregorio Urquidi Montero, jamás imaginó que tendría que enclaustrarse en un centro de adicciones. Por el momento tendría las manos atadas. Tendría cualquier cosa menos la libertad de caminar por las avenidas y mucho menos buscar a sus enemigos. Así como imaginaba a Salomón y Delfino burlándose de él, también sabía que debían estar temerosos de ser asesinados en cualquier momento. No eran tan estúpidos como para tragarse el cuento de que había salido de la mazmorra para terminar acribillado. Tampoco podía borrar de su mente la sonrisa de Gastón Peralta Moya el día que fue a burlarse de él. ¡Maldito! Le había puesto un espía. ¿Sería cierto que Mauro lo había grabado fornicando con mujeres? En fin, eso ya no importaba: Urquidi estaba legalmente muerto. Pero Peralta Moya no.

VI

El joven Víctor Tobón tenía escasos cuatro minutos en el estudio del historiador Gastón Peralta Moya, quien, al recibirlo sin preámbulo, le ordenó que tomara una fina libreta empastada en piel que yacía sobre una mesita en la entrada y leyera el prólogo en voz alta para que demostrara su capacidad de lectura. El contenido era el inicio de su más reciente obra, escrito a mano por el historiador.

—Segoviano —dijo Peralta Moya— me habló muy bien de ti. Cree que tu verdadera vocación es la historia y no el periodismo.

Peralta Moya no se movía de su lugar. No lo había hecho desde que el joven entró. Tobón Medina sólo pudo dar unos pasos cuando el historiador le exigió sin rodeos que permaneciera en la entrada.

—Siéntate en esa silla —ordenó el historiador sin mirarlo.

Sabía perfectamente cuáles eran las intenciones del joven: absorber todo el conocimiento posible de aquel hombre que estaba en los últimos kilómetros de su vida, y Gastón Peralta Moya, de setenta años, estaba preparado para eso. Sabía que un día tendría que heredarle a alguien todo aquello que aún no había escrito, todo eso que guardaba celosamente en la caja fuerte de su memoria. Una bóveda impenetrable, inviolable e inalcanzable. Sus maestros, Rodolfo González Hurtado y José García Payón, le habían dado una lección que tenía muy presente: "El conocimiento no se debe llevar a la tumba", le dijo alguna vez uno de ellos. "¿Quién fue? ¡Carajo! Memoria traicionera. No me falles. Dame tiempo. Sólo unos meses."

—Sé muy bien qué es lo que quieres —añadió el historiador e hizo una larga pausa. El reportero seguía en su silla frente a aquel hombre de 120 kilos—. Mírame.

—Lo estoy mirando, maestro —respondió el joven, y un gato felpudo se enroscó en una de las piernas de Tobón.

—¡Obsérvame con atención!

—Lo estoy haciendo —el gato seguía tallando su cabeza en la pierna del joven.

—¡No! —gritó Peralta Moya—. ¡No lo estás haciendo!

—Sí, maestro. Sí lo estoy observando.

—¡No! —gritó una vez más, ahora enfurecido—. ¡No te has dado cuenta de que estoy ciego! ¡Totalmente ciego! No puedo ver siquiera tu silueta.

El joven reportero intentó comprobar al mover la mano que en realidad el historiador dijese la verdad. Se puso de pie, dejó la libreta sobre la silla y caminó hacia él. El gato se subió a la silla.

—¡Estoy ciego pero no pendejo! ¡Siéntate!

El reportero obedeció, quitó al gato de la silla y puso la libreta del historiador sobre su regazo; la observó por un instante. Le sorprendió que el maestro mandara grabar sus libretas antes de iniciar su escritura. Volteó la mirada a su derecha y encontró un espacio del inmenso librero con docenas de libretas idénticas. Ahora era dueño de uno de los tantos secretos del historiador: escribía a mano y en libretas mandadas a hacer específicamente para cada obra. Acarició la fina piel, pasó la punta del dedo índice sobre las letras grabadas en plata en las que se leía: *Gastón Peralta Moya*; y abajo: *Gonzalo Guerrero, el español más mexicano de la historia*.

El historiador bajó la mirada por primera vez.

—Comencé a perder la vista hace no más de tres años. Auguré que sólo se trataba de un ligero cansancio visual. Cosas de la vejez. No le di importancia. Cuando fui al oftalmólogo ya era demasiado tarde. Tengo meses sin poder leer. He intentado escribir pero es muy complicado: no veo los errores. La máquina de escribir se ha vuelto mi enemiga, si me equivoco no tengo forma de saber. No puedo leer. ¿Tienes idea de lo que significa eso para mí? ¡Es el peor castigo que me pudo dar la vida! ¡Estoy ciego! ¡Minusválido! He contratado a varios asistentes pero han sido unos incompetentes.

Hubo una pausa. El joven no se atrevió a irrumpir en el silencio. No quitaba la mirada del historiador.

—Sé que quieres encontrar el monolito —negó con la cabeza y suspiró—. Estás muy joven. Todavía no entiendes cómo funciona este país. Aunque lo encuentres, no podrás publicarlo. El gobierno ya le dio carpetazo. Podemos hacer una investigación, documentarlo y esperar, esperar, por lo menos a que haya cambio de gobierno. Por eso, lo que yo te ofrezco va más allá de tus metas a corto plazo.

—Estoy dispuesto.

—¿A todo?

—A lo que usted pida.

—Bien —sonrió el historiador y se recordó a sí mismo muchos años atrás—. Te voy a dar algo que nadie te puede dar, algo que nadie te podrá arrebatar, algo mucho más valioso que tu libertad: conocimiento, sabiduría, historia. Si aceptas, no habrá vuelta a la página. No podrás abdicar. ¿Me explico?

El joven se encontraba ansioso por saber qué era aquello que Peralta Moya tenía por ofrecer.

—Sí, maestro.

—Necesito escribir unos cuantos libros, los últimos. Y tú serás mi escriba —otro gato apareció de pronto sobre el escritorio del historiador—, serás mis ojos: leerás para mí, escribirás por mí, te convertirás en mis manos. A cambio recibirás una gran fortuna: todo el conocimiento que yo te pueda dar hasta el día de mi muerte.

—Acepto.

Gastón Peralta Moya hizo una mueca con la boca. Se mantuvo en silencio con la mirada perdida.

—Perfecto. Tienes unas horas para ir por tu ropa y lo que necesites hacer. Te espero en la noche para iniciar nuestra redacción.

El joven no quiso esperar un minuto más y se puso de pie.

—Por cierto… —lo interceptó Peralta Moya— olvidé comentarte algo… Soy una persona extremadamente difícil. Puede ser que mañana mismo decidas desertar. Si yo estuviera en tu lugar no volvería. Jamás. Me olvidaría de este pinche anciano ciego y seguiría mi vida antes de entrar al infierno que me ofrece.

Víctor dejó escapar una sonrisa irónica.

—No estoy bromeando, cabrón, no sonrías. ¿Tú crees que te ofrecería mi conocimiento sin conocerte, sin saber quién chingada madres eres? Yo sí sé quién eres.

—Voy a volver —dijo Víctor con las manos tiritando, y observó la libreta sobre la silla.

—¡Lárgate!

El gato se bajó del escritorio con apuro y se escondió debajo de una silla. Víctor levantó la voz por primera vez y volvió la mirada a la libreta del historiador.

—Aquí estaré en la noche —dijo el joven, tomó la libreta sin permiso y salió.

Los dos gatos salieron apurados de la biblioteca.

—¡No te abriré la puerta!

Al dar las diez de la noche, el joven volvió a casa del historiador con un exiguo equipaje. Tocó el timbre con insistencia. Uno de los empleados le abrió la puerta y le informó que el historiador no podía atenderlo, que se encontraba durmiendo.

—Él me dijo que viniera hoy mismo.

—Lo siento, joven, pero no puedo dejarlo pasar.

—Me quedaré aquí afuera. Dígale que lo estoy esperando.

El empleado cerró la puerta. Víctor permaneció de pie frente al enorme zaguán. Una patrulla transitó frente a la casa y se detuvo para cuestionar al joven qué hacía ahí.

—Estoy esperando que me abran.

Los policías se retiraron pero le dieron una vuelta a la manzana. Al volver el joven seguía cruzado de brazos, eludiendo el frío. Entonces decidieron bajar del auto para investigar al sospechoso.

—¿Puedes mostrarnos una identificación? —dijo uno de los oficiales.

En ese momento uno de los empleados abrió la puerta.

—Señores, buenas noches. No se preocupen, el joven trabaja en la casa. Gracias —luego dirigió la mirada al joven reportero—: pasa.

Pronto lo dirigieron a la biblioteca del historiador Gastón Peralta Moya, quien seguía frente a su enorme escritorio de caoba, acariciando a otro de sus gatos.

—Vaya que eres terco…

—Le dije que volvería… —interrumpió Víctor.

—… Y ladrón —continuó Peralta Moya—. ¿Tienes mi libreta?

Tobón tragó saliva. Asintió con la cabeza olvidando que el historiador no podía verlo.

—Sí, maestro —dijo y notó que el gato que tenía el historiador en su regazo no era ninguno de los dos que había en la entrevista anterior.

—En alguna otra ocasión te habría estrangulado antes de que cruzaras la puerta. O en su defecto te habría mandado a la cárcel por robo. Pero me agradó tu imbécil atrevimiento.

—Disculpe —Tobón sacó la libreta de su mochila y la devolvió a su dueño.

—Es tuya —dijo el historiador con tranquilidad—. No es un regalo, es tu botín. Léela, estúdiala minuciosamente, porque luego la vas a transcribir quince veces. No es broma. ¡Te la robaste! Que valga la pena el hurto. Sólo los raterillos de callejón se malgastan lo obtenido en pendejadas. Porque ni siquiera saben valorar el pellejo que arriesgan ni el botín mal habido. Ahora tú deberás sacar beneficio de tu robo; deberás conocer a la perfección cada capítulo, cada frase, cada cita, cada palabra, cada punto y coma. Y entonces continuaremos con los capítulos que faltan, que son muchos.

—Sí, maestro.

—Siéntate en ese escritorio —Peralta había ordenado esa tarde que instalaran un pequeño escritorio y una máquina de escribir en uno de los rincones de su lujosa biblioteca.

El historiador comenzó a dictar sin dar instrucciones, luego se detuvo enfadado:

—¿Qué esperas?

—Disculpe, maestro, pero no me dijo qué vamos a hacer.

—¿A qué viniste?

—A redactar lo que usted me dicte.

—¿Entonces?

El reportero se apresuró a poner papel en la máquina de escribir. Otro gato apareció de pronto y se enredó entre las piernas del joven.

—¿Cómo te llamas? —preguntó el historiador.

—Víctor Tobón.

Peralta Moya hizo un gesto y movió la cabeza de arriba abajo.

—En 1511 llegaron a las costas de Yucatán, hoy en día Quintana Roo, un grupo de náufragos, de los cuales sobrevivieron dos: Jerónimo de Aguilar y Gonzalo Guerrero —Peralta Moya hizo una pausa y dijo al escribano—: En el librero C, repisa cuatro de abajo hacia arriba encontrarás un libro café, de pasta dura, *Historia de la Conquista de México*, de Antonio de Solís. Tómalo y busca el capítulo XV.

Tobón Medina obedeció. Al abrirlo aprovechó para inhalar profundamente el aroma de las hojas arcaicas.

—¿Qué haces? —preguntó Peralta Moya.

—Lo estaba olfateando.

—Comienza a leer en voz alta —dijo Peralta Moya.

Decía el indio que nuestra gente se parecía mucho a unos prisioneros que estaban en Yucatán, naturales de una tierra que se llamaba Castilla. Y apenas lo oyó Cortés, cuando resolvió ponerlos en libertad, y traerlos a su campaña. Se informó mejor: y hallando que estaban en poder de unos indios principales que residían dos jornadas la tierra adentro de Yucatán, comunicó su intento al cacique para que le dijese, si eran indios guerreros los que tenían en su dominio aquellos cristianos. Le respondió con pronta notable advertencia, que sería lo más seguro tratar de rescatarlos a trueque de algunas dádivas; porque entrando de guerra se expondría a que matasen a los esclavos. [...] A poco trecho de la costa se hallaron en el templo de aquel ídolo tan venerado, fábrica de piedra en forma cuadrada, y de no despreciable arquitectura. Era el ídolo de figura humana, pero de horrible aspecto y espantosa fiereza. Dicen que se llamaba ese ídolo Cozumel, y que dio a la isla el nombre.[2]

—Cortés enfureció al escuchar que el sacerdote le pedía que mostrara respeto a su ídolo —interrumpió Gastón Peralta Moya desde su asiento—. Y ordenó que destruyeran el ídolo y que ahí mismo se instalara la imagen de la Virgen. Sigue leyendo, muchacho.

Aquel mismo tiempo fue necesario para reparar el navío. [...] Cuatro días tardaron; y el último de ellos, cuando ya se trataba de la embarcación, se dejó ver a larga distancia una canoa que venía atravesando el Golfo de Yucatán en derechura de la isla. Se conoció a breve rato que traían indios armados, y pareció novedad la diligencia con que se aprovechaban de los remos, y se iban acercando a la isla sin recelarse de nuestra armada. Llegó esta novedad a noticia de Hernán Cortés, y ordenó que Andrés de Tapia se alargase con algunos soldados hacia el paraje donde se encaminaba la canoa, y procurase examinar el intento de aquellos indios. Tomó Andrés de Tapia puesto acomodado para no ser descubierto; pero al reconocer que saltaban de tierra con prevención de arcos y flechas, los dejó que se apartasen de la costa y los embistió con la mar a las espaldas, porque no se les pudiesen escapar. Quisieron huir luego que los descubrieron, pero uno de ellos, sosegando a los demás, se detuvo a tres o cuatro pasos, y dijo en voz alta algunas palabras castellanas, dándose a conocer por el nombre de cristiano. Le recibió Andrés de Tapia con los brazos, y gustoso de su buena suerte le llevó a presencia de Hernán Cortés acompañado de aquellos indios, que según se conoció después eran los mensajeros que dejó Diego de Ordaz en la costa de Yucatán.

—Momento —interrumpió Gastón Peralta Moya al mismo tiempo que se puso de pie y caminó sin quitar la mano del escritorio—. Esto ya lo sé, pero si quieres encontrar tu monolito y lo que hay detrás de todo eso, es necesario que aprendas a dudar de lo que lees y distingas las falsedades. Esa es la labor del historiador, comprobar, cotejar, corroborar, descifrar, inferir y descubrir —Peralta Moya señaló sin dirección fija con el dedo índice—. En el librero C, repisa tres, recuerda, de abajo hacia arriba, encontrarás *Historia verdadera de la conquista de la Nueva España*, de Bernal Díaz del Castillo. Busca el capítulo XXVIII. En esa misma repisa encontrarás *El reverso de la conquista*, de Miguel León-Portilla. De igual manera busca las *Cartas de Relación*, de Hernán Cortés.

El reportero sacó los libros y buscó minuciosamente la información sobre los náufragos.

—Ya lo tengo, maestro.

—En el índice onomástico busca lo que Bernal dice sobre Tapia.

Luego de un largo rato, el joven comenzó a leer:

> Y Andrés de Tapia, como los vio que eran indios, porque Aguilar ni más ni menos que era indio, luego envió a decir a Cortés con un español que siete indios de *Cuzamil* (Cozumel) son los que allí llegaron en la canoa. Y después que hubieron salido en tierra, el español, mal mascado y peor pronunciado, dijo: "Dios y Santa María y Sevilla". Y luego le fue a abrazar a Tapia.

—¿Lo abrazó? ¿Quién a quién? Quizá parezca irrelevante, pero si te fijas en esos detalles encuentras mucho más de lo que la gente común vería. ¿Qué dice Cortés sobre esto?

Tobón leyó en voz alta:

> Vieron venir a una canoa a la vela, hacia la dicha isla. Y llegada a donde nosotros estábamos, vimos cómo venía en ella uno de los españoles cautivos que se llamaba Jerónimo de Aguilar, el cual nos contó la manera de cómo se había perdido y el tiempo que

había estado en aquel cautiverio. [...] De este Jerónimo de Aguilar fuimos informados que los otros españoles que con él se perdieron en aquella carabela que dio a través, estaban muy derramados por la tierra, la cual nos dijo que era muy grande, y que era imposible recogerlos sin estar y gastar mucho tiempo en ello.[3]

—No menciona mucho, como te das cuenta. Ahora lee lo que cuenta Solís.

Venía desnudo el cristiano; aunque no sin algún género de ropa que hacía decente la desnudez, ocupado en el hombro con el arco, y terciada sobre el otro una manta a manera de capa, en cuyo extremo traía atadas unas oraciones de Nuestra Señora, que manifestó luego, enseñándolas a todos los españoles, y atribuyendo su devoción la dicha de verse con los cristianos: tan bozal en las cortesías que no acertaba a desasirse de la costumbre, ni a formar cláusulas enteras, sin que tropezase la lengua en palabras que no se dejaban entender. Le agasajó mucho Hernán Cortés: y cubriéndole entonces con su mismo capote, se informó por mayor de quién era, y ordenó que le vistiesen y regalasen, celebrando entre todos sus soldados como felicidad y de su jornada el haber redimido de aquella esclavitud a un cristiano: que por entonces sólo se había descubierto los motivos de la piedad.

Se llamaba Jerónimo de Aguilar, natural de Écija. Estaba ordenado de evangelio. Y según lo que después refirió de su fortuna, había estado cerca de ocho años en aquel miserable cautiverio. Padeció naufragio en los bajos que llaman los Alacranes una carabela que pasaba del Darién a las islas de Santo Domingo; y escapando en el esquife con otros veinte compañeros, se hallaron todos arrojados del mar en la costa de Yucatán, donde los prendieron, y llevaron a una tierra de indios caribes: cuyo cacique mandó a apartar luego a los que venían mejor tratados, para sacrificarlos a sus ídolos, y celebrar después un banquete con los miserables despojos del sacrificio. Uno de los que se reservaron para otra ocasión, defendidos entonces de su misma flaqueza, fue Jerónimo de Aguilar; pero le prendieron rigurosamente, y le regalaban con igual inhumanidad, pues le iban disponiendo para el segundo banquete. Escapó como pudo de una jaula de madera en la que le tenían; no tanto porque le pareciese posible salvar la vida, como para buscar otro género de muerte.

—Bernal no menciona nada de esto, ¿o sí? Continúa, muchacho.

Y caminando, algunos días, apartado de las poblaciones, sin otro alimento que el que le daban las hierbas del campo, cayó después en manos de unos indios, que le presentaron a otro cacique enemigo del primero, a quien hizo menos inhumano la oposición a su contrario, y el deseo de afectar mejores costumbres. Le sirvió algunos años, experimentando en esta nueva esclavitud diferentes fortunas: porque al principio le obligó a trabajar más de lo que alcanzaban sus fuerzas; pero después le hizo mejor tratamiento, pagado, al parecer, de su obediencia, y particularmente de su honestidad: para cuya experiencia le puso en algunas ocasiones, menos decentes en la narración, que admirables en su continencia: que hoy hay tan bárbaro entendimiento donde no se deje conocer alguna inclinación a las virtudes. Le dio ocupación cerca de su persona, y en breves días tuvo su estimación y su confianza.

—Corrió con suerte. Mira que de ser esclavo le dieron puesto de ministro, consejero. No lo dudo; entonces, ¿por qué su insistencia en salir de ahí? Lo que me hace creer que mintió al contar su historia. O Solís exageró, ya que Bernal no cuenta que haya obtenido tal grado. Pero sigue, sigue.

Muerto este cacique, le dejó [a Aguilar] recomendado a un hijo suyo, con quien se hizo el mismo lugar, y le favorecieron más las ocasiones de acreditarse; porque le movieron guerra los caciques comarcanos, y en ellas se debieron a su valor y consejo diferentes victorias: con que ya tenía el valimiento de su amo, y la veneración de todos, hallándose con tanta autoridad, que cuando llegó la carta de Cortés, pudo fácilmente disponer su libertad, tratándola como recompensa de sus servicios, y ofrecer como dádiva suya las preseas que se le enviaron para su rescate.

—Era religioso. ¿Correcto? Entonces, ¿por qué no aprovechó el poder que se le concedió para convertir a los mayas al cristianismo? Muy simple, vivió a conveniencia. ¿Qué dice el *Chilam Balam*?

Así lo refería él: y que de los otros españoles que estaban cautivos en aquella tierra, sólo vivía un marinero, que se llamaba Gonzalo Guerrero; pero que habiéndole manifestado la carta de Hernán Cortés, y procurado traerle consigo, no lo pudo conseguir, porque se hallaba casado con una india bien acomodada, y tenía en ella tres o cuatro hijos, a cuyo amor atribuía su ceguedad: fingiendo estos afectos naturales, para no dejar aquella lastimosa comodidad, que en sus cortas obligaciones pesaba más que la honra y que la religión. No hallamos que se refiera de otro español en estas conquistas semejante maldad: indigno por cierto de esta memoria que hacemos de su nombre; pero no podemos borrar lo que escribieron otros, ni dejan de tener su enseñanza estas miserias a que está sujeta nuestra naturaleza, pues se conoce por ellas a lo que pude llegar el hombre, si le deja dios.[4]

—Y Gonzalo Fernández de Oviedo en *Historia general y natural de las Indias*, también lo llama "mal cristiano". Y fray Diego de Landa cuenta lo mismo de los náufragos, diciendo que Aguilar era buen cristiano, pero expresándose de Guerrero con estas palabras: "idólatra como ellos". Todos los cronistas de la época se empecinaron en destruir su memoria, mientras que de Aguilar se dice todo lo contrario. Pero el *Chilam Balam* cuenta otra cosa:

En este tiempo no había sido visto ninguno de los señores extranjeros hasta que fue aprehendido Jerónimo de Aguilar por los de
Cozumel. Y ésta, a saber, fue la causa de que se conociera en la
comarca, porque terminaron por caminar todos por la tierra;
pero no todos palparon la tierra de la región. [...] De este modo
nuestra tierra fue descubierta, a saber, por Jerónimo de Aguilar,
quien, a saber, tuvo por suegro a Ah Na Chan Can, en Cozumel, en 1517 años.[5]

—Una posibilidad es que quien escribió esto sobre Aguilar lo
confundió con Guerrero. Pero, lo más probable es que Aguilar
sí se haya casado. El cuerpo tiene necesidades. Y ocho años sin
que nadie en España se entere de lo que hacía es mucho tiempo.
Ahora, es bien sabido que los españoles cuando llegaron a estas
tierras —incluso los religiosos—, se acostaban con mujeres, por
las buenas o por las malas. El par de náufragos no tenía la certeza de que algún día volverían a España. Mi conclusión es que
Aguilar fue un hipócrita, y cuando se encontró con Cortés no
hizo más que hablar mal de su compañero Guerrero. ¿Enojo? Es
probable que en esos ocho años su amistad se rompiera. O tal vez
jamás existió. Pero lo que sí queda claro es que Gonzalo Guerrero
fue leal a los mayas. Y la prueba está en cómo los defendió. ¿Qué
dice Bernal sobre esto?

Tobón Medina tomó el libro, buscó la información y leyó:

Yo soy el que viene desde la isla de Cuba de los primeros, en
compañía de un capitán que se decía Francisco Hernández de
Córdoba; trajimos de aquel viaje ciento y diez soldados; descubrimos Yucatán y nos mataron, en la primera tierra que sal-
tamos, que se dice la Punta de Cotoche, y en un pueblo más
adelante que se llama Champotón, más de la mitad de nuestros compañeros; y el capitán salió con diez flechazos y todos
los más soldados a dos y a tres heridas. Y viéndonos de aquel
arte, hubimos de volver con mucho trabajo a la isla de Cuba,

a donde habíamos salido con la armada. Y el capitán murió llegando a tierra, por manera en que los ciento y diez soldados que veníamos quedamos muertos los cincuenta y siete.[6]

—Y, ¿quién llevó a cabo aquella batalla? Gonzalo Guerrero. Sigue leyendo.

Y luego le preguntó por Gonzalo Guerrero, y dijo que estaba casado y tenía tres hijos, y que tenía labrada la cara y horadadas las orejas y el bezo de abajo, y que era hombre de la mar, de Palos, y que los indios le tienen por esforzado; y que había poco más de un año que cuando vinieron a la punta de Cotoche un capitán en tres navíos (parece ser que fue cuando vinimos los de Francisco Hernández de Córdoba) que él fue responsable de que nos diesen la guerra, y que vino él allí juntamente con un cacique de un gran pueblo, según he ya dicho en lo de Francisco Hernández de Córdoba. Y después que Cortés lo oyó, dijo: "En verdad que le querría haber a las manos porque jamás será bueno".[7]

—¿Qué tiene que ver Gonzalo Guerrero con el monolito? —preguntó Tobón.
—Antes de morir dejó unos escritos, una especie de autobiografía, en pieles de venado, que permanecieron en manos de los mayas hasta 1935 cuando, de alguna manera, el coleccionista Salvador Campos Jara las adquirió. Todo parece indicar que él guardó en esos escritos el secreto del camino de Kukulcán.
—¿Cómo funcionaban los gobiernos de los mayas?
—Todos los gobiernos mayas o *kuchkabal* eran dirigidos por un halach uinik, quien concentraba el poder religioso, militar y civil en nombre de uno de sus dioses, bajo una estructura teocrática y una sucesión del padre al hijo primogénito. Una dictadura donde el halach uinik con nepotismo nombraba a sus familiares funcionarios, jefes o *batab* de las ciudades que conformaban su gobierno, para que comandaran a los soldados, presidieran el consejo local,

aplicaran la justicia, cuidaran de los campos en las épocas indicadas por los sacerdotes o *Ah Kin,* y controlaran el pago de los impuestos. Mucho de esto se puede saber gracias a los libros del *Chilam Balam*, cuyo significado puede interpretarse de diversas formas: *Balam* era el nombre de una familia, significa "brujo" o "mago" y "jaguar". *Chilam* era el nombre de la clase sacerdotal que interpretaba los libros y la voluntad de los dioses; también significa "el que es boca". Entonces, *Chilam Balam* puede interpretarse como "Sacerdote Jaguar" o "Boca del Jaguar". Había una mayor cantidad de estos libros, escritos por separado en los poblados más grandes, pero fueron destruidos por los frailes. Sólo unos cuantos lograron sobrevivir, que son: el *Chilam Balam* de Chumayel, el de Maní, Tizimín, Kaua, Laua, Ixil, Tusik y Tekax, Nah, y el Códice Pérez. Los tres primeros son los más completos, o los menos destruidos, como lo quieras ver, muchacho.

Gastón Peralta Moya hizo una pausa.

—Hay muchas dudas sobre los mayas. Queda poca información. Me pregunto: ¿quién escribió los libros del *Chilam Balam*? ¿Por qué los escribieron después de la Conquista? ¿Fue Gonzalo Guerrero quien incitó a los mayas a redactar los libros del *Chilam Balam*? ¿Tollan influyó en Chichén Itzá o viceversa? ¿Ese monolito que encontraron hace unas semanas y que ahora está desaparecido, marca la *senda del jaguar*?

—¿Cuántos libros quiere que hagamos?

—¿Hagamos? Tú sólo eres parte de esa máquina de escribir. ¿Cuándo has visto que un escritor haga alarde de la pluma o lápiz que usó para su obra?

—Disculpe. ¿Cuántos libros piensa dictarme?

—Por el momento sólo éste. Luego ya veremos. ¿Ya te quieres ir?

—No, maestro.

—Bien. Casi va a amanecer. Vete a dormir. Jacinto te dirá dónde dormirás.

VII

Mientras estallaba una turba de olas sobre la orilla de la playa, un par de huellas en la arena se desvanecía suavemente. Un centenar de gaviotas revoloteaba alrededor del enorme navío que se acercaba pesada y lentamente. Las grises nubes al fondo presagiaban la más tempestuosa tormenta que jamás se hubiese visto por aquellos rumbos. Nican Canul sintió que los pies se le hundían en la arena al ver aquel armatoste desconocido. No era temor lo que lo tenía paralizado, sino el asombro de ver aquello que tanto les había contado Gonzalo Guerrero en los últimos años.

—Un día llegarán otros, como Aguilar y yo, en navíos fabricados de madera —les decía en lengua maya—, pero no vendrán en paz, buscarán oro y querrán arrebatarles sus tierras.

Nican Canul le informó que en las costas de Punta de Catoche se encontraba una expedición española.

—Bajaron de su gran navío —dijo Nican Canul—, y a saber, remaron en unas canoas hasta la orilla. Son muchos y se parecen a ti, Gun Zaló. Se dirigen a *Chakán-Putún* (Champotón).

Gonzalo Guerrero recordó por un instante el largo camino que lo había llevado hasta ahí. En Europa jamás recibió retribución alguna por su esfuerzo ni por haber arriesgado la vida. Antes de llegar al Nuevo Mundo, siempre fue tratado como peón. Miró de reojo a su esposa

Zazil Há, y a sus hijos; concluyó que no les debía nada a los españoles, y su primera reacción fue preparar las tropas.

Aguilar intentó oponerse: le parecía inconcebible que un par de españoles atacaran a sus hermanos. Pero sabía que hacer obvio su pensar le costaría la vida. Él vivía igual que Gonzalo, había disfrutado de los mismos privilegios, pero él no se resignaba a pasar el resto de su vida entre toda esa gente.

Guerrero miró a su suegro Na Chan Can.

—Buen amigo, Gun Zaló, tú bien conoces el modo de pelear de los *dzules* (extranjeros), en tus manos pongo el mando de las tropas.

Esa mañana salió el español acompañado de todos los soldados de Ichpaatún y de Ch'aak Temal, rumbo a Chakán-Putún para recibir a los *dzules*, entre los que se encontraban un capitán de nombre Francisco Hernández de Córdoba y un marinero llamado Bernal Díaz del Castillo. Guerrero instruyó a sus soldados para que no hicieran ruido, como se acostumbraba en aquellas guerras en las que se anunciaba su llegada con tambores y silbidos de caracoles. Asimismo les advirtió que las armas que traían los españoles eran explosivas y que podían darles muerte desde lejos.

Así, alistados para el ataque, los guerreros de Ichpaatún y de Ch'aak Temal esperaron escondidos entre los árboles y la hierba. Gun Zaló calculó que eran más de cien; él llevaba cuatrocientos. Dio la orden de que sólo cien expulsaran sus lanzas justo al verlos llegar; pronto los españoles respondieron con disparos, pero era demasiado tarde: las lanzas habían herido a más de la mitad. Guerrero dio la orden de que otros cien soldados arrojaran sus lanzas. Los españoles, sin poder ubicar al enemigo, disparaban fuego sin destino exacto. Cuando la tercera centena de lanzas apareció, los españoles concluyeron que, de no emprender la retirada, morirían ahí ese mismo día.

Al volver el *nacom* Gun Zaló a Ch'aak Temal, fue recibido con lisonjas jamás sospechadas. Aún así seguía preocupado, pues sabía que ése era tan sólo el principio de una gran guerra. Para ello se dio a la tarea de enviar mensajeros a todos los demás pueblos de la zona. La desventaja era que había desacuerdos entre muchas de las pequeñas poblaciones, y unirlas sería otra de sus batallas.

Al año siguiente llegó a Cuzamil otro grupo de españoles a los que se les informó que por aquellos rumbos habían llegado ocho años atrás un par de náufragos y que vivían en Ch'aak Temal. El capitán envió un grupo de españoles con un par de mercaderes de Cuzamil con una carta para que la entregaran a los náufragos. Al llegar a tierra firme, los extranjeros, temerosos de encontrar la muerte, permanecieron en el navío y enviaron a los mercaderes de Cuzamil. Dos días más tarde llegaron frente a Jerónimo de Aguilar, quien al ver el documento se llenó de un entusiasmo. Era una carta de Hernando Cortés:

> Señores y hermanos, aquí en Cuzamil, he sabido que estáis en poder de un cacique detenidos, y os pido por merced que luego os vengáis aquí, a Cuzamil, que para ello envío un navío con soldados, si los hubiésedes menester, y rescate para dar a esos indios con quien estáis; y lleva el navío de plazo ocho días para os aguardar; veníos con toda brevedad; de mí seréis bien mirados y aprovechados. Yo quedo en esta isla con quinientos soldados y once navíos; en ellos voy, mediante Dios, la vía de un pueblo que se dice Tabasco o Pontonchan.[8]

Por fin había terminado aquello que Aguilar decía ser un castigo de dios. Releyó la carta y no pudo evitar que una lágrima se deslizara por su mejilla. Se había enamorado y sabía que no podría llevar consigo a la mujer con la que se había holgado todo ese tiempo. No era posible, él era un religioso. Años más tarde contaría a los españoles que:

> …el cacique era sabio y deseaba ocupar a Aguilar —como después hizo— en cosas de mucho ejemplo. Viendo que vivía tan castamente que aun los ojos no alzaba a las mujeres, procuró tentarle muchas veces, en especial una vez que le envió de noche a pescar a la mar, dándole por compañera una india muy her-

mosa, de edad de catorce años, la cual había sido instruida por el cacique para que provocase y atrajese a su amor a Aguilar; le dio una hamaca para que ambos durmiesen. Llegados a la costa, esperando tiempo para entrar a pescar, que había de ser antes que amaneciese, colgando la hamaca de dos árboles, la india se echó en ella y llamó a Aguilar para que durmiesen juntos; él fue tan sufrido, modesto y templado, que haciendo cerca del agua lumbre, se acostó sobre la arena; la india unas veces lo llamaba, otras le decía que no era hombre, porque quería más estar al frío que abrazado y abrigado con ella; él, aunque estuvo vacilando muchas veces, al cabo determinó vencer a su sensualidad y cumplir lo que a Dios había prometido, que era de no llegar a mujer infiel, porque le librase del cautiverio en que estaba.[9]

El *Chilam Balam* contaría años más tarde que Aguilar era casado y con hijos. Y así, al recibir aquella carta los abandonó. No lo pensó más y recibió el rescate que le había enviado aquel español y se dirigió a la casa de Gonzalo Guerrero.

—¡Hermano Guerrero! —dijo con alegría—. ¡Han llegado por nosotros, nos esperan en Cuzamil!

Gun Zaló guardó silencio fingiendo no comprender qué era lo que Aguilar decía. No era posible que él, quien le había ayudado a luchar contra los españoles un año atrás en Chakán-Putún, ahora se regocijara por volver, por aliarse a ellos. Ambos sabían las intenciones de los españoles, ya lo habían discutido.

Hermano Aguilar —dijo Gonzalo Guerrero señalando todo a su alrededor—: yo soy casado y tengo tres hijos, y me tienen por cacique y capitán cuando hay guerras; idos con dios, que yo tengo labrada la cara y horadadas las orejas. ¡Qué dirán de mí desde que me vean esos españoles ir de esta manera! Y ya veis, estos mis hijitos cuán bonicos son. Por vida vuestra que me deis de esas cuentas verdes que traéis, para ellos, y diré que mis hermanos me las envían de mi tierra.[10]

—Pronto llegarán y conquistarán estas tierras —argumentó Aguilar con deseos de convencer a su compañero de tantos años; su hermano, como le llamaba—. Salvad vuestra vida.

Zazil Há, la esposa de Gun Zaló, escuchó todo y sin poder aguantar su coraje se apresuró a intervenir antes de que Aguilar lograra su objetivo.

> Mira con qué vienes a hablar a mi marido; vete y no desperdicies tu tiempo en más pláticas.[11]

Aguilar enfureció al escuchar aquello. Había callado mucho, había guardado tanto enojo y ahora que sabía que su tiempo en aquellas tierras llegaba a su fin optó por decir lo que pensaba.

—Vos sois un cristiano —dijo sin preámbulo. Miró a la mujer con desprecio y agregó—: Por una india no podéis perder la mente. Y si es por eso, ándate con ellos, con vuestra mujer y vuestros hijos. Podéis llevarlos un día a vuestra tierra natal de Palos.

—Id con dios —dijo Gun Zaló sin mirar a su compañero. Había pensado en despedirse de él con un abrazo, pero aquella ofensa a su amada esposa le quitó el deseo.

Jerónimo de Aguilar vio con tristeza cómo su compañero le daba la espalda y se retiraba del lugar. Observó el poblado por última vez y sin más se encaminó a la costa donde lo aguardaba el navío. En el trayecto se imaginó de vuelta en España, comiendo nuevamente aquellos platillos de casa, usando sus ropas, charlando con sus amigos a los que hacía tantos años no veía.

Pero su castillo de sueños se derrumbó al llegar a la costa, pues el navío ya se había marchado. "Oh, no, no, no es posible esto. ¡No!"

—¿Qué ha ocurrido? —preguntó a los nativos de Cuzamil que lo acompañaban.

Le recordaron que sólo tenían ocho días para volver y que había excedido el tiempo. Jerónimo de Aguilar, sin contener el llanto, corrió a la orilla de la playa y gritó desesperadamente: "¡Volved! ¡Volved! ¡Volved!" Las olas golpeaban sus rodillas. El inmenso mar parecía quitarle nuevamente la posibilidad de volver a casa. Recordó una vez más la noche del naufragio, las enormes olas, los truenos, el cielo que se iluminaba con cada rayo, y la incertidumbre de no saber qué ocurriría con su vida; una vez más se encontraba de la misma manera. O quizá peor: se había quitado la máscara. Ya no podría volver a Chetumal. ¿Con qué cara? ¿Qué iba a decirle a su esposa a quien había abandonado? Sin descaro le había dicho que volvía con su gente, que no pensaba llevarla, que no le interesaba seguir allí.

Al comprender que no tenía más que volver a Ch'aak Temal, decidió elaborar una farsa, algo que le abriera las puertas de su casa, que le permitiera andar por el lugar sin sentir el acoso público. Los hombres que lo acompañaron volvieron a Cuzamil, y él caminó solo a Ch'aak Temal. Al llegar, los vecinos lo acorralaron con miradas.

—¡No pude! —dijo en voz alta—. ¡Los amo! ¡No puedo dejarlos!

La gente sonrió y caminó junto a él hasta llegar a su casa, donde su esposa Ix Nic se encontraba ahogada en llanto.

—Lo siento —dijo al hincarse frente a ella—, perdona mi error. Pero, mira, he vuelto, he vuelto porque no puedo vivir sin ti.

Gun Zaló supo que era una mentira. Así que decidió enviar gente a la costa de Cuzamil para investigar qué había ocurrido. Se enteró de que el navío se había marchado sin esperarlo.

Poco después llegó la noticia de que aquellos españoles habían vuelto a Cuzamil y que seguían buscando a los náufragos. Aguilar no esperó y se dirigió sin espera al encuentro con los españoles. En la costa encontró a los dos hombres que le habían llevado la carta. Sonrió y corrió hacia ellos, quienes pronto le hicieron saber que tenían una canoa y que ellos mismos lo llevarían con los dzules.

Luego de remar cuatro leguas llegaron a la costa de Cuzamil. Un español llamado Andrés de Tapia vio la llegada de la canoa con ocho nativos a bordo. Dedujo que de nuevo no habían encontrado a los náufragos, pues Aguilar no tenía la apariencia de un español:

Traía una cotara [sandalia] vieja calzada y la otra atada en la cintura; y una manta vieja muy ruin, y un braguero peor, con que cubría sus vergüenzas, y traía atada en la manta un bulto que eran hábitos muy viejos.[12]

—¡No tengáis miedo! —dijo Aguilar a los nativos que tuvieron temor de ser atacados por los españoles—. Son mis hermanos.

Andrés de Tapia no podía creer lo que tenía frente a sus ojos. Aguilar se apresuró a bajar de la canoa y sin decir una palabra abrazó fuertemente al español, quien luego envió a uno de sus hombres a avisar a los demás que uno de los náufragos había aparecido.

En el camino al encuentro con Cortés, Tapia fue interceptado por algunos de sus compañeros, quienes nunca imaginaron que el hombre con facha de nativo era el español del que tanto se hablaba en ese momento.

—¿Qué es del español? —preguntaban.

Aguilar experimentó una vergüenza irreprimible al saber que ninguno de los españoles lo reconociera como compatriota; y peor aún, que al enterarse que él era el náufrago lo miraran de arriba abajo con desdén.

Cortés los recibió con la misma pregunta: "¿Qué es del español?"

—Yo soy —respondió Aguilar y se hincó frente a Hernando Cortés, olvidando que eso era una costumbre maya.

—Ordenaré que se os dé algo limpio para vestir —dijo Cortés apenado de ver a un español vestido y trasquilado de esa manera.

Uno de los marineros le entregó una camisa, jubón, zaragüelles, caperuza y alpargatas. Cuando por fin Aguilar se bañó y se cambió de ropa se encontró con Hernando Cortés, quien le preguntó de dónde venía y cómo había llegado a ese lugar. Aguilar hablaba con una pronunciación muy extraña para los españoles.

—Contadme ahora de los pueblos —dijo Cortés.

—No conozco mucho, pues hube de ser esclavo todo el tiempo —mintió—. Sólo me tenían para servir y traer leña y agua, y para trabajar los maizales.

Hernando Cortés se conmovió al escuchar lo terrible que parecía haber sido su vida.

—En alguna ocasión me llevaron como esclavo cargando por cuatro leguas, tan pesado que caí fatigado y enfermo. De ahí no se me volvió a sacar del poblado donde me encontraba.

—Y, ¿qué hay del otro español?

—Ése se ha vuelto como los indios; está casado y con hijos, se ha olvidado que es cristiano y tiene labrada la cara y horadadas las orejas y el bezo de abajo. Era hombre de la mar, de Palos. Ahora los indios le tienen por esforzado. Vive como un cacique. Y se dedica a hacerles la guerra a los demás pueblos.

Hernando Cortés escuchaba con mucha atención y se frotaba la barba con los dedos.

—Hace poco más de un año llegaron unos españoles a las costas de Punta Catoche.

—Sí —interrumpió Cortés—. Era un capitán con tres navíos. El capitán era Francisco Hernández de Córdoba.

—Pues Gonzalo Guerrero fue el inventor de que les diesen la guerra.

En cuanto Cortés escuchó eso comenzó a enfurecer, pero disimuló su ira y se conformó con fruncir el entrecejo.

—En verdad que le querría tener en las manos porque jamás será bueno —dijo Cortés.

A partir de ese momento se corrió la voz de buscar al español, al traidor, al renegado, al cacique llamado Gonzalo Guerrero, y que se le diera muerte.

VIII

Luego de una larga estancia en París, el arqueólogo forense Diego Augusto Daza Ruiz decidió volver a México, a pesar de que había asegurado que jamás lo haría. Una llamada lo cambió todo: su padre, el arqueólogo Diego Alberto Daza Hinojosa, estaba en casa de su madre y quería pasar los últimos años de su vida con sus dos hijos, Diego Augusto y Hugo Alberto, y Hortensia de la Luz Ruiz Vargas, su ex esposa. Del teatrillo nostálgico que fue el reencuentro en los pasillos del Aeropuerto Internacional de la ciudad de México nada quedó al tercer día cuando, en un desayuno, su hermano, y sacerdote, le recriminó haber sido partícipe de los acontecimientos de 1993. Su madre lo apoyó ferozmente.

—¿Cómo fue posible que te hubieses prestado para algo así? ¿Dónde quedaron los valores que te había inculcado?

—Tranquilos —añadió su padre—, estamos aquí para recuperar el tiempo perdido.

—El tiempo nunca se recupera —respondió Diego con enojo—. Es abstracto, intangible y por ende es lo único que no se transforma. Lo único que no entra en la ley de Lavoisier.

—Como sea. El objetivo es estar en familia.

—¿Familia? —respondió Hortensia—. Ahora sí tienes familia, ahora sí quieres una familia, ahora que te encuentras arruinado y viejo.

Diego Alberto y Hortensia iniciaron una guerra de insultos.

—¿Para esto me hicieron venir desde Francia? ¿Para discutir lo indiscutible? —respondió enfurecido Diego y se puso de pie.

Entonces, Diego quiso que todos ellos desaparecieran de su vida. Y se le concedió.

El arqueólogo forense salió de la casa enfurecido y abordó un autobús. Un tal Pitirijas esperaba al volante que el jefe de la base le firmara su tarjetón de salida.

Don Diego y doña Hortensia llegaron a un acuerdo minutos más tarde. No tenía caso discutir por el pasado. Perdóname. No, perdóname tú a mí. Vámonos, se nos hace tarde. ¿Y Diego? No creo que vuelva hasta la noche, ya lo conoces. Salieron, tal cual lo habían planeado.

El camión de Diego seguía estacionado en la base. El Pitirijas tenía el radio a todo dar. Rigo Tovar cantaba: "Tuvimos un sirenito, justo al año de casados…". Encendió el camión, prendió un cigarrillo, se amarró la melena larga y arrancó. Recorrió las callejuelas de la zona.

Don Diego arrancó el auto y salió al Periférico en dirección norte.

Diego sintió un impulso por bajar del camión. No tenía caso haber abordado un camión sin destino alguno. Lo mejor era caminar, detenerse, pensar. ¿Pensar? ¿Con el escándalo que tenía el chofer? "Necesito bajar." "Ya no se puede, vamos a entrar al Periférico." "Es urgente", mintió. Apenas si se detuvo el camión cuando de un brinco Diego alcanzó la banqueta. "No corras tan rápido, maneja más despacio", le dijeron los pasajeros al Pitirijas que iba echando carreras con otro camión para ganarle el pasaje.

En una curva, Don Diego se topó frente al camión del Pitirijas que daba vueltas como rehilete. Sin poder evadirlo se estrellaron contra el tanque de combustible del camión que se encontraba tendido lateralmente. Se encontraron con una muerte instantánea. Hortensia casi no sintió el golpe contra el camión; Hugo Alberto sólo se llevó al sepulcro la fotografía de un camión dando maromas. Don Diego fue el último en morir.

Diego Augusto Daza no pudo con el tormento de los recuerdos y se escondió en un motel. "¿Para qué volví a México?". Se metió en la cama y se tapó con las cobijas tal cual lo había hecho en los últimos años. Pocas noches lograba dormir sin entrar a esa cueva que lo protegía del pasado, ése que bien puede perturbar hasta desvanecer la cordura.

Dos días más tarde lo despertó la pesadilla de la realidad antes de llegar a casa. Le sorprendió ver cuatro carrozas fúnebres por las calles de la casa de su madre. Docenas de mirones marchaban detrás. La tía Martha sintió que las tuercas de las rodillas se le aflojaban del puro susto al ver a Diego vivito y coleando. Para toda la familia había fallecido en medio de la explosión. Hugo y don Diego salieron como petardos, expulsados por el impacto. Hortensia quedó calcinada e irreconocible. Fue por el paladar que estaba sumido hacia arriba que supieron que pertenecía a una mujer. A Diego lo confundieron con el cuerpo carbonizado del Pitirijas, que yacía a un lado del pedazo de hojalata que había sido el carro de la familia, sin imaginarse que en el momento del accidente no estaba ahí.

—Están muertos. Todos —le dijo la tía Martha—. Lo siento mijo. No sé a quién estuvimos velando en tu lugar.

La marcha fúnebre iba rumbo al cementerio, pero Diego caminó en sentido contrario: decidió que no acompañaría a su familia en ese último viaje. La casa estaba vacía. Sintió un frío inconsolable; enseguida lo acosaron los moscardones de la culpa por haberles deseado la muerte, y se maldijo por no haber sido él quien se estrellara contra aquel camión. Montado en el volcán de su demencia corrió a la cochera por un bote de gasolina y bañó la sala con el combustible para quemar la casa con él en su interior. Encendió el fósforo, y cuando el sofá comenzaba a arder entró la tía Martha como loca e impidió que Diego se calcinara. Arrancó las cortinas y arremetió contra el sillón hasta sofocar la hoguera.

—No hagas eso —le rogó—. La vida tiene que seguir. Seguro tienes el estómago vacío. Ven conmigo y comes en la casa.

—No —respondió—. Aquí me voy a quedar.

Luego de una larga e insoportable discusión, la tía Martha no tuvo más que salir y dirigirse al sepelio.

—Pero prométeme que no vas a hacer una locura.

—Te lo prometo.

El arqueólogo forense lloró hasta quedarse dormido. Al amanecer reconoció a los avispones del dolor que ni en la profundidad de su sueño dejaban de acentuarle que se encontraba en un enorme trozo de mierda.

—Todos estamos muertos —le espetaba su madre en el infierno de sus pesadillas—. Calcinados. Tú deseaste nuestra muerte, desgraciado. Ahora estamos sepultados.

Se flageló con la fusta de la culpa.

—No merezco vivir.

Decidió a la sazón pagar su condena en el infierno, en el silencio de aquel dormitorio, recinto de sus depresiones, testigo de sus vanos intentos de suicidio: suicidio que nunca llegaba, que tan sólo se burlaba de él, que le escupía en la cara diciéndole que ni él lo quería, y lo devolvía a la vida, aún más abatido. El suicidio se mofó desde el primer atentado: le rompió la cuerda de la cual se había colgado, lo tumbó al piso y lo descalabró.

Al escuchar un furioso regaño, se puso de pie, escondió la soga traicionera debajo de la cama unos instantes antes de que su madre entrara y encontrara el cadalso que su hijo clandestinamente había elaborado.

Pero su madre estaba muerta. ¿Realmente escuchó aquel reclamo? Estaba seguro de haber escuchado aquel rapapolvo. Sí. Por supuesto que lo escuchó. Claro que sí. No se estaba volviendo loco. ¿O sí?

Pasó días tormentosos. Deambuló noctámbulo por la ciudad cual alma en pena. Una de esas noches, en la recámara de sus padres, en donde estuvo varias horas, sentado en la catapulta del suicidio: la cama de sus padres; encontró en los rincones de un buró una pistola deslustrada. Tenía en la ruleta cuatro tiros disponibles. Se la jugó: se puso el cañón en la sien y jaló el gatillo.

Tac…

Seguía vivo. Dirigió la mirada al cañón.

Tac...

—¿Se atoró la bala? —pensó.

Tac...

Se golpeó la cabeza con el revólver hasta deshilacharse la frente. Los estambres de sangre se mezclaron con la seda de llanto que le forraba el rostro. Se desplomó desmayado sobre el piso y nuevamente entró al patíbulo de sus pesadillas. Su madre volvía desde el otro mundo para reclamarle la muerte de todos y restregarle en la cara que ni eso podía hacer.

"Ni eso, Diego. No es posible que no te puedas matar", le decía Hortensia que ni muerta se quitaba los tubos de la cabeza. En vida sólo se deshacía de ellos minutos antes de llegar al trabajo, o a algún lugar que requiriera formalidad. De no ser así viajaba en carro con dos tubos en la frente, cuatro arriba de las orejas y seis tras la nuca. "No es posible, Diego. Si estuviera viva iría en busca de un matón para que se hiciera cargo de lo que tú no puedes hacer", le dijo el esqueleto de su madre que tenía un par de tubos enredados en los pocos hilos que aún le colgaban del cráneo. "¡No es posible, no es posible, no es posible!", le reclamó hasta que la mandíbula se le desmoronó. Quiso golpearlo pero al alzar el brazo, la clavícula no soportó el peso y el húmero se pulverizó.

Diego despertó.

—No es posible —se dijo mientras veía en el espejo su rostro con una enorme costra de sangre.

Pasaron tantos meses que al arqueólogo forense le creció la barba y le salieron canas. Sobrevivió con el dinero recibido de las regalías de los libros de superación personal que escribía su madre; mas no por eso pagó las deudas y le suspendieron los servicios de luz, teléfono y gas. Se alcoholizaba constantemente. En ocasiones llegaban a su casa cartas dirigidas a él. Al abrirlas encontraba siempre la misma frase:

Te estoy esperando.

Se encontraba en la ruina total de su vida. El esqueleto de su madre seguía torturándolo por las noches: le ponía en las manos navajas, martillos, pistolas, sogas para que se arrancara la vida, y justo cuando la bala, el cuchillo, el cincel, el mecate por fin lograban su cometido, Diego resucitaba de su pesadilla. Fue entonces que decidió salir en busca de alguien que le cumpliera el capricho a la calaca con tubos. Recorrió los barrios de Tacubaya, la Merced, Ermita, la Doctores y Tepito hasta dar con el verdugo que lo mandaría a otro mundo sin que Diego lo sintiera: el Macaco, un viejo matón de 63 años, quien había iniciado su trayectoria criminal como "lanzador", como brutal golpeador especialista en desalojar inquilinos morosos. Era conocido por practicar el canibalismo, por su mala memoria y su fealdad. Tenía los dientes torcidos, excesivamente salidos y amarillentos; las muelas podridas, la piel cacariza, el cabello lacio y duro, tan grueso que no podía peinarse si su pelo no medía más de cuatro centímetros; los ojos perversos y la nariz chata. Había nacido con una malformación en las manos, por lo cual las tenía torcidas. Guardaba un odio demoledor hacia aquellos que se podían describir atractivos.

—Lo que tú le pidas, él lo hace —le dijo el Gallo, quien lo llevó hasta la puerta de la casa del Macaco—. Nada más asegúrate de darle bien todas las instrucciones y una foto del futuro difunto. Si tú quieres, él mismo lo entierra por ti. Pero eso sí: es caro. Vas a necesitar mucho dinero.

Eso a Diego no le preocupaba. Llevaba puestas unas enormes gafas oscuras, y en una bolsa, el dinero recibido por la casa de sus padres, la cual había malbaratado vengativamente. Entró con miedo a la cueva donde vivía el matón. Las paredes se encontraban carcomidas y despintadas, había sólo un hueco por donde entraba un hilo enclenque de luz, la puerta era de lámina y a su lado yacían muchas cosas que había recogido en las calles. Diego levantó discretamente la mirada para ver el fondo del cuarto; alcanzó a ver una mesa rectangular con carne cruda —que daba la impresión de tener varios días ahí—, y algunas moscas sobrevolándola.

—Cierra la puerta —le dijo el Macaco mientras le daba la espalda a Diego. Tenía en la boca un pedazo de carne. Masticaba con la boca abierta—. ¿Qué quieres? —le preguntó sin mirarlo.

—Quiero que aniquile a este hombre —dijo Diego y le dio una foto suya sin barba ni canas—. Necesito que lo liquide porque…

—No me importa —lo interrumpió el Macaco sin fijar la mirada en él—. Ése… es… tu… pedo —dijo y buscó con la lengua un trozo de carne aferrado a las muelas que se rehusaba a entrar al molino de su panza.

Para cerrar el trato le exigió la mitad del monto y la otra cuando el cadáver estuviera en su mesa. Daza quiso reír por un instante al pensar que su muerte le saldría a mitad de precio.

—En cuanto me pagues, el muertito estará ahí —el Macaco señaló la mesa donde tenía la carne cruda.

Pero al escuchar que su cadáver terminaría postrado en la mesa de aquel caníbal, se apresuró a insistir:

—Mátelo por la espalda. Que él no se dé cuenta de nada y entiérrelo esa misma noche.

—¿Quieres que le lleve flores? —preguntó el Macaco y sonrió por un minuto sin verlo a la cara.

—¿Se puede? —pensó el arqueólogo forense, pero temió que al decirlo lo mataría en ese mismo momento por el sarcasmo.

—Todo es posible con dinero. Si tú quieres hasta le hago un velorio y le lloro toda la noche.

—No me importa. Nada más mátelo. Y entiérrelo —dijo Daza y puso todo el dinero sobre la mesa.

El Macaco ni siquiera contó el dinero; observó la fotografía detenidamente y sonrió.

—Se parece a ti. ¿Es tu hermano? —preguntó el Macaco.

Daza asintió con la cabeza y le reveló su itinerario y se marchó con la esperanza de no amanecer a la mañana siguiente.

—Si falta un peso te vas a arrepentir —amenazó.

Diego Daza regresó al pequeño cuarto que había rentado, se afeitó la barba para que lo identificara y esperó la llegada del verdugo. Mientras intentaba dormir imaginó al Macaco entrando por la ventana. O persiguiéndolo por las callejuelas del barrio, espiándolo tras los muros, contándole los pasos para llegado el momento enterrarle un balazo en el occipucio. "Adiós, Diego. Descansa en paz".

Cuando por fin se quedó dormido, Daza soñó al Macaco aullando a solas en una funeraria. "¿Por qué te fuiste, hijo mío? ¿Por qué me dejaste, Macaquito?" Abría el ataúd y con mirada sátira se tallaba los ojos con una cebolla y berreaba; lo levantaba del cuello, lo abrazaba y le mojaba la cara con llanto encebollado; le lamía la mejilla y se la empapaba con sus babas, y al probar el sabor de su carne muerta sentía en las tripas un retortijón que le anunciaba la hora del almuerzo; le mordía un cachete y Diego resucitaba. "¿No que estabas muerto, Macaquito?", cuestionaba el Macaco y lo estrangulaba justo en ese instante.

—¿Qué hice? —se preguntó en cuanto despertó—. No es posible.

Daza confirmó que le tenía fobia a la muerte. Palideció y comenzó a sudar, dio unos pasos en reversa sin quitar la mirada de un revólver imaginario; cerró la puerta por fuera y se prometió a sí mismo no volver a torear a la muerte jamás. Antes de las cuatro de la mañana corrió a la Central de Autobuses y compró un boleto para ese mismo día con destino a Mérida, Yucatán. Debía esperar unas horas. A las cinco en punto decidió ir en busca de comida. Al salir de la Central escuchó a lo lejos un comentario que le congeló las rondanas de los huesos:

—Que hombre tan feo —dijo una jovencita a su madre.

No se atrevió a girar la cabeza para comprobar que se tratara del Macaco; caminó lo más rápido posible, se introdujo en los túneles del metro y comenzó a correr para alcanzar las puertas abiertas del vagón. De Autobuses del Norte se fue a La Raza, donde vio al Macaco en las escaleras. Corrió. Sabía que la muerte estaba cerca y que ahora sí lo encontraría si no salía de ahí lo más pronto posible. En Garibaldi lo vio en el vagón posterior. Caminó entre la gente para perdérsele de vista. Se bajó en Hidalgo; de Hidalgo fue a dar a Pino Suárez, donde lo vio debajo del reloj. Se escabulló entre el tumulto, y de Pino Suárez se fue a Cuauhtémoc. Corrió hasta la salida y abordó un taxi. El auto zigzagueó por las calles hasta que el tránsito los estancó. Por el espejo retrovisor vio al Macaco. Diego pagó la cuota y se escurrió entre los autos.

En busca de un escondite, fue a dar a las puertas de un motel de quinta.

En la recepción había una pareja: una prostituta a quien le decían la Burra, y un hombre de quien nunca se supo su nombre; ella nunca le preguntó. La pérfida vestía minifalda roja, medias negras, una blusa escotada y un puñado de bisutería. Enterraba los dedos en la cabellera del lujurioso que le manoseaba el culo.

—Era el tercer cliente de la madrugada —aseguró ella tiempo después—. Ya habíamos terminado. Pensaba irme a casa, pero de pronto él salió corriendo.

Entonces el reloj marcó las seis treinta y cinco. Salió corriendo. La Burra observó a Diego a través del cristal: actuaba como si estuviese forcejeando con alguien.

El Macaco lo estrangulaba en plena calle hasta dar a la avenida donde fueron arrollados por un autobús que se dio a la fuga. Diego sólo escuchó ruidos lejanos: ambulancias, gente gritando. Eso no podía ser la muerte. Le dolía el cuerpo. Se encontraba hipoglucémico. No sentía las piernas ni el brazo derecho. No comprendía qué hacía él ahí, en ese lugar oscuro, ni por qué no podía moverse. Se mantuvo sereno tratando de recordar. Recordar. Recordar. ¡Diablos! ¿Qué? ¿Qué era eso que no recordaba? Quizá se trataba de una pesadilla. Al despertar volvería todo a la normalidad. Él, tal vez, leería el periódico, desayunaría algo exquisito, platicaría con… y nuevamente la incógnita. ¿Con quién? Intentó hacer un recuento de los acontecimientos, pero el disco duro de la memoria no le respondió. La débil luz que ingresaba entre las persianas de sus ojos se apagó en minutos, y el ruido también. Cerró los ojos y esperó a que la muerte viniera por él, sin recordar que había pasado los últimos meses correteándola. Pero nuevamente la caprichosa le hizo saber que él no era parte de esa cosecha.

—¿Me escuchas? —preguntó un paramédico—. ¿Sabes dónde estás? ¿Cómo te llamas?

Daza no respondió.

IX

Una de las noches más largas en la vida del detective Delfino Endoque fue aquella en que agonizaba su querido amigo Maclovio, un pastor alemán de dieciséis años. La edad, fue la edad la que acabó con Maclovio. Tenía seis meses de haber enfermado: pasaba la mayor parte del tiempo acostado, cansado; caminaba a paso lento, comía poco y ladraba opacamente. Endoque sabía que el tiempo de dormirlo había llegado, pero, ¿cómo quitarle la vida a su querido Maclovio?

Delfino miraba de reojo una jeringa que yacía en la mesa. La veía cual revólver cargado, listo para el indiscutible homicidio. Sabía que la inyección no dolería, tan sólo lo dormiría, eso decía su amigo el veterinario. ¿Cómo no?, si ya dolía demasiado. Tragó saliva, salió al jardín y comenzó a cavar un hoyo. Hizo de tripas corazón para no derramar un par de lágrimas mientras enterraba la pala. Maclovio seguía acostado en su cojín. Respiraba con mucha dificultad.

Cuando por fin llegó el momento, se acercó a su amigo, lo mimó. Maclovio respiró lenta y forzadamente, y agitó el rabo con cansancio, como diciendo "hasta pronto, amigo". Endoque le acarició las orejas, le dio un beso abajo del ojo izquierdo, le dijo en voz baja: "Gracias, amigo", y sin detenerse le enterró la aguja. Se sintió como el criminal que sin escrúpulos entierra la daga una y otra vez, una y otra vez. No quiso verlo morir, así que salió al jardín. Luego, cuando supo que era el momento entró a la casa y lo encontró sin respiración. Caminó temeroso hasta el cadáver de su compañero y observó sus hermosas patas, sus orejas erectas, su cuerpo inmóvil. No pudo contener el llanto y se derrumbó sobre su cuerpo y lloró. Saddam —que se había rehusado a presenciar aquel acontecimiento— lo vio desde las escaleras y también lloró.

El detective Delfino Endoque decía que Maclovio era irremplazable, y por ello se rehusó a adoptar otro perro hasta que ocho meses más tarde amparó al perro más feo que podía existir: el Bonito.

Llevaba poco tiempo perteneciendo al Heroico Cuerpo de Bomberos y había salvado un par de vidas, pero un día en medio de un incendio una explosión lo arrojó hasta el otro lado de la calle. Quedó chamuscado de hocico a rabo. Endoque, que se encontraba investigando un crimen antes del incendio, no logró contener el tormento de verlo revolcarse entre las piedras y lo auxilió: lo cargó con mucho cuidado y lo llevó hasta su camioneta estacionada seis cuadras cerca de ahí.

—¡Abre la puerta! —dijo al joven que se encontraba al volante.

—¿Qué le pasó a ese perro? —preguntó Saddam y encendió la Suburban.

—Explotó un tanque de gas —Endoque hizo un gesto de rabia—. ¡Chingada madre!

—¿Y el sujeto? —preguntó Saddam.

—Pues ese cabrón fue el que provocó el incendio. Borró todas las evidencias —Delfino Endoque hizo una pausa y miró al perro con el cuerpo quemado—. Ya, Bonito, te vamos a curar.

Cuando el veterinario lo estabilizó, se lo llevaron a casa, le curaron las heridas, le suministraron suero, velaron sus noches de dolor y evitaron que se quitara el catéter o las gasas.

Una de esas noches Delfino llegó a casa tras una larga jornada, y encontró a Saddam acostado en el piso, a un lado del Bonito. Lo vio por un rato y no pudo creer que una década había transcurrido. El niño maloliente, salvaje y solitario que había encontrado robando dinero en una iglesia de Papantla se había convertido en todo un hombre, un hijo. Le cumplió la promesa que le hizo diez años atrás: le pagó una educación y le ayudó a convertirse en detective.

Sonrió al verlo derramado en el suelo. Llegó a su mente la tarde que le dijo a Saddam que renunciaba a su carrera.

—¿Por qué? —preguntó el niño sin entender la pena que cargaba Delfino.

—Ya no puedo, renuncio —dijo el detective—, algún día lo entenderás.

—¿Y yo?

—¿Y tú qué?

—Prometiste que me ayudarías a ser detective, que seríamos socios.

El rostro de aquel párvulo rescató a aquel hombre que pendía de un precipicio. Cuando todo parecía haber terminado en su vida, cuando ya no tenía motivo de existir, cuando el trágico pasado le había desmoronado el futuro, apareció Saddam, el niño indigente, el raterillo, el huérfano para salvar a otro huérfano.

—Vamos a hacer una cosa —dijo Endoque y se puso de rodillas frente al niño—. Tú vas a entrar a la escuela y cuando termines te ayudaré a ser detective.

Delfino Endoque hizo una pausa y se preguntó: ¿Cómo va a entrar a la escuela, si este chamaco ni siquiera tiene acta de nacimiento? Cerró los ojos y se tocó la frente. No podía adoptarlo, o mejor dicho, no era conveniente. Aunque no estaba de acuerdo, aunque sabía que era ilegal lo que pensaba hacer, acudió a un conocido en el Registro Civil para tramitar un acta.

Tres años seguidos Delfino fraguó una farsa. Se retiró, pero le hizo creer al pequeño Saddam que seguía trabajando como detective. Le contaba de casos pasados como si los estuviese viviendo en el momento. El niño preguntaba por evidencias, calculaba, concluía e infería. Delfino comprendió una noche que él mismo estaba viviendo esa farsa. Tras largas horas en un abominable e inútil puesto burocrático lo emocionante de sus días era al llegar a casa y contarle a Saddam las evidencias encontradas; a jugar con la mente del niño que comenzó a jugar con la mente del detective.

Para Delfino —que había conseguido un buen puesto gracias a sus palancas—, no era nada extraño ver el cochambre de la corrupción en aquella oficina gubernamental, sin embargo no se zambulló en aquella podredumbre de fieras disfrazadas de gente sociable.

—Pero ese pendejete no se la va a acabar —escuchó en uno de los elevadores, y justo al abrirse las puertas del elevador entró el mentado *pendejete*—. ¡Compadre!, justo me estaba acordando de ti —dijo el fulano con una sonrisa falsa y un abrazo mal habido.

La curiosidad devolvió a Endoque al sendero. Sin imaginarlo llegó a él la evidencia de un desfalco en la dependencia donde, según él y tantos burócratas más, trabajaba: el fraudulento cargo al erario público por la construcción de un distribuidor vial. Facturado por trescientos millones de pesos, pero fabricado a mitad de precio con material de quinta. Innecesario ser un profeta para augurar un derrumbe, cualquier arquitecto lo podía pronosticar.

Asqueado de toda esa porquería, Delfino Endoque abandonó aquella ocupación que sólo lo mantenía en el pantano de la desocupación. Volver a su antigua vida como detective no fue complicado. Los clientes tenían tres años solicitando sus servicios.

Siete años más tarde Saddam y Delfino Endoque habían formado una mancuerna incomparable. Una organización internacional los tenía en la investigación de una cadena de pederastas y productores de pornografía infantil. Inevitablemente las pistas señalaron como flechas de anuncio de motel hacia la Iglesia católica. Para ello solicitó el apoyo del doctor Jorge Erdely, especialista en el tema.

—Casi todos actúan de la misma manera —dijo el doctor Erdely al recibir al detective y su aprendiz en su oficina—. Uno de los casos que te pueden servir de guía es el del padre Juan Mazo, en León, Guanajuato, quien abusó de más de cincuenta menores. Es lo que se sabe.

—¿Se hizo alguna denuncia? —preguntó el aprendiz.

—Claro que sí, pero el padre Pascual Chávez lo encubrió.

Cuando estalló el escándalo lo envió a trabajar con niños indígenas mixes a la sierra de Oaxaca, donde se encuentra actualmente. Y
hoy el padre Pascual Chávez es nada menos que rector mundial de
los influyentes salesianos. Es el único mexicano que ha alcanzado
la posición de director máximo de una orden religiosa de tal abo-
lengo, y a pesar de que ahora despacha desde el Vaticano, su carrera
esconde una larga y oscura historia de encubrimiento a curas pederastas cuando ocupaba un cargo más modesto.[13] Pero el pederasta
con más víctimas documentadas en la historia contemporánea de
nuestro país es el sacerdote Nicolás Aguilar, quien ultrajó a más
de cien menores, más que Succar Kuri. De hecho, el padre Aguilar es un violador serial. ¿Lo percibe así la sociedad, la justicia civil,
los fieles? No. Por eso sigue libre y además oficiando misas.

El doctor Erdely se puso de pie y caminó a un mueble donde
había una cafetera; sirvió tres tazas y regresó al escritorio.

—Su investidura funciona —continuó el doctor Erdely tras dar
un sorbo a su café— como mecanismo cultural que le garantiza una
singular impunidad. Y la ha aprovechado al máximo. Su estatus de
sacerdote lo pone en un plano distinto. Por ello, precisamente, Succar Kuri está en prisión, pero el padre Nicolás Aguilar sigue libre
tras dos décadas de pederastia sin freno.[14] El detective y su aprendiz
permanecieron en silencio. El doctor Erdely daba cifras de abusos
sexuales y acusaba a los pederastas como si los tuviese en frente.

—El investigador católico Richard Sipe estima que aproximadamente seis por ciento de los más de cuarenta y seis mil sacerdotes católicos en Estados Unidos ha cometido actos de abuso sexual
contra niños. Eso arrojaría una cifra de alrededor de tres mil cléri-
gos involucrados exclusivamente en pedofilia. Por su parte, la abo-
gada tejana Sylvia Demareset ha reportado la existencia de más
de mil quinientos sacerdotes formalmente acusados ante la justicia estadounidense por crímenes sexuales contra menores de edad.
Muchos obispos de la Iglesia católica han seguido por décadas y
décadas la misma estrategia: cambiar de parroquia en parroquia a
los sacerdotes.

El aprendiz sacó una computadora portátil, que ya tenía encendida, y leyó en voz alta:

—En el barrio de San Pedrito, la Casa Alberione, un búnker cercado, tiene fama entre los vecinos de "guarida de criminales" […] Se trata de una clínica para sacerdotes pederastas denominada "Centro de Adicciones", investigada por Interpol, pero jamás inspeccionada por la policía de Jalisco o las autoridades federales. […] El centro fue construido en un barrio popular donde aún existen calles sin asfalto. Entre la polvorienta atmósfera y las casas humildes destaca la fortaleza con varias entradas. Uno de sus frentes está cercado por barrotes y es fácil ver el interior compuesto de amplios jardines y lugares de reunión. Allí se hospedan durante tres o seis meses presbíteros de más de dieciséis países. […] El refugio para los curas con "problemas de conducta", que está ubicado en la calle Pemex número 3987 de la colonia Vista Hermosa, cuenta con instalaciones de cinco estrellas y personal especializado.[15]

—Obviamente, el número de denuncias en México es mucho menor —agregó el detective.

—*The Dallas Morning News* reveló —continuó el doctor Erdely—, luego de una detallada investigación que duró año y medio, una compleja trama internacional de complicidades entre curas que delinquen y jerarcas cómplices que les proporcionan protección, salvoconductos y asilo de país en país. Los derechos humanos y el bienestar de las víctimas siempre son lo de menos. El Arzobispo de Tegucigalpa, Honduras, Óscar Rodríguez Madariaga, perteneciente a la orden de los salesianos, ha sido señalado como responsable de encubrir curas violadores, así como personalidades de la talla del cardenal Roger Mahony de la arquidiócesis de Los Ángeles, California, y el cardenal Norberto Rivera Carrera, arzobispo de la Ciudad de México. Por su parte, Mahony fue llevado a los tribunales y su diócesis se vio obligada a pagar una indemnización de cerca de setecientos millones de dólares a alrededor de seiscientas víctimas.[16] En 2004, los austriacos, con noventa por ciento de población católica, vieron de nueva cuenta sacudida su fe con otro escándalo. El seminario de St. Pölten fue clausurado en agosto de ese mismo año por el obispo Klaus Kueng, siguiendo instrucciones de Roma. La medida obedeció a la invesigación de la policía austriaca contra el seminario y sus directivos, luego del decomiso de la computadora del seminario, cargada con videos de cuarenta mil imágenes de pornografía infantil y sadomasoquismo. Las imágenes incluían al rector y al vicerrector en actividades sexuales con los alumnos, así como fotos de actos homosexuales orgiásticos entre varios jóvenes seminaristas.[17] Pero volvamos a México: treinta por ciento de los catorce mil sacerdotes católicos en México son responsables de haber cometido algún tipo de abuso de índole sexual contra feligreses o personas de sus comunidades.[18]

—No olvidemos al pedófilo Marcial Maciel —dijo Endoque.

—¿Por qué la Orden de la Legión de Cristo fundada por Marcial Maciel ahora decide aceptar que sí tuvo una amante, una doble vida y una hija? —preguntó el aprendiz.

—Quizá porque es difícil probarle al fundador el abuso de sustancias o el de menores, a pesar de numerosos indicadores de lo contrario. Pero procrear una hija es el menor de los pecados de Maciel. Porque la Legión, con sus ochocientos sacerdotes con presencia en veintidós países y más de cincuenta mil miembros arropados por su brazo, el movimiento *Regnum Christi*, ha sido comparado con los cultos religiosos más fanatizadores y denunciado no pocas veces, aunque nunca en México, por "lavado de cerebro" y abuso de confianza.[19]

Delfino Endoque se mantuvo en silencio con la mirada perdida y su aprendiz lo observó en silencio.

—Podemos rastrear la computadora que envía las imágenes por internet —dijo el detective con una sonrisa.

X

El 11 Ahau Katún, primero que se cuenta, es el katún inicial. Ich-
canzihoo, faz del nacimiento del cielo, fue el asiento del katún en
que llegaron los extranjeros de barbas rubicundas, los hijos del sol,
los hombres de color claro. ¡Ay! ¡Entristezcámonos porque llegaron!
Del oriente vinieron, cuando llegaron a esta tierra los barbudos, los
mensajeros de la señal de la divinidad, los extranjeros de la tierra,
los hombres rubicundos... Comienzo de la Flor de mayo. ¡Ay del
Itzá, Brujo del agua, que vienen los cobardes blancos del cielo, los
blancos hijos del cielo. El palo del blanco bajará, vendrá del cielo,
por todas partes vendrá, al amanecer verán la señal que le anuncia.
¡Ay! ¡Entristezcámonos porque vinieron, porque llegaron los grandes
amontonadores de piedras, los grandes amontonadores de vigas para
construir, los falsos ibteeles (raíces) de la tierra que estallan fuego al
extremo de sus brazos, los embozados en sus sábanas, los de reatas
para ahorcar a los señores! Triste estará la palabra de Hunab Ku
(única deidad) para nosotros, cuando se extienda por toda la tierra
la palabra del dios de los cielos.

¡Ay! ¡Entristezcámonos porque llegaron! ¡Ay del Itzá, Brujo del
agua, que nuestros dioses no valdrán ya más! Este dios que viene del
cielo sólo de pecados hablará, sólo de pecados será su enseñanza. Inhu-

manos serán sus soldados, crueles sus mastines bravos. ¿Cuál será el Ah Kin (sacerdote) del culto solar, y el Bobat (profeta) que entienda lo que ha de ocurrir a los pueblos de Mayapan, Estandarte-venado, y Chichén Itzá, orillas de los pozos del brujo del agua? ¡Ay de ustedes mis hermanos menores, que en el 7 Ahau Katún tendrán exceso de dolor y exceso de miseria, por el tributo reunido con violencia, y antes que nada entregado con rapidez! Diferente tributo mañana y pasado mañana darán; esto es lo que viene, hijos míos. Prepárense a soportar la carga de la miseria que viene a sus pueblos, porque este katún que se asienta es katún de miseria, katún de pleitos con el malo, pleitos en el 11 Ahau.[20]

Pero no lloren hijos de Mizcit Ahau, no bajen la mirada, pues pronto Kukulcán ha de volver, fue a Tlillan Tlapallan. Allá iremos también, itzaes. Allá, sí allá. No lloren, itzaes, no agachen la frente. El elegido está por venir. Sí, habrá un elegido del Quinto Sol, un hombre será la reencarnación de Kukulcán. No lloren, itzaes, no lloren. El hombre de barbas rubicundas llegará, destruirá, cortará la sangre. ¿Cuál será el Ah Kin (Sacerdote) del culto solar, y el Bobat (profeta), que entienda lo que ha de ocurrir a los pueblos de Mayapan, Estandarte-venado, y Chichén Itzá, orillas de los pozos del brujo del agua? No lloren, itzaes, que pronto ha de llegar el elegido. La reencarnación de Kukulcán.

¿Eres tú acaso? ¿Eres tú el elegido? ¿Vienes o te vas? ¿Estabas o llegaste? ¿Eres tú? Oh, gran elegido, has llegado a salvar a los itzaes. Oh, la vuelta del katún ha marcado tu llegada. Oh, la reencarnación de Kukulcán ha llegado. Itzaes, ya no se entristezcan. La palabra ya no debe ser triste. El Elegido ha nacido ya. Kukulcán ha vuelto.

XI

Ha llegado el momento. Tu miseria ha terminado. El dolor debe desaparecer. Es tiempo de que tomes el camino: tu destino. Ya no eres más, ni serás el que fuiste o intentaste ser. Es hora de despertar a la virtud. Ahora debes comprender tu destino, del que no tienes salida. Ya viviste la desgracia, el dolor, la pena, la tortura, la cercanía a la muerte, el luto y la soledad.

La bondad no sirve, no ayuda, no nutre. El éxito es efímero. No eres una marioneta, nunca lo fuiste, no te dejaste mangonear; eres los dedos que la mueven. La maldad no existe: es sólo la visión de aquellos que no tienen el poder para rebatir la fuerza de los poderosos como tú. Tú eres grande y poderoso, tienes la virtud.

Supiste elegir. Tomaste la mejor decisión. Buscaste a tu mentor: lo salvaste del cadalso. Y yo, Gregorio Urquidi, he tenido por gratitud a tu acción, la prudencia de esperar tu regreso. Sé que un día lo harás, que buscarás una alianza. Es momento de la venganza. ¿Qué esperas?

El director del Centro de las Adicciones estuvo a punto de firmar lo que acababa de escribir cuando alguien tocó a la puerta de su oficina.

—Adelante —dijo con un gesto apático.

El padre Bañuelos abrió la puerta y avanzó dos pasos.

—Señor director, el padre Felipe Osuna está aquí.

—¿Quién es él? —respondió Urquidi sin quitar la mirada de los papeles que tenía sobre su escritorio—. ¿Qué quiere?

—Usted me ordenó que programara entrevistas con cada uno de los sacerdotes que se encuentran en el Centro.

—Lo olvidé —Urquidi dobló el papel y lo guardó en uno de los cajones de su nuevo escritorio—. ¿Ya tienes sus expedientes? —Urquidi se preparó para encender un habano Cohiba.

—Sí, señor.

—Déjame verlos.

Urquidi comenzó a leer detenidamente las acusaciones de todos los sacerdotes que vivían en la Casa Alberione: abuso sexual, acoso sexual, enriquecimiento ilícito, malversación de fondos, narcolimosnas, macrolimosnas, abuso de menores, tráfico de influencias, homicidio, homosexualidad, matrimonios clandestinos, financiamiento de movimientos, huelgas y paros laborales, boicots, intervención política en elecciones locales, estatales y nacionales, manipulación de votos, traición a la iglesia…

Gregorio sonrió y Bañuelos notó claramente que aquello no era más que la aprobación de todo lo ilícito que había en cada uno de los sacerdotes hospedados en el Centro. El nuevo director —como los anteriores— no haría nada para corregir a los sacerdotes; de nuevo serían premiados con buenos tratos, lujos, privilegios; una vez más sus abusos sexuales, sus fraudes económicos, sus intervenciones políticas, sus crímenes y sus nexos con los narcos serían compensados. Nadie en ese lugar quería un juez, un verdugo, un moralista. Bañuelos conocía a todos los sacerdotes que habitaban la casa y sabía de sus delitos. Los tenía en un altar a cada uno de ellos, pues él, el chaparro Bañuelitos, jamás había sido capaz de hacer algo así; él jamás había tenido el valor de robarle un beso a una mujer. Leer los expedientes de aquellos violadores lo enloquecía; escucharlo de viva voz lo embrutecía y a la primera oportunidad se encerraba en su celda para masturbarse imaginando que él, el cobarde, el chaparro Bañuelitos, era uno de esos tantos violadores, seductores de mujeres, acosadores sexuales.

—Dile al padre Osuna que pase —Urquidi levantó la mirada—. Y sírvame un coñac.

El padre Osuna entró pomposo a la oficina del nuevo director de la Casa Alberione. En el último año habían entrado y salido tres directores: el primero resultó ser uno de los escasos sacerdotes que sí se tomaba en serio su papel y pretendía reformar a la Iglesia. Buscaba a toda costa deshacerse de la mafia que controlaba al clero, anhelaba cristianizar a todos los sacerdotes, inculcarles el verdadero fin de su labor: evangelizar, promover el amor al prójimo, la bondad y la humildad. "No —decía en sus sermones—, nosotros no fuimos formados para demoler, sino para edificar, ayudar, colaborar, para ser humildes, para entender las necesidades humanas, no para aprovecharnos de ellas. No estamos aquí para destruir naciones, sino para construir, darle la mano al desprovisto. Yo sí creo en un Dios todopoderoso, un ser divino que creó todo esto y que quiere que estemos en paz. El único infierno es este que nosotros estamos construyendo."

El sermón se repetía a diario, hasta que por fin un día, para gusto de todos los sacerdotes hospedados, el padre Luis Pérez fue destituido del puesto y enviado a una parroquia en un pueblito de Oaxaca, donde no haría más que ayudar a los pobres como a él le gustaba. Se rumoró que Osuna, uno de los internos con mayor poder eclesiástico, aún más que el padre Pérez, movió sus fichas en ese gran juego de dominó y ganó la partida. Pronto llegaría otro director que les devolvió todos sus privilegios. El tercero sería Urquidi, y nuevamente estaba por verse qué posición tomaría. El primer sacerdote en la fila para entrevista les haría saber a sus compañeros a qué debían atenerse.

—Padre, tome asiento —dijo Urquidi con indiferencia. Buscó el expediente del sacerdote y de nuevo lo leyó en silencio.

Osuna abusaba de la pedantería, regañaba a los feligreses en los confesionarios, en los sermones, fuera de la iglesia, y aun así, y quizá por eso, lo respetaban y querían; con sus colegas era igual. Gozaba de poder político y se protegía bajo el cobijo de un narcotraficante. Como la mayoría de ellos, Osuna no estaba ahí para recibir castigo sino para calmar las aguas, para complacer a los medios, para engañar a la población. Luego de un año regresaría a otra parroquia y borrón y cuenta nueva.

Mientras Urquidi leía, Osuna lo observó detenidamente. Lo conocía poco, pues se habían tratado algunas veces, pero no sabía de su reputación, ya que Urquidi bien había logrado engañar a todos, evadiendo audazmente todo tipo de acusaciones. "¿Quién es Urquidi sino un sacerdote que duró en el arzobispado tan sólo un mes? Por algo lo destituyeron. Con todo el desmán que ocurrió con la desaparición de la imagen es obvio que el arzobispado le quedó grande. Sin duda es un imbécil", concluyó equívocamente.

Bañuelos entró con un vaso de coñac, lo puso en el escritorio y se retiró. Urquidi olfateó el trago sin ofrecerle algo de beber al sacerdote que esperaba impaciente. Osuna fingió una sonrisa tratando de ocultar su molestia.

—Y bien, dígame por qué se encuentra aquí —Urquidi cerró el expediente y por fin miró al sacerdote.

—Ya sabe usted, padre —respondió Osuna con otra sonrisa falsa, de esas que Urquidi detectaba al instante—, que nunca falta quien quiera hacerle daño a nuestra santa Iglesia e invente una sarta de mentiras.

—Deje la paja. Limítese a responder.

Osuna se tragó su enojo y respondió:

— Fui acusado de abuso sexual.

—¿A cuántas mujeres violó? —sonrió Urquidi y le dio un trago a su coñac.

—Le voy a decir una cosa —no pudo contenerse más. Decidió ponerle un alto a ese nuevo director al que poco conocía. Puso los codos sobre el escritorio y se inclinó hacia el director del Centro—. El padre Pérez fue destituido por indagar demasiado. Espero que comprenda.

—Comprendo —Urquidi levantó el teléfono—. Ordenaré que se le encierre sin alimento hasta que aprenda a ser respetuoso.

Osuna se puso de pie sin quitar la mirada del nuevo director del Centro.

—Bañuelos —dijo en el teléfono—, traiga a dos guardias y lleven al sacerdote a una celda de castigo.

—Usted no sabe con quién está hablando.

—Usted tampoco —sonrió Urquidi.

En ese momento entraron dos hombres y el padre Bañuelos. Urquidi sonrió y encendió su habano. Observaba el humo con detenimiento; tomó el puro cual si fuese un dardo y comenzó a apuntar como si intentara lanzarlo; lo empujaba al frente y lo regresaba repetidamente, lo que creó pequeños aros de humo que se engrandecían y desvanecían al ascender.

—Entonces —dijo Urquidi desde su escritorio—, ¿conque me vas a destituir?

El padre Osuna disparó una mirada hacia Bañuelos.

—No lo mires a él; mírame a mí. Yo soy el que te va a joder la existencia en este lugar. Y te advierto una cosa: Bañuelitos es mi asistente y espero que se le respete.

—Usted no sabe quién soy yo —respondió Osuna deseoso de cortarle la lengua al nuevo director del Centro.

Urquidi abrió el expediente y lo leyó en voz alta:

—Acusado de abuso sexual —Urquidi lanzó una sonrisa burlona— ¡Uy, qué miedo! ¿Qué más tenemos por aquí? ¡Narcolimosnas! ¿No me digas que vienes de Michoacán? Sí, así es —Urquidi puso un gesto temeroso, se mordió el labio inferior y levantó la mirada—. Suéltenlo —ordenó a los guardias—. Disculpe usted. Esto no lo leí hace rato. ¿En verdad es amigo del Greñudo Suárez? —la mirada de Urquidi mostró un gran temor.

—Así es —Osuna infló el pecho y dejó ver su dentadura—. Si usted quiere en este momento le llamamos.

Urquidi levantó el teléfono y se lo dio al padre Osuna.

—Tome, tome…, hable con el Greñudo Suárez —dijo Urquidi con voz tartamuda—. Y dígale que disculpe mi atrevimiento. Es más, yo mismo quiero hablar con él.

El sacerdote tomó el teléfono, marcó un número y esperó la respuesta con arrogancia.

—¡Señor Suárez! —dijo Osuna con una amplia sonrisa—. Pues aquí con un problemita. Quiero que hable con una persona para que… usted sabe… necesito que le dé un correctivo. Se lo paso —el sacerdote le dio el teléfono a Urquidi, quien a su vez activó el altavoz:

—¡Pinche Greñudo! —gritó Urquidi—. ¡Espero que ya te hayas cortado esa melena de león!

—¿Gregorio Urquidi?

—¿Pues quién más?

—¡Ah, qué cabrón éste! ¿No que andaba muerto? Ya decía yo, que no era tan fácil que se chingaran a mi gallo. Por cierto, ¿por qué no me avisó que me iban a echar la culpa a mí? Ahí estoy yo diciéndole a los camaradas que no, que no, pues cómo iba yo a despacharme a mi gallo Urquidi. Pos, ¿dónde anda?

—En Guadalajara, en una casita donde corregimos sacerdotes.

—¡Ah que el padrecito Osuna tan bromista! Me dijo que un cabrón le andaba dando problemas. Ya estaba yo listo para sacar la fusca. ¿Usted cree? Pero pues, ¿cómo? A mi querido padre Urquidi ni cómo tocarle un pelo. Primero me corto la mano.

—Pues así es, pinche Greñudo. No estaba bromeando el padre Osuna. ¡Cómo ves que quiere que me des un jalón de orejas!

—¡Ah caray! No, pues ahí sí le voy a quedar mal al padrecito. Usted sabe…

—Te está escuchando, díselo tú mismo.

—¿Padre Osuna?

El sacerdote no respondía.

—¡Te están hablando, mal educado! —dijo Urquidi.

—Lo escucho… —respondió el sacerdote y tragó saliva.

—Me va a tener que perdonar esta vez, pero ahí sí no me puedo meter. Al padre Urquidi le debo muchos favores. Ni se imagina en las que hemos andado juntos. Desde hace como veinte años que lo conozco y sé que cuando se enoja, híjole, hay que esconderse.

—Greñudo, voy a colgar —dijo Urquidi mirando al sacerdote—. Luego te llamo.

—No se preocupe, padre.

El Cohiba en el cenicero se había apagado. Urquidi lo encendió de nuevo. Los guardias, Bañuelos y principalmente Osuna, permanecieron mudos.

—Ahora, dime tú —esperó frunciendo el entrecejo—. ¿A quién más quieres llamar? ¿Al arzobispo? ¿Al nuncio? ¿Al papa? O, ¿algún político? Te voy a decir una cosa —Gregorio Urquidi puso los codos sobre el escritorio y lo miró con enfado—, y quiero que corras la voz: el director de esta orquesta, quien tiene la batuta —hizo un círculo con el puro—, quien decide qué son se toca, soy yo. Y más les vale a todos ustedes que sigan la partitura. Vas a salir de mi oficina y le vas a decir a todos tus compañeros que aquí *quien manda,* soy yo. Y mañana, con más calma, te vas a confesar conmigo. Y quiero que cuando te pregunte algo respondas con respeto. Ya váyanse todos —Urquidi hizo una seña con la mano.

A partir de ese día el nuevo director del Centro de las Adicciones enfocó toda su energía a lo que sería su nuevo imperio. Tenía un año para elegir al personal, a los nuevos obispos y sacerdotes de la nueva iglesia. Su labor sería minuciosa. Debía estudiarlos y encontrar a los más adecuados: los ambiciosos, los mentirosos, los deseosos de cambiar de rumbo; descubrir a los posibles traidores y expulsarlos del Centro, antes de que él, Urquidi, se destapara. Los interrogó, los acorraló hasta que cada uno confesara sus crímenes, y luego, al depurar el Centro, se los echó a la bolsa, los engolosinó con lujos, les dio privilegios jamás pensados, les mostró la otra cara de la moneda: les hizo cenas y fiestas con mujeres, mancebos, alcohol y drogas, tal cual lo hacía el papa Juan XII, quien a los 18 años hizo del Vaticano un verdadero congal, un putero donde se llevaban a cabo orgías con homosexuales y cultos satánicos. O como Francesco Della Rovere, el papa Sixto IV, homosexual declarado que corrió a todas las prostitutas y concubinas de la corte para llenar Roma con los más hermosos efebos y convertir la ciudad en un enorme prostíbulo.

El más privilegiado fue Bañuelos, que por fin se deshizo de su abrumadora virginidad, por fin pudo penetrar a una mujer, por fin se divorció de la masturbación. El mismo padre Osuna cambió de actitud y se convirtió en uno de los más fieles seguidores del director. Apoyaba todo lo que decía Urquidi, sin imaginar lo que venía:

—La cena de hoy es diferente —exclamó Urquidi en una de esas fiestas, de pie y con micrófono frente a los sesenta y cuatro sacerdotes—. Como ustedes se habrán dado cuenta, muchos sacerdotes han vuelto a las parroquias. Hoy están oficiando misas, confesando feligreses, y por qué no decirlo, haciendo lo mismo que hacían antes: violando mujeres y niños, mintiéndole a las masas, recaudando millonarias cantidades para el Vaticano, negociando con políticos y narcotraficantes, ganando votos desde los púlpitos; en resumen: manipulando al pueblo. Muchos de ustedes ya cumplieron su tiempo. Sé, estoy seguro, que se sienten felices aquí, pues no les falta nada, pero también sé, aunque ninguno lo ha hecho, que se preguntan: "¿Por qué no he sido enviado a una parroquia si ya se cumplió mi tiempo en el Centro?"

Hubo sacerdotes que asintieron ligeramente con el rostro. Pero ninguno levantó la mano ni interrumpió.

—Lo que hoy voy a ofrecerles les cambiará la vida. Tengo un proyecto en proceso. Y sé que puedo contar con ustedes; por eso los he mantenido aquí, por eso no han regresado a los templos. Todos los sacerdotes que han salido de aquí los he sacado porque no me sirven, porque son mediocres, porque son traidores y en cuanto tengan la oportunidad me darán una puñalada por la espalda, por eso y no por haber cumplido con su labor de *reflexión*.

„Los he elegido a ustedes porque son una bola de cabrones. En su honor he ofrecido todas estas cenas y fiestas. Por ustedes es que estamos aquí, para ustedes son estos manjares. Hoy no habrá mujeres ni mancebos, para los que gustan de unas o de los otros. Por eso ordené un bufete, para que la servidumbre se retirara a tiempo.

Por eso envié a las monjas que les lavan, planchan y cocinan a su convento. Porque lo que hoy les diré se quedará aquí. Lo sé perfectamente; sé que ya tengo su aprobación.

„Y sin darle tanta vuelta al asunto, les ofrezco un obispado a cada uno de ustedes. No… No… No me malinterpreten. Esto no es en la Iglesia católica, sino afuera. Sí, así es. El próximo mes abriré el primero de muchos santuarios protestantes. Cambiaremos las hostias por pan de caja. La gente ya no se formará, les pasaremos una canasta para que ellos la tomen. Crearemos nuevos cánticos y nuevas lecturas. Claro que seguiremos utilizando la Biblia, pero de diferente manera.

„Les pido guarden silencio y me escuchen. Responderé a todas sus preguntas, pero primero bríndenme toda su atención. Los privilegiados serán ustedes. Ya no habrá celibato. Tendrán libertad de casarse, tener novias o lo que a ustedes les dé la gana. Ya no utilizarán sotana. ¿Qué tal? Y lo que es mejor: las nuevas reformas que hizo Salinas a los artículos 3, 5, 24, 27 y 130 de la Constitución mexicana nos permiten ser dueños de nuestras propiedades, nos da libertad de expresión y derecho al voto.

„¿Cómo haremos esto? Pues bien. Realizaremos un sorteo. Los primeros cuatro sacerdotes seleccionados serán expulsados de la Iglesia católica. Yo me encargaré de eso. Ese mismo día se irán a sus nuevos santuarios. La tarea no será fácil: tendrán que iniciar de cero. Al siguiente mes abriremos otro santuario y otros cuatro sacerdotes serán expulsados de la Iglesia católica. Así sucesivamente hasta que cada uno tenga su iglesia y sea el obispo.

„Es un negocio redondo. No hay forma de perder. A este país le engolosina que lo engañen, no conoce otra forma de vida. A la población no le importa el progreso nacional, sólo su progreso personal y económico aunque tenga que pasar sobre los demás, eso sí, mientras no se ensucie los zapatos en los charcos de sangre todo está bien, mientras no tenga que ver a los muertos en su calle, mientras no le afecte, mientras no se le requiera en el ejército, mientras no perturbe su bolsillo. Qué pena que haya tantos problemas en Chiapas. Qué pena que haya tantas mujeres muertas en Juárez y no se solucione, y peor aún, que la presidencia diga todo lo contrario. Qué pena que haya tantos inculpados injustamente y sean torturados para que confiesen crímenes que no cometieron, para justificar que trabajan todas esas dependencias, instituciones, comités y organizaciones. Qué pena que haya tanta desigualdad. Qué pena que haya tantos indígenas mendigando mientras se promueve la cultura indígena con bombo y platillo. Qué pena que sus lenguas desaparezcan. Qué pena que haya tanta pinche corrupción. Qué pena que la impunidad persista y domine. Qué pena que la lista sea interminable. Qué pena que México sea así. Qué pena. Pero la realidad es que esta población sólo quiere que le digan que todo está bien, o en su defecto, que ya pronto se resolverá, la promesa de un gran porvenir. Ahí está la receta secreta del triunfo en este país: la mentira. Exigen paliativos. "Por Dios, sé que este país está de la chingada. Pero ya déjenme en paz, y díganme que todo va a mejorar". Y la prueba está en que no hacen nada por alcanzarlo. Les encanta gritar "¡Sí se puede!" Son felices al vociferar a los cuatro vientos que hay filantropía, solidaridad, bondad, cultura, identidad nacional, leyes y reformas; aplauden cada vez que se crea una asociación civil, una agrupación, una organización, una procuraduría, un instituto, una comisión, una delegación, una institución, una fundación, un patronato, una corporación, una sociedad, una junta, un comité, un consejo, un sindicato, una unión, una federación, un grupo, una dependencia, una secretaría, una agencia, una oficina, un despacho, una subsecretaría. ¡Carajo!, ¡ya se acabaron los sinónimos en el diccionario!, y aún así hablan de ellas, las discuten, las critican, quieren soñar con el cambio, lo imploran, exigen un alto a la delincuencia, a la corrupción, a la impunidad, pero las promueven, y se sientan a que las cosas pasen por sí mismas. Y se mienten a sí mismos y piden que les mientan, porque la mentira sabe más rica: reconforta, tranquiliza, predomina. Porque resulta más sencillo cerrar los ojos y rogar a dios que les haga el milagrito. Exigen la verdad y si se les dice la verdad alegan que es mentira.

„Pues ahí les van sus milagros, esos que sólo ellos consiguen sin que nadie meta las manos. Y lo que es más conveniente para nosotros: pagan por sus milagros. Que ya no creen en la Iglesia católica, pues entreguémosles el paliativo que buscan: otra iglesia. Aprovecharemos los medios: tendremos programas de radio y televisión en horarios estelares, todos los días. Los invitaremos a que "dejen de sufrir". Crearemos cápsulas con gente dando su testimonio en un mar de lágrimas, relatando cómo después de haber caído en la miseria y en el pecado encontraron la paz y la fortuna. Primero los grabaremos en escenas deprimentes, en blanco y negro, con fondo musical melancólico, con un locutor que narre la tragedia, y ellos con su argumento de viva voz, golpeando a sus esposas e hijos, alcoholizados, drogados, en la cárcel, mendigando, sucios, llorando; y luego, a esos mismos personajes los presentaremos manejando autos de lujo, llegando a casas con grandes jardines, jugando con sus hijitos, correteando a su perro que ladra de felicidad. "¡Deje de sufrir!" No tendremos que contratar actores; ellos, los mismos feligreses serán nuestros representantes; pues ¿quién le hace el feo a unos minutos de fama? Todos quieren salir en televisión. Ustedes los han visto, cuando un reportero hace tomas en la calle corren para saludar a la cámara: sonríen, hacen cuernitos, saltan a lo pendejo. Todo por salir del anonimato tan sólo por una vez en sus miserables vidas huecas.

—¿Cómo le haremos para que los feligreses católicos no nos reconozcan? —preguntó uno de los sacerdotes.

—Todos se harán un cambio de imagen —respondió Urquidi.

—Pero reconocerán nuestra voz —insistió el sacerdote.

El director del Centro hizo una pausa y dirigió su mirada al techo, como si en verdad estuviese rezando, luego dijo sarcásticamente: "Ilumíname, Señor". Sonrió, dejó escapar una carcajada malévola y alzó los brazos.

—A la raza se le apantalla con facilidad —dijo sin borrar su enorme sonrisa—. Al populacho le encanta la seducción del extranjerismo, aunque lo nieguen. Compran y compran productos gringos, o hacen alarde de haber viajado a Europa un par de semanas. Estudian idiomas aunque jamás los practiquen —Urquidi dejó escapar otra carcajada—. No es lo mismo ser un políglota que habla francés, ruso, alemán, japonés, que uno que habla idiomas nativos. Hablar totonaco, náhuatl, mixteco o zapoteco no vale en esta tierra de agringados presuntuosos. Es más fácil que en este país encuentres con quien hablar en mixteco que ruso. Pero claro, ¿quién quiere hablar con la india que vende verduras en el tianguis? Les daremos atole con el dedo. Aprenderemos portugués.

Los presentes no comprendieron lo que decía el director del Centro, que subía y bajaba la cabeza mientras reía.

—Así será —continuó—, les haremos creer que somos brasileños. Aunque hablemos portuñol —Urquidi dejó escapar una estruendosa carcajada; luego continuó con una seriedad admirable—. Que quede claro: la idea es mía y por lo tanto yo llevaré las riendas, yo tomaré las decisiones. Pero jamás me mostraré en público. Como ya lo saben, Gregorio Urquidi ha muerto.

Hubo murmullos, dudas, silencio, preguntas y más preguntas a las que Urquidi respondía con gran maestría. A todo tenía respuesta. El plan era perfecto. Indudablemente lo que el director les ofreció los enredó en una inmensa telaraña de la cual no podrían salir jamás. Sólo un par de sacerdotes dudaron, pero no tuvieron forma de comunicarse con el exterior. Urquidi tenía la única línea telefónica. Conforme vieron cómo unos sacerdotes iban saliendo e iban siendo instalados en las nuevas iglesias, los que esperaban en el Centro se fueron convenciendo de que era un gran negocio. Y aún más cuando todos ellos volvían cada primer lunes de mes para la junta mensual en la que entregaban cuentas al director del Centro. Las lujosas fiestas no cesaron. Los privilegios aumentaron. Los nuevos obispos llegaban con ostentosas camionetas y escoltas. Presumían sus joyas y propiedades a los que aún permanecían en la casa. Urquidi fomentaba todo eso para que los internos ansiaran ser parte de la nueva iglesia protestante: *El santuario de los hombres de buena fe.*

XII

Precisamente al llegar al más profundo de sus sueños el reportero escuchó a lo lejos un dueto de golpes. No prestó atención. Pronto escuchó su nombre: "Víctor, Víctor, el señor Gastón quiere verlo". Al abrir los ojos recordó dónde se encontraba. Había dormido tan sólo cuatro horas. Revisó su teléfono celular y leyó un mensaje recibido minutos atrás; lo borró, se puso de pie y abrió la puerta.

—El señor Gastón quiere verlo en su biblioteca en media hora.

El reportero hizo un gesto de descuido. Bostezó. Media hora era suficiente para vestirse y caminar unos cuantos metros a la majestuosa biblioteca.

—Le recomiendo que se apure. De lo contrario no tendrá tiempo para desayunar. A la persona que tenía antes en este puesto lo llegó a tener catorce horas en la biblioteca sin comer.

Víctor se metió a la regadera sin decir palabra alguna. En cuestión de minutos se encontraba en la cocina, donde su desayuno estaba servido.

—¿Tienen mucho trabajando aquí? —preguntó mientras comía.

—Algunos años.

—Eso quiere decir que se sienten a gusto.

—Sí —respondió la cocinera—. El señor Gastón es difícil de tratar, pero cuando conoces su forma de ser te acoplas y le tomas cariño. Es muy difícil adaptarse. Ha habido mucha gente que no lo tolera ni un día.

—¿Y qué lo hace tan exigente?

—Pedirle a uno que lea, que lea mucho —dijo la cocinera—. Nos exige que leamos un libro por semana. No tolera la ignorancia. Al principio fue difícil. Yo no leía. Odiaba los libros y estuve a punto de renunciar. Pero me hizo amar la lectura por medio de libros de cocina, de los cuales me compró cien. Me exigió que todos los días cocinara algo diferente. Al jardinero le dio otros cincuenta para que aprendiera de plantas y flores. Al chofer otros tantos de autos y mecánica. A la mucama otros sobre diseño e higiene. Luego nos empezó a dar novelas y libros de historia. No se le puede mentir y decir que ya lo leyó porque comienza a hacer preguntas. A una mucama la despidió por mentirle sobre un libro que no había leído. "Quiero gente con conocimiento a mi alrededor. Detesto a los ignorantes", dice todo el tiempo. En verdad es una delicia platicar con él. Ya lo verá. Cuando le sirvo la comida me pregunta qué hay para comer, de dónde proviene, cuándo, quién o cómo se inventó. Pocas veces exige que haga algo en particular. Y sin preámbulo pregunta qué estoy leyendo. El cuestionamiento se vuelve una conversación amigable, gustosa, y muy íntima; hablar de literatura es algo íntimo, pues lo que una lee incita a platicarlo. Es compartir un chisme inteligente. Él dice que un buen lector es un metiche incorregible, y el que platica lo que leyó, un chismoso inteligente. Ya no hablo de la telenovela o de los chismes de la calle. La mayoría de sus amigos piensan que contrata gente con estudios universitarios. Un día un amigo suyo, escritor, me preguntó dónde había estudiado gastronomía. Respondí que sólo había terminado la primaria. "¿Dónde aprendió, entonces, cocina irlandesa?". Con orgullo respondí que el señor Gastón me había regalado cien libros de cocina y que así había aprendido. "Siendo de esa manera, sí has estudiado gastronomía", afirmó su amigo. Aprendí algo que jamás hubiera pensado: el conocimiento no se fundamenta en diplomas, sino en el verdadero deseo de aprendizaje. Hay miles de personas que se gradúan con calificaciones repugnantemente bajas y presumen un título inmerecido. O peor aún, lo compran. Al aprendizaje autodidacta se le ha denigrado en los últimos años para enaltecer los títulos universitarios. Tomás Alva Edison y Alejandro Dumas no terminaron la primaria.

—Me sorprende su forma de hablar —agregó Víctor, que aún no creía lo que había escuchado.

—Pues que no le sorprenda que tiene dos minutos para dirigirse a la biblioteca, si no, mañana no desayunará con nosotros.

El reportero le dio un trago largo a su café y corrió a su lugar de trabajo, donde el historiador lo esperaba en su escritorio.

—Te voy a dictar —dijo Peralta Moya sin saludar.

El joven reportero se apresuró a preparar unas hojas; se dobló las mangas de la camisa hasta los codos y puso los dedos sobre la máquina de escribir.

—La historia de México ha dejado en el olvido a dos personajes de suma importancia. Por un lado al gran héroe Gonzalo Guerrero, y por el otro al villano, al conquistador de Yucatán, Francisco de Montejo. La historia de Gonzalo Guerrero fue desdeñada como bien lo escribió Antonio de Solís:

> No hallamos que se refiera de otro español en estas conquistas semejante maldad: indigno por cierto de esta memoria que hacemos de su nombre; pero no podemos borrar lo que escribieron otros, ni dejan de tener su enseñanza estas miserias a que está sujeta nuestra naturaleza, pues se conoce por ellas a lo que puede llegar el hombre, si le deja dios.[21]

—Evidentemente a Guerrero se le despreció por considerársele traidor a la Corona española. Y su memoria quedó relegada a simples párrafos. Por otro lado, al conquistador de Yucatán, Francisco de Montejo, también se le lanzó al pozo del olvido, quizá por su incapacidad al llevar a cabo la conquista de aquello que consideraban isla y que luego comprendieron era una extensión del continente americano. La conquista de Yucatán fue un costoso letargo de veinte años debido a la desorganización de Montejo y a la desunión de los poblados mayas. No había entonces un imperio como el que encontraron en México-Tenochtitlan; y tampoco había oro, que era en sí lo que buscaban.

„El oriundo de Salamanca, Francisco de Montejo, parece haber nacido hacia el año de 1473. A diferencia de Cortés, Montejo no llevó a cabo una crónica de su conquista; quizá los constantes fracasos más que vanagloriar su labor lo hundirían en la vergüenza pública. Siendo así tenemos como principal fuente de aquellos sucesos a fray Diego López de Cogolludo, quien no supo mucho del pasado del conquistador. Para esto Robert Chamberlain se dio a la tarea de investigarlo y nos dejó como documentación algunos datos significativos. Nos dice que en la juventud tal vez vivió en Sevilla, donde tuvo un hijo fuera del matrimonio, que luego se conoció como Francisco de Montejo el joven, quien también vendría en busca de fortuna a las tierras conquistadas.

La máquina de escribir dejó de escucharse y Peralta Moya guardó silencio.

—¿Ocurre algo? —preguntó el historiador frunciendo el ceño.

—Se atoró la tecla de la *eme* —respondió el joven.

Peralta Moya sonrió:

—Dale un fuerte golpe con el dedo y regresará a su lugar.

—¿No sería más fácil escribir con una computadora? —preguntó el joven—. Se podrían corregir los errores y se ahorraría papel.

—¡Sí, claro! —respondió Gastón Peralta con tono sarcástico— ¡Sería mucho más fácil y tú seguirías siendo igual de inútil! O peor. La tecnología no hace más que minimizar tu capacidad de observación, de aprendizaje, de memoria, de respuesta, de creatividad y de criterio propio. Con una computadora no necesitas aprender las reglas de ortografía, ni las tablas de multiplicar, ni siquiera los números telefónicos. Tienes razón, se ahorraría papel si aprendieras a escribir. Qué bueno que haya tecnología, pero qué pena que la gente se esté haciendo inservible. Durante las primeras expediciones a las antiguas ciudades, para mostrar lo que veían debían sentarse por horas a dibujarlo, como Luciano Castañeda, por mencionar uno, que realizó en 1805 un dibujo del edificio de la pirámide de las Serpientes Emplumadas. Ahora cualquiera puede entrar y en un segundo tomar una fotografía con su celular; ver la foto por unos instantes, sonreír, presumir con sus amigos que visitó Chichén Itzá sin siquiera entender lo que grabó en su teléfono, pues ha perdido la capacidad de observación.

El joven reportero arrugó la nariz y con el dedo índice golpeó fuertemente la tecla estancada, la cual regresó a su posición original en ese momento.

—¿Cómo te llamas? —preguntó el historiador.

—Víctor Tobón.

Peralta Moya hizo una mueca, y continuó con su dictado:

—Se cree que entre 1513 y 1514 Francisco de Montejo entró al servicio de Pedrarías Dávila, quien recientemente había sido nombrado gobernador de Castilla de Oro (Panamá). Sintiendo que sus servicios no eran remunerados en forma adecuada, partió a Cuba a fines de 1515 o principios de 1516, en compañía de otros conquistadores. Su intención era unirse a las fuerzas de Diego Velázquez en la conquista de la isla, que estaba prácticamente concluida cuando Montejo llegó. Aun así obtuvo la encomienda de Marién, cerca de La Habana, y pronto adquirió otros bienes, acumulando buen capital. De condición afable, cultivó muchas amistades en Cuba, sobre todo la de Diego Velázquez y la de Hernán Cortés.

„En la expedición enviada por Velázquez a las recién descubiertas costas de México, al mando de Juan de Grijalva, participó como capitán del navío más pequeño, cuyo costo fue cubierto por él mismo, al igual que buena parte de las provisiones. Ahí tuvo su primer atisbo de las costas de Yucatán. Después formó parte de la expedición de conquista de Cortés, que zarpó de Cuba en 1519. De nuevo fue nombrado capitán de un navío. En Yucatán rescató al náufrago Jerónimo de Aguilar. Seguramente se lo contó a sus compatriotas, ávidos de escuchar historias sobre las nuevas tierras.

Montejo fue el primero de los españoles de Cortés que pisó territorios dominados por los mexicas. Más tarde fue nombrado alcalde del Ayuntamiento de la Vera Cruz, el primero de la Nueva España.

„A mediados de 1519 obtuvo el cargo de procurador ante la corte española, para promover y defender los intereses de Cortés y de los suyos. En compañía de Alonso Hernández Portocarrero, llevó a Carlos V un considerable botín de oro y joyas. Ambos fueron los primeros en cruzar el canal de las Bahamas, cuando huían de las iras de Diego Velázquez. Esta ruta posteriormente sería la regular para la travesía a España, debido a los vientos favorables que en ella soplan.

Peralta Moya caminaba de un lado a otro mientras hablaba. El joven reportero escribía con extremada cautela para no cometer errores ortográficos. De pronto hizo una pausa y levantó la mirada; el historiador preguntó por qué no seguía escribiendo.

—Nada, estaba observándolo —respondió el reportero—. Camina con gran facilidad por el lugar pese a su ceguera.

—¿Nunca habías conocido a un ciego?

—Sí… —el joven dudó al responder.

—La ceguera te deja ver más allá. Conozco este lugar perfectamente; sé dónde está cada libro, cada silla, cada lápiz. ¿Cómo no voy a caminar con facilidad?

—Tiene razón.

En ese momento el joven recibió un mensaje en su teléfono celular.

—¿No vas a revisar quién te llama?

—Es un mensaje —respondió.

—Ya lo sé.

Tobón sacó su teléfono celular del bolsillo del pantalón y lo revisó. El mensaje lo dejó con la boca abierta.

XIII

De noche Ix Nic lloraba a escondidas y de día fingía indiferencia ante la cobarde huida de aquel que hasta entonces había sido su esposo, según las leyes de la tribu. Se percató de su partida mientras dormían: lo escuchó levantarse, tomar algunas cosas y salir sin siquiera darle un beso a los tres hijos que juntos habían procreado. Supo que este segundo éxodo era definitivo. Lloró toda la noche y al amanecer no compartió su pena con los vecinos ni conocidos, ya que por costumbre las mujeres no solían dar muchas explicaciones.

Como todas las mañanas salió de su casa —construida de paja y techo a dos aguas, cubierto con hojas de palma—, con sus hijos y se dirigió al cenote para bañarse en las aguas frías, de acuerdo con las costumbres. Al llegar encontró a casi toda la comunidad presente; algunos sacaban agua para llevar a sus casas, otros bañaban a sus hijos.

Luego, tras eludir las constantes miradas de la gente, volvió a su casa, preparó alimentos y trabajó el resto de la mañana en el huerto alimentando a sus animales, labrando la tierra para la siembra, cosechando el fruto, entre otras labores, hasta que llegada la tarde apareció en su casa Gun Zaló y su esposa Zazil Há. Ix Nic se apresuró a servirles de comer, obedeciendo la costumbre. Asimismo los visitantes traían presentes a quienes visitaban. Luego de haber comido, se lavaron la boca y las manos (otro de los hábitos de higiene personal que tenían), y hablaron del ausente Jerónimo.

Gun Zaló expresó con mucha pena que era muy probable que Aguilar no volviera jamás, y lamentó ver las lágrimas de Ix Nic. Sabía que el duelo de aquella mujer no era por sentirse desamparada —pues las mujeres de la región solían llevar a cabo solas todas las labores de la casa—, sino porque en verdad había caído en el pozo del amor y ahora se ahogaba en las aguas del abandono.

En ese momento —ya que las casas no tenían puertas— entró Na Chan Can, señor de Ichpaatún, padre de Zazil Há y tío de Ix Nic. Tenía la cara completamente pintada: blanca de la nariz para abajo y roja la otra mitad. Las argollas en sus orejas hacían de sus lóbulos unos de los más grandes que había en aquellos rumbos. Gun Zaló se puso de pie y mostró reverencia. Las dos mujeres se apuraron a llevarle algo de comida. Na Chan Can entregó a su sobrina el obsequio requerido por su visita y recibió los alimentos. Gun Zaló se mantuvo en silencio, observando con respeto al señor de Ichpaatún. Cuando éste terminó de comer salió por un momento para lavarse las manos y la boca, luego regresó y se mantuvo de pie en la entrada sin decir una palabra; entonces le hizo una seña con el rostro para que saliera. Gun Zaló temió que se le juzgara igual que al traidor Aguilar. Na Chan Can se mantuvo en silencio por un instante, observó las casas, a la gente ocupada en sus labores, la vegetación a su alrededor, suspiró y dirigió la mirada al náufrago que había llegado a sus tierras ocho años atrás:

—A ti, hermano Gun Zaló, a ti que llegaste del mar con el otro, Aguilar, que se ha marchado; a ti, hombre de barbas rubicundas, he de entregarte el conocimiento, ya que mi muerte, a saber, está cerca. A ti he de entregarte el poder de nuestra gente para que las guíes y lleves por el camino que los librará de las armas de quienes se encuentran rondando nuestros mares. A ti, hermano Gun Zaló, te contaré sobre la marcha de los itzaes. Lo que te diré no viene de mi memoria sino de nuestros ancestros. Como sabes, en pocos días se llevará a cabo la gran celebración de la vuelta del katún allá en Chichén. Allá te contaré.

Na Chan Can se retiró y Gun Zaló permaneció largo rato en la entrada de su casa, observando aquello a lo que había renunciado Aguilar. Llegaron a su mente un sinfín de memorias: pasado y presente. Sin duda elegía el presente, ese con el cual era feliz.

A la mañana siguiente todo el poblado se preparó para salir rumbo a Chichén Itzá, Ciudad de los Brujos o Magos del Agua,[22] la ciudad abandonada donde llegaba el quetzal, el pájaro sagrado; la ciudad que años atrás había sido uno de los más grandes y suntuosos centros mayas, donde se hacían ofrendas —con objetos de cobre y de oro, jades, cerámica, tejidos, copal y calabazos pintados—, al cenote donde moraban los dioses y las almas de sus ancestros.

El inmenso número de gente que llegó a la Ciudad de los Brujos del Agua sorprendió a Gun Zaló. Le era imposible contar cuántas personas marchaban. Era tan grande el tumulto que resultaba asfixiante y complicado caminar. Las mujeres cargando a sus hijos, los hombres con sus alimentos y ofrendas a las espaldas; y un interminable cantar, pues iban rumbo a una gran celebración. Al día siguiente ocurriría el equinoccio de primavera: al atardecer el Quinto Sol se haría presente en el Castillo, y bajaría por la escalera norte en forma de serpiente. Luego habría un juego de pelota, sacrificios y danzas.

Al anochecer, cuando todos descansaban en espera de aquella gran celebración, Na Chan Can habló con Gun Zaló:

—A ti, Gun Zaló, hombre venido del mar, he de contar lo que hay aquí —dijo el halach uinik mientras señalaba los muros de uno de los edificios—. Antes de que llegaran los itzaes por estas tierras, este lugar se llamaba Uuc-yab-nal (los Siete Abnal).[23]

Gun Zaló miró con atención las paredes mientras su suegro explicaba pacientemente el significado de cada imagen:

—En el Seis Ahau (entre el año 435 y 455), sucedió que descubrieron Chichén. Y en el Ocho Ahau fue abandonada, después de trece dobleces del katún. Se establecieron en Chakán-Putún, en sus casas, en el tiempo de este katún.

La información era complicada y Na Chan Can deseaba que aquel hombre al que le entregaría el poder de su pueblo la comprendiera a la perfección:

—Los itzaes descubrieron Chichén cuando ésta llevaba abandonada trece dobleces de katún.

Gun Zaló había aprendido ya que un katún eran veinte años cristianos; multiplicó trece por veinte; Chichén fue abandonada durante 260 años.

—Luego conquistaron Chakán-Putún. Así quedaron unos en Chichén y otros en Chakán-Putún. El halach uinik cantaba el 1 Imix (primer día del año) en el templo ubicado a la orilla del Pozo Sagrado.

Así pues lo sabéis y lo dice cualquiera. La tierra suave de la Orilla del Pozo dice que allí llegaron conquistando, al golpe de la guerra.

Estaban en Chichén los itzaes...

¿Vinieron o estaban?

Uno Imix, el día de alcanzar el cielo, va el reino al Poniente del Pozo, en donde abierto está el templo. El uno Imix es el día en que se dice en Chichén de los itzaes: ¿llegaron o estaban?

¡Oculto es, oculto es! —dicen gritando— ¡Oculto es, oculto es! ¡Lo saben las almas de los muertos!

Con trabajoso grito gritan las almas de los muertos, solitarias en el día que es el primero...

¡Estaban, estaban, estaban! ¿Llegaron o estaban?

¡No fue que llegaron a Chichén los itzaes!

¿Llegaron o estaban?

¿Soy alguien yo? —dice en su espíritu el hombre.

Para que lo entiendan. Dicen que fui creado de noche. ¿Nosotros acaso nacimos? Se ha dicho que fuimos creados por Mizcit Ahau.[24]

—Chichén crecía sin influencia de otros pueblos, adorando y haciendo culto a Chac, dios de la lluvia.[25] Luego, cuando quisieron crecer, algunas de sus gentes salieron del lugar para ir en busca de otras tierras. Y como había poca gente en Uuc-yab-nal no pudieron defender la tierra cuando llegaron los itzaes de tierras de Zuyúay se adueñaron del lugar haciendo guerra. Y dieron nuevo nombre al lugar, éste que es Chichén, *Orilla del Pozo*.

—¿Quién los venía dirigiendo? —preguntó Gun Zaló.

—Mizcit Ahau.

—¿De dónde vinieron?

—De Xochicalco, "lugar de la casa de las flores",[26] donde inició el culto a Mizcit Ahau. Traían la encomienda de enseñar a los otros pueblos el origen de la creación, de los dioses, del sol y de los años. Salieron, se dirigieron a la costa, donde pelearon contra los nonoualcas y los xulpiti;[27] pasaron por Zuyúa (que quiere decir el poniente), donde se encuentra una laguna, entre Xicalango y Chakán-Putún,[28] y ahí se dispersaron. De allá venían los quichés, cakchiqueles, itzaes y xiues. Anduvieron, fueron, llegaron, traían grandes ejércitos, mucha gente, mucha guerra, mucha sangre, mucha muerte hubo ahí, y fueron derrotados finalmente. Y se fueron a las montañas de Tacnáhuyú.[29] Luego conquistaron Chakán-Putún y volvieron a Chichén, tras pasar muchas penalidades. Así llegaron los itzaes a Chichén en el katún cuatro Ahau (entre el año 968 y 987). Nacieron los itzaes, vieron la luz, nacieron de Mizcit Ahau. De él nacieron. Midieron la tierra para sembrar ahí frutos y hierbas, anonas, mamey, maíz, frijol, chile, calabaza, chayote, tabaco, cacao, entre otras que eran para curar enfermos; y fijaron los lugares para las casas que construyeron con palos, vigas, bejucos, lianas, palma de guano. Pronto llegaron a Cuzamil, donde adoraban al dios Kin Pauah Tun, dios del viento del sur; y a Uxmal, lugar donde tenían por dios a Chac, dios de la lluvia. Y en estos dos pueblos también se marcaron de sangre las paredes cuando llegó el culto a Ha-Pai Can. Chichén Itzá se convirtió en una gran ciudad a donde llegaban todos, de muchos rumbos, a venerar a la serpiente emplumada, al jaguar y al quetzal. Había mucha gente, muchos obreros, muchos soldados, mucha construcción. Se talaban muchos árboles para quemar la leña y hacer la mezcla con que se construían los edificios. Muchos árboles talaron, mucha leña quemaron. Aquí se construyó el Juego de Pelota, el Caracol (observatorio) donde los sacerdotes estudiaban el cielo y las estrellas; el Templo del Hombre Barbado, el Templo de los Tigres, y el Castillo Sagrado, donde se encuentra el alma de Mizcit Ahau.

Gun Zaló observó detenidamente el Castillo, y como la primera vez que lo vio años atrás, no pudo creer que los itzaes hubiesen construido algo con tanto esplendor. Na Chan Can caminó con pasos lentos frente a las escaleras del Castillo y Gun Zaló lo siguió sin decir palabra.

—Si lo llamas él responde —dijo Na Chan Can y aplaudió. En ese mismo instante se escuchó el graznido de un quetzal. Gun Zaló se sorprendió y su suegro sonrió—. Llámalo —dijo.

Gun Zaló miró en varias direcciones buscando algún quetzal entre los árboles. Al no encontrar ningún ave se atrevió a aplaudir. Justo en ese momento se escuchó nuevamente el graznido del quetzal. Gun Zaló aplaudió de nuevo y se escuchó al quetzal.

—Observa, amigo Gun Zaló, que el Castillo tiene cuatro escaleras con noventa y un escalones que suman trescientos sesenta y cuatro, más la base sobre el Castillo son trescientos sesenta y cinco, los días del año que nos enseñó a contar Mizcit Ahau. Lo mandó construir Mizcit Ahau, como lo había hecho en Zuyúa, en Tollan, Xochicalco, Tajín, Uxmal, Bacalar, Sayil y Tikal.

—¿Dónde están esos lugares? —preguntó Gun Zaló.

—Al norte y sur, donde pronto habrá mucha guerra, pues los hombres con los que se fue Aguilar destruirán esas ciudades.

Na Chan Can caminó al frente del Castillo y le mostró a Gun Zaló las cabezas de serpientes a un lado de las escaleras. Luego le mostró una entrada que daba al interior de aquella enorme construcción. El *halach uinik* había pedido antes a uno de sus sirvientes que encendiera una antorcha con la cual bajaron por unas escaleras y pasaron por un oscuro túnel hasta llegar a un santuario. Gun Zaló observaba los muros, cuando por fin dirigió sus ojos al centro del templo y encontró la figura de un hombre acostado boca arriba, con las manos en el vientre sosteniendo un disco entre su abdomen y las piernas dobladas, el rostro mirando a un lado: la representación de un Chac Mool; al fondo había un trono monolítico con forma de jaguar, con discos de jade encajados, ojos de plata y colmillos: el jaguar rojo.

—Aquí llegaba todo el tributo, de toda la tierra: de Cuzamil, de Chakán-Putún, de Zuyúa, y de todos los pequeños *batabil* (pueblos). También se hacían los sacrificios a Mizcit Ahau. El Trece Ahau (1007-1027) es el katún en que fundaron la ciudad de Mayapán, y hombres mayas se llamaron.[30] Los cocomes de Mayapán, xiues de Uxmal y los itzaes de Chichén Itzá hicieron una importante alianza que llevó a los pueblos a un grande crecimiento, y muchas construcciones como ésta por muchos rumbos. Pero pronto llegó el fin cuando Hunac Ceel los traicionó (1185-1204). De eso he de contar después. Ve a descansar que tu mujer espera.

Al día siguiente toda la gente se reunió frente al Castillo y en silencio esperaron que el Quinto Sol bajara en forma de serpiente. Guardaron silencio total, el halach uinik caminó frente a la escalera norte y aplaudió para que el quetzal se hiciera presente, y sin espera el graznido del pájaro se escuchó; la gente sonrió sin hacer ruido. Luego ocurrió lo esperado: por el muro lateral de la escalera noroeste del Castillo se tatuó la sombra de una serpiente que bajaba majestuosa y que finalizaba en una de las cabezas de serpiente ubicadas al pie de la escalinata. El halach uinik agradeció al Quinto Sol por hacerse presente una vez más en su celebración. Era momento de dar inicio al *holcan okot* (baile de los guerreros), realizado por ochocientos guerreros que danzaban en completa sincronía invocando el amparo de Kakupakat (dios de la guerra), tocando sus silbatos, flautas, caracoles e instrumentos de percusión de piedra, madera, caparazones de tortugas y bastones de madera huecos con estrechas entradas que hacían sonar las semillas en su interior.

Luego de aquellas danzas todos se dirigieron al juego de pelota: era un ritual que representaba muerte y renacimiento, legitimación del poder militar y político, los orígenes del universo, la creación del maíz y otros fenómenos astronómicos. Era tanta la gente que quería ver el juego que en ocasiones llegaban a perder el control entre empujones y pisotones. Pronto el halach uinik, con su cara pintada de rojo y blanco, dio la señal para que el juego comenzara. La pelota de caucho voló sobre sus cabezas simbolizando una bola de fuego, un círculo rojo, el Quinto Sol. Los jugadores se apresuraron a disputársela, golpeándola con sus caderas, rodillas, hombros y codos. La pelota rebotaba tras cada golpe, que entre aquel solemne silencio era un estruendoso retumbo. Sus vidas dependiendo de una esfera de caucho. La gente comenzó a gritar en cuanto uno de los equipos logró insertar la pelota por un delgado anillo que se colocaba en una de las paredes del campo, a ocho metros de altura. Gun Zaló observó con atención cómo los jugadores se protegían el pecho y la cabeza, evitando los fuertes golpes de la pelota. Cuando ésta tocaba el piso se dejaban caer, arrastrando el trasero sobre la tierra para poder golpear la pelota con sus caderas. Sus manos, brazos y piernas se llenaron de tierra y se rasparon con las piedras, se cortaron los pies; pero cualquier herida era insignificante en esos momentos. Luego de varias horas, el ritual terminó y el grupo perdedor admitió con honorabilidad su indiscutible derrota; caminaron hasta el cadalso, donde los esperaba el *Ah Nacom* (sacerdote sacrificador). El capitán del equipo perdedor fue el primero en hincarse frente a la figura del Chac Mool, y justo en la base redonda, entre las rodillas y el vientre de piedra, recostó su cabeza, cerró los ojos, lamentando con una lágrima al final de su vida no haber podido ganar aquel juego de pelota que lo llevó a ser sacrificado, como parte del ritual de fertilidad que lo llevaría a un paraíso. El último minuto de su vida, con la mejilla sobre la piedra fría, en medio de una tenebrosa oscuridad, esperando el golpe final, fue en sí el más largo y doloroso instante de su existencia. Pensó en su mujer y sus hijos, que seguro habían salido ya de ahí para no presenciar aquel funesto sacrificio. Porque finalmente, en el último santiamén de su vida, ¿quién quiere morir? Dejó escapar un último suspiro, y mientras su cuerpo entero tiritaba, el cuchillo sacrificador de obsidiana cayó sobre su cuello con un fuerte golpe, salpicando con una enorme cantidad de sangre alrededor. La muerte demoró aún más. El capitán se zangoloteaba, pese a que cuatro hombres le sujetaban brazos y piernas, mientras el Ah Nacom hacía un corte forzado para separar la cabeza del cuerpo. Cuando por fin logró decapitarlo completamente, levantó la cabeza en forma de trofeo y la mostró a los espectadores. De igual manera los otros jugadores fueron degollados y sus cabezas colocadas en el *Tzompantli*, una plataforma rectangular de sesenta metros de largo por doce de ancho, con un saliente en el centro que le da forma de T y un tablero formado por molduras y una faja central decorada con calaveras que corren en tres hileras horizontales.

Más tarde se dirigieron al Dzonot Chenkú,[31] también conocido como Cenote de los Sacrificios, el cual se encontraba al final de la Calzada Uno, aproximadamente trescientos metros al norte del Castillo, la estructura principal de Chichén Itzá. Se detuvo la gente para hacer un gran silencio. El Ah Nacom encendió el fuego sagrado y con el humo invocó a los ancestros y a los dioses. La gente se arrodilló mientras él agradecía a Mizcit Ahau por la vuelta del katún. El cenote tenía sesenta metros de diámetro y el espejo de agua se encontraba a veintidós metros, con una profundidad de trece metros y medio.

Minutos más tarde comenzó el gran sacrificio: llevaron ante el Ah Nacom a un joven con el cuerpo pintado de blanco, lo acostaron sobre la piedra sagrada, le extendieron brazos y piernas, y justo cuando se escuchó el cantar del quetzal, el Ah Nacom enterró el cuchillo de pedernal en el pecho del hombre y le sacó el corazón, lo levantó y lo ofreció a los Brujos del Agua. El sonido del caracol se escuchó en ese instante y el sacerdote sacrificador lanzó el corazón al Pozo Sagrado. Mientras el cadáver del sacrificado caía al agua de los brujos, el viento sopló, el quetzal cantó, la gente se arrodilló frente al cenote y empezó a lanzar sus pequeñas ofrendas.

XIV

No había contrato ni cláusulas con letras diminutas que especifica-
ran algún enclaustramiento. Aun así, las probabilidades de que el
historiador enfureciera eran iguales a las de un estornudo. Gastón
Peralta Moya notó la distracción del escriba, e infiriendo que se debía
al mensaje de texto recibido un par de horas atrás se anticipó a dar
tiempo libre al joven para que solucionara lo que tenía pendiente.
Tobón agradeció sin dar razones de su urgente necesidad por salir.

Sin espera, tomó un taxi a la estación del Metro más cercana,
Barranca del Muerto, con dirección al Rosario. La estación se encontraba llena. Tras unos cuantos empujones logró entrar y obtener
un asiento. Una mujer de corta estatura con una voz de vómito
pasaba por los pasillos graznando a todo lo que daba su garganta:

—¡Sí, mire! ¡Salió a la venta! ¡Disco compacto en formato mp3,
con los mejores ciento cincuenta temas de Juan Grabiel! ¡Por tan
sólo diez pesos! —dijo y la música respaldó la oferta.

Un hombre vestido de traje, discretamente sacó de su bolsillo
una moneda, esperó a que la vendedora descubriera sus deseos de
consumo y disparó con la mirada, como diciendo: "Aquí, pero no
seas tan obvia".

Al detenerse en la estación Mixcoac abordó el vagón una mujer
ofreciendo malas noticias, y no sólo eso, también cobraba dos pesos:

—¡*Gráfico*, dos pesos; *Gráfico*, dos pesos; lleve su *Gráfico*!

En Tacubaya abordó un anciano sin piernas que se arrastraba por el pasillo del vagón soplando una armónica que le colgaba del cuello y un vaso de plástico que contenía, por lo menos, veinte pesos en monedas que la gente le regalaba. O más bien pagan, sufragan la cuota por ser testigos de su desgracia, el infortunio que nadie quiere ver, en que nadie quiere caer y tampoco pretende solucionar.

Al llegar a la estación Auditorio Nacional abordaron dos jóvenes guitarra en mano, micrófono, una bocina, y comenzaron a cantar con buena afinación:

"Te vi llegar del brazo de un amigo cuando entraste al bar...".

Una mujer de aproximadamente cuarenta años le pidió a Víctor que le cediera su lugar alegando que le dolía una pierna. Víctor, que jamás cedía su asiento en el Metro, se puso de pie y permaneció cerca de la puerta.

"A mí me volvió loco tu forma de ser, a mí me vuelve loco tu forma de ser...".

En Polanco la mujer bajó con cínica agilidad. Entonando la melodía con silbidos, el par de amateurs dio inicio a la segunda canción:

"Ella prometió la noche en un poema de amor, ella prometió mil días de alegría sólo a él. Luego el tiempo habló, no todo fue tan bello, no, no, no. Ella se marchó dejándole una carta en el buró. La carta decía: estoy harta de todo...".

Aquella canción entraba como un vándalo en el destartalado corazón de Víctor. Volvió a su asiento, el cansancio lo invadió y lo derrotó. Dejó escapar un par de bostezos camuflados tras la palma de su mano. Cinco y veinte: primer cabeceo, los párpados obstruían más de la mitad de su visión. Cinco veintidós: segundo cabeceo. Cinco veinticinco: casi noqueado. El frenar del tren lo interrumpió. En la estación Camarones entró un joven con gafas oscuras y caminó por el pasillo pidiendo que se compadecieran de su ceguera. Víctor cabeceó. No se percató de su presencia. El Ciego caminó junto a él y le acomodó un manotazo en la nuca y dejó una maleta en sus pies; Víctor despertó y permaneció callado. Lo vio cambiar de vagón en la estación Aquiles Serdán.

Tomó la maleta y se preparó para bajar en la estación Rosario, que como cualquier otra en México se encontraba saturada. Al bajar una señora, apresurada, chocó con Víctor.

—¿Por qué no se fija? —gritó la mujer enfurecida. Una, porque se le habían caído las bolsas que traía en las manos, y otra, porque se habían cerrado las puertas de los vagones y nuevamente se le haría tarde para llegar a todas esas ocupaciones que tanto la aturdían; todas esas obligaciones irrelevantes, esa carga de vivir sin vivir, de arrastrar esa responsabilidad tan pesada de sobrevivir y ese intento agonizante de revivir aquello que con dificultad reconocía en sus vagos recuerdos como entusiasmo para poder convivir.

—Disculpe usted —respondió Víctor.

Intentando evadir el acontecimiento buscó en varias direcciones al ciego que le había dado un golpe en el occipucio. No lo encontró. El Ciego, que en ese momento abordó otro vagón, dobló su bastón, sonrió, se quitó las gafas oscuras y tomó asiento con toda tranquilidad, olvidándose de su papel en el show de la vida urbana.

Tobón entró al baño público, se encerró en uno de los gabinetes de escusados; abrió la maleta y sacó un disfraz de payaso.

Semanas atrás, Víctor había pasado toda una noche confeccionando su traje y haciendo y deshaciendo bosquejos de su nueva identidad en una libreta. Por más que hizo de tripas corazón no logró dibujar a un payaso feliz. Decidió, pues, que dadas las circunstancias adoptaría esa personalidad: la del payaso triste, el de la calle, el mendigo, el desolado. Gran parte de su atuendo la consiguió en diversas tiendas de la ciudad: un par de zapatos de bola azules, una peluca roja con tapa de calvo y un collarín entablado. Lo demás eran trapos viejos: un enorme suéter anaranjado al cual le pegó un parche morado en el codo de la manga izquierda, y un pantalón azul acampanado al que también le adhirió un par de parches verdes en las rodillas.

Esa tarde, en los baños de la estación Rosario, se maquilló toda la cara de blanco para que armonizara con la peluca roja; se pintó un círculo rojo alrededor de la boca hasta los cachetes y un sombreado negro en las orillas; se puso una nariz de bola roja y se maquilló los ojos de mapache. Al finalizar se detuvo un instante y se miró al espejo y supo que no había en el mundo un payaso más triste que él.

—No te queda de otra —le dijo al payaso que esa tarde nacía frente al espejo, y una lágrima se filtró por el rímel—. Lo siento payaso —dijo con tristeza—, vaya día en que te tocó nacer.

Tras guardar su ropa en la mochila decidió ir en busca de su amigo Prudencio, quien seguramente seguía en los vagones. Encontrarlo era tan difícil como hallar una aguja en un pajar, y tan simple como pincharse un dedo con ella cuando menos se lo esperaba. Su amigo transitaba en dos líneas del Metro: Rosario-Martín Carrera, donde mendigaba con un bastón, unos lentes oscuros y un vaso de plástico; y Universidad-Indios Verdes, donde vendía piratería.

—Los mejores días para vender discos compactos son después del día de pago, chavito. La gente te compra lo que sea —le dijo alguna vez el Ciego—. Cuando no tienen dinero ni para qué invertir en mercancía. Mejor hacerte como que no ves nada. Mira, te ven con ojitos de tristeza y te llenan el botecito en medio día —decía.

Eso decía. Pero en verdad era un pésimo administrador y asiduo consumidor de cocaína. Por eso cuando no tenía para invertir en mercancía no le quedaba otra que hacerse el ciego.

A Víctor, la estación Deportivo 18 de Marzo —por ser la guarida de los vagoneros— le pareció el mejor lugar para esperar al ciego. Aguardó por casi una hora. Deambuló por el pasillo, de esquina a esquina. Vio cómo algunas unidades permanecían estacionadas hasta cinco minutos. Suficiente para calcular cuánta gente cabía por vagón, y calculó un promedio de ciento cincuenta a doscientas personas comprimidas, irritadas por el calor y el hedor, desesperadas por llegar a sus destinos. También le dio tiempo de contar —y corroborar lo que el Ciego le había platicado— cuántos vagoneros abordaban en cada salida: siete por viaje; cuarenta y cinco partidas por hora; trescientos quince individuos en una línea, como dijo orgullosamente el ex presidente Vicente Fox: "Del autoempleo". Seis mil setecientos cincuenta pasajeros de mercado potencial por viaje. Cinco millones de usuarios al día. Por fin había logrado entretenerse en otra cosa, cuando un manotazo en la nuca lo interrumpió.

—¡Qué onda, chavito! —dijo Prudencio, pues no sabía qué había en la maleta que él mismo le había entregado en uno de los vagones de manera clandestina—. ¿Y ahora, tú? ¿De qué circo te escapaste?

A Víctor le sorprendió que Prudencio lo hubiera reconocido con tal facilidad.

—Estoy trabajando —respondió Víctor.

—Sí, claro —respondió con sarcasmo—. Yo también. Estás en la lela —dijo Prudencio. Llevaba una bocina colgada del hombro derecho, un *discman* conectado a ésta y un paquete de discos piratas.

"Los caminos de la vida no son lo que yo esperaba", cantaba Vicentico.

De acuerdo con el Ciego, la magistral estrategia de darle ritmo a los vagones vendiendo discos compactos con reproductor era suya. "La bola de copiones, al ver lo bien que me iba, no aguantó la envidia —le dijo el Ciego a Víctor—, me copiaron la idea y meses después la mitad de todos ellos ya tenía su *discman* con bocina". El Ciego aseguró que en cuanto logró juntar lo suficiente, compró un reproductor portátil para DVD con pantalla plana de 7 pulgadas y comenzó a vender películas pirata por sólo diez pesos. También afirmó que podía patentar la estrategia, "y siendo así cobraré los derechos", decía.

El Ciego gozaba de una socarronería incorregible. Casi todo le era indiferente. Difícilmente le conmovía el dolor ajeno. Por eso al verlo vestido de payaso optó por atacarlo con un par de chascarrillos.

—¿Qué te traes con ese disfraz? —preguntó el Ciego.

—Estoy trabajando —respondió Víctor—. Soy el payaso Gogo.

—¿Y para eso hizo tanto pedo tu papá cuando me mandó a darte la maleta?

En ese momento llegó otro hombre vestido de mago. Prudencio se sorprendió al reconocerlo. El Mago y el payaso se despidieron del Ciego y entraron al primer vagón donde hablaron un largo rato.

XV

Existen dos tipos de delirios: los gozosos y los tortuosos. El arqueólogo forense Diego Augusto Daza se encontraba en el segundo.
Haber permanecido inconsciente varios días no hizo más que regre-
sarlo al retorcido delirio del que no encontraba salida. El candado
en la puerta era su mismo pasado, del cual no podía liberarse ni en
estado comatoso. Vivió nuevamente la golpiza recibida años atrás.
Sus dedos perdidos en aquel momento, los escupitajos, las patadas. Su pueblo lo quería linchar. Auxilio, bisbiseaba inconsciente.

Al despertar se encontró con la única persona que lo había visi-
tado en los últimos días: una mujer que le acompañó en sus delirios,
lo cuidó y esperó a que despertara. Mintió a los médicos diciéndo-
les que era su esposa y que él se llamaba Serafín.

—Hola —le dijo seriamente cuando él despertó.

—¿Quién eres?

—Me dicen la Burra.

—¿Por qué?

—Porque nunca tuve educación y porque soy muy terca —dijo
con vanidad.

Aunque en realidad la Burra no debió haber sido tan burra,
pues al final de su carrera maratónica como domadora de hombres
supo contar peso a peso su fortuna. Le llamaban de esa manera

porque su destino fue mancillado por el descuido de su madre. Una mujer que desde siempre fue distraída, extraviaba las llaves, carteras, documentos a más no poder, hasta llegar a la cúspide del despiste: perder a su primogénita.

Por un instante, mientras deambulaba por los recorridos de la Alameda, dejó que las telarañas del descuido la enredaran y se detuvo a ver porquerías en un puesto de bisutería barata, dejando a su niña de un año en la carriola. Una mujer indigente que limosneaba sin suerte por el mismo rumbo encontró la oportunidad de mejorar los ingresos en las largas horas de su malandanza. Clotilde aprovechó la negligencia, cargó a la niña que no se defendió ni con la navaja de un chillido y le robó la vida de por vida.

Primero la ocupó para que la gente le tuviera clemencia; luego, para que la niña sucia y flacucha mendigara por los vagones del Metro; y llegada la doceava primavera, la empujó a la hoguera en la Alameda, donde una vez fue robada de los descuidos de su madre.

—Anda, Burrita —le dijo Clotilde una noche de febrero—. Ve con ese hombre.

Rosendo, el de las tortas, había insistido por varios meses en ser el primero en probar los manjares de la Burra.

—¿Entonces qué, Clotilde? ¿Cuándo me puedo llevar a la niña pa' la casa? —preguntaba y se limpiaba las manos en el delantal—. Ya sabes, aquí van a tener tortas de por vida.

—¡Ah, qué Rosendo!, espérate un poco, qué no ves que todavía está morrita.

Cuando Rosendo por fin consiguió que Clotilde aceptara, a la pequeña le habían germinado dos meloncillos frescos en el pecho y un ramo de pelusas entre las piernas. Un baladro de belleza arrogante hacía alarde pese a la mugre que le empolvaba el rostro.

—No se olvide de darle su medicina pa' la noche —le dijo Clotilde a Rosendo y le dio una bolsa con pegamento.

Pero él quería que la niña estuviera en sus cinco sentidos, que lo domara como a un león sin cadena. La Burra sabía lo que esa noche ocurriría y supo que nunca más volvería a ser igual. Sus compañeras, también niñas de la calle, le dijeron que si quería disminuir el dolor de la primera cogida, ella misma debía romperse el himen.

—Con una botella —dijo la Coneja, quien cumplidos los catorce años ya era madre de unos gemelos.

Luego la Corcholata, que de tanto drogarse siempre estaba tirada en el suelo, espetó: "Mejor con una zanahoria".

A fin de cuentas la Burra terminó enterrándose un palo de escoba. Y esa noche Rosendo se le montó, pero se encontró con la bandera de la indiferencia. Los pasillos de su sexo eran un desierto sin arena. La niña estaba haciendo lo que tanto le habían aconsejado sus amigas: "Piensa en caricaturas, en juegos, en comida, en lo más chistoso que te haya pasado, pero no lo veas, no lo escuches, no lo huelas, no lo sientas".

El vendedor de tortas no logró que la niña lo besara, no consiguió ni un suspiro ni una sonrisa, sólo un cuerpo inerte e insípido. Para saciar a las lombrices de su ira golpeó a la pequeña hasta dejarla inconsciente; luego la llevó con Clotilde y le reclamó que la niña no era virgen.

—¡Y si se acercan por el puesto de tortas las denuncio por putas! —dijo con un cuchillo en la mano.

Una ambulancia transitó en ese instante frente a la casa de cartón. Clotilde, que nunca había abrazado con amor a la Burra, sintió la culpa más grande de su vida. Le curó las heridas con aguardiente, la tapó con periódicos, le acarició el rostro, le besó la frente y lloró por ella.

—Burrita —sollozó y se quedó dormida junto a ella.

Al amanecer la pequeña despertó y supo que nuevamente se encontraba en el mismo lugar pestilente donde ambas habían vivido los últimos meses. Una fila de malos recuerdos junto a Clotilde pasó por su mente y supo que ese capítulo en su vida estaba por terminar. Nunca más la golpearía ni la mandaría a limosnear para, concluida la jornada, quitarle cada una de las monedas mendigadas. Nunca más, y se marchó. Clotilde despertó y a partir de esa mañana tomó el atajo hacia una muerte segura: le inyectó aguardiente a sus riñones día y noche. Los que la vieron, le aseguraron a la Burra que lo único que de su boca salía era:

—Burrita, Burrita.

No obstante, nunca pidió perdón, jamás rogó por misericordia, pues supo que la niña por quien no tuvo piedad, en absoluto la tendría por ella. Y en efecto, la Burra ni en sueños se interesó por saber en qué baldío o morgue había quedado el cuerpo apestoso de Clotilde. Se dedicó de lleno a domar leones que a largo plazo resultaron ser gatitos inofensivos. Si algo la hacía grande era que no olvidaba detalles; sin saberlo aborrecía a la gente descuidada, como su madre. Cinco inviernos más le congelaron los huesos. Sólo hasta cumplir los diecisiete pudo rentar un cuarto en un edificio en ruinas del Centro Histórico. Decidió que nunca más dormiría en la calle, que a partir de esa noche se bañaría todos los días y que cambiaría de clientes. Y se fue. Dejó de ofertar delicias simuladas en la Alameda. Aprendió a negociar acrobacias en cafés y bares.

Entre su posible clientela conoció a un erudito, un párvulo que jamás había besado a una mujer. Estaba cansada de leones viejos sin corona. Y este minino sin barba y sin barriga chelera la engatusó sin el alarde de un rugido fanfarrón. Lo divisó sentado en la mesa más escondida de un café. Quiso saber por qué diablos no había tenido la delicadeza de voltear a verla cuando pasó junto a él. Tenía en las manos una novela.

—Hola, ¿te puedo acompañar? —preguntó ella, y él respondió indiferente con una breve mirada.

—¿Qué haces? —insistió, y pronto corrigió—. Lo siento, qué pregunta tan torpe. ¿Qué lees?

—*El acoso,* de Alejo Carpentier. ¿Lo conoces?

—¡Claro! —dijo ella y sonrió—. Lo vi en la tele el otro día.

—Él murió en 1980 —dijo el joven.

—Está bien, no sé de qué me estás hablando —admitió la Burra mientras jugaba con una cuchara—. Pero me llamó la atención verte tan callado.

El joven siguió con su lectura esperando que la intrusa se diera por vencida y se retirara.

—¿Sabes una cosa? Yo no sé leer. ¿Para qué sirve?

Él se asombró, puso su libro sobre la mesa, levantó la mirada, la observó, sonrió y replicó: "Para dar rienda suelta a tu sexto sentido: tu imaginación".

La Burra se sentó junto a él y escurrió la mano bajo el mantel; el joven abrió los ojos y ella lo invitó a su recámara. Al llegar le quitó el libro de las manos e hizo lo inesperado: lo besó. Finalizada la faena decidió no cobrar por sus servicios.

—Yo ya te dije mi nombre: Marcelo, pero tú aún no me has dicho el tuyo. ¿Cómo te llamas?

Por primera vez en su vida la Burra sintió unas ganas insaciables de no cargar con el apodo tan torpe y necio que Clotilde le había colgado. Caviló en algún apelativo que llenase todos los huecos vacíos de su personalidad y ninguno le pareció adecuado.

—Yo no tengo nombre. Me dicen la Burra.

—No te creo —Marcelo sonrió y comenzó a vestirse.

—¿Vienes mañana?

Marcelo permaneció en silencio por un instante. Todo parecía tan sencillo y al mismo tiempo tan irreal.

—Sí.

La Burra sonrió y le dio un beso en la boca como una colegiala. Marcelo volvió al día siguiente. Tras un lascivo preámbulo en la cama comenzaron la lección de amor, y se amaron a partir de esa tarde.

—Enséñame a leer y escribir —dijo un día la Burra sin miedo.

Marcelo sacó una libreta y una pluma, escribió el abecedario y lo repitió con ternura mientras ella le acariciaba la espalda.

—Quiero que tú elijas el nombre que a ti te guste y lo escribas en un papel. Te prometo que no lo veré hasta que aprenda a leer y escribir como tú.

Y un día, el más inesperado de todos, el letrado escribió un nombre en una hoja sencilla, la dobló, lo guardó en un libro y se dirigió a la Burra:

—Aquí está tu nombre.

Ella tuvo la sensación de que el fin de su historia estaba muy cercano.

—Todavía no sé leer y escribir bien —abandonó el libro sobre el buró pensando que sólo así podría retener a Marcelo.

Pero nada detuvo al apresurado tic tac del destino. El cambio de la página más triste del libro de su vida ocurrió el día en que Marcelo le cuestionó cuándo leería el papel que le había entregado en la novela que yacía sobre el buró.

—Cuando vivas conmigo —respondió.

—Imposible. He recibido una beca para estudiar en el extranjero.

Marcelo desapareció de su vida y el libro se quedó sobre el buró. La Burra sufrió un dolor del cual no se pudo deshacer por mucho tiempo. Con frecuencia se estacionaba en el café donde una vez encontró el amor. Se sentaba en el mismo lugar. Fumigaba su nostalgia con nicotina. Jamás le disparó una mirada a la luna por el temor a caer en la cursilería de que en la resaca Marcelo estuviese haciendo lo mismo en alguna parte del mundo, ése que ella había conocido en voz de Marcelo. Marcelo… cómo te extraño.

Hasta que un día se sacó la daga y su sueño se suicidó. "Cursilerías", dijo cuando cavilaba en todo aquello. Vivió indiferente al recuerdo. Al cumplir los veinticuatro ya gozaba de una cartera de clientes lujuriosos. Brincó de cama en cama y de hotel a motel como reina de ajedrez, hasta la mañana en que conoció a Diego Daza y la vida se le vino encima.

—¿Cómo te llamas? —le preguntó ella, cuando él despertó en una cama del hospital.

—Diego —respondió, y la miró desconcertado—. ¿Te conozco? —se frotó la frente con las yemas de los dedos.

—Quizá no lo recuerdes —agregó la Burra—, pero antes de que te ocurriera el accidente tú y yo tuvimos sexo en un hotel.

—¿Tú y yo? —frunció el entrecejo—. No lo recuerdo —negó con la cabeza—. Disculpa. Sólo sé que al salir del hotel un hombre se me fue encima. Ambos forcejeamos. Me golpeó la cara yo me defendí. Llegamos a la avenida y un camión nos arrolló. Recuerdo perfectamente cómo las llantas pasaron por la espalda del hombre que me atacó y murió al instante.

La Burra se encontraba atónita.

—No había nadie. Saliste corriendo y actuabas como si alguien te estuviese golpeando. Pero no había nadie. Luego el camión que te atropelló y se dio a la fuga. Entonces salí porque nadie te ayudaba, sólo te veían como bicho raro. Cuando llegaron los paramédicos les dije que era tu esposa. Me preguntaron tu nombre y les dije que te llamabas Serafín.

Una semana más tarde, el arqueólogo forense fue dado de alta. Para esto tuvieron que urdir una mentira. Sus únicas identificaciones se le habían perdido tras el accidente, asegurando que alguien le había robado su cartera. El hospital, para eludir trámites burocráticos, aceptó el nombre y lo dejó salir bajo el nombre se Serafín Pérez López. Al salir, Diego se detuvo en la entrada del hospital recargado en un par de muletas; la Burra le regaló una mirada y una sonrisa: "No tienes a dónde ir, ¿verdad?", preguntó, y sin espera le ofreció su casa.

Los primeros días transcurrieron de forma simplona. La Burra salía en la tarde y regresaba al amanecer cansada y cargada de dinero. Dormía hasta iniciada la tarde y pasaba el tiempo con Daza, que no se paraba si no era para ir al baño. Cuando se hartó de la cama decidió dar unos cuantos pasos más; se dirigió a la cocina y la encontró lavando los platos. Le vio la cintura, las nalgas y las piernas y la verga se le endureció. Caminó silencioso, pese a las muletas, hasta ella, y olfateó su larga y curvada cabellera. Ella sintió su presencia y fingió no notarlo; dejó que aquella nariz recorriera su melena. Al sentir el aliento en su cuello levantó la cara y se dejó acariciar. Las manos de Diego recorrieron su cintura hasta llegar a sus nalgas místicas. Pronto sus dedos tocaron su sexo. Se dejó acariciar.

Cuando terminaron, derrumbados sobre el colchón, la Burra le acariciaba el pecho y Diego sólo respiraba profundamente.

—No te preocupes —dijo ella.

—¿No me preocupe de qué? —preguntó Daza sin entender lo que había escuchado.

—Nada —respondió ella—, nada. Cuéntame de ti —dijo la Burra sin imaginar en lo que se metía.

—Hace trece años estuve involucrado en un conflicto religioso. Tuve que salir del país.

—¿Eras padrecito? —preguntó asombrada.

—¡No! Para nada. Soy arqueólogo forense.

—No entiendo.

—Entonces sería mejor que no te enteraras.

—Quiero saber.

—¿Para qué?

—Me interesa tu pasado.

—No vale la pena.

—Yo ya te conté mi vida.

Entonces Daza abrió la caja de su memoria y un sinfín de malos recuerdos llegaron como avispas. Le contó paso a paso, hasta el amanecer, los acontecimientos del 93.

La Burra permaneció en silencio. Jamás imaginó que el hombre que tenía en su cama tuviese una historia tan lúgubre.

—No lo puedo creer.

—Todo está en los periódicos.

—Sí, sí, claro que eso sí lo creo. Lo viví. Yo estuve en medio de una de las marchas. No porque quisiera; estaba caminando por ahí cuando llegaron miles de personas gritando que querían la devolución de la imagen de la Virgen. Lo que no puedo creer es que me encuentre con el hombre que se la robó.

—Ya te dije que yo no hice nada.

—Perdón. No quise decir eso. Me refería al hombre acusado del robo, en este caso tú. Ahora que ha pasado tanto tiempo, ¿qué piensas hacer?

—Buscar venganza.

A la Burra se le congelaron los huesos al encontrar un profundo vacío en la mirada de su nuevo amante.

—¿Cómo? Me acabas de decir que esa gente tiene mucho dinero y mucho poder.

—Yo sé cómo. El domingo quiero que me acompañes a una iglesia.

—Eso es muy peligroso. Alguien te puede reconocer. Los mexicanos somos muy rencorosos.

—Por el contrario, será mucho más fácil de lo que imaginas.

—¡Chingue su madre! Si así lo quieres, iremos. ¿A qué iglesia?

—A *El santuario de los hombres de buena fe*.

—¿Y dónde está eso?

—Es una religión protestante. Se anuncia en televisión.

—Sí. Ya sé cuál es. Le aseguran a las personas que al convertirse encontrarán fortuna y paz y quién sabe qué tantas cosas. Y ¿qué quieres hacer?

—Ya lo verás.

Ese domingo Daza y la Burra despertaron temprano y se dirigieron al templo. Antes de que iniciara la ceremonia, Daza se acercó a uno de los pastores y pidió hablar con el fundador. Se le negó raudamente. Se le dijo que no se encontraba ahí en ese momento y que sería inútil insistir.

—En efecto. No será necesario insistir —Daza respondió con soberbia sin mirar al hombre—. Sólo dígale que Diego Augusto Daza Ruiz lo está buscando. Esperaré en las bancas del fondo.

Minutos más tarde inició la ceremonia. La gente aplaudía. Hubo cánticos, alabanzas, lágrimas, sermones, lecturas; incluso un hecho que a Daza le provocó un rictus socarrón que tuvo que tragarse, al ver que una mujer convulsionó hasta desmayarse. Pronto llegaron dos pastores, la cargaron, la llevaron al altar y frente a todos realizaron un exorcismo:

—¡Sheñor —dijo el pastor con acento portugués—, en tuis manosh pongo el alma, el cuerpo, los shentimentos, el futuro di eista mujer, tu shierva, que te necesita! ¡Shálvala, Sheñor! —le tocó la frente y otro le sostuvo las manos mientras la mujer convulsionaba soltando patadas. Un par de hombres acudieron para sostenerle las piernas.

—¡Satanás! —gritaba el pastor—, ¡te ordeno que abandoneish il cuerpo di esta humilde mujer! ¡Ti lo exijo en el nombre de Dios Nueshtro Sheñor Celestial!

En ese momento la mujer quedó como trapo sobre el piso. Hubo un silencio intrigante. La mujer despertó y todos los presentes aplaudieron, vanagloriaron la presencia de su dios. La Burra no sabía si lo que presenciaba era real o ficticio. Acto seguido, se hizo la colecta de diezmos. A los fieles se les exhortó a despojarse de sus pertenencias.

"En el Reino del Sheñor no necesitarás riquezas, hermano mío. Déjalo todo. Deshpójate de eso que tanto daño le hace a la humanidad. Tu padre te dará más".

Las canastas se llenaron de dinero, anillos, cadenas, pulseras, relojes, teléfonos celulares, carteras. Nuevamente el llanto, los gritos, los ruegos de gente desesperada, en busca de algo que les diera sentido a sus vidas, un perdón, una promesa, una cuerda que los sacara del hoyo en el que se hallaban. Todos desesperados, cual si el fin del mundo se encontrase a la vuelta de la esquina.

Al finalizar la ceremonia, Diego y su acompañante permanecieron en la banca. Poco más tarde, cuando el lugar quedó vacío, caminó a ellos uno de los pastores.

—¿Diego?

—Ése soy yo.

—Sígame —dijo y le dio la espalda. Al dar unos pasos se detuvo y volvió la mirada—. Sólo usted.

Daza hizo un gesto a la Burra para que esperara. Entonces lo llevaron a una oficina. El hombre abrió la puerta y se detuvo. Con una mano dio instrucciones al arqueólogo para que entrara solo. Encontró una oficina lujosamente decorada. Un hombre lo esperaba sentado frente a un escritorio; lo reconoció inmediatamente pese a la calvicie, las canas y las arrugas en su rostro adquiridas en los últimos años.

—Te he esperado mucho tiempo —dijo Gregorio Urquidi Montero, y sonrió.

El arqueólogo forense se mantuvo serio. Observó detenidamente la majestuosa oficina.

—Necesito dinero.

—¿Cuánto? —Urquidi no hizo un solo gesto.

—Lo suficiente para vivir como merezco.

—¿Sólo eso?

Sin pedir permiso, Daza encendió un cigarrillo. Urquidi se puso de pie, sacó la botella de vino más añeja que tenía en su reserva —un Duca Enrico, de Duca di Salaparuta, el primer vino de Sicilia en obtener las más altas calificaciones— y sirvió dos copas.

—Hay que brindar por nuestro reencuentro —dijo Urquidi al mismo tiempo que le arrancó el cigarrillo de los labios a Diego, lo apagó en el cenicero y le entregó una copa—. Para vivir como mereces debes dejar de fumar esas porquerías —le ofreció un habano.

Urquidi no podía evitar sonreír. Volvió a su escritorio y levantó el auricular.

—Voy a necesitar un chofer, dos hombres de seguridad y la mejor de las camionetas en este momento —dio instrucciones y colgó.

Al finalizar la llamada se dirigió a una puerta por donde desapareció. Daza ni siquiera volteó. Le dio un trago breve a su vino tinto y se recargó en la silla. Encendió el puro que Urquidi le había dado y esperó paciente. Ya nada le preocupaba. Minutos más tarde volvió Gregorio.

—Es un Cohiba —dijo Urquidi Montero—, lo mejor que hay en habanos. Cuesta 250 dólares la caja.

Diego Daza observó el puro, lo giró con los dedos, lo rompió y lo tiró al suelo. El fundador de *El santuario de los hombres de buena fe* puso un portafolio sobre el escritorio y lo abrió: estaba lleno de dinero.

—Esto será suficiente por el momento. Cuando se te termine vienes por más, y si eso se te acaba búscame. La camioneta es tuya. Aquí están los papeles. El chofer y los dos hombres serán tus guardaespaldas. Su sueldo corre por mi cuenta. Elige un buen lugar para vivir. Que sea lindo, y muy caro. Disfruta, descansa, haz lo que se te venga en gana, gástate todo este dinero. Si quieres viajar, hazlo. Vive como te mereces y cuando estés listo dímelo. Tenemos mucho que platicar.

Por fin Daza dejó escapar una larga sonrisa. Se puso de pie, cerró el portafolio, se bebió de un trago el vino en su copa y se despidió.

—Claro que tenemos mucho que platicar. Nos vemos.

Al salir Daza, el hombre que le había negado a Urquidi sintió una inquietud irritante, pero obedeció las órdenes al pie de la letra: lo guió al estacionamiento, le presentó al personal que tendría a su servicio y lo despidió con respeto; luego, con apuro, se dirigió a la oficina de Urquidi.

—¿Todo bien, señor?

—Sí —respondió Urquidi gozoso. Tenía la mirada ausente, cual si hubiese encontrado un gran tesoro.

—¿Necesita que hagamos algo?

—¿Respecto a qué?

—Al hombre que acaba de salir. Temo que lo esté extorsionando —el hombre de confianza de Urquidi guardó silencio, observó la felicidad de su jefe y luego sonrió con admiración—. O sólo que usted ya haya dado instrucciones para corregir al susodicho.

—Bañuelitos —Urquidi lo miró con seriedad—, ese hombre merece tu respeto. Y se llama Diego Daza.

—Sí, señor. Disculpe —Ernesto Bañuelos tragó saliva—. ¿Puedo preguntar quién es?

—No. Por supuesto que no. Yo no tengo por qué darte explicaciones. ¿O sí?

—Le ruego me disculpe.

Urquidi recuperó la sonrisa:

— Pero te lo diré. Ese hombre me salvó la vida.

XVI

A ti, mi buen amigo, Gun Zaló, por tu lealtad e integridad, cuando muera te dejaré el mando de nuestra *kuchkabal* (jurisdicción), para que la defiendas de esos que vienen de tus tierras y que ya están en Tenochtitlan. Como sabes, han dado muerte a muchos de ellos, incluso al halach uinik de los mexicas que en su lengua se dice *Tlatoani*. No es desconocido por nosotros que pronto vendrán aquí y querrán, de igual manera, darte muerte. Pues como nos han dicho nuestros informantes, que los *dzules* (extranjeros) te han llamado *el renegado*, como se dice en tu lengua. Y no los culpo, pues si tú hubieses nacido aquí y te hubieras ido con ellos, como dicen de una mujer de nombre Malinalli Tenépatl, que fue regalada al hombre que llaman Cortés, también se te nombraría traicionero. Su situación no es distinta: ambos fueron esclavos, aprendieron a amar a sus amos, y han sabido ser fieles a su nueva vida. No la juzgo porque de hacerlo debería pensar lo mismo de ti. Y a ti te debemos la vida, nos defendiste de los cocomes y luego de los *dzules* que llegaron a Chakán-Putún.

La traición puede llegar de cualquier persona, no importa que sea de la misma raza. Para esto te contaré, buen amigo Gun Zaló, que el Trece Ahau (1007-1027) es el katún en que fundaron la ciudad de Mayapán. Hombres mayas se llamaron.[32] Y así los cocomes hicieron amistad con los xiues de Uxmal y los itzaes de Chichén Itzá, formando la Liga de Mayapán, y engrandeciendo sus dominios, hasta que Hunac Ceel los traicionó (entre 1185-1204).

Solamente al verdadero dios Gran Padre adoraban en la lengua de la sabiduría en Mayapán. Ah Kin Cobá era sacerdote dentro de las murallas. Tzulim Chan en el poniente. Nauat... en la puerta de la fortaleza en el sur. Couh Ah Canul en la puerta de la fortaleza al oriente. Ah Ek era otro. He aquí su señor: Ah Tapai Nok. Kauich era el nombre de su halach uinik, Hunacceel, el servidor de Ah Mex-cuc. Y este "Hunacceel" pidió entonces una flor entera. Y pidió una estera blanca. Y pidió dos vestidos. Y pidió pavos azules. Y pidió su lazo de caza. Y pidió ánforas de barro blanco.[33]

Esto dice, mi buen amigo Gun Zaló, que el sacerdote de Mayapán era Ah Kin Cobá, que tenían guardianes: Tzulim Chan cuidaba la puerta del oeste, Nauat del sur, Couoh y Ah Canul la del este y Ah Ek la del norte. El *halach uinik*, Hunac Ceel, era sacerdote de Ah Mex Cuc "el de la barba de ardilla", el cual era Kukulcán. Y tenía mucho poder, mucha gente y muchas armas, y un solo trono, y quería todo. *Una flor entera y una estera blanca, dos vestidos*, que eran los dos señoríos Chichén y Mayapán; *pavos azules, caracoles manchados, ánforas blancas o jícaras de balché*. Lleno de ambición se levantó en armas en contra de quienes le habían otorgado su amistad.

El Ocho Ahau (1185-1204) aconteció en Chichén, a orillas de los pozos. Entonces ocurrió que se puso pintura al señor de Uxmal y vino a imponer la huella de sus pies en las espaldas de Chan Xib Chac (rojo-temible-Chac) en Chichén (orillas de los pozos), en donde imperaba Ah Nacxit Kukuklcán (el Nacxit-serpiente-quetzal); entonces fue cuando bajó el éxodo del Itzá (brujo del agua) y vino el pleitar ocultamente, el pleitar con furia, el pleitar con violencia, el pleitar sin misericordia.

Entró el pecado, llegó con el Ocho Ahau, vino el debilitamiento de la Ceiba nuevamente a causa de Ah Xib Chac, (el temible Chac) de Chichén...

Fue en el Ocho Ahau que sucedió lo de Ah Ulil, (el del caracol de tierra) de Itzmal (lugar del brujo del agua) cuando fue doblegado y atado el señor Ah Ulil... Por pecado cometido con la mujer desposada de su amigo, otro Señor, lo que estableció la guerra...

Allí en Izamal o Itzmal... pagaban como tributo a los infantes de Itzmal Kaul (santo lugar del brujo del agua) para alimentar a la Hapai Can (serpiente tragadora) que hacía violenta guerra. Entonces fue cuando en Itzmal... aconteció durante el gobierno del Señor Ulil... que terminó el poder de la Hapai Can... que tenían los dos Itzmal Thul...

Grande fue el sufrimiento de los de Ah Itzmal Thul (el brujo del agua a Chorros), grande fue el dolor de su alma. Atado fue por sus pecados Ahau Canul (señor príncipe guardián) porque presentaban como tributo a los infantes a la Hapai Can... por eso fue superado por Ah Kukulcán (el serpiente quetzal) para que lo viesen y oyesen todos los habitantes de Itzmal Thul".[34]

Lo que cuenta esta crónica, Gun Zaló, es que los cocomes de Mayapán declararon la guerra a Chichén Itzá y a Uxmal. Hunac Ceel llegó una noche con muchos soldados y quemaron las ciudades, mataron a los críos, a las mujeres se las llevaron, hicieron presos a los soldados, mataron a muchos otros. Hunac Ceel "se paró en su espalda" al derrotar al halach uinik de Chichén, Chac Xib Chac, el temible Chac, quien era un gran guerrero, como dice su nombre: temible. Pues igual que Hunac Ceel hizo muchas guerras y provocó muchas muertes. Cuentan que el temible Chac había matado a su padre y a sus hermanos para hacerse del poder, y que cuando se hizo halach uinik mandó asesinar a todos los sacerdotes de la comarca para que sólo se obedeciera su ley y su culto. Pues aunque en todos los *kuchkabal* y *batabil* (jurisdicciones y localidades) se veneraba al jaguar y a la serpiente emplumada, cada cual tenía su propio sacerdote, su propia creencia, su propia forma de culto. Así como me has contado de tus tierras, donde también hubo guerras por el control de la religión, aunque fuese el mismo dios, aquí se luchó por imponer un estilo de adoración a la Serpiente Emplumada: Ah Mex Cuc, Hapai Can, Nac-xit, Mizcit Ahau, Gucumatz, Kukulcán, Quetzalcóatl, todos ellos sacerdotes que adoptaron el nombre del dios creador del Quinto Sol; todos ellos salieron de Zuyúa para conquistar tierras, para imponer su culto; todos ellos al mismo tiempo en diferentes lugares; todos haciéndose pasar por dioses, pues Kukulcán no vivía en esos tiempos.

Luego llegó la confusión: unos creyeron que el sacerdote, "su Kukulcán", que los había iniciado en el culto, era el dios verdadero, y que sólo ellos tenían la historia verdadera. Hunac Ceel era uno de ellos: aseguraba que Ah Mex Cuc era el único dios serpiente emplumada. Y donde imperaba el culto a Nac-xit-Kukulcán comenzó la pelea, y también en Izamal, donde el halach uinik Ulil hacía sacrificios de niños a Hapai Can, la Serpiente Tragadora "símbolo original de Kukulcán". Hunac Ceel, de Mayapán, era el servidor de Ah Mex Cuc "el de la barba de ardilla", Kukulcán, dios del fuego solar y la guerra, el mismo que se adoraba en Mayapán. Luego de ganar la guerra, la gente de Chichén no aceptó el liderazgo de Hunac Ceel, y para que pudiera gobernar le exigieron que se lanzara al dzonot (cenote), para que los dioses del agua dieran su consentimiento.

Aquel Cauich, un Hunacceel que era Cauich del nombre de su familia, he aquí que estiraba la garganta, a la orilla del pozo, por el lado del sur. Entonces fueron a recogerlo. Y entonces salió lo último de su voz. Y empezó su mandato. Y se empezó a decir que era Ahau. Y se sentó en el lugar de los Ahau, por obra de ellos.

Y se empezó a decir que antes era halach Uinic, y no Ahau, que era sólo el precursor de Ah Mex-Cuc. Y se dijo que era un Ahau, porque era hijo adoptivo de Ah Mex-Cuc. Que un águila había sido su madre y que había sido encontrado en una montaña, y que desde entonces se comenzó a obedecerle como Ahau. Tal era lo que entonces se decía.

Entonces se comenzó a levantar la Casa Alta para los Señores y se comenzó a construir la escalera de piedra. Y entonces él se sentó en la Casa de Arriba, entre los Trece Ahau, llenos de majestad. Y comenzó a llegar la ley, la gloria y el tiempo de Ah Mex-Cuc, del que así era el nombre cuando lo trajo.[35]

Hunac Ceel aceptó la prueba de honor, la prueba que marcaría su vida, se lanzó al Pozo Sagrado y como un dios emergió de las aguas y exigió que se le llamara *Ahau*, que como bien sabes, Gun Zaló, eso es un nombre para alguien que es casi un dios. Igual que los sacerdotes *Kukulcanes* se hizo venerar. Con su mandato hizo que se adorara a Ah Mex-Cuc, "el de la barba de ardilla", Kukulcán como hombre barbado y dios solar, deidad de la que era el servidor o sacerdote, y la cual ocupó su lugar en los trece cielos, entre los trece señores. Entonces mandó engrandecer el Castillo de Chichén Itzá. Ese que ahora conoces y que antes era más pequeño. Ahí, sobre el antiguo Castillo, se construyó el nuevo y más grande Castillo. Mandó traer muchos esclavos para su construcción. A él se deben los escalones y las serpientes tragadoras que bajan a sus costados. Hunac Ceel mandó poner el Chac Mool y el jaguar rojo en el templo del Castillo. La ciudad alcanzó su máximo esplendor pero también llegó la decadencia en esos años.

Así muchos itzaes salieron de Chichén buscando mejores lugares para habitar. Llegaron a Pole, Aké, Chiquin-dzonot, Xppitah, Ti-maax, Buctzotz, Dzizantún, Chac, Baca, Ixil, Itzamná, Chuburná, Caucel, Hunucmá, Uxmal, Muna, Ticul, Umán, Ich-caan-sihó y Mayapán, y muchos lugares más. Se dispersaron y dominaron pequeños pueblos, quizá con la intención de alcanzar mayor poder que Hunac Ceel, provocando conflictos dentro y fuera de Mayapán. Algunos itzaes permanecieron en Chichén, dominados por los de Mayapán, pero desarrollando su cultura, arquitectura y obras artísticas; y se construyen edificios como el Castillo, el Templo de los Guerreros, el Templo de las Águilas y Tigres, el Templo de Venus, las Mil Columnas, el Mercado, el Tzompantli, y otros más.[36]

Con el tiempo, Chichén Itzá y Uxmal quedaron en el abandono (1400). Los xiues de Uxmal se fueron a Maní; los itzaes fueron a Champotón y dejaron de llamarse mayas. Llegó el fin de Chichén Itzá como gran imperio, pero siguió siendo el punto de encuentro.

XVII

Tras un ligero bostezo Víctor Tobón estiró los brazos hacia arriba. Llevaban ya más de un mes estudiando los libros del *Chilam Balam*, en ocasiones hasta la madrugada. Gastón Peralta Moya bien podía dormir cuatro horas y levantarse, como todos los días, a las seis de la mañana, mientras que el joven parecía desmoronarse con las desveladas. El historiador evidenció una memoria prodigiosa al dictar datos, nombres y fechas sin errar. En ocasiones el joven llegó a dudar y buscaba entre la montaña de libros que tenía en el pequeño escritorio a su disposición. Sólo en algunas ocasiones logró mostrarle al historiador que la fecha que había mencionado variaba entre uno o dos años.

—Para eso estás aquí —decía Peralta Moya y sonreía—, para que corrijas todo lo que mi arcaica memoria equivoque.

Había días en los que el historiador no dictaba, sólo hablaba, repetía lo que ya habían leído, escrito y discutido, y el joven reportero escuchaba sentado frente a la máquina de escribir. Observó su reloj de pulso y calculó que terminarían por lo menos a las tres de la madrugada.

—Chichén Itzá —dijo Gastón como si fueran las dos de la tarde—, *En la boca del pozo del brujo del agua*, la ciudad del Castillo de Kukulcán, del quetzal, de la serpiente emplumada, la cuna del jaguar, la tierra de los itzaes, el más grande centro ceremonial, la tumba de Chac Mool, es tan sólo uno de los tantos sitios que abarca la senda del jaguar.

„Viendo su nacimiento el Período Preclásico entre el año 1000 a.C. y 320 d.C. nos deja tan sólo unas cuantas evidencias de que fueron contemporáneos de los mixes, los zoques y los olmecas. Más tarde recibirían influencia de los teotihuacanos. Luego quedaría la ciudad en abandono, por causas desconocidas. Algunas hipótesis señalan que se debió a causas climáticas; otros que fue una gran guerra; la incógnita queda en el aire.

„En tiempos precolombinos, Chichén se convertiría en uno de los más grandes y suntuosos centros de su época. La ciudad sagrada recibiría por años a los peregrinos que llegaban para adorar al dios Chac. Ahí danzarían en las plazas, frente a los majestuosos templos y grandes eventos ceremoniales, llevando al cenote sagrado ricas ofrendas de cobre, oro, jades, cerámica, tejidos, copal y calabazos pintados, sacrificando personas para los muertos que moraban en el pozo.

„Erróneamente se cree que los itzaes fundaron Chichén, la cual según Roys se conocía como *Uuc-yab-nal*, 'los Siete Abnal'. Lo que es cierto es que la rebautizaron, por decirlo de alguna manera, con el nombre de Chichén Itzá. El *Chilam Balam de Chumayel* dice en forma abreviada...

—Maestro —dijo con temor—, eso ya lo discutimos esta semana y la pasada y la antepasada.

—¿Sabes cómo aprendían los alumnos en el Calmecac de México-Tenochtitlan? —preguntó el historiador—: escuchando a sus maestros, repitiendo la misma historia. Si sólo la escuchas una vez, pronto la olvidarás. ¿Por qué no olvidas tu nombre, tu dirección, tu teléfono? Porque lo repites. Te he repetido la misma historia tres semanas y no te has dado cuenta de que cambio fechas y nombres. Lo hago a propósito, esperando que un día de estos te des cuenta. Por eso a este país lo engañan tan fácilmente. Hoy les dan una versión y mañana otra. Hoy una noticia está en todos los periódicos y un mes después es tema olvidado. La gente le huye a la historia y a la política social por dos razones: no se dan el tiempo de entenderlas para formarse un criterio propio y no comprenden que conociéndolas y asimilándolas es la única manera de mejorar el futuro de un país. ¿Mucho amor por México?

„Yo amo a esta tierra pero me duele su desorganización, su descuido, su impuntualidad, su incumplimiento, su apatía, su conformismo, su arbitrariedad, su fanfarronería, su ignorancia, su agresividad, su impunidad y corrupción, su hipocresía, su misoginia y homofobia, su idolatría y ceguera ante las religiones.

„Hacer una descripción —o mejor dicho una crítica en forma de reclamo— de México es, sin lugar a duda, un arma de doble filo. Una, por el hecho de que en este país la crítica es inadmisible. Al extranjero que llega y habla bien de nuestro país se le celebra con bombo y platillo; mas pobre de aquel que se atreva a decir que las mexicanas son bigotonas… La gran mayoría de la población no se ocupa de las verdaderas necesidades de nuestra pobre, violada, usurpada y olvidada nación, pues hoy están ausentes. Todos somos un ladrillo más en este muro de intolerancia que los mexicanos hemos construido con nuestra irremediable necedad de creernos intocables. Criticar a mi país es criticarme a mí mismo, descubrir mi lado más repugnante, el de ser uno más del montón, de esos que rompen las leyes, que aprovechan lo legal aunque no sea justo y, a conveniencia, lo *justo* aunque no sea legal. ¿Cómo te llamas?" —preguntó el historiador.

—Víctor Tobón.

Peralta Moya se llevó la mano a la barbilla.

—Hay quienes únicamente saben vanagloriar la belleza nacional, haciendo énfasis en lo nutrido del folclor, alardeando de la abundancia de mujeres hermosas, o jactándonos de la delicia de nuestra grasosa mal nutriente gastronomía. (Sí, no cabe duda que es muy rica, pero los tacos, siempre bañados en colesterol.) Otros ponemos sobre la mesa una larga lista de deudas que tenemos pendientes con nosotros mismos. Reclamándonos por qué somos así.

Y quizá eso sea lo más amargo del tema: admitir que como nación estamos ausentes. Que si bien tenemos la fuerza para salir a festejar multitudinariamente al Ángel de la Independencia porque la selección mexicana ganó un partido, lo hacemos a solas, cada quien en su mundo microscópico, en un ausentismo comunitario, cada cual enfrascado en sus problemas muy personales, inmersos en un egoísmo, en la filosofía de "Primero yo", "Sálvese quien pueda", "El que no transa no avanza", y a su vez, en un conformismo colectivo. Porque *en este país no pasa nada*. O, dicho de otra manera: somos víctimas de nosotros mismos.

„Bien dijo el maestro Emmanuel Carballo: 'Vivimos en un país de ciegos y sordos'. Hablo de una nación que ha perdido la capacidad de criterio propio, de un pueblo que se sienta a ver el horizonte, a esperar que alguien le diga qué hacer. En este país parece no importar qué se diga sino quién lo diga. Pesa más la voz del demagogo que la del congruente. La verdad es lo que cada uno de nosotros se inventa a placer.

„No quiero a un pueblo rezando el Rosario, ni una multitud gritando al unísono '¡Sí se puede!'. Busco, exijo un pueblo pensante. Tampoco pretendo culpar de todo al gobierno, que bien ha puesto a lo largo de nuestra historia su gigantesco grano de arena en este México que se divide en muchos pequeños "Mexiquitos": el imperio del presidente, el *business* de los grandes empresarios, el cacicazgo de los gobiernos locales, la mina de oro de los políticos, la metrópoli de los empresarios y de los ejecutivos, el negocio de los pequeños empresarios, el universo de los universitarios, la literatura de los intelectuales, la obra de los artistas, el *nice country* de los turistas, la tierra prometida de los inmigrantes con dinero y la tierra despreciada de los emigrantes adinerados, el changarro de los microempresarios, el local en quiebra de los emigrantes sin dinero, la calzada de paso de los inmigrantes sin dinero, el país que aparece en las noticias nacionales, el de las noticias internacionales, la tierra idónea que se ve en la televisión abierta, el edén o infierno de los religiosos, el ventajoso pueblo del proletariado y de los sindicalizados, el desesperanzado mundo de los obreros y de los pobres, el olvidado y desaprovechado terreno de los campesinos, el añorado cosmos de los exiliados y, como siempre, hasta el final, el de los jodidos: el ignorado cruce peatonal de los miserables, vaya que es descomunal el número de semáforos en este país.

„Una de las palabras que más se difunden en los medios de comunicación es *tolerancia*, palabra totalmente malentendida en este país. El diccionario la define como: 'Soportar o sufrir una cosa o a una persona; admitir ideas y opiniones distintas de las propias; permitir que se haga una cosa; resistir o soportar una cosa sin que se reciba daño'. Nos persignamos y abusamos en el uso: 'Hay que tener tolerancia. La tolerancia es la clave para una democracia', y la más desgastada, devaluada y violada de todas, aquella que hizo famoso a don Benito Juárez: el respeto al derecho ajeno es la paz.

„Tolera, toleremos, toleren… ¿Tolerar?

„Si bien el respeto al derecho ajeno es la paz, uno debería tolerar el derecho de los demás, el derecho a descansar, a expresar, el derecho a dormir, a cantar, a beber, a bailar, y un sinfín de conjugaciones. Pero, ¿hasta dónde llega nuestro derecho? Justo donde inicia el derecho de los demás.

„En este país hemos sido testigos y víctimas de infinidad de manifestaciones políticas y sociales de sindicatos que hacen paros laborales. Todos ellos ejerciendo su libertad de expresión. Sí, claro: Dejad que los sindicatos se acerquen a mí, dice doña Tolerancia. Y mientras que a los demás se los lleve el carajo.

„Toleremos sus andanzas entonces. Obedezcamos la enseñanza de Jesucristo: 'Si recibes una bofetada poned la otra mejilla. Si te cierran una avenida brindadles la otra. Si suspenden tus estudios entregadles tus libros para que los quemen frente a la Cámara de Diputados'. ¡Tolerancia, pues! Si invaden tu tierra y matan a más de la mitad de la población con epidemias, tolera. Si te imponen una religión y te cambian a Tonantzin por Guadalupe, y a Quetzalcóatl por Jesucristo, tolera. Si te destruyen tus pirámides para construir iglesias, tolera. Si te mantienen trescientos años en un retraso político, social, económico, educativo y cultural, tolera. Si te improvisan una independencia para llegar a otra monarquía, tolera. Si ves que se empiezan a matar por el poder, tolera. Si un hombre decide entrar y salir del gobierno once veces, tolera. Si nos roban la mitad de nuestro territorio, tolera. Si una guerra reformista no alcanza su objetivo, tolera. Si un hombre decide quedarse tres décadas en la silla presidencial, tolera. Si la desigualdad nos lleva a varias revoluciones y en la escuela te dicen que sólo fue una, tolera. Si te pintan a todos estos personajes como superhéroes, tolera. Si te inventan niños héroes, tolera. Si un partido político se queda setenta años en el poder, tolera. Si el ejército mata a tus vecinos en Tlatelolco y en los medios no se dice nada, tolera y vuelve a votar por el mismo partido. Si expropian bancos para años después venderlos, luego subsidiarlos para que tú y yo paguemos la deuda del Fobaproa y para, a fin de cuentas, revenderlos al mejor postor, tolera. Si te quedas con el mal sabor de un fraude electoral, tolera. Si te inventan un nuevo impuesto, tolera. Si te detiene un policía de tránsito y te exige quinientos pesos, tolera. Si te suben el predial, el agua y el gas, tolera. Si te instalan una pista de hielo en el Zócalo, y albercas con nombre de "playas", y además te lo cobran en tus impuestos, tolera. Si te improvisan encuestas telefónicas para que opines sobre una reforma petrolera disfrazando precampañas presidenciales, tolera. Si reparten el dinero de tus impuestos entre los estudiantes de preparatoria para ganar electores, tolera. Si te dan un circo en la cámara de diputados, tolera. Si éstos se van dos semanas de vacaciones en semana santa, tolera. Si violan la Constitución y se adueñan de las Cámaras de Senadores y de Diputados y a ti te toca pagar los platos rotos, tolera. ¿Y si te cierran una avenida? "¡Callaos ranas que va a cantar el sapo!"

„Pobre tolerancia. Qué demacrada se encuentra. Qué violada le hemos dado, parece coladera. Qué mal se ve. Vaya que nos ha tolerado. Los mexicanos toleramos la inquisición, las violaciones sexuales de sacerdotes, la mentira del Vaticano. Pero eso sí, no toleramos las acusaciones hacia la Iglesia. No toleramos que un conductor se nos atraviese en el camino mientras manejamos. No toleramos al vecino que se estaciona frente a la entrada de nuestra casa; incluso ponemos barreras para que no se estacionen frente a nuestras viviendas o negocios. No toleramos que un cantante extranjero se atreva a decir que las mujeres mexicanas son feas y bigotonas, pero sí toleramos que se les denigre en telenovelas con personajes de estúpidas. No toleramos que le vean las nalgas a nuestras hijas, novias o esposas, pero sí vemos las nalgas ajenas. No toleramos que nuestros hijos nos levanten la voz pero sí los pendejeamos por no sacar buenas calificaciones. Y lo peor de todo: no toleramos que nos ridiculicen en el extranjero. ¡Claro que no! Para eso nos pintamos solos.

„¿Tolerar es permitir que los demás hagan lo que se les dé la gana? ¿Que pisoteen la dignidad de nuestra nación? Entonces somos tolerantes por excelencia. ¡Bravo! ¡Un aplauso, por favor! Mi versión de intolerancia no tiene nada que ver con el hecho de enojarse y cerrar calles o gritar a los cuatro vientos que estoy en desacuerdo con algo. Soy intolerante a la estupidez, al fracaso nacional, al retraso, a la desigualdad, a los abusos, a la ignorancia colectiva, a las masacres, a los monopolios, a la mentira nacional, a las manifestaciones y a los paros laborales.

„Si estamos en desacuerdo, debemos empezar por ponernos de acuerdo, educarnos, aprender de los países que han alcanzado altos niveles de democracia, otra palabra que también ha sido prostituida. No podemos exigir criterio propio si no se le dan al pueblo las herramientas. Sin educación y formación académica (que no son lo mismo) no se puede exigir nada.

„Se es ignorante por dos razones: una porque se ignora que se es ignorante, o porque conviene ignorar. Es decir: una sociedad no olvida los acontecimientos históricos, los ignora deliberadamente. Sabe que hay un mar de libros donde podría navegar toda su vida, pero tiene miedo al naufragio, entonces ignora intencionalmente. Se sabe que hubo una inquisición que mató un número incontable de personas y que ésta fue responsabilidad de la Iglesia católica, y aun así, no se olvida, se ignora; no se piensa en ello, no se informa, no se toma una decisión, no se pregunta por qué. Se termina aplicando el verso que Pedro Infante hizo popular: 'Mientras cómanos, bébanos, júmenos, cójamos, y ámenos, manque no trabájenos'. El mexicano no olvida: ignora; se tapa los oídos y los ojos y canta: 'Brincan, brincan los borregos, dentro de un corral'.

„¿No que muy mexicano? ¡Qué viva México, cabrones! ni que ocho cuartos! ¡Revivan a México, cabrones! ¡Anda! Despierta, grita: dile no a la ignorancia, di no a los agachones. Vuélvete intolerante: toma los libros como armas, las letras como pólvora, haz de las palabras balas, del criterio propio tu mayor manifestación, no cierres calles, abre caminos al conocimiento; a ti, profesor, no clausures escuelas, mejor inaugúrate como catedrático. ¿Buscas mejores condiciones laborales? Empieza por estudiar, por informarte, por ocuparte en tu alumnado, por desmentir lo que tenemos como historia, por inculcar amor y respeto a los viveros más importantes en nuestra nación: nuestras escuelas.

„Viendo los dos lados de la moneda. La sociedad mexicana es injusta con los profesores (con los buenos profesores); acto seguido crea profesores 'barcos'. 'Hacen como que me pagan y hago como que trabajo'. Sus sueldos son miserables. Y también hay que admitirlo, muchos maestruchos son miserables, pedantes, flojos, tipejos que creen que con medio saber un tema y dictar una lección se pueden poner el gafete de maestro; ignorantes que no tienen idea de lo que son los métodos de enseñanza inductiva, estilos de aprendizaje, estrategias, planificación de clases y mucho menos la importancia del humanismo en el aula. Un mal maestro puede hacer que un estudiante odie una materia y que abandone la escuela. La enseñanza en muchas escuelas es pésima, vergonzosa, deprimente. Y para echarle más limón a la herida tenemos la incompetencia de la burocracia administrativa y las interminables huelgas (anuales) de los profesores en México.

„El hecho de que una escuela esté cerrada no quiere decir que les hayan clausurado el cerebro a los alumnos, que les hayan confiscado los libros, o que el conocimiento también esté cargando una pancarta en medio del Zócalo capitalino: "¡Exigimos más memoria ram para estas cabezas huecas!" La mayoría de los estudiantes no son autónomos, sino autómatas. No exigen más de sus profesores, por el contrario, aplauden cuando éstos se ausentan, y difícilmente van más allá del tema en clase. Se encuentran mentalmente ausentes. Un viejo verso dice: la adolescencia es una enfermedad que se cura con el tiempo. La biología y la psicología justifican este comportamiento con que el tálamo, el cual genera el placer, el enojo y la tristeza, produce demasiada dopamina a esa edad, y hace que el adolescente tenga una revolución de emociones.

"Y si ésa es la respuesta, entonces sentémonos a esperar a que la tercera parte de la población madure para alcanzar el progreso. ¡Patrañas! Ésa no es la razón principal. El problema es la evasión intelectual. No hay justificación. Si Benito Juárez, un indígena oaxaqueño que ni siquiera hablaba castellano, se graduó como abogado y llegó a ser presidente; si Andrés Henestrosa, igual sin hablar castellano, fue un gran escritor; si Guillermo Ochoa con sólo la primaria llegó a ser un gran periodista, no encuentro razón lógica para que miles de adolescentes no sientan el deseo de aprender.

De pronto el historiador hizo una pausa.

—¿Cómo te llamas? —preguntó el historiador.

—Víctor Tobón.

Peralta Moya sonrió.

—Buenas noches, muchacho, vete a dormir.

Tobón Medina dirigió la mirada a su reloj y descubrió que eran las cuatro de la mañana.

XVIII

Don Segoviano arribó a su casa al filo de la media noche, deseoso de descansar. Tenía tres días de no llegar a dormir debido a la carga de trabajo. Al entrar sólo encendió una pequeña lámpara sobre una mesa, dejó el portafolio sobre uno de los sillones, caminó al aparato reproductor e insertó un disco compacto del director Herbert von Karajan para escuchar una de sus melodías favoritas: el vals *Barcarolle*, de *La Gâité Parisienne* de Jacques Offenbach, con arreglos de Manuel Rosenthal. Las flautas y los clarinetes se asomaron cuales traviesos colibríes en medio de un rosal, mientras un enjambre de violines dio el fondo arrullador de las abejas. El jefe de redacción del periódico *La Denuncia* se acomodó en su reclinable blanco, cerró los ojos, postró las manos en los brazos del sillón, echó la cabeza hacia atrás y se dejó llevar por aquel vals romántico y dramático. Los violonchelos anunciaron la grácil entrada de un arpa y un tintineo de campanillas mientras las flautas bailoteaban. Don Segoviano imaginó al director de la orquesta sosteniendo la batuta con dos dedos, los ojos cerrados, y al público hipnotizado con el vaivén de los violines. Justo en los primeros cincuenta y dos segundos de aquel vals unos pasos sigilosos cruzaron la alfombra de la sala hasta postrarse frente a aquel jefe de redacción que había pasado toda una vida luchando por dar su verdad frente a sus radioescuchas y lectores. El enjambre de violines entró a tres tiempos mientras el tintineo de las campanillas anunciaba la desgracia. El sicario introdujo el revólver en la boca del jefe de redacción, quien abrió los ojos en ese último santiamén de su vida para ver el rostro del esbirro que sin espera jaló el gatillo. La sangre escurrió por el respaldo blanco del sillón reclinable mientras el sicario salía sin dejar evidencia. El vals *Barcarolle* de *La Gâité Parisienne* de Jacques Offenbach llegaba a su nota cúspide mientras la vida de don Segoviano finalizaba.

Al día siguiente la nota salió en todos los periódicos: *Jefe de redacción de* La Denuncia *aparece muerto de un balazo en la boca.* El detective Delfino Endoque llegó en su camioneta a la escena del crimen pasadas las siete de la mañana. Se puso unos guantes de látex, se dirigió al cadáver, levantó la sábana y al reconocer el rostro ensangrentado desvió la mirada. Se llevó la mano a la boca y apretó los ojos. Un par de policías observaba el lugar con escrutinio; el médico forense entró con un par de ayudantes y una camilla. Mientras tanto, un criminólogo con bata blanca recababa huellas digitales. Delfino Endoque notó la presencia del portafolio sobre el sillón: se encontraba intacto. Dirigió la mirada al criminólogo y éste caminó hacia el detective.

—No hay evidencias de robo —dijo el criminólogo, y Delfino Endoque levantó el portafolio, lo puso sobre la mesa del comedor, sacó los documentos del portafolio y los leyó detenidamente mientras el criminólogo seguía hablando.

—El forense asegura que la hora del deceso fue a las doce. Todos los vecinos estaban dormidos.

—¿Usó silenciador? —preguntó Endoque mientras sacaba los bocetos de una nota a publicar al día siguiente. El encabezado decía:

La PGJ descubre red de pederastas y
productores de pornografía infantil.

—Es lo más probable —respondió el criminólogo.
—Son ellos —dijo Endoque sin mirar al hombre a su lado.

—¿Qué?

—Esos hombres acusados de distribución de pornografía infantil —Fino extendió el boceto de la noticia al hombre de bata blanca.

Un día antes el detective había sostenido una entrevista en un restaurante con el jefe de redacción del periódico *La Denuncia*, quien llegó puntual a la cita. El detective Delfino Endoque llegó quince minutos más tarde. Lo encontró tranquilo, con un café y un periódico sobre la mesa. Se saludaron con un ligero cruce de miradas. El encuentro era para informarle que tenían ubicado el sitio de la computadora que transmitía las imágenes de pornografía infantil.

—Cuando una persona se conecta a Internet, no importa de qué computadora o de qué servidor —explicó el detective—, deja una huella. Es decir, todo lo que envía o recibe queda registrado. La nueva reforma constitucional permite, por medio de una orden judicial, la intervención de comunicaciones privadas: llamadas telefónicas o comunicación vía Internet. Tras presentarle la información de la existencia de esta red de pornografía infantil, la juez federal consideró que había suficientes elementos para ordenar la intervención. Entonces llevamos a cabo una *conducta simulada*, es decir, fingimos ser usuarios de pornografía infantil; luego nos pusimos en contacto con estas personas, pagamos la cuota por la membresía y empezamos a comprar sus productos.

Don Segoviano levantó su taza de café y le dio un sorbo mientras el detective daba más información sobre la ubicación y los nombres de los líderes de la red.

—Con la evidencia y orden judicial recurrimos a las empresas que controlan y almacenan los servidores que contienen las direcciones privadas de correos. Así, confidencialmente, nos entregaron las direcciones de los servidores. Asimismo encontramos quiénes eran sus contactos cibernéticos, todas las direcciones, cuáles eran los sitios donde habían hecho su navegación electrónica: páginas de Internet involucradas explícitamente con pedofilia y pornografía heterosexual, bisexual, homosexual e infantil.

—¿Cómo ubicaron a quien difunde las imágenes? —preguntó don Segoviano e hizo una seña a la mesera para que le sirviera más café.

—Se hace el seguimiento hasta ubicar a primera instancia la ciudad de origen, luego se cierra la transmisión hasta ubicar el sitio con la mayor intensidad.

—¿Y dónde se ubica la persona o grupo que está transmitiendo las imágenes?

—En una iglesia católica en Tlaquepaque, Jalisco —respondió Endoque.

Don Segoviano no se asombró al escuchar aquello. Pero por un instante sintió temor; no era la primera ocasión que se hacía ese tipo de denuncias, y por ello sabía perfectamente las consecuencias. Tenía como antecedentes la quiebra del canal cuarenta, CNI, cuando Ciro Gómez Leyva denunció algunos de los casos de pederastia del padre Marcial Maciel y los Legionarios de Cristo. Anticipadamente se le advirtió al dueño del canal que de transmitirse tales entrevistas ellos retirarían toda la publicidad de la empresa Bimbo, cuyo dueño es uno de los hombres más católicos de México. La entrevista se transmitió y poco tiempo después CNI se fue a la quiebra por falta de patrocinadores, ya que la empresa Bimbo amenazó con romper todo tipo de negociaciones con quienes compraran publicidad en dicho canal. Carmen Aristegui y Javier Solórzano, en el programa *Círculo Rojo*, en 2002, abordaron el tema de Marcial Maciel y su red de pederastas: semanas después el programa salió del aire. Otro caso de mayores consecuencias fue el de la periodista Lydia Cacho, quien al publicar *Los demonios del edén, el poder que protege a la pornografía infantil*, puso al descubierto la protección que recibía de políticos y empresarios Jean Succar Kuri, propietario de los negocios Coral Reef, Villas Solymar, acusado de comandar una red de prostitución y pornografía infantil con ramificaciones en Los Ángeles. En el mismo libro se menciona la participación en esta red de Kamel Nacif Borge, empresario textilero conocido como el Rey de la Mezclilla, quien demandó a Cacho por difamación. El 16 de diciembre de 2005, Lydia Cacho, presidenta del Centro Integral de Atención a la Mujer (CIAM), fue detenida y trasladada vía terrestre desde Cancún, Quintana Roo, hasta Puebla, en medio de un fuerte operativo de seguridad por agentes de la Procuraduría General de Justicia poblana en cumplimiento de una orden de aprehensión derivada de una denuncia de difamación y calumnias por Kamel Nacif. Sin embargo, Cacho fue puesta en libertad bajo fianza. Luego se difundió una charla telefónica entre el empresario Kamel Nacif con el gobernador de Puebla, Mario Marín, en la que ambos comentaron represalias contra la labor informativa de la periodista Lydia Cacho. Nacif Borge, con lenguaje vulgar, refirió a lo largo de la conversación cómo, mediante amistades y contactos dentro del Cereso poblano, "recomendó" que encerraran a Lydia "con las locas y las tortilleras" para que fuera violada cuando ingresara a prisión; cómo se obviaron los trámites legales de notificar a la periodista del proceso que se seguía en su contra, "porque si no, no llega a la cárcel". El 13 de marzo del 2006 Lydia Cacho denunció ante dos fiscalías de la PGR al gobernador Mario Marín, a la procuradora poblana Blanca Laura Villeda, a la juez quinto en materia penal en Puebla, Rosa Silvia Pérez; a una agente del Ministerio Público y a dos judiciales, así como al empresario Kamel Nacif. El caso Lydia Cacho terminó en un litigio que sólo favoreció a los adinerados y dueños del poder: el 29 de noviembre de ese mismo año los ministros de la Suprema Corte de Justicia de la Nación resolvieron que no existió una conspiración entre el gobernador de Puebla, Mario Marín, y el empresario Kamel Nacif, para violar las garantías individuales de Cacho, e incluso determinaron que la transgresión a sus derechos no era grave, por lo tanto, el caso podía ser resuelto en otras instancias judiciales. Después de la resolución de la Corte, Lydia Cacho aseguró que el Estado fue utilizado para acallar un caso de pornografía infantil, y que con su fallo permitió que triunfara la impunidad y la corrupción sobre la justicia.

—Comenzamos a interrogar a la gente de la parroquia —continuó explicando el detective Endoque—, y descubrimos que la computadora desde donde se distribuían las imágenes era la laptop de un sacerdote. Su secretaria dijo que sólo dos personas usaban esa máquina: el sacerdote y su hermano. Hicimos un segundo seguimiento y encontramos que en una ocasión este sacerdote viajó de Jalisco a la ciudad de México, y precisamente esa semana se enviaron imágenes por la misma dirección y el mismo usuario: el Tigre Ciberiano. Acudimos con una orden judicial para incautar la computadora pero había borrado todo el historial —Delfino Endoque hizo una pausa y sonrió—. Entonces enviamos la computadora al FBI, en Estados Unidos, donde unos expertos en informática hicieron una recuperación de archivos, llamada *Flash Back,* y ¿qué cree que encontraron? Miles de imágenes que diariamente subía al Mundo PTHC: Pre Teen Hard Core, como se le conoce a las páginas de pornografía infantil.

—Me parece bien —respondió don Segoviano sin mostrar emoción—, mañana publicaré la nota en primera plana.

Don Segoviano había aprendido a jugar en la política, había sabido callar cuando no había de otra, pues aunque tuviese datos precisos, evidencias contundentes, denunciar era sin más una lucha destinada al fracaso. Los monstruos del gobierno, la Iglesia y las grandes empresas, simplemente indestructibles, no le permitirían seguir con el caso. Él lo sabía, pero era su última carta, su último intento, no quería morir sin haber hecho una denuncia como ésta. Sabía el nombre de la persona que manejaba la red de pederastas y tenía toda la información que Delfino Endoque había descubierto tras un año de investigación.

Sacó un papel del bolsillo de su saco y se lo entregó a Delfino Endoque, quien lo leyó discretamente poniéndolo cinco dedos bajo el nivel de la mesa.

"Ya no se meta donde no le llaman. Evítese problemas."

El detective propuso no hacer la denuncia en ese momento, pero el jefe de redacción se negó a detener la noticia que saldría al día siguiente. Delfino sugirió contratar un servicio de seguridad.

—Si me van a matar lo harán de cualquier manera —respondió don Segoviano.

—Quiere morir como mártir —dijo el detective con enojo.

—¿Entonces? ¿Qué debemos hacer, Fino? ¿Sentarnos a esperar, dejar que este país se siga pudriendo? Ya lo hice muchos años. Esperé, callé, y ¿qué ocurrió? Las cosas siguen igual. Escucha la radio, lee los periódicos. Hay muchos periodistas, excelentes locutores, magníficos comentaristas de política, críticos sociales, grandes pensadores, pero siguen vetando temas. Son muy pocos los que en verdad arriesgan el pellejo. Yo ya voy de salida.

Delfino Endoque seguía de pie frente al comedor recordando aquella última plática, mientras el cuerpo de don Segoviano era acomodado sobre la camilla. El criminólogo había guardado en bolsas de plástico transparente las posibles pruebas: comida, objetos, cabellos. Aunque para el detective no había que buscarlas; pronto los sicarios mandarían una nota, un mensaje, alguna evidencia, para presumir su impunidad. Seguro se estarían carcajeando, ya que la nota que don Segoviano pretendía publicar esa mañana no apareció en el periódico.

Salió de la casa y regresó minutos más tarde con el Bonito, que había permanecido en su camioneta. Igual que a Maclovio, lo había entrenado para rastrear pistas. Los peritos se sorprendieron al ver que el can del detective tenía casi todo el cuerpo quemado. Delfino ya se había acostumbrado a que la gente se le quedara viendo con desprecio. El Bonito, indiferente a las miradas, comenzó a olfatear toda la casa mientras Endoque observaba detenidamente. Imaginó los pasos del homicida.

"Lo más seguro es que llegó antes que don Segoviano —pensó—. ¿Cuánto tiempo? ¿O lo habrían seguido desde la oficina? No. Tenía que haber llegado antes. El periodista no había mostrado resistencia antes de su muerte. ¿Cuánto tiempo? ¿Cuántos días? Don Segoviano no había llegado a dormir en tres noches. El criminólogo revisó las recámaras, la sala, el estudio, la cocina, el comedor, los baños. El refrigerador. Agua. Los vasos. Sí. Eso era. Si el sicario esperó a que llegara su víctima, entró en varias ocasiones, conoció el lugar, esperó, se cansó, se aburrió, tuvo sed.

—¿Revisó los vasos? —preguntó Endoque en voz alta.

—Sí —respondió el criminólogo desde la sala.

—¿Y la comida del refrigerador?

—También.

Endoque se dirigió al bote de basura de la cocina. Estaba vacío. Se rascó la cabeza, dirigió la mirada al techo y nuevamente se imaginó siendo el sicario. La casa tenía sistema de alarma. El esbirro no violó la chapa: tenía copia de la llave. Entró por la puerta, sabía la clave de seguridad para desactivar la alarma; caminó por la casa, revisó que no hubiera nadie. Delfino se detuvo a un lado de la entrada. Pensó qué haría en esos largos minutos de espera.

"¿La televisión? —se preguntó en silencio—. No debía hacer ruido."

Se dirigió a todos los aparatos de la casa. El aparato de sistema de televisión de paga de la recámara estaba encendido pese a que la televisión estaba apagada. La encendió: estaba sin volumen y en un canal de videos musicales.

—Bonito —gritó Delfino y el perro llegó prontamente hasta él. Luego le dio instrucciones de que olfateara la cama y las almohadas.

Comenzó a revisar el clóset. Aún había pertenencias de la esposa difunta: cartas, documentos, fotos, recuerdos, un diario de la mujer. Delfino se dirigió al baño de la recámara y se hincó para ver con lupa el piso alrededor del escusado. La orilla había sido limpiada. Revisó el bote de basura y los papeles que tenía. Sacó la bolsa del bote, le hizo un nudo para entregársela al criminólogo; luego siguió revisando la orilla alrededor de la taza del baño: tomó muestras de orina salpicada en el piso. Se las entregó al criminólogo y salió del lugar sin despedirse.

XIX

Na Chan Can se encontraba en los últimos andares de su vida, y aunque seguía siendo el halach uinik, el comando de las tropas estaba a cargo del nacom Gun Zaló, quien ya había puesto informantes en toda la zona. Sabía que México-Tenochtitlan y todo el Valle estaban en manos de los españoles. Ineludiblemente habían muerto los últimos tres *tlatoque*,[37] y lo más probable era que seguirían con su invasión hacia el sur.

—Le informo, gran nacom —dijo uno de los hombres que tenía en las costas de Yucatán a la espera de cualquier navío—, que por estos rumbos ha llegado un grupo de dzules liderados por un hombre que se dice Francisco de Montejo.

El nacom Gun Zaló permaneció en silencio mientras escuchaba la descripción de aquel hombre. No le fue difícil imaginar su rostro barbado, sus ropas europeas, sus pensamientos cristianos, sus comentarios de menosprecio hacia los nativos. No le fue difícil pues él, Gun Zaló, el antiguo Gonzalo Guerrero, había llegado con esa misma imagen, con esa misma impresión, con esas mismas intenciones de destruir todo lo que encontrase a su paso con tal de hacerse de riquezas.

¿Qué diferencia había entonces? Gun Zaló ya tenía su conquista, y sabía que si los españoles llegaban a Yucatán no le dejarían ser halach uinik; tendría que conformarse, si bien le iba, con un puesto público, o si no otra vez como soldado o marinero, todo quedaría en manos de los reyes de España y la Iglesia católica. ¡La Iglesia! Lo olvidaba. ¡La Inquisición! Sería acusado de herejía. Lo torturarían. Cortés ya había dado la orden de que lo buscaran. Si bien era cierto que con el paso del tiempo su corazón se había vuelto maya, también era una realidad que él, Gonzalo Guerrero, había logrado su sueño de llegar a ser alguien importante, y hasta cierto punto, poderoso. Decidió, pues, hacerle la guerra a cualquiera que intentase asediar las tierras mayas.

El primero en la lista era el tal Francisco de Montejo, quien había llegado con las mismas intenciones de hacer su propia conquista y había vuelto a España y regresado a México-Tenochtitlan en 1524. Era un hombre adinerado, establecido en la nueva ciudad llamada la Nueva España, donde tenía la encomienda de Azcapotzalco. Gun Zaló se enteró de que este hombre tenía un hijo del mismo nombre al que llamaban el mozo, con quien intentaba hacer su conquista.

Hasta entonces, todos los españoles tenían la idea de que Yucatán era una isla, la cual podría ocuparse como punto intermedio entre la Nueva España y Europa. Nadie había intentado llegar por tierra desde la Nueva España; siempre navegaban de la Vera Cruz para dirigirse a las Honduras, Guatemala y Centroamérica. En su viaje a España, Montejo presentó un proyecto de conquista al emperador Carlos V.

—Su Alteza —dijo con sumo respeto frente al hombre que tenía un gobierno del cual se decía que nunca se ponía el sol—, el lugar del que os hablo es una isla enorme. Y se dice que ahí hay tanto oro como en la Nueva España. Si me otorgarais licencia para la conquista y población de Yucatán, tendríais mayores riquezas territoriales, comerciales y reales en vuestra Corona.

El emperador permaneció en silencio por un instante, respiró profundo, dirigió la mirada a su palacio y sin cuestionar más respondió:

—Tendréis el privilegio exclusivo de aquella conquista, y recibiréis el título hereditario de *Adelantado*. Ordenaré que os entreguen un escudo de armas.

Aquel hombre de mediana estatura se regocijó al recibir licencia para su conquista. Debido a que la corona no otorgaba recursos económicos, los conquistadores tenían que llevar a cabo sus expediciones con sus propios fondos. Montejo partió al puerto de Sanlúcar de Barrameda, en el Guadalquivir, Sevilla, de donde zarpaban las naves con rumbo a la Nueva España. Vendió todas sus propiedades en Salamanca; pero al no lograr reunir lo suficiente se dirigió a su esposa, Beatriz de Herrera, una viuda rica a quien había hechizado en medio de su dolida soledad y sacudía como pañuelillo barato.

—Oh, mi amada Beatriz, os he extrañado tanto —dijo tras retozar con ella, recostado a su lado—, que más daría por estar con vos todo el tiempo —le acarició la mejilla—, pero Su Majestad me ha dado una encomienda muy importante.

—¿En serio? —sonrió Beatriz.

—Sí —Montejo entristeció el gesto.

—Pero vos deberíais estar contento.

—Su Majestad pagará algunos oficiales con sueldos muy bajos. Yo me he visto obligado a vender todas mis propiedades en Salamanca para costear esta cuantiosa expedición.

—¿Cuánto dinero necesitáis?

—No sé, debo pagar a la tripulación, comprar navíos, adquirir artillería, municiones y provisiones.

—Si vos queréis, yo podría daros esa cantidad.

—No, no, yo no puedo.

—Anda, que vos sois mi esposo.

Montejo compró cuatro navíos, varios cañones, artillería, caballos, cabalgaduras, artículos para canje, y alimento para un año.

Promovió su expedición con sus conocidos. Buscó marineros que quisieran aventurarse con él. Hubo quienes, cansados de los últimos años llenos de fatigas, guerras, hambres y desventuras, optaron por rechazar la invitación. La Nueva España estaba conquistada, ya había construcciones y proyectos en puerta. Salir de ahí era empezar de cero, aunque aquello fuese una promesa de mayores riquezas.

Hubo unos cuantos que sí aceptaron la invitación de Montejo, entre ellos el ambicioso Alonso de Ávila, oriundo de Ciudad Real y experimentado capitán de los navíos de Juan de Grijalva y Hernando Cortés. Después de la conquista recibió dos cargos importantes: uno como tesorero y otro como procurador por el ejército cortesano.

—Pues si el rey quiere oro debería ir a sudar y a pelear —sonrió el arrogante y despreciable Ávila—. ¡Ja! Os estoy pillando.

Montejo necesitaba de alguien tan experimentado en las guerras como Ávila para llevar a cabo su conquista.

—No soy un buen estratega de guerra —admitió Montejo y Ávila dejó escapar una estruendosa carcajada.

—Montejito, Montejito —dijo Ávila con una sonrisa tan falsa como su amistad con Montejo—. Yo os ayudaré a reclutar voluntarios.

La última semana de junio de 1527 zarpó de Sanlúcar de Barrameda la flota constituida por quinientos voluntarios andaluces, castellanos, extremeños, leoneses, tres alemanes, tres flamencos, un holandés, un genovés y un grupo de comerciantes catalanes que venderían ropa, jabones, aceite y vino a los colonizadores.

Después de hacer escala en Santo Domingo, donde adquirieron el bergantín *La Gavarra*, más de cincuenta caballos y otras provisiones, llegaron a Cuzamil en septiembre de 1527.

Con arcabuces en mano, sedientos y bañados en sudor, rastrearon la zona, caminaron temerosos entre la maleza. Tras un par de horas encontraron a un grupo de nativos caminando entre los árboles. Apuntaron sus armas, pero aquellos hombres, sin saber el daño que éstas podían provocarles, se acercaron sin temor. Montejo dio la señal de no disparar, pues pensaba que quizá su conquista podría ser pacífica, evitando los conflictos que detonaron la guerra en México-Tenochtitlan.

Los hombres de Cuzamil comenzaron a hablar, pero los españoles no llevaban intérpretes. Hicieron señas tratando de preguntar por la ciudad más importante de la zona y los llevaron con Naum Pat, quien de igual manera no pudo entablar comunicación; aún así ordenó que se les diera de comer.

Al día siguiente Montejo y su tripulación cruzaron en sus navíos, con un guía que Naum Pat les proporcionó. Al llegar a tierra firme cerca del pequeño pueblo de Xelhá, Montejo tomó posesión, diciendo en voz alta:

"En nombre de Dios tomo la posesión de esta tierra por Dios y por el rey de Castilla"; el alférez mayor, Gonzalo Nieto, ondeando el estandarte, gritó: "¡España, viva!".[38]

Luego de aquella toma de posesión, de la cual los nativos ni se enteraron, se dieron a la tarea de explorar la zona, sufriendo el tremendo calor húmedo mientras encontraban a su paso una espesa vegetación e impresionantes ciénagas, lagunas e islotes. En cuanto podían se sumergían en sus aguas para refrescarse. Al caer la tarde instalaron un campamento a la orilla del mar para poder abordar sus navíos en caso de algún ataque. Al anochecer, encendieron una fogata, y mientras bebían vino hablaron de sus planes.

—¿Qué será de aquel español que dicen que se hizo indio?

—¿El renegado?

—Sí.

—Pues según contó Aguilar sigue por ahí, creyéndose gran jefe de un pueblo.

—¿Se vestirá con las mismas ropas que usan estos indios?

—Dicen que cuando Aguilar llegó con Hernando Cortés tenía más el aspecto de un indio que de un español. Tanto que no creían que era cristiano, hasta que habló de Dios Nuestro Señor.

—Si todos los jefes de los pueblos de indios responden como ese Naum Pat, nuestra conquista será cosa de un par de meses.

Todos rieron en ese momento; más tarde algunos de ellos se emborracharon, otros durmieron, mientras que Montejo no dejaba de imaginarse a futuro como el gran conquistador de la isla de Yucatán. Varios días más tarde llegaron a Xelhá y Zama (Tulúm), donde la población los recibió amistosamente. Pero su objetivo era llegar a la ciudad más grande de la zona, donde creían se encontraban todas las riquezas. Pasaron largos días explorando y volviendo a la costa, donde fundó una Villa a la que nombró Salamanca. Comenzó así la construcción de algunas chozas, que los nativos construyeron al estilo maya para los españoles, que fueron utilizadas como cuarteles, casa municipal y almacenes.

Los nativos veían a los extranjeros como huéspedes, mientras que los españoles los veían como esclavos: los primeros días los trataron con cautela y un fingido respeto para evitar enfrentamientos, pero al ver que la gente de la zona obedecía sus peticiones, los extranjeros fueron cambiando su forma de pedir las cosas hasta llegar al autoritarismo, lo cual enojó a los nativos.

Lo inevitable ocurrió en menos de lo esperado: escaseó el alimento, algunos de los extranjeros comenzaron a morir por enfermedades, los nativos dejaron el trato amistoso y Montejo se vio obligado a tomar las armas para salir en busca de otros poblados para conseguir alimento.

—Hemos estado platicando —dijo uno de ellos tras enterrar al octavo cadáver del mes—, y hemos llegado a la conclusión de que en esta isla no hay oro.

Montejo no respondió, pues ya había escuchado murmuraciones de que algunos de sus hombres pretendían volver a España antes de que se les acabaran las provisiones.

—Sí hay oro, lo sé —respondió con un entusiasmo simulado—. Hay que marchar tierra adentro.

—No, ya no. Si seguimos moriremos de hambre.

Aquella noche Montejo decidió hacer lo mismo que Cortés —quien ordenó a sus hombres de confianza que desmantelaran los navíos—, pero sólo mandó hacerles algunos daños que podrían ser reparados mientras él salía en una expedición.

Al día siguiente uno de los hombres que pretendía volver a España enfureció y se fue a golpes en contra de Montejo, quien pronto fue defendido por sus hombres de confianza.

—¡Vos sois un miserable! —gritó el hombre colérico—. ¡Si queréis morir, podéis quedaros aquí, pero dejad que volvamos a nuestra tierra!

—Si queréis hacerlo, podéis reparar los navíos.

Ese día Montejo ordenó que recogieran todas las provisiones y armas para salir en su expedición sin rumbo fijo. Cuarenta hombres permanecieron ahí, cuidando a los enfermos. Comenzaron su camino por la orilla del mar, pescando cuando tenían hambre, buscando lagunas y ciénagas cuando se quedaban sin agua, sudando y perdiendo fuerzas. Se sabían observados, pero su trato miserable hacia los nativos de Xelhá y Zama les cerró las puertas de los siguientes poblados, donde simplemente los evadieron para que pronto fueran muriendo, tal cual lo había ideado el nacom Gun Zaló, siguiendo las estrategias de guerra que había aprendido en la Conquista de Granada muchos años atrás. Las primeras poblaciones que recibieron a Montejo, el Adelantado, habían recibido instrucciones de Gun Zaló:

—Cuando los vean llegar, no los agredan, recíbanlos amistosamente y déjenlos ir. Pronto ustedes verán su mal trato, entonces comprobarán que no miento. Si les hacen la guerra ellos traerán más gente y sabrán cómo derrotarlos. Si los ignoran, si se esconden para que no encuentren sus ciudades, ellos morirán de hambre y se verán obligados a volver a sus tierras.

Pero hubo algunos poblados con los que el nacom Gun Zaló no tenía forma de llegar a acuerdos, ya que Ichpaatún y Ch'aak Temal habían tenido guerras contra ellos por muchos años. Esa sería, otra vez, la única forma en que los españoles lograrían su conquista, tal cual Cortés lo había logrado llevando a los enemigos de los mexicas para hacer la guerra.

Pero Montejo, el Adelantado, no lo asimiló entonces. Llegaron a Cobá, dejaron veinte hombres enfermos y gran parte de su pesado equipaje. Llegaron a Xamanhá, en la provincia de Ecab y para su sorpresa la encontraron deshabitada. Lo insólito, a los ojos de los españoles, era que evidentemente no eran pueblos abandonados.

—Están huyendo —dijo uno de los españoles.

Lo que ellos no sabían era que simplemente obedecían al nacom Gun Zaló: salían de las ciudades en cuanto los veían llegar y volvían el día en que tenían la certeza de que los dzules se habían marchado.

Siguieron su travesía hasta llegar a un poblado de pescadores, lleno de canoas, localizado frente a la isla de Cuzamil. Naum Pat se encontraba de paso. Siguiendo las instrucciones de Gun Zaló, Naum Pat los trató de buena manera para evitar confrontaciones y ordenó que se les diera de comer. Montejo intentó entablar una mejor comunicación, ya que había aprendido algunas palabras.

—Ve con tu gente a Xamanhá —dijo Naum Pat y se retiró.

Días después se encontró con el nacom Gun Zaló.

—Quiere que lo lleve a los poblados más grandes —explicó Naum Pat.

—Llévalo —respondió Gun Zaló—, deja que lo conozcan. Eso es bueno para nosotros. Que sepan a quién tienen que matar en caso de que se inicie la guerra.

La estrategia se llevó a cabo: Naum Pat mandó llamar a Montejo y su gente al pequeño poblado de Moc-hi, de escasas cien casas y adoratorios de piedra, donde nuevamente los recibieron amistosamente y les dieron de comer, para que así siguieran su camino a Ecab, un importante centro comercial, cerca de Cabo Catoche. Gun Zaló mandó que se les recibiera con gentileza mientras llegaban los demás halach uinik, ansiosos de conocer a esos dzules pálidos y barbados como el nacom Gun Zaló. También querían ver cómo eran esos venados gigantes de los que habían oído escuchar.

Después de verlos y comprobar que no eran más que hombres de piel blanca, los nativos perdieron el interés y se regresaron a sus poblados. Montejo y su gente estuvieron dos meses en Ecab viendo sus costumbres, sus cultos, su trabajo y labores diarias, donde gente caminaba cargando cántaros de agua y materiales para construcción; comieron guajolotes cocidos, tortillas, atole y pozol. Decidieron seguir su camino, rumbo a Conil, una ciudad de más de cinco mil casas frente a la bahía. La estrategia del nacom Gun Zaló funcionaba tal cual lo esperaba: Montejo pasaba por los poblados sin hacer daño alguno y se marchaba. Luego de cruzar grandes sembradíos y bosques donde los mayas extraían la resina para el copal, llegaron a Chikinchel, *bosques occidentales*.

Pero en la primavera de 1528 ocurrió lo que Gun Zaló auguraba: se dio el primer enfrentamiento. Llegaron a Chahuac-ha, *kuchkabal* de Chikinchel, a orillas de un lago, y una de las ciudades más grandes de la zona. Resultaba inverosímil que una ciudad tan grande se encontrara abandonada.

—¿A dónde se va toda la gente? —se preguntó Montejo.

Hasta entonces no se había percatado de que lo estaban observando; que cada vez que llegaban a un lugar la gente sacaba sus pertenencias más valiosas y se escondía entre los bosques. El grupo de dzules infirió que esa población era mucho más rica y culta. Se evidenciaba en sus casas de cal y canto, sus majestuosos templos. Dedujeron que se trataba de una población de mercaderes.

Cuando llegaban a los poblados y los encontraban deshabitados solían pasar la noche ahí y partían al día siguiente, no sin que algunos de ellos cuidaran, por turnos, que no los atacaran en la oscuridad. El halach uinik de los chikincheles, inconforme con la estrategia del nacom Gun Zaló y al ver que el número de dzules era mucho menor que su población, decidió volver a Chahuac-ha. Su discurso fue que ellos no tenían por qué abandonar sus casas. Los dzules simplemente no tenían derecho de llegar e intentar apoderarse de tierras ajenas. Gun Zaló le había insistido que de esta manera se evitarían terminar como los mexicas.

Al amanecer llegaron los chikincheles sin hacer ruido, con la firme intención de darles muerte. Apenas si tuvieron tiempo los españoles para tomar sus armas, cuando escucharon los silbidos y gritos de guerra. Pronto del cielo comenzaron a caer lanzas y flechas. Se escondieron en el interior de algunas casas. Los chikincheles sabían de las armas de los españoles, pero no imaginaron lo destructivas que eran. En cuanto uno de ellos intentaba entrar a las casas donde se escondían los dzules, caían heridos o muertos, dejando grandes charcos de sangre en el piso. La ofensiva duró varias horas, hasta que los chikincheles comprendieron que no había forma de ganarles. De haber estado el nacom Gun Zaló presente, habría dejado a los dzules dentro de esas casas hasta que se rindieran o murieran de hambre. Pero el halach uinik no lo vio de esa manera. Montejo sabía que debían salir lo más pronto posible de aquel lugar. Con armas en mano caminaron hacia los chikincheles. Uno de ellos intentó atacarlos de frente, pero cayó herido. Los obligaron a retroceder hasta llegar a la salida de la ciudad, donde Montejo y sus hombres corrieron lo más que sus cansados cuerpos les permitieron.

XX

En cuanto Delfino Endoque se retiró de la escena del crimen le informó a su aprendiz sobre la muerte del director del periódico. Más tarde, ya en su guarida, una casa ubicada en Azcapotzalco, muy cerca del Metro Rosario, el aprendiz escuchó detenidamente sin dejarse llevar por la mala noticia. Llevaban dos años viviendo ahí, escondiéndose de los espías de Gregorio Urquidi.

—Hagamos la denuncia en otros medios —dijo el aprendiz.

—No —respondió Endoque.

—¿Por qué no?

—Hay que esperar. Aún no tenemos evidencias.

El aprendiz permaneció pensativo por un momento. Endoque sabía que le dolía el corazón.

—¿Ya te llamó? —preguntó.

—No —respondió el joven detective con tristeza.

Delfino sabía que él era el menos indicado para dar consejos de esa índole al joven. Se sentía culpable de cierta manera, pues la historia se repetía: de la misma forma en que su relación amorosa con Inés había terminado, la novia del aprendiz, Wendy, una joven de belleza imperdonable, se había ido de su vida sin más ni menos.

La vida les dio su primer encuentro en los vagones del Metro. La imperdonable llevaba en el cabello castaño una diadema azul.

Tenía la piel acanelada, los ojos luminosos, una sonrisa lucífera, cuello esbelto, brazos desnudos, una cintura de avispa, nalgas gruesas y duras, senos pequeños; y un resplandor que opacaba la nada despreciable gracia de sus amigas.

Hubo un cruce de miradas, seguido de una inesperada sonrisa. Él caminó hasta ella, tratando de camuflar su nerviosismo. Caray, ¿cómo no experimentar tal sensación?, si era nada más y nada menos que un desconocido, un admirador disfrazado de viento. Wendy y sus compañeras, sin dar tregua a su charla, se dirigieron a la puerta para bajar del Metro. El aprendiz permaneció inmóvil.

Sin desatender los triviales comentarios y chascarrillos de las amigas, Wendy buscó con las pupilas al desvergonzado que le había arrebatado un instante de su vida en un par de irrecuperables suspiros. Inconscientemente tomó venganza y le robó, con una correspondencia de sonrisas, minutos al ladrón, que la siguió y la interceptó, antes de bajar del vagón. Se encontraban de frente, en silencio.

De pronto el convoy se detuvo y se abrieron las puertas. Las amigas y los pasajeros los empujaron hacia afuera. Wendy caviló en huir. No por cobardía sino por una urgente necesidad de darse un pellizco que la devolviera a su realidad. O por lo menos lo que ella creía que debía ser.

—No te vayas —le dijo.

A ella se le congelaron los huesos.

—Se me hace tarde —justificó y dio un paso sin dejar de mirarlo.

—¿Cómo te llamas? —caminó hacia ella.

—Wendy —dijo como temerosa—. Wendolyne.

—Me gusta.

—Ya me voy —se sonrojó y trató de evadir la mirada de aquel intruso desvergonzado.

—Dime, ¿dónde estarás mañana?

—Aquí. A la misma hora.

—¿Y si no te veo?

—Dame tu número, yo te llamo —respondió Wendolyne apurada tras escuchar que sus amigas amenazaban con salir de la estación sin ella.

El aprendiz escribió en una hoja su número y su nombre. Wendy tomó el papel y lo guardó en su bolso. Total, no había riesgo. Él no sabía dónde vivía. Si ella quería, podía tirar el papel a la vuelta de la esquina.

Wendy no acostumbraba pedirle mucho a su padre. Se limitaba a dar razones. Aquel hombre —como siempre, ausente— casi no la escuchaba. Por eso cuando surgían invitaciones a fiestas, ella no pedía permiso ni avisaba. Era como la chapa de la puerta: sólo si no la encontraban cuando la necesitaban se daban cuenta de su ausencia. Su entretenimiento lo encontraba en el teléfono, en las reuniones con los compañeros de secundaria, que prometían ser amigos hasta la muerte, a quienes visitaba con frecuencia. En realidad, "cuates" de esos con quienes platicaba de todo y de nada. De todo lo que le provocara risas, y de nada que indagara en su privacidad. Siendo así, tenía muchos conocidos y ningún confidente, cómplice, testigo de su realidad. Ese tipo de amistades no agredía su intimidad. Entonces, se bañó de indiferencia, donde aprendió a dejar que la vida tomara decisiones, que los conflictos encontraran la salida tras aburrirse. O de no ser así, que se sentaran en la banqueta junto a ella, de la misma forma: calladitos, calladitos —como decía mamá: "Calladita te ves más bonita"—, esperando que en una de ésas llegara el ropavejero y se los comprara, o se los cambiara por otros. Tal vez un ladrón que le exigiera: "La vida o tus problemas". O un superhéroe que la levantara del piso, la cargara en sus brazos, ella se colgara de su cuello, lo mirara de frente, él le sonriera, le guiñara el ojo, seguido por un: "Estás a salvo".

El ropavejero, ladrón, superhéroe apareció precisamente el día más inesperado.

—Hola —susurró un día en el teléfono—. Soy Wendy.

—Mentirosa.

—¿Qué?

—Sí. Estuve esperándote.

—No pude. Pero si quieres nos vemos mañana.

La citó en un restaurante. Al día siguiente Wendolyne no avisó en casa. Se miró al espejo, se arregló el cabello y se roció el cuerpo con una fragancia.

Al llegar a la cita Wendy perdió el habla por unos segundos. Sonrió. Apenas si comenzaron a platicar el aprendiz encontró el acceso a los pasillos del corazón de la imperdonable. Ella fue esclava de una desvergonzada cadena de carcajadas, incomodando así a media docena de comensales. Mas no por eso dio su brazo a torcer; se supo deseada y encadenó al interlocutor al delicioso martirio de la insistencia.

El cosquilleo de aquel sentimiento inconfesable sacó del fondo del hastío al globo inflado del júbilo que se evidenciaba en su sonrisa. Todo, todo tenía solución. Sólo faltaba encontrarlo, Wendolyne. ¿La solución? ¡No! ¡Al tan esperado superhéroe! ¿Sí? ¿O el ropavejero? ¿Por qué no el ladrón? ¡Qué importa! La sonrisa de la felicidad la desnudó, una fuga de carcajadas inundó el restaurante y a ella el corazón de alegría. Quiso encuerar su alma en ese instante pero una majadería que el tiempo les hizo marcó las diez de la noche. Una estafa por parte del señor reloj que de alguna manera les había robado tiempo.

Olvidó que tenía tarea para el lunes y se entregó al maravilloso presente que tocaba a su puerta. Como toda mujer, ya sabía que el desconocido sería, para ella, suyo. O más bien, lo había decidido. Los hombres creen conquistar. Las mujeres no, ellas saben, deciden a quién quieren enamorar —obviamente la expectativa equitativamente proporcionada a su autoestima—, y mientras los hombres se preguntan, ellas ya tienen la respuesta, aunque pasen horas, días, semanas deshojando margaritas.

—Te escribí esto —dijo Saddam al salir del restaurante y le entregó una hoja de papel.

Ella la recibió, la desdobló con cuidado y comenzó a leer:

Te soñé, te vi crecer en un puñado de cartas.
Tu sangre fluía de la pluma al papel.
Tinta negra como tus cabellos pendientes.
Hojas blancas como tus ojos sonrientes.
Te imaginé así, con tus dedos finos, delgada,
con tu piel acanelada.
¿Dónde estabas? Dime… ¿Dónde?
¿Por qué has demorado tanto?
¡O mejor dicho!
¿Dónde estarás mañana?
Que he de aguardar ahí, paciente,
vehemente de estar junto a ti.
¡Y antes de que nos traicione la mañana!
¡Dime!...
¿Dónde?... ¿Dónde?...

«*Dónde*», repitió la joven en su mente y enmudeció. Saddam le había robado el pensamiento, las palabras y un suspiro indomable.

—¿En qué piensas? —preguntó ella.

—En darte un beso.

"¿Pues qué esperas?", pensó y se mordió el labio inferior.

—Es tarde, me van a regañar —Wendy besó su dedo índice; luego lo puso en los labios de su enamorado—. Ya me voy.

Fingió que los efectos de la bebida le seguían moviendo el piso. Por una parte, pensó que quería ver de qué era capaz su enamorado —¿capaz? ¿Él o ella? A otro perro con ese hueso—; y por otra, se moría de ganas por decirle algo que a fin de cuentas no se atrevió.

Daba cualquier cosa con tal de enterrar el doloroso eco de las memorias bajo los escombros del olvido. Entonces la realidad la despertaba a pellizcones. "Despierta, zopenca", ordenaba el gendarme de su lucidez. Y un año más tarde despertó fastidiada de tantas mentiras. Mentiras que eran por su bien, para protegerla del peligro que acechaba la vida de un joven detective. Y un día, sin decir una sola palabra se marchó de la ciudad.

—Ya son tres meses —dijo el aprendiz.

Delfino Endoque sabía dónde estaba, sabía el motivo de su partida, pero calló para protegerlos a ambos del huracán que se les venía encima.

—Me voy —dijo Saddam y se despidió con una sonrisa fingida.

—Cuídate —finalizó Endoque.

A pesar de los años transcurridos, el joven no había perdido el gusto por la calle y el amor a la libertad. Hacía amigos indiscriminadamente en todas partes, en particular con gente de bajos recursos, esa que le recordaba dónde había iniciado. Al salir, Saddam se encontró con su amigo el Guapo, quien era chofer de microbús. Manejaba con la radio a todo volumen. Si la gente le pedía que le bajara, se molestaba y respondía: "Pues si no le gusta se puede bajar". Cuando los pasajeros tocaban el timbre para descender, él se pasaba una o dos cuadras para hacerlos caminar; y disminuía la velocidad sin detenerse totalmente, obligando a los pasajeros a que dieran un salto para poder bajar.

Precisamente esa semana estaba estrenando su primer microbús, una chatarra que había comprado a precio de hojalata. Los cuates lo nombraron *el Antromóvil*. En cuanto pudo, quitó las luces del pasillo e instaló unos focos neón, comprados a medio precio en la colonia Buenos Aires. Esa misma tarde llevó el microbús con su amigo, el Farolas, para que le estampara en el parabrisas el nombre de Amelia. También grabó en la parte trasera del autobús la frase: "Viejo pero no de todas". Él no era un viejo, tampoco sabía serle fiel a Amelia, empleada de una de las estéticas de la colonia, quien le dio una imagen de la Virgen de Guadalupe.

—Para que te proteja en el camino, mi vida.

Su madre, al saber lo de la Virgen se dirigió al mercado de Jamaica, en Congreso de la Unión, y compró un ramo de girasoles y un florero. El Guapo no perdió tiempo y buscó la manera de, en el interior del camión, al centro del parabrisas, colocar un altar para la virgencita que lo protegería y un rosario para el espejo retrovisor. Al día siguiente polarizó los vidrios, compró una docena de cortinas para oscurecer el interior, un sistema de sonido con un amplificador y seis bocinas, según él "para amenizarle el viaje a los pasajeros".

—¿Quihubo? —preguntó el Guapo al ver al aprendiz salir de su casa— ¿Dónde has estado?

—Trabajando.

—¿A poco sí? —preguntó Rigoberto y se echó la franela con la que limpiaba su microbús en el hombro.

—¿A dónde vas?

—Por ahí.

—Pues yo te llevo. Súbete, lleva lugares.

En ese momento llegó el hermano del Guapo y abordaron el camión. Saddam se sentó a un lado del asiento del chofer en una cubeta tapizada con imitación de cuero negro. Poco después comenzaron a subir los pasajeros.

—Son seis pesos —le cobró Saddam, sentado sobre el bote, a dos pasajeros que minutos antes habían asaltado a punta de pistola una tienda y que ahora tranquilos pagaban la cuota para llegar a casa y contar el botín. Entre tanto, Rigoberto, alias el Guapo, se limpiaba la uña larga del dedo meñique en espera de la luz verde. Del otro lado de la calle, en el interior de una patrulla dos oficiales de la policía entonaban el ronquido de sus gargantas con el ronroneo de los carros que a su lado transitaban.

— No sé qué hacer —le dijo Saddam al Guapo.

Julio Jaramillo cantaba opacamente en la casetera del microbús: *No puedo verte triste, porque me mata, tu carita de pena mi dulce amor, me duele tanto el llanto que tú derramas.*

—El llanto que tú derramas —tarareó el Guapo, y en el menor de los descuidos desfiló por su mente un ejército de recuerdos: la Yadis, oficial primero del grupo de porros de la Azcapo, marchaba frente a él. El Guapo se había enamorado férreamente de ella algunos años atrás, cuando todavía, flaco y debilucho, divagaba por su mente la idea de entrar a la UNAM. Después la huelga a fines de los noventa le bajó el telón. Entró a la banda cumplidos los dieciséis veranos. Para entonces la Yadis ya había pasado por las armas de todos los oficiales. Pero él no lo sabía. O quizá nunca quiso saberlo. Cuando uno *quiere* cree sólo lo que quiere que le cuenten. Tal vez cuando el verdugo de la duda azotaba con vehemencia la espalda de la confianza, él encendía un cigarrillo y fumaba el humo de la indiferencia al recordar la gracia de estar junto a ella. Quizá. Quizá nunca le importó realmente indagar en el pasado de la Yadis. La amó a su manera. A fin de cuentas eso es lo que cuenta. Con lo que no contó fue con que un día, en medio de la huelga, un mal día, el peor de su existencia, la encontraría teniendo sexo con el Sarniento en un aula del cch. Ya había perdido la cuenta de cuántos días habían pasado viviendo ahí desde la toma de las instalaciones. La vio acostada sobre el escritorio. Le vio las nalgas al Sarniento. El Guapo recordó todas las que el cabrón le debía. Tomó la *45* y la vació sin contar los tiros. Su hermano, el Pachorras, sí supo cuántos fueron.

—¿Qué pasó, cabrón? —preguntó Saddam.

—Lo que tú quieras, chavito, tú nomás dime qué quieres y lo hacemos —respondió el Guapo.

—¡Sí, cómo no —añadió Saddam—, ni me estabas poniendo atención.

Me duele el corazón con tal violencia, me duele que no puedo respirar, no sé qué pasará con este gran dolor, de noche no me deja descansar, pobre de mí, cantaba Jaramillo.

"Me duele el corazón", quiso decir el Guapo, pero era muy tarde, demasiado tarde. Desde los dieciocho visitaba el gimnasio que le había otorgado el envidiable cuerpo y el nombre del Guapo. Ahí exprimía todo su coraje y rabia de no saber qué había ocurrido con la Yadis y el Sarniento. El Pichorras nunca se lo dijo, sólo se encargó del resto: tiró los cuerpos en un bote de basura, donde los encontraron hasta finalizada la huelga, y obligó al Guapo a llevarse su secreto a la tumba.

—Pinches viejas, no les creas, todas son iguales. Cuántas veces te lo he dicho, loco, chíngatelas y mándalas a chingar a su madre —dijo el Guapo—. Pero bueno, tú sabes que estoy contigo en las buenas y en las malas. No te me achicopales. Mira, lo que debes hacer es distraerte un rato. Vamos a las luchas en la noche. Aunque ya no son tan buenas. Nada como Carmelo Reyes y el Perro Aguayo. ¿Ya te conté de la pelea entre Konnan y Carmelo Reyes?

El Guapo y el Pichorras aún eran unos párvulos cuando las mejores peleas de la década despojaron a Cien Caras y a Konnan de sus máscaras. Después la inolvidable pelea de carrera contra carrera. La arena estaba a reventar. El Pichorras y El Guapo en las gradas. Carmelo Reyes, alias Cien Caras, contra Konnan el Bárbaro. Las apuestas sobre la mesa. Carrera contra carrera. Treinta de abril del noventa y tres. Primera y segunda caída, breves y sin contratiempos. Un gringo anda ahí de metiche. Dice que viene a apoyar a Cien Caras. "Se pone de pie, señores. Carmelo se encuentra fuera del ring. Snake Robert, el gringo metiche, discute con él y lo golpea, lo tira al suelo, lo patea, le estrangula el cuello con sus botas de víbora. ¡Ahora Konnan llega en su ayuda, señores! ¡Lo está ayudando! ¡Está defendiendo a Carmelo! ¡Konnan está defendiendo a Carmelo! El Tirantes (así se apodaba el réferi) sigue contando: ¡Doce, trece, catorce!" Muchos gritan desde las gradas: "¡Konnan, regresa a la lona!" Pero él no escucha a nadie, sigue golpeando al gringo.

—¡Veinte! —grita el Tirantes.

—¡Konnan ha perdido, señoras y señores, por ayudar a Carmelo! El Pichorras y el Guapo estaban al borde de la locura.

—¡Qué lucha, señores!

—¡Qué lucha! —dijo Teodoro alias el Pachorras, acostado en el primer asiento del camión, y recordó sus anhelos que ahora naufragaban en los mares de sus frustraciones—. Esas sí eran peleas —movió la cabeza de izquierda a derecha, lamentando el pasado—. Yo hubiese sido un gran luchador, de no ser por estas rodillas de mierda —se tocó las rodillas.

Teodoro tuvo que soportar un rosario de golpizas cuando no entregó la cuenta de la coca que vendía.

—Cuentas claras amistades largas —le dijo el Mafufo el día que le destrozaron las rodillas con un bat.

La mercancía nunca fue decomisada, y Teodoro la aprovechó para escabullirse de los dolores que le provocaban los tornillos insertados tras la cirugía. Nunca más regresó al ring. "Qué lástima", dijo su entrenador y tío Moy. La posible entrada a la lucha libre como profesional se fue por el drenaje y la búsqueda de la revancha a una caída se cocinó en los hornos del rencor. Siete caídas en realidad. Siete golpizas. Siete muertitos. Acorraló a dos de ellos en una bodega y los empujó al abismo de la traición: con revólver en mano los obligó a sacarse los ojos con la promesa de que el ganador conservaría la vida. Vida que no le duraría mucho, pues a la vuelta de la esquina se encontraría con otro contrincante rabioso, hipnotizado por un relato ponzoñosamente contado. Así fue armando su colección de muertitos, hasta llegar a las llagas del Mafufo.

—Cuentas claras amistades largas —le recordó la noche tormentosa en que le destartaló las rodillas, la cara y la vida con un bat.

Lo dejó revolcándose moribundo en los rincones de la misma bodega, y lo visitó hasta el último día para ver cómo se pudría en vida.

"Cuentas claras", repitió el Pichorras y se tocó las rodillas cuando Saddam lo volvió a la realidad del presente:

—Hoy no tengo ganas de ver luchas —dijo y se preparó para bajar del Antromóvil.

—Como tú quieras, chavito —respondió el Guapo—. ¿Dónde quieres que te dejemos?

—Aquí está bien —el aprendiz bajó del camión y se perdió entre la muchedumbre que salía de una estación del metro.

XXI

La Burra permaneció tranquila en la última banca del templo. Su amante no le había instruido sobre qué hacer en caso de que no regresara, o que se encontraran en peligro. Así que no encontró razón para sentir miedo.

Por lo mismo, al verlo salir por una de las puertas laterales al altar no sintió el más mínimo alivio. Lo que sí le sorprendió fue que a partir de ese momento tendrían guardaespaldas, camioneta y chofer. Los guaruras abordaron un auto y ellos una Suburban del año. Antes de salir, Daza cuestionó a la Burra si tenía algo de valor en su departamento. Ella respondió que sólo el dinero que tenía en un cajón.

—¿Sólo eso?

—Sí.

—¿Estás segura?

—Sí. ¿Por qué?

—Porque ya no vamos a volver ahí.

La Burra recordó que tenía algo muy importante, pero no quiso mencionarlo.

—Necesito ir por algunas cosas muy personales.

—¿Qué?

—Cosas personales.

Daza hizo un breve gesto de apatía y le ordenó al chofer que se dirigiera al lugar donde vivía la Burra. Al llegar, ella bajó corriendo, sacó una maleta del clóset y la llenó de enseres personales. Tomó el libro que Marcelo le había regalado y por un momento sintió el deseo de abrirlo y leer el nombre que permanecía paciente en un trozo de papel. Se detuvo. No era el momento. Al cerrar la maleta la nostalgia la empapó. Aquel lugar tenía mucho valor. Aunque aquellos muebles los había adquirido a precio de ganga, eran lo que ella había ganado con su cuerpo, con su tiempo y, obvio, con el esfuerzo y deseo de no ser siempre la misma puta. Se detuvo un instante. El tren avanzaba muy rápido. ¿Y si de pronto él la desterraba desnuda del paraíso al que estaba por llevarla? ¿A dónde iría? Decidió entonces no dar sus pertenencias por perdidas, caminó al departamento de la casera y con sus ahorros le pagó seis meses de renta. Le dijo que tenía que salir de viaje y que le encargaba el lugar.

Al abordar la Suburban, Daza dio instrucciones al chofer de que los llevara a las mejores tiendas de la ciudad. La Burra no podía creer que podía elegir un vestido sin importar el precio. Se idiotizó con las alhajas que su nuevo amante le compró. Divagó entre la demencia y la cordura. Le parecía imposible que la vida le estuviera retribuyendo todo aquello que le había negado, eso que merecía, o por lo menos que le debía haber tocado, pues aunque ella nunca lo supo, su vida debió ser otra. Tras el secuestro de la recién nacida, la familia de la madre de la Burra enriqueció como enredadera. Luego de un par de horas, la Burra y Daza salieron con guardarropas exclusivos. Esa noche se hospedaron en uno de los hoteles más lujosos de la ciudad.

—¿Por qué haces esto por mí? —preguntó la Burra.

—Porque te lo mereces.

—¿Cómo sabes que me lo merezco?

—Se llama gratitud. Tú hiciste lo que nadie hizo por mí. Me cuidaste cuando no tenía nada ni a nadie. Te debo la vida.

Aquella declaración desplomó a la Burra. En respuesta se le fue encima y lo besó hasta desnudarlo. Ambos se manosearon, se besuquearon. De pronto los besos llegaron a su fin. El arqueólogo forense intentó decir algo pero una voz femenina lo interrumpió:

—Calla, calla, que el silencio escucha —le dijo una mujer que no era la Burra—, el silencio nos espía. Calla que el silencio está rondando por ahí, inmóvil, sin color ni olor; ahí está en un inmenso vacío entre cuatro paredes, repercutiendo entre los muros, escurriendo como sangre por los vidrios, eco que retumba en mis oídos. ¿Cómo esperas palabras cuando no reconoces el sonido de lo que hablas? Calla, calla y disfruta del silencio y sus consejos, de eso que trae de lejos, eso que le ha quitado al viento. Calla y escucha las olas del mar que, aunque lejanas, inundan y armonizan un cantar. Calla, calla —susurró la mujer justo cuando se habían sentado en la cama.

No le dio tiempo de hablar, ni siquiera de preguntar qué le ocurría, se sentó a su lado, movió los dedos sobre sus piernas como si tocara un piano y como una loca miraba en todas direcciones sin mover la cabeza. Imposible tocarla en ese momento, imposible decir te quiero o algo que redundara en un te amo.

El arqueólogo permaneció callado tal cual ordenó la princesa, sin decir palabras, esas, cual sonido, según ella, Diego no reconocía. Esperó paciente, vehemente estar junto a ella, y sin darse cuenta la noche entró por las ventanas, ambos abrigados por la oscuridad de las siete, cada uno en su dilema.

Ella mirando al televisor apagado, como si en ese momento estuvieran pasando una de esas telenovelas que tanto le gustaban, y él a un lado, a una distancia incalculable, cuidando que nada ni nadie perturbaran el mutismo que le hacía permanecer ahí. Ella rompió la postura, la inmovilidad en la que se habían instalado, se sacó los zapatos con los pies, arrancó la pinza que llevaba en el pelo y la dejó sobre la mesa de noche; se sacudió la melena con las dos manos; se recostó, puso su cabeza sobre el regazo de Diego Daza y con su mano izquierda dio inicio a un dulce roce en su rodilla. Daza no logró contenerse a ese vicio de peinar sus cabellos con sus dedos, y con temor a que ella saliera corriendo puso su mano muy gradualmente sobre su cabellera, casi sin tocarla, y sólo hasta que sintió entre sus dedos la ligera suavidad de su melena dejó escapar el suspiro que encerraba en el pecho, una exhalación tan obvia que ella misma dejó de rozar su rodilla por un instante para luego volver pausadamente al cortejo silencioso que los unía, un derrame de caricias mutuas.

"Te amo", intentó decir Diego, pero tuvo miedo y calló. Tal cual ella había exigido minutos atrás. Se mordió los labios y se tragó esas ganas insaciables de gritar al mundo todo eso que le calcinaba el sentimiento; enmudeció y se adhirió al silencio de la mujer. Imperdonable pecado emitir cualquier sonido que irrumpiera en su silencio, ¿quién osaría hacerlo?, ¿quién?, ¿cómo perturbar tan mirífico instante? ¿Cómo? Sí, ahí estaba, junto a él, suya, solamente suya y de nadie más.

"He ahí dos mudos dialogando de amor", pensó en voz baja y la mujer le respondió en un bisbiseo que en muchas otras situaciones no habría logrado escuchar y mucho menos comprender.

—Calla —murmuró.

O quizá creyó haberlo escuchado, tal vez nunca lo dijo, probablemente ni siquiera escuchó su pensamiento y él —que por primera vez notó la existencia de un reloj en el buró que hacía *trrra…*, *trrra…*, *trrra…*— acataba las órdenes de la mujer. "Tic, tac, tic, tac", no es el sonido de un reloj, descubrió en ese instante. Las manecillas arrastran un sonido muy lejano al *tic* o al *tac*; en realidad es un *trrra*. La fricción de los dedos de la mujer sobre su rodilla también emitía un ruido único, indescriptible, dulce, cual delicada armonía que arrulla, armonía que ulteriormente como una sinfonía daba entrada a cada uno de sus componentes para que en medio del concierto estallase la nota más alta: el Silencio. Las hojas de los árboles como panderos, pero más suaves, más discretas, dieron inicio al concierto, una risa muy lejana parecía estar tras la puerta, una ambulancia en la avenida, luego, un silbato, sí, un silbato.

"¿A quién se le ocurre andar por las calles con un silbato a esta hora?", pensó Diego Daza en voz baja.

"¿A quién se le ocurre andar escuchando al silencio a las dos de la mañana?", bisbiseó la mujer, y esa vez Daza estaba seguro de haberla oído, pero eso no importaba, lo que le impresionaba era cómo había escuchado su pensamiento.

Dejó de pensar y siguió descubriendo ecos: un ladrido muy lejano anunciaba la ansiedad de un animal y su necesidad de que alguien lo escuchara; una gota de agua *tuc*; un mosquito *ssss*; una reja que se abría; un auto que se apagaba; sus dientes; el viento; las nubes. ¡Sí! Las nubes también emiten sonido: un zumbido. Y de pronto el mar: *fffff, fffff, fffff*; y ella en su regazo con sabor a sal, tan lejos de esta ciudad ausente de nosotros, y las olas apresurando a las de enfrente, emitiendo un sonido único, cada una distinta de las demás. Claramente escuchó una gaviota anunciar la llegada del apresurado amanecer y con éste el fin de un viaje. Tránsito, de vuelta el caos, a la realidad, a la vida cotidiana que sigue el silencio del *tic tac* sin rumbo que todos creen escuchar.

—Son las tres de la mañana —dijo la Burra mientras se ponía de pie—. Vamos a descansar —y el reloj ya no se escuchaba, ni las olas ni el viento.

Al amanecer Daza ordenó el desayuno. La Burra aún no podía creer dos cosas: la forma de ser del arqueólogo forense, y que estuviera viviendo como una reina. Pese a haber pasado una década en hoteles, ninguno había sido tan hermoso y lujoso. Le engolosinaba tener gente a su servicio, saber que podía hacer cualquier cosa sin recibir reclamo alguno. Y para disfrutarlo dejó caer uno de los cubiertos. Pronto el mesero lo levantó y le entregó uno limpio.

—¿A quién viste ayer?

Daza agradeció los servicios del mesero, le dio una propina pomposa y le pidió que se retirara.

—Lo que te conté el otro día fue poco. Te dije que Delfino Endoque y el viejo Salomón encerraron a Urquidi en una mazmorra. Era un crimen que no quedaría impune. Tarde o temprano darían con alguno de nosotros. Como te dije, yo no ayudé en nada. Pero las leyes no son objetivas en este país. Y dado el caso de que yo resaltaría como primer sospechoso, decidí ir a la mazmorra y rescatarlo.

—¿Por qué no diste parte a las autoridades?

—Porque Urquidi hubiese tomado represalias contra mí para dar con Endoque.

—¿Qué pasó cuando lo rescataste?

—Sonrió.

—¿Sólo eso?

—Sí. Salimos de la mazmorra y caminamos hasta la carretera donde había estacionado un auto rentado. Ya en el camino Urquidi me prometió gratitud por el resto de su vida. Yo sólo le pedí que me dejara libre, que no me molestara. Aun así insistió: "La gratitud y la lealtad no se compran —me dijo—. Sé que lo que hiciste por mí no fue ninguna de las dos, de hecho no comprendo el porqué, y no me importa, mi gratitud ya la tienes. No te ofrezco disculpas, pues yo no sé hacer eso. Tus dedos mutilados no te los puedo devolver ni puedo reparar el daño que te provoqué. Pero veamos las cosas desde arriba: gracias a ese daño me salvaste la vida. Lo que precises, siempre estaré para ti. Mi vida no tiene precio. Ten la seguridad de que jamás te haré daño. Anda, haz lo que te venga en gana de tu vida, pero cuando necesites cualquier cosa créeme que yo seré el primero en protegerte y darte lo que requieras. Por dinero no te preocupes. No te faltará". No le pedí un centavo. Sentía odio hacia él, y temía que me extorsionara. No sé. Me encontraba desesperado. No viviría en paz sabiendo que podría culpárseme de su muerte. Comencé a sentir odio hacia Delfino Endoque. Claro que él me salvó de Urquidi, pero también me llevó a todo eso y me abandonó. Me salvó para vengarse, no para ayudarme. Hasta entonces mi vida había sido tranquila, no necesitaba tantos problemas. Jamás los busqué. Desde entonces no he podido vivir tranquilo; he sufrido pesadillas. Sólo anoche pude dormir tranquilo; tanto que ni me percaté del tiempo, mira la hora: ya casi es medio día y yo sigo en piyama.

—Hay algo que no entiendo. ¿Cómo es que siendo Arzobispo de México ahora es obispo de una iglesia protestante?

—Cuando vivía en Francia me enteré por los noticieros que el Arzobispo de México había sido asesinado. Fue una nota que dio la vuelta al mundo. Se dijo que lo habían acribillado mientras viajaba en su camioneta. Sólo se divulgó una imagen de su cuerpo ensangrentado. Por un momento pensé que se me culparía, pero tenía pruebas de estar en París, por lo que me sentí tranquilo. Ese tormentoso capítulo en mi vida por fin llegaba a su fin. Pero al día siguiente Endoque apareció en Francia. Me dijo que Urquidi se había escapado de la mazmorra y me cuestionó si había hablado con alguien sobre los acontecimientos. Lo negué todo, claro que no le iba a decir que yo lo había rescatado. "Está libre, me dijo. Por alguna razón fingió el asesinato".

Esa semana me comuniqué con un forense amigo mío y le pedí que investigara si el cuerpo era en verdad del arzobispo. El resultado fue que, en efecto, era una mentira. ¿Cómo se hizo pastor de esa nueva iglesia? No lo sé. Se lo voy a cuestionar cuando lo vea. Tengo muchas preguntas por hacerle. Lo que sí te puedo decir es que él me hizo saber dónde se encontraba. No llegué a él por casualidad. Él supo de mí en todo momento. Ingenuo yo que nunca me di cuenta.

A partir de esa mañana Daza y la Burra disfrutaron del dinero. Brincaron de tienda en tienda, bebieron de bar en bar, comieron de lo mejor, visitaron museos, teatros, cines y exposiciones. Luego de once meses, Daza se aburrió de la felicidad y fue en busca de Gregorio Urquidi. En esta ocasión no lo hicieron esperar. Bañuelos lo recibió con fingido agrado.

—Señor Daza, buenos días, qué gusto verlo, pase por aquí.

Urquidi lo recibió con verdadero entusiasmo. Ahora agregó un adjetivo que Diego jamás imaginó:

—Mi canonizado Daza —dijo con una sonrisa brillante y se apuró a servirle una copa de vino tinto *Saperavi*, selección de *Teliani Valley*, proveniente de la región de Kachetia, Georgia.

—¿Qué es lo que quiere? —preguntó Daza con un tono retador.

—¡Qué te puedo decir! Lo tengo todo. La vida ha sido muy bondadosa conmigo.

—¿Qué es lo que quiere de mí?

—Para empezar que me hables de tú. Y mira que eso no se lo permito ni siquiera a mis más confidentes servidores. Amigos sólo tengo uno y ése eres tú. Tú que me salvaste la vida. Que quede claro. Tú no trabajas para mí. Tú eres mi amigo.

—No le creo.

—¿En qué quedamos? Tutéame. Quiero que nos sintamos en confianza.

—No te creo. Algo buscas.

—Sí. Agradecerte que me hayas salvado la vida. Yo cometí un grave error. No le dije a nadie que me dirigía a la mazmorra aquella tarde. Incluso aniquilé al único testigo, el hombre que te llevó hasta mí. Habría sido imposible que me encontraran con vida, pues yo anuncié que el hueco había sido tapado. ¿Te das cuenta? Se habría publicado mi desaparición, pero difícilmente hubieran encontrado mi cuerpo. O en su defecto, muy tarde. Yo estaba al borde de la demencia, caí en desmayo. Al día siguiente habría muerto. Pero llegaste y me salvaste la vida. ¿Cómo se supone que debo responder a eso? No encuentro otra forma sino ofreciéndote mi amistad. Y algo aún más valioso: mi gratitud, el sentimiento más fuerte y puro que hay en esta tierra. Así es, mi querido Daza. El amor tiene un principio y un final. Si no, cómo explicas que tantas parejas se amen con demencia y tiempo después se terminen odiando.

—La gratitud tiene fecha de caducidad.

—Entonces no es genuina. La gratitud es infinita. No conoce salida. La gratitud tiene mucho más peso que el amor. La gratitud no tiene prejuicios, es objetiva, precisa, leal; el amor se contamina de celos, de envidia, de rencor, es subjetivo. ¿Te acuerdas de Mauro? Era espía de Peralta Moya. Se mató poco antes de que fuéramos a la mazmorra. Y créeme, no moví un dedo. Ni siquiera a él le permití que me hablara de tú. Amigos sólo tuve uno y era un sacerdote que murió en Atotonilco antes de que llegara el padre Juan Carlos Palomares.

Daza le dio un trago a su copa de vino y se recargó tranquilo en su silla.

—¿Por qué dejaste el arzobispado?

—Para ver el mundo desde la oscuridad, para controlar tranquilamente los cordones de esta enorme marioneta, para disfrutar de la libertad de ser poderoso. El arzobispado de México me esclavizaba —mintió—. No lo niego, me dio poder, pero yo no nací para eso. La fama me asfixia. La oscuridad me engrandece. El anonimato es el progenitor de la libertad; la fama la procreadora de la esclavitud. Soy feliz en las cavernas del anonimato. El papa jodía mucho y mucho más después de la desaparición de la Virgen. Todos los días recibía llamadas. Fue un error mío. Nacionalmente incrementó los ingresos, pero internacionalmente afectó a la fe católica. Además me enfurecía hacer depósitos millonarios al Vaticano. Una franquicia demasiado alta. Además, Endoque me dio la gran idea de fingir mi muerte. Y ése era el momento idóneo. Terminé en la gloria. "Gregorio Urquidi Montero, el Arzobispo que rescató a la Virgen del Tepeyac". Incluso se me han adjudicado milagritos. El pueblo adora a ese mártir que murió acribillado y que quieren hacer santo.

„Para entonces ya era millonario, pues me había adueñado de la fortuna de mis padres y además había invertido inteligentemente mi dinero. Cambié de identidad, contraté gente, los entrené y los hice pastores; compré un enorme teatro e inauguré mi propia iglesia. Ya no tengo que darle cuentas al Vaticano ni tampoco tengo que dar la cara ante los medios, pues las iglesias protestantes en este país no tenemos peso político. Esto es un gran negocio. Libre de impuestos y de franquicias. La única forma en que el Vaticano nos podría exigir una especie de contribución sería si admitieran que ellos crearon la Biblia, o por lo menos el Nuevo Testamento. Es decir, registrarse como autores intelectuales para poder cobrar regalías. Pero claro, hacerlo sería catastrófico para la fe mundial. Y para ellos. Lo que quiere decir que no tengo nada de qué preocuparme, mi canonizado Daza.

—¿Qué pasó con Endoque y el anciano Salomón?

—Ese pinche viejo se murió antes de que me lo chingara. ¡Mira que morir a los seis meses! Desgraciado, me ganó.

—¿De qué murió?

—De viejo —Urquidi hizo un gesto de asombro y liberó una risotada—. Estuvo unos días con Endoque; luego se fue a vivir a una casa que tenía, y que habitaba uno de sus tantos hijos regados. El muy cabrón lo tenía bien escondido. Al llegar, el hombre que lo recibió, es decir su hijo, no se lo creyó, pero éste se hizo de pruebas para convencerlo de que era su progenitor y que había comprado la casa a su madre, es decir, su amante. Y para que no quedara duda se hicieron pruebas de sangre. Tras el resultado positivo la familia se dio a la tarea de cobijar al anciano, que al parecer ya tenía hasta bisnietos. Imagínate que ni a esas alturas fue sincero: no le confesó que su madre había sido una de tantas ni que había matado a una de sus hijas. Mejor boleó la historia y le contó que había pasado veinticinco años en una cárcel de Cuba.

—¿Veinticinco?

—Pues sí, eran los años que había abandonado a esa familia. Según me informaron, le contó que en un viaje de negocios se le acusó de ser infiltrado de la oposición de Fidel Castro. Y como en aquellos años ése era el pan de cada día en la isla, fue fácil tragarse el cuento. El asunto es que lo trataron como rey. A los pocos meses enfermó, ya no podía caminar ni comer por sí sólo, como si hubiese esperado todos esos años para morir como quería, anciano, en una cama y con un par de nietos y bisnietos lloriqueando su fin. Y lo logró. El muy cabrón se murió dormido.

—¿Y Endoque?

—A ése se lo tragó la tierra. Ni siquiera supo de la muerte del viejo Salomón. O quizá sí y no le importó ir a derramar una lágrima por él. O mejor dicho, no quiso que lo encontrara. Mira que después de tanto, por fin aprendió a ser detective. Les huele los pasos a mis espías. Esa bola de ineptos no puede dar con él. Lo que sí estoy seguro es que él sí sabe dónde estamos tú y yo. Que no te sorprenda que un día se te aparezca en una esquina.

—Me quieres de señuelo.

—No, qué va. Tú eres punto y aparte.

—No te creo, Urquidi.

—Eso. Así me gusta. Que tengamos la confianza de hablarnos sin pelos en la lengua.

—Si a esas vamos, comienza por decir qué es lo que quieres.

—Que unamos fuerzas. Peralta Moya nos debe una. A mí me engañó por muchos años poniendo a un espía: a Mauro. Y a ti te robó el derecho del reconocimiento como arqueólogo. Ese hallazgo era tuyo. Los cuerpos los estudiaste tú. Los memoriales los rescataste tú. La investigación la llevaste a cabo tú. Tú. Tú —Urquidi clavó la mirada en los ojos del arqueólogo—. Y mira quiénes se llevaron tu trofeo, tu gloria. Peralta Moya con su publicación en México y Perry Klingaman en Estados Unidos. Si hubieras confiado en mí desde un principio, aún tendrías tus dedos. Yo te habría dado el derecho de publicar tu investigación.

—¡Mentira! —gritó Daza con furia.

—Hay algo que aún no comprendes. Sé negociar. Si lo hubiéramos hablado, te aseguro, te habría ayudado en la publicación. A mí me daba lo mismo un libro más. A la Iglesia ya le han lanzado piedras por todas partes. A eso sólo se le ignora. Se han publicado muchos libros para denunciar abusos sexuales, asesinatos eclesiásticos, incluso vínculos con el narco. ¿Y qué se hace al respecto? Se guarda silencio. Darle importancia es engrandecer al enemigo. Y en el caso de las publicaciones, disparar las ventas. Todas las publicaciones de Peralta Moya las ignoramos. Muy poca gente lee en este país. ¿Cuál fue el resultado? Su obra pasó desapercibida. Claro que vendió mucho, pero cien mil ejemplares comparado con una población de ciento diez millones de habitantes es inofensivo.

„Peralta Moya es un escritor reconocido. No cabe la menor duda. Pero en un círculo muy reducido. Anda, pregúntale a la primera persona que te encuentres en la calle quién es ese señor. No sabrá responder. Pensará que hablas de un político o un personaje de la historia nacional.

„Despierta, Diego. Ya no eres el mismo. Tu nueva vida ha comenzado y yo estoy aquí para guiarte. Es hora de la venganza. Debemos cobrarle a Peralta Moya su atrevimiento. Que pague tu fracaso. Demuéstrale de qué estás hecho. Diego Daza ahora es un hombre poderoso. Quítale a ese tipejo algo que le duela. Tú lo conociste, hablaste con él, sabes bien sus debilidades. Arráncale su tesoro más valioso. Sí. Eso es. Lo veo en tus ojos. Lo tienes en la mente. La vida ya no le interesa, está acabado. Sólo busca un último suspiro, publicar un libro más. De eso vive, de eso respira. Dinero no le falta. Tiene una casa de lujo, con sirvientes y seguridad. Es casi imposible entrar ahí. Posee una biblioteca valiosísima. Documentos históricos jamás publicados. Entre ellos, más de la mitad de la biblioteca de Joaquín Icazbalceta. No le des el gusto de morir tranquilo.

—¿Qué pensará hacer con todo ese material antes de su muerte?

—Lo más seguro es que se lo dará a alguien que verdaderamente lo valore. Dudo que lo venda o que lo done a alguna biblioteca.

—¿En qué estará trabajando ahora?

—Está ciego.

—¿Ciego?

—Sí. Perdió la vista hace poco. No puede leer ni escribir. ¿Te imaginas lo doloroso que debe ser para un tipo como él? Ha contratado asistentes para que lean y escriban por él, pero terminan por renunciar. Al parecer no toleran su forma de ser y de trabajar.

Daza clavó los ojos en su mano de dos dedos. Volvió a su mente el momento exacto en que se los mutilaron. La mirada del arqueólogo forense oscureció. La metamorfosis estaba en un proceso irreversible. La venganza era ahora su más grande anhelo. El odio recorría sus venas. Alguien tenía que pagar su fracaso como arqueólogo forense, la pérdida de sus dedos, la miseria en la que vivió en Francia, la demencia que lo había embrutecido tras la pena de perder a su familia, sus constantes pesadillas ahora inexistentes. Levantó su copa, frunció el ceño y arrojó la vista a los ojos de Urquidi:

—Brindemos.

—¡Brindemos! —sonrió Gregorio Urquidi y levantó su copa—. Por el nuevo Diego Daza.

—Necesitaremos infiltrados en la casa de Gastón Peralta Moya.

—Bien. Por dinero no te preocupes. ¿Qué más?

—Más gente. Y tiempo.

—Mientras la muerte no nos lo arrebate antes, el que sea necesario.

A partir de entonces el arqueólogo forense se dio a la tarea de espiar al historiador. Pero el amor a la arqueología seguía latente en Diego Daza. Asimismo su rencor hacia la sociedad que lo había intentado linchar crecía como bola de nieve. Se hizo a la idea de que su país no merecía los descubrimientos arqueológicos que se hacían cada vez más frecuentes. Comenzó así una labor de venganza hacia su país: dedicó dos años de su vida a robar los hallazgos de otros arqueólogos. Contrataba gente para que se hiciera pasar por ayudantes de otros investigadores, y cuando las piezas, las osamentas, o los vestigios eran encontrados y excavados, los robaba con impunidad y los vendía en el extranjero.

Una noche entró solo a un bar, se sentó frente a la barra y pidió algo de beber. A un lado se encontraba un hombre extremadamente ebrio. Cuando el cantinero le entregó su bebida el borracho se apresuró a sacar la cartera.

—Yo pago —dijo con dificultad—. Es mi amigo.

Diego Daza aprovechó su borrachera y para que el cantinero no desconfiara fingió ser conocido del hombre.

—Mira nada más cómo estás. Dijiste que no ibas a tomar tanto.

—No pude —respondió el hombre.

Minutos más tarde llegó un par de hombres y se sentó frente a la barra.

—Hay tres cosas en este país con las que no debes meterte: la política, la religión y el narco —dijo uno de los hombres—. El periodismo en esta nación no tiene cabida para los héroes. Ya lo sabes, cabrón, entre veinte y cuarenta reporteros mueren cada año. Víctor, entiéndelo, no te metas, aléjate, no te la juegues, deja eso, sigue con tus reportajes, vas bien, tu denuncia sobre la trata de personas fue un balazo.

A Diego Daza le llamó la atención aquella conversación. Quiso escuchar más pero el borracho seguía hablando:

—... y luego así, sin más, me dejó —dijo el hombre—, se fue.

—Mi fuente es buena —escuchó Diego Daza.

—¡Eso qué importa, cabrón! ¡No te apendejes! —dijo uno de los hombres desconocidos.

Hubo un tramo de la plática que el arqueólogo forense no logró escuchar debido a que a una mesera se le cayeron un par de vasos y hubo murmullos y risas. La música continuó.

—Ella era mía —seguía diciendo el borracho.

—La verdad este caso se puede denunciar, don Segoviano —dijo uno de los hombres.

—Sí, sí, sí, ya me lo explicaste ochos veces, ya sé lo que ocurrió: encontraron un monolito al hacer las excavaciones para la nueva línea del Metro.

Diego Daza levantó las cejas e intentó callar discretamente al borracho que se encontraba entre él y los dos hombres desconocidos. En ese momento el joven dijo la ubicación exacta del hallazgo. Diego Daza memorizó la dirección. En cuanto tuvo la información suficiente sacó la cartera y echó a volar un billete sobre la barra; el cantinero hizo un gesto de aprobación, y Daza salió del bar, subió a su auto y mientras el chofer manejaba hizo una llamada a uno de sus ayudantes.

—Tenemos algo —dijo—. Necesito que traigas dos muchachos, herramienta y un sedante. Anota la dirección.

Al llegar a la obra, Diego Daza y sus ayudantes se pusieron unas capuchas, brincaron la reja improvisada y caminaron sigilosos al cuarto donde se encontraba el guardia de seguridad. Uno de los ayudantes de Daza tocó la puerta; cuando el hombre abrió, el arqueólogo forense le inyectó un sedante en el cuello que lo derrumbó en segundos. Los dos guardaespaldas, obedeciendo instrucciones caminaron cautelosos para revisar el lugar. Finalmente, tras corroborar que la zona estaba vacía, se dirigieron al guardia y le quitaron las llaves del candado de la reja. Los guardaespaldas permanecieron en la entrada de la obra mientras los ayudantes de Daza metieron una camioneta, bajaron la herramienta, conectaron una corriente de luz, entraron al túnel con lámparas y buscaron el monolito. El arqueólogo forense sonrió al encontrar aquella pieza. En el fondo, su amor por la historia seguía dominando sus sentidos. Observó detenidamente las imágenes labradas en bajorrelieve. La reconoció inmediatamente: era Quetzalcóatl. Dejó escapar un par de risas. Le tomó varias fotografías. Daza caviló que el monolito era demasiado grande para sacarlo entre los cuatro. Miró a su alrededor. Había un minicargador Bobcat S220 Turbo (una especie de excavadora de aproximadamente dos metros de altura) en el interior del túnel.

—La suerte está de nuestra parte —dijo el arqueólogo forense—. ¿Puedes encenderlo?

El ayudante hizo un gesto sarcástico, ya que se había dedicado a robar autos en años anteriores. Otro de los ayudantes sabía manejar ese tipo de maquinaria, pues en otras excavaciones habían usado el mismo modelo. Daza revisó su reloj y calculó el tiempo disponible para sacar el monolito. Revisó el área donde estaba y tocó repetidamente la pieza.

—Vamos a tener que picar toda el área —dijo—. Luego lo vamos a sostener con el Bobcat para que no se nos venga encima.

Los cuatro utilizaron picos y palas para sacar la tierra alrededor del monolito. De pronto hubo un ligero derrumbe y se liberaron algunos gases.

—Señor Diego, hay que salir de aquí.

—No pasa nada —dijo Daza y siguió enterrando el pico en la tierra sin percatarse de que había una línea eléctrica treinta centímetros arriba del monolito. Dio tres golpes sin peligro, pero el cuarto dio certero en los cables. La descarga eléctrica alumbró el túnel y dejó inconsciente al arqueólogo forense. Los ayudantes permanecieron estupefactos por un momento. Sintieron miedo de que Daza estuviese muerto. Lo miraron por un instante y se acercaron temerosos y se arrodillaron a su lado. Notaron que aún respiraba.

—Señor Diego —dijo uno de ellos sin tocarlo aún—. ¿Se encuentra bien?

Al no recibir respuesta, lo cargaron y llevaron a la camioneta, mientras los otros dos recogían la herramienta. Al salir, los guardaespaldas vieron que Diego Daza estaba inconsciente, y sin perder tiempo lo recibieron y lo acostaron en el auto. Los ayudantes abordaron la camioneta y se marcharon sin percatarse que otro auto los seguía. Minutos más tarde llegaron a un hospital privado donde prontamente atendieron al arqueólogo forense.

Cuando Diego Daza despertó, la Burra se encontraba de nuevo a un lado de la cama. Sonrió al verla. Preguntó qué había ocurrido y ella explicó con detalles mientras él cerraba ocasionalmente los ojos.

—El monolito —exclamó.

La Burra no supo qué contestar.

Diego Daza mandó llamar a los guardaespaldas y ellos le informaron que alguien lo había sacado en la madrugada. El arqueólogo forense enfureció. Se quitó el suero, la mascarilla de oxígeno e intentó pararse de la cama, pero estaba demasiado débil; además un dolor en los pies se lo impidió. Levantó la sábana y vio sus pies vendados. La Burra hizo un gesto de dolor.

—Dice el médico que la descarga eléctrica entró por tus manos y salió por tus pies —explicó la Burra y le mostró unas fotografías de los dedos de sus pies—. Tus dedos reventaron como palomitas; ay, se veían horribles, todos negros, como flores, llenos de sangre. Pero no te preocupes, el doctor dijo que eso es bueno, que tuviste suerte, porque si la electricidad no hubiese salido te habrías chamuscado.

Sin poder salir mandó a sus guardaespaldas a investigar quién había sacado el monolito de la obra. Se puso en contacto con todos los arqueólogos que conocía. Sólo pudo saber que el gobierno lo había vendido para no retrasar la construcción de la línea del Metro. Tres semanas después tuvo un encuentro con Gregorio Urquidi.

—Mi canonizado Diego Daza —dijo Urquidi con gusto al verlo entrar a su oficina—. ¿Y esas muletas?

—Me robaron un monolito —dijo con seriedad, recargó las muletas en el escritorio y con dos brincos alcanzó la silla.

—¿Te robaron qué?

—Un monolito —se sentó Daza Ruiz.

Gregorio Urquidi sabía perfectamente a lo que se estaba dedicando el arqueólogo forense. Si bien no lo entusiasmaban aquellos robos, saber que su protegido delinquía lo nutría enormemente.

—¿Y sabes quién fue? —preguntó Urquidi y sirvió dos copas de un vino verde portugués, *Loureiro, Cabeceiras do Basto*.

—No —respondió Daza al recibir la copa—. Sólo sé que el gobierno lo vendió.

—El vino verde es muy original por su procedencia regional y su inconfundible frescura y acentuada acidez, así como por su ligereza.

Diego Daza hizo un gesto al sentirse ignorado.

—Necesito saber quién tiene ese monolito —interrumpió Daza.

Gregorio Urquidi puso su copa sobre el escritorio, se sentó, sacó una agenda, levantó el teléfono y marcó.

—¿Qué hace? —preguntó Daza.

—Le estoy hablando a Lasso.

—¿A Lasso?

Urquidi sonrió mientras esperaba a que respondieran su llamada.

—Eulalio Valladares Lasso, el jefe de gobierno y nuestro futuro presidente. Eso, si gana las elecciones.

Daza sabía que Urquidi tenía amistad con aquel político, y por ello había acudido a él, para que le informara quién tenía el monolito.

—Mijo, buenas tardes, habla tu papá.

—¿Qué pasó, papá?

—Pues nada —sonrió Urquidi, y se recargó en su sillón—. Que me acabo de enterar de otra de tus travesuras.

—¿No me digas?

—Sí. Supe que vendiste un juguete.

—¿Cuál de todos?

—Pues uno muy viejo, que sólo te estorbaba para el juego.

—No lo puedo creer. ¿Cómo le haces para saberlo todo?

—Papá Dios me ilumina. ¿A quién se lo vendiste?

Urquidi levantó las cejas al escuchar el nombre.

—No te preocupes, yo no le digo a Juanito que vendiste sus canicas. Muchas gracias. Mañana te mando unas muñecas para que juegues al papá y a la mamá.

XXII

Cual serpientes hechizadas, las llamas de la fogata danzaban en el centro del campamento que habían levantado Francisco de Montejo y sus hombres aquella noche. Entre los heridos había uno que agonizaba en el precipicio de la muerte. Una de las lanzas le había atravesado el pecho, lo que le provocó una gran pérdida de sangre. Hacía varias horas que no respondía; había perdido el conocimiento y sólo se quejaba de sus dolores en la inconsciencia de su agonía. Temblaba, acostado sobre un montón de hojas secas, como si se encontrara en pleno invierno. El grupo de españoles comía alrededor de la fogata, bajo los enormes árboles y los tormentosos sonidos de la noche.

—Ah, ah, ah… —escucharon y giraron sus cabezas hacia el hombre que yacía sobre el montón de hojas secas.

Uno de ellos dejó el trozo de carne que comía sobre su plato, se puso de pie, caminó hacia el moribundo, sacó su cuchillo y sin decir palabra le atravesó la yugular. Cuando volvió al centro del campamento no recibió reproches ni comentarios, cual si hubiese ido por un vaso de agua. Sin limpiarse de las manos la sangre de su víctima, tomó el trozo de carne y continuó comiendo.

Esa noche la pasaron en vela por el temor de ser atacados una vez más por los chikincheles. El cansancio, la escasez de alimento, su fracaso al no poder encontrar la gran ciudad esperada, la ausencia de oro, el encuentro bélico y las pérdidas humanas comenzaron a desanimar a los españoles. ¿Qué estaba ocurriendo?, se preguntaban. ¿Había oro en esa isla llamada Yucatán? Lo mejor será volver, conseguir más gente, traer más armamento.

Al amanecer siguieron su camino entre la espesa selva, abundante en árboles caoba, cedro rojo, primavera, palo rosa, roble y chicozapote. Su ciega búsqueda de oro les impidió ver la inmensa variedad de aves que se habían cruzado en su camino desde su llegada: garzas morenas, blancas, flamencos, patos golondrinos, cercetas de alas azules, patos boludos, patos colorados, zopilotes de cabezas coloradas, zopilotes reales, águilas pescadoras, faisanes negros, chachalacas, pavos de monte, gallitos de agua, chorlitos, palomas, búhos gran duque, lechuzas de campanario, correcaminos, tijeretas, tucanes de pico real, pájaros carpinteros, trepatroncos, golondrinas y calandrias.

A su paso habían cazado algunos mamíferos: conejos, tlacuaches, comadrejas, ratones tlacuache; intentaron atrapar a un mono araña; despreciaron a un armadillo; una ardilla les pareció demasiado pequeña para alimentarse; el jaguar los intimidó; mataron dos zorras, un mico de noche y un mapache; pero en sí, lo que más buscaban era el venado de cola blanca. Cansados llegaron al poblado de Ake, el cual también estaba abandonado. La historia se repitió, pasaron la noche en aquel poblado y al amanecer fueron atacados por los pobladores. Aquella batalla la recordarían por siempre debido a las numerosas heridas recibidas. La expedición había perdido más gente que en cualquier otro lugar.

—Ya no podemos seguir —dijo uno de los españoles.

Los demás se mantuvieron en silencio aprobando aquel comentario.

—Andemos pues de vuelta a Salamanca de Xelhá —dijo Montejo.

Abriéndose camino entre la espesa vegetación, intentaron volver, pero se perdieron debido a un fuerte aguacero que los desorientó. Pronto la temporada de huracanes les dificultó la travesía. En una ocasión los fuertes ventarrones les hicieron perder casi todas sus pertenencias. Permanecieron varias horas abrazados a los árboles hasta que la tormenta terminó. De haber sido un huracán aquello hubiese sido el final de su conquista.

Sólo setenta hombres lograron regresar a Salamanca de Xelhá, seis meses después de haber partido; ahí habían sobrevivido diez de los cuarenta que se quedaron. Tras aquel fracaso la conquista parecía inalcanzable. Pero la suerte parecía darles una nueva oportunidad, pues pocos días más tarde llegó a la costa la flota de la *Gavarra*. Los españoles, al ver que el navío se acercaba corrieron a la orilla del mar para saludar con gritos y brincos a aquellos que llegaban en su auxilio. Lo primero que hicieron al subir al navío fue pedir alimento y agua. Luego de devorar lo que les dieron, hablaron de los encuentros que tuvieron con los nativos, exagerando cada cual su narrativa, incluso inventando que habían presenciado un acto de canibalismo.

—Hombre, os digo que yo vi cuando cocinaron a uno de los nuestros y lo comieron como a un venado.

Aunque la mayoría de los expedicionarios estaban resueltos a volver a Europa, Francisco de Montejo dio la orden de seguir navegando por las costas de Yucatán.

—Debemos seguir nuestro camino hacia el sur —dijo Montejo parado en la cubierta, observando el mar.

—No, ya no —dijo uno de ellos—, es demasiado.

Montejo disparó, cual lanza venenosa, una mirada con la que rechazaba cualquier negativa.

—Habremos de buscar un lugar donde haya un río o algo donde podamos fundar nuestra ciudad. Uno de los indios me ha contado de un lugar que llaman Uaymil Ch'aak Temal.

En ese momento llegaron Alonso de Luján y Alonso de Ávila.

—Os voy a dar una encomienda —dijo Montejo sin cuestionar si tenían interés de continuar en aquella conquista llena de fracasos—. Luján, os pido que construyáis un bergantín.

Luján abrió los ojos con asombro. Miró en varias direcciones intentando encontrar alguna mirada cómplice que lo apoyara en su intento de protesta.

—Ávila, os pido que sigáis el camino por toda la costa.

Alonso de Ávila se mostró indiferente, cual si aquella orden se tratara de caminar por un par de horas.

—Luján —continuó Montejo—, os dejaré veinte hombres —luego dirigió la mirada a Alonso de Ávila—. Vos llevaréis cuarenta de ellos.

Sin decir más, Montejo ordenó al resto de la expedición prepararse para partir ese mismo día. Pronto llegaron a la bahía de Ch'aak Temal, donde Nican Canul le avisó al nacom Gun Zaló de la llegada de los españoles.

—¿Cuántos hombres vienen? —preguntó el nacom.

—A saber, unos treinta o cuarenta —respondió Nican Canul.

—Estos hombres no descansarán hasta que nos vean muertos, Nican —dijo Gun Zaló y caminó hacia la casa de Na Chan Can.

Nican Canul lo siguió como quien busca la respuesta de un gran sabio. Al llegar encontraron acostado al suegro del nacom.

—Mi buen amigo Gun Zaló —dijo Na Chan Can con dificultad—. Ya no me queda tiempo.

El nacom permaneció en silencio viendo a aquel hombre viejo, con el cuerpo pintado de rojo y blanco, de orejas y nariz perforadas. Sentía una gran pena al verlo al borde de la muerte.

—Amigo Gun Zaló, tú, por ser esposo de mi hija Zazil Há, has de ser el próximo halach uinik. No por ello recibes un premio; por el contrario, será una gran responsabilidad salvar a Ch'aak Temal de las garras de los dzules.

Para el español aquel futuro nombramiento ya no tenía el valor que le habría dado años atrás, ya no era cuestión de conquista, de búsqueda de poder sino la protección de su gente, su familia, sus amigos, su tierra adoptiva. Pasó toda la noche sentado a un lado de su suegro, y sin lograr evitarlo cayó dormido antes del amanecer. Al abrir los ojos, se dirigió al halach uinik, lo observó por un rato y sin articular algún movimiento dejó escapar un par de lágrimas: Na Chan Can había muerto mientras Gun Zaló dormía. Caminó en silencio a la habitación donde descansaba Zazil Há y sin confesar su pena se acostó junto a ella, la abrazó y comenzó a llorar. Zazil Há comprendió en ese instante que su padre había muerto y que Gun Zaló lo sentía profundamente.

—Iré a informar al pueblo —dijo el nacom.

Las exequias se llevaron a cabo esa misma semana, tal cual se hacía para los grandes reyes: se mandó construir una tumba en el centro de uno de los edificios de Ch'aak Temal. El cuerpo de Na Chan Can fue envuelto en una tela y pintada de rojo; se le colocó una máscara como al rey Pacal y se le acostó en su sarcófago de piedra, donde permanecerían por siempre los restos del último halach uinik de Ch'aak Temal.

Terminados los actos funerarios, el pueblo le pidió a Gun Zaló que aceptara el nombramiento de halach uinik, tal cual lo había ordenado Na Chan Can. El nacom comprendió cuán equivocado había estado años atrás en la búsqueda de poder. Comprendió finalmente el verdadero significado del nombre halach uinik: verdadero hombre. En esa tierra no se tenía un rey ni un emperador por mandatario sino un verdadero hombre. O por lo menos, ésa era la intención. Un verdadero hombre era el que debía guiarlos, un ser humano, no un político ambicioso. Caviló entonces en todos sus errores de juventud, y se preguntó si en verdad él podría ser un buen guía para ese pueblo que le entregaba su seguridad, su futuro, sus familias, sus tierras, sus hijos. Qué carga tan pesada. Gun Zaló miró al pasado y entendió que Gonzalo Guerrero había muerto, que en él sólo vivía un solo hombre, uno más de los cheles, uno más de los hijos de Mizcit Ahau.

No bien había recibido Gun Zaló el nombramiento de halach uinik cuando Nican Canul llegó apurado para avisar que los dzules habían capturado a cuatro cheles y que los había torturado para que confesaran dónde se encontraba el español Gonzalo Guerrero. Montejo tenía pensado convencerlo de que junto a él lograría ser un hombre rico, sin imaginar que Gun Zaló para entonces ya era uno de los cheles más poderosos de la zona.

—Te ha enviado esto —Nican Canul le extendió una carta.

Gun Zaló la abrió y la leyó en silencio. Hacía años que no leía y por ello le costó trabajo.

> En nombre de la Corona Española, me dirijo a usted, estimado Gonzalo Guerrero. Tengo por informes de su antiguo compañero Jerónimo de Aguilar que os tienen por cacique. Más aun comprendo que vos os encontráis en complacencia con vuestra vida. Os informo que ya los territorios donde antes llamaban Méjico Tenochtitlan han sido conquistados en nombre de la Corona de Su Alteza Carlos V. De igual manera a nuestra llegada a la isla de Yucatán hemos declarado estas costas territorio de la Corona… Os recuerdo vuestra cristiandad y por ello… seréis tratado como uno de los más escogidos y amados que en estas partes hubiere…

Gun Zaló dejó de leer, arrugó el papel y lo tiró al suelo. Luego llegaron a su mente los hombres que Montejo tenía presos. Dirigió la mirada al pedazo de papel en el piso, se apuró a recuperarlo, buscó algo con qué escribir, y con un palillo de madera quemada comenzó a redactar su contestación.

> Os agradezco vuestra atención, pero no puedo asistir al encuentro al que me invitáis en la costa. Os ruego liberéis a los hombres que tenéis presos. Cuando ellos lleguen yo os buscaré.

Dio la carta a Nican Canal, le pidió que la entregara lo antes posible y que volviera con los hombres que tenían presos. De igual manera le instruyó para que no los provocara.

—Si te hacen preso, te prometo ir yo personalmente en tu rescate.

Al recibir la respuesta, Montejo comprendió que hacerle daño al mensajero sólo provocaría una guerra. Sin más, dejó ir a los cuatro presos que pronto llegaron de vuelta. Ese mismo día Gun Zaló recibió informes de que al norte de Ch'aak Temal habían llegado Alonso de Ávila y sus hombres. El nuevo halach uinik caviló en la forma de evitar que lo rodearan los enemigos. Hacer la guerra no era una solución. No. Esa no era la manera. Debía jugar con sus miedos. Sonrió. Dio la orden a Nican Canul de que "mandaran mensajeros a decir a Montejo que Ávila y los suyos habían sido exterminados por otro señorío; y a otros a Ávila, para decirle lo mismo sobre los de Montejo, esperando que con esas noticias decidieron dar marcha atrás, cosa que Montejo hizo con gran pena y dolor, pues no dudó que le decían la verdad. Si Montejo moría, Ávila era quien le seguía en el mando. Después de recibir la supuesta mala nueva, Ávila decidió regresar a Salamanca de Xelhá. Al llegar encontró que aún no estaba listo el bergantín que construían. Decidió mover la villa a Xemanha, que era mejor sitio, dejándole el mismo nombre de Salamanca. Probablemente se resignó a esperar la llegada de algún refuerzo o a ir en su busca en el navío que estaba construyendo antes de proseguir la conquista".[39]

—Gran halach uinik —dijo Nican Canul con alegría— los *dzules* se han marchado temerosos y tristes.

Gun Zaló anunció a su gente que eso no era una victoria. Insistió en que debían seguir en paz, sin atacarlos para evitar muertes. Sólo haciendo que ellos se cansaran lograrían expulsarlos sin lanzar una flecha.

Francisco de Montejo sufrió enormemente la pérdida de Alonso de Ávila. Pese a todo lo que le incomodaba su forma de ser, sabía que sin él su conquista sería aún más complicada.

—¿Cómo es que han logrado matarlo? —se preguntó—. Ávila era un hombre experimentado en las armas, había luchado contra los tenochcas, conocía sus debilidades. ¿Cómo lo han vencido?

Salió de los rumbos de Ch'aak Temal y se dirigió al sur hasta llegar al río de Ulúa a 160 kilómetros de las Hibueras. Cuando la comida comenzó a faltarles nuevamente decidió volver a Cuzamil. La sorpresa fue que al llegar por aquellos rumbos se encontró con Ávila. El encuentro rebasó los límites de la cursilería. Ninguno de los dos sufría por la muerte del otro, pero se sabían con mayor poder al sentirse apoyados.

—Ese renegado nos ha engañado —dijo Ávila enfurecido—. Hemos de darle muerte.

Montejo asintió con la mirada.

—Vayamos a esa Ch'aak Temal y terminemos con él.

—No —respondió Ávila—, sabe que somos pocos. Y como dijo Aguilar: fue guerrero, y conoce de estrategias. Vos deberéis ir a la Nueva España, haceros de más gente y volver para cortarle la cabeza a ese renegado. Luego fundaremos ahí en Ch'aak Temal la nueva Salamanca.

Obedeciendo los consejos de Alonso de Ávila, Francisco de Montejo partió en la *Gavarra* rumbo a la Nueva España en el verano de 1528, en compañía de su alférez, Gonzalo Nieto. Alonso de Ávila permaneció en Yucatán.

XXIII

Gastón Peralta Moya se hallaba frente a su escritorio con un libro en Braille. Llevaba un par de meses intentando aprender aquella técnica, la cual le irritaba. Le faltaba sensibilidad en los dedos, y aún más, paciencia. En ese momento alguien tocó la puerta.

—Adelante —respondió el historiador.

Tobón saludó, entró como lo había hecho en los últimos meses, y se preparó para escribir lo que el historiador le dictara.

—Hoy es un día muy importante —dijo Peralta Moya—. No vamos a escribir en este momento. Acompáñame.

El historiador se puso de pie y se dirigió a la puerta. El escriba se apresuró a alcanzarlo. Afuera los esperaba el chofer en un Cadillac del año. Al abordar, el joven preguntó a dónde se dirigían.

—Vamos a Teotihuacan —respondió Peralta Moya—, la Ciudad de los Dioses, donde inició el culto a la serpiente emplumada y al jaguar, ciento cincuenta años antes de la era cristiana.

—Nunca he ido —admitió Tobón—, y no sé mucho de aquella ciudad.

—No tiene nada de malo —respondió Moya—, no espero que lo sepas todo. Si admites que no sabes es porque quieres aprender. Ignorar no es un defecto, uno no nace sabiendo; inaceptable es no saber y andar por ahí fingiendo que se sabe. Que no te impresionen aquellos jactanciosos que hacen alarde de lo que saben. Me molesta la ignorancia (ya sabes cuál) tanto como la fanfarronería. El conocimiento no debe ser tu escudo ni tu tarjeta de presentación sino tan sólo una herramienta. Cuando compras un martillo no lo adquieres para andar pegándole a las paredes todo el tiempo sino para guardarlo en tu caja de herramientas y sacarlo el día que lo necesites. Eso es el conocimiento: lo recibes, lo digieres y lo guardas para cuando sea preciso. Hay presuntuosos que aprovechan el conocimiento para postrarse en un altar. Que no te asombren, todo lo leyeron o alguien se los contó. La historia es una gran novela redactada por la vida; el historiador sólo la interpreta y la divulga. Si la gente comprendiera que la historia es un gran chisme, el mundo estaría lleno de chismosos. Ser intelectual no te hace sabio, sólo te ayuda a conocer más. La sabiduría es una piedra preciosa que debes ir puliendo con el paso de los años; pero eso sí, siempre con la humilde filosofía de Sócrates: Yo sólo sé que no sé nada. Hoy en día el que ostenta una maestría o doctorado recibe el título de sabio. No se trata de desdeñar a los catedráticos, por supuesto que no; me quito el sombrero y aplaudo su labor, pues como ellos hay pocos. Pero sabios los filósofos griegos, los antiguos egipcios, los teotihuacanos, los mayas, los mexicas, por mencionar algunos, poseedores de un razonamiento nato y un feroz instinto de creación. No malinterpretes lo que digo, muchacho, reconoce a los petulantes, los que se creen súper estrellas de la cultura, y calla; pero no menosprecies a los grandes investigadores, científicos y creadores de nuestra época, no escatimes en aplausos para esas personas que dedican su vida a buscar en la ciencia nuevas curas, o en descifrar nuestro pasado, como la persona que vamos a ver en un momento, al antropólogo y arqueólogo francés René Millon, quien ha llevado una investigación de diez años en la Ciudad de los Dioses.

Tras decir esto, el historiador se mantuvo en silencio hasta llegar a Teotihuacan, donde los recibió René Millon, quien saludó con un afectuoso abrazo a Gastón Peralta Moya. Luego los invitó a abordar un pequeño auto de golf. Transitaron por el eje principal, llamado la Calle de los Muertos. Víctor Tobón ignoró por completo la plática entre Millon y Peralta para observar la pirámide del Sol.

—Pon atención, muchacho —dijo el historiador.

El joven volteó a verlos.

—Teotihuacan significa en lengua náhuatl el *Lugar de los Dioses* o el *Lugar donde se hacen dioses*, nombres vinculados con el mito del Quinto Sol. La historia describe el estado del universo después de la destrucción de la Cuarta Era, el Sol de Agua, que había sido precedida por el Sol de Lluvia de Fuego, el Sol de Viento y el Sol de Tierra, con el que se había iniciado esta secuencia de tiempos míticos. Todo había quedado en la oscuridad y los dioses, inquietos ante la situación, llamaron a una reunión genésica a la que invitaron a un numen de aspecto galano llamado Tecuciztecatl y a otro contrahecho y enfermo, Nanahuatzin o Bubosito. Ambos fueron convocados para transformarse en el astro rey de la Nueva Era.

„Tecuciztecatl tomó la delantera, mas al encontrarse frente a la sagrada hoguera dudó en arrojarse. Ante tal deshonra los dioses indicaron a Nanahuatzin que se lanzara y al hacerlo se transformó en el Quinto Sol. Su compañero envidioso se arrojó tras él convirtiéndose enseguida en un segundo disco flamígero, pero uno de los dioses le lanzó un conejo al rostro y así le extinguió la luz y el calor.

„Después de varias peripecias en las que los dioses fueron sacrificados y su sangre utilizada como alimento del gran astro, Nanahuatzin y Tecuciztecatl iniciaron el cotidiano recorrido por el firmamento, primero el Sol y detrás la Luna, constituyendo los elementos astrales de la quinta creación. Todo ello ocurrió en Teotihuacan.

„La Ciudad alcanzó en épocas tempranas, Tzacualli o Teotihuacan I, año 1 al 150 d.C., su carácter arquitectónico de gran envergadura y su peculiar urbanismo, definido por un patrón de asentamiento donde el eje principal es la Calle de los Muertos, que corre de norte a sur, comunicando por el septentrión el conjunto ritual de la pirámide de la Luna y alcanzando en el área meridional la Ciudadela y el Gran Conjunto, espacio abierto identificado como el mercado de la ciudad. En la fase Miccaotli o Teotihuacan II, 150-250 d.C., la ciudad adquirió su máxima extensión, 22 km², y se trazó la llamada Avenida Oeste, que partió del Gran Conjunto y la Ciudadela para dividir a la urbe en enormes cuadrantes, en particular en cuatro partes configuradas por los trazos de la Calle de los Muertos y las avenidas Este y Oeste. El núcleo central acogió las áreas de actividad económica y política de la zona, que compartían el mercado y la Ciudadela, y donde adquirió dimensiones especiales el Templo de la Serpiente Emplumada. El proyecto Mapa Arqueológico de Teotihuacán que desarrollamos a principios de la década de los años sesenta permitió reconocer a detalle el extraordinario patrón de asentamiento de la Ciudad de los Dioses, destacando además de los conjuntos residenciales multifamiliares o palacios las plazas de carácter ritual limitadas por basamentos con plataformas en tres de sus lados. Desde entonces ya mostraban reverencia a la serpiente y al jaguar. A finales del siglo pasado comenzó el proyecto Pirámide de la Luna, destinado a descubrir su secuencia constructiva. Excavamos varios túneles al interior de su estructura y descubrimos que existieron siete etapas que se sobreponen una a otra. El primer edificio se construyó hacia el año 100 d.C., mientras que la última etapa, la séptima, se edificó en el 400 d.C."

En ese momento el arqueólogo los llevó a la entrada que daba al interior de la pirámide de la Luna. El túnel estaba cubierto por una estructura de acero para evitar derrumbes.

—En cada nueva etapa constructiva se iban colocando grandes ofrendas —continuó el arqueólogo—, que incluían seres humanos sacrificados, junto con animales y cientos de artefactos de cerámica y lítica.

Conforme fueron avanzando, René Millon les mostró y explicó los hallazgos arqueológicos.

—El Entierro 2, depositado durante la construcción del Edificio 4, en el año 250 d.C., muestra a un individuo sentado, con las manos atadas detrás de la espalda. Lo acompañan dos pumas, un lobo, dos cráneos de puma, doce aves, seis serpientes de cascabel y cientos de conchas y caracoles marinos. La ofrenda del Entierro 3 está asociada con la quinta etapa, 300 d.C., y consta de cuatro individuos y 14 cráneos de lobo, tres de puma y uno de jaguar. Destaca la presencia de figuras antropomorfas con tocado y orejeras sentadas en posición de flor de loto. El Entierro 6, también asociado al Edificio 5, es de gran simbolismo ya que contenía a 12 individuos, dos de ellos ricamente ornamentados; y al norte estaban 10 individuos decapitados. La ofrenda fue cuidadosamente diseñada con excéntricos de obsidiana y una figurilla elaborada en mosaicos de jadeíta, montados sobre un cuerpo de madera. Los Entierros 4 y 5 corresponden a la construcción del Edificio 6, en el año 350 d.C. El primero está formado por 17 cráneos humanos, cubiertos con cinabrio. Por su parte, el Entierro 5 está integrado por tres individuos sentados en flor de loto. Se encontró asociada una fabulosa escultura de un individuo sentado también en flor de loto, ricamente ornamentado.[40]

—Es aquí —explicó Peralta Moya— donde inicia la senda del jaguar. No sabemos bien el objetivo de estos sacrificios, pero no queda duda que ya desde entonces existía una veneración al jaguar y la serpiente.

Una hora más tarde salieron de la pirámide, fueron a comer a un restaurante de la zona y volvieron a la casa de Peralta Moya. El joven creyó que entrarían a la biblioteca pero el historiador le ordenó seguirlo. Tobón no conocía la enorme casa, ya que sólo tenía permitido estar en la cocina, la recámara que se le había asignado y la biblioteca. En la sala había un gran piano blanco, a un lado de éste una lujosa chimenea y en la esquina un pasillo con paredes altas, llenas de obras de arte.

—¿Cómo te llamas? —preguntó el historiador.

—Víctor Tobón Medina.

El historiador siguió caminando.

—Todas son originales —dijo Peralta Moya mientras cruzaban el pasillo.

Pasaron por un par de habitaciones hasta llegar a una puerta al final. Antes de abrirla, Gastón Peralta Moya se detuvo y dijo: "La última vez que dejé entrar a alguien a mi lugar más preciado me traicionó. Espero que contigo no ocurra lo mismo". Tobón tragó saliva sin saber qué responder. Al entrar descubrió una sala de proporciones gigantescas llena de obras de arte, libros antiguos y piezas escultóricas invaluables.

—No te sorprendas. No soy el único que colecciona tantos documentos y obras de arte. Por mencionar uno, te diré que Lorenzo Boturini era uno de ellos. Cabe aclarar que su verdadero apellido era Botterini, pero como él ambicionaba incursionar en la política, en el mundo intelectual de la corte del emperador Carlos VI de Austria, se cambió el apellido y se inventó una genealogía acorde con sus necesidades políticas. A partir de entonces firmó como Lorenzo Boturini Benaduci, Señor de la Torre y de Hono, caballero del Sacro Imperio Romano. ¿Te das cuenta lo imbécil que puede ser una sociedad? ¿Qué importa si eres Pérez o Betancourt? Los apellidos son como los pañales: no importa que tan finos sean, también se llenan de mierda. Pero te decía, luego de una enorme lista de fracasos, Boturini, que era como todos los de su época, ciega y sordamente devoto de la Virgen María, como los mexicanos cada 12 de diciembre, emprendió una peregrinación a Zaragoza para visitar el santuario de la Señora del Pilar, donde conoció a Manuel Codallos, un militar aragonés que había vivido en la Nueva España y que le contó sobre aquellas tierras desconocidas para Boturini; además le habló de la imagen de la Virgen, en el Tepeyac. Aprovechando el mito de la supuesta virgen, decidió partir a la Nueva España. En realidad fue porque ya no tenía futuro en Europa, y lo disfrazó con la búsqueda de las evidencias del milagro. Pero su navío naufragó; entonces dijo que se había salvado gracias a la Virgen. Al llegar a estas tierras, dijo que pretendía escribir un libro sobre la virgen basado en los relatos de los nativos. Pero, ¿cuál testimonio? Habían pasado doscientos años. Además todo había sido un invento de la Iglesia. ¿Qué iba a encontrar? Él sabía que era una farsa. Boturini comenzó a estudiar las culturas y escrituras antiguas. Entre 1736 y 1742 adquirió de otros coleccionistas y acervos, así como entre los indígenas, documentos de toda clase impresos en castellano, náhuatl y otras lenguas indígenas. Al final tenía una colección documental de alrededor de 300 piezas. Mucho para su época. Y podría mencionar muchos otros coleccionistas, pero eso no es lo importante.

Gastón Peralta Moya caminó hasta el fondo de la sala guiándose con la mano tocando la pared. Luego buscó un cordón y abrió una cortina. El joven reportero se encontró con el monolito postrado en el muro, sostenido con unos ganchos de acero.

—¿Qué tal? —preguntó el historiador con una enorme sonrisa—. Sorprendente, ¿verdad?

—¿Cómo lo consiguió?

—Lo compré, ya lo sabes. Para eso le insististe a don Segoviano que te ayudara a entrar a mi casa, para investigar la desaparición del monolito. Aquí está, en el lugar más seguro que puede haber. ¿O qué hubieras preferido? ¿Qué se lo vendieran a un gringo? Aquí permanecerá algunos años; después, cuando muera, lo donaré al Museo de Antropología. Claro, el contrato dice que no lo puedo hacer público hasta dentro de diez años. Tú sabes, hasta que pasen las elecciones, que el futuro presidente termine su sexenio y se puedan decir miles de cosas en contra de su fracasado gobierno. Así es en este país, mientras un presidente gobierna nadie dice nada; en cuanto sale, todos a lanzar jitomates, piedras, basura, lo que sea; patadas de ahogado.

—No sé qué decir, maestro.

—Querías investigar qué había ocurrido con el monolito. Aquí lo tienes. Ahora, aprende a hacer verdaderas investigaciones. No se trata sólo de hacer una nota en el periódico sino de encontrar qué hay detrás de esta pieza histórica, qué encierra nuestro pasado plagado de acertijos. Vamos a hacer una gran investigación y luego la publicaremos.

—¿Vamos? Usted dijo que yo sólo era un instrumento.

—Pues instrumento o no, esto apenas comienza. Descríbeme lo que ves.

Tobón Medina titubeó por un instante.

—¿Qué esperas? —Peralta Moya insistió como si quisiera obligarlo a lanzarse de un barranco—. Empieza a analizar el monolito. Puedes comenzar con: Tiene grabadas imágenes en bajorrelieve…

—Aparece un hombre de pie con un turbante-pájaro y plumas recortadas o cortas, con escudo circular y lanzadardo, así como una especie de bigote; a sus pies se encuentra un señor sentado, mirándolo. A los extremos aparecen dos soldados: uno de ellos sosteniendo de los cabellos la cabeza decapitada de un infante. Arriba la serpiente emplumada, observándolo todo. A la derecha otra imagen: un jaguar, evidenciando un camino.

—¿Se va o llega? —preguntó el historiador.

—No sé, ¿usted qué cree?

—Yo soy el que no puede ver.

—Al parecer llega.

Al mismo tiempo que analizaban detenidamente cada imagen, las iban comparando con otras en docenas de libros. Peralta Moya escuchaba las descripciones y daba explicaciones de la posible procedencia cultural o étnica.

XIV

—Si bien el agua da vida, también la arrebata —dijo Gregorio Urquidi de pie frente a Anselmo—. Nutre los ríos y lagos, engrandece a los bosques y las selvas, hidrata a los animales y a los humanos. En grandes cantidades destroza ciudades, carreteras; provoca deslaves. A presión puede hacer un fino corte en una gruesa placa de acero. De igual manera, un goteo constante desmorona la más sólida roca... —Urquidi levantó la mirada como preguntándose a sí mismo—. Ahora imagina, ¿qué pueden conseguir tan sólo dos mil doscientos litros en una inquebrantable calma? Pueden hacer mucho, como torturar. O mejor dicho, disciplinar, corregir, adiestrar, reprender a los siervos descarriados como tú.

A los ojos de Anselmo la imagen de Urquidi se percibía de cabeza. La gruesa cuerda que le ataba la cintura y las piernas le lastimaba demasiado. Llevaba cuarenta y cinco minutos colgado del techo. La cuerda pendía de un rodillo que giraba y la liberaba cada minuto haciendo descender al hombre a la pila de agua, una especie de alberca que Gregorio había mandado construir para dos funciones: una, para dar el bautismo a los recién convertidos a su religión, y la otra para castigar a los que consideraba herejes: aquellos a quienes se descubriera que hablaban mal de los pastores, desconfiaran de sus creencias, divulgaran lo que se les confiaba o contradiciendo las reglas de la Iglesia.

Quince centímetros distanciaban el rostro de Anselmo de la pila. El martirio no consistía en ahogarlo sino en hacerle imaginar lo tortuoso que sería permanecer debajo del agua hasta que no pudiera obtener una sola bocanada de aire.

—El agua entrará por tus narinas y recorrerá tus pulmones bestialmente. Te zangolotearás como serpiente. Por unas cuantas horas podrás doblarte para salir a la superficie y jalar un poco de aire, pero llegará el momento en que pese a cualquier movimiento no podrás salir y morirás.

—¡Ruego perdón, señor! —gritó Anselmo con desesperación—. ¡Admito que he fallado!

—Eso no es suficiente.

El reprendido, como los llamaba Urquidi, quiso saber quién era aquel hombre al que jamás había visto en la iglesia y que obviamente tenía mucho más poder que cualquiera de los pastores que había conocido. Anselmo antes profesó el catolicismo y había visto en televisión y periódicos la imagen del antiguo Arzobispo de México, pero no lo reconocía. Ni en sus más vagas conjeturas relacionó a ese hombre calvo y barbado con Gregorio Urquidi Montero.

—La fe —dijo Urquidi— no consiste sólo en profesarla. Para ganar la vida eterna hay que demostrar que se tiene fe en todo momento. Hay que vivir en fe, y esto quiere decir: *creer*. El que cree no juzga, no cuestiona, no duda. Adopta un estilo de vida. Lo promueve, no lo finge. No traiciona la mano que le da de comer. Nuestra Iglesia te dio todo. Gracias a Dios encontraste un buen empleo, te salvaste de la muerte, te curaste de tu alcoholismo. ¿Cómo es entonces que ahora dudas de nuestros procedimientos? El diezmo tiene un objetivo. Dar a los necesitados. Tú recibiste un préstamo cuando lo solicitaste. Y si bien es cierto que se te asignó una cantidad adicional no fue por lucrar, sino para que valoraras lo que el Señor te estaba proporcionando. Dios te perdonó tus pecados y te dio una nueva oportunidad. Ahora no puedes pagarle de esta manera. Los bancos cobran intereses, lo que la Iglesia te pidió fue tan sólo un donativo en cada uno de tus pagos mensuales, el cual sirve para ayudar a otros como tú, muchos más, miles en todo el mundo. Jamás se fijó una cifra. Sólo se te preguntaba si eso era lo que querías donar, si eso era lo que valía tu vida, tu salud, tu paz. Por tu fe, entregabas más de lo que hubieras pagado en un banco, no porque se te obligara, sino porque tu corazón te dictaba que la salvación de tu alma valía más que un veinte o treinta por ciento. Ese dinero te lo habrías gastado en alcohol, mujeres, en la mala vida que habías llevado antes de encontrar la paz espiritual, y que de haber seguido te habría llevado a vivir como mendigo. No puedes ni debes andar por ahí murmurando cosas de las que no tienes fundamentos. Tú no sabes lo que cuesta mantener una iglesia, lo que se hace con el dinero que se dona. Nosotros construimos templos, escuelas, hospitales. Y si no se hace público es por una razón: *que tu mano derecha no sepa lo que hace la izquierda*. No somos como el resto de las iglesias que lucran con la fe. Nosotros somos *Los elegidos de Dios*.

El agua comenzó a cubrir la frente de Anselmo quien pronto se inundó de miedo. Urquidi lo observaba con serenidad. Osuna yacía a su lado. Otro de los pastores controlaba la máquina que sostenía la cuerda. Gregorio hizo una seña para que el reprendido bajara diez centímetros y así su cara quedara sumergida en el agua. Anselmo dobló el abdomen para mantenerse en la superficie. Cuando el cansancio lo debilitaba se dejaba caer en el agua por segundos para luego salir a tomar aire.

—¡Confieso! —gritó desesperado—. ¡Ya no me hagan esto! Un reportero me ofreció dinero para que le hablara de nuestra iglesia.

—Eso lo sabemos —Urquidi movió la cabeza de arriba abajo—, y no fue una buena decisión —espetó con un rictus burlón.

—¡Le ruego que me perdone! —una lágrima recorrió la frente del reprendido.

—Esos reporteros sólo quieren hacerle daño a nuestra Iglesia. Bien lo sabías.

—¡Ya no! —Anselmo se dejó caer en el agua. El agua se agitaba en medio de un desprendimiento abundante de burbujas. Segundos después salió al borde de la asfixia.

—¿Qué quieres? —cuestionó Urquidi.

—El perdón de Dios.

—Dios perdona a los que se arrepienten de corazón.

Anselmo volvió al agua. Tardó en salir.

—Me arrepiento de corazón —gritó luego de escupir un chorro de agua y jalar aire.

—¿Cómo sé que el día de mañana no traicionarás a nuestra Iglesia? Ya nos ha ocurrido —Urquidi volteó la mirada a la derecha—. Pastor, ¿recuerda, usted a Luis Martínez?

—Por supuesto que sí —respondió Osuna—. Vaya que mintió. Pese a que se le perdonó volvió a traicionar a la Iglesia.

—¿Y qué ocurrió?

—Dios lo castigó.

—Sí —Urquidi hizo un gesto de tristeza—. Dicen que después de su expulsión de la Iglesia jamás consiguió un empleo, se fue a la ruina, su esposa murió sorpresivamente de una enfermedad y sus hijos terminaron en la calle; luego él se mató. O por lo menos eso fue lo que pareció, jamás se encontraron pruebas de homicidio.

Justo en ese momento entró Bañuelitos en silencio y le habló al oído a Urquidi, quien sonrió y salió de la Sala de Bautismo. En su oficina lo esperaba el arqueólogo forense que había dejado las muletas un mes atrás.

—¡Mi canonizado Diego Daza!

—Mi despreciable sacerdote —respondió Daza tan frío como un bloque de hielo.

—¿Verdad que soy despreciable? —sonrió Urquidi, moviendo la cabeza de arriba abajo.

—Un pedazo de mierda —respondió Diego antes de darle una bocanada a su cigarrillo.

—No tienes idea de cuánto me gusta que me halagues —respondió feliz el obispo.

—Comemierda, cabrón.

—Eso es canibalismo —Urquidi infló los ojos.

—Chinga tu madre.

—Eso me vuelve a la vida —Urquidi dejó escapar una risotada y alzó los brazos y miró al techo—. Hace tantos años que no podía hablar con alguien de esta manera. ¿Sabes eso? Desde el padre Esteban no había tenido un amigo, y mucho menos alguien que me maltratara como tú. Me encanta, me enloquece que mis amigos me digan mis verdades, que no se muerdan la lengua para decirme que soy una porquería. Detesto las adulaciones, y peor aquellas que me etiquetan de bondadoso. Tú bien sabes que odio a los pretenciosos, a los hipócritas. Y evitando ser barbero, te diré que te ves de maravilla, hijo de puta —Gregorio hizo una pausa—. ¿Alguna vez te has preguntado si tu madre fue una puta? Mira que yo me enteré de algunas cosas que a cualquier pendejo lo tendrían pendiendo de un hilo.

—Para lo que me importa.

—Así se habla. Acompáñame —dijo Urquidi y lo llevó a una extensión de su oficina desde donde se podía ver claramente, tras un cristal, a Anselmo colgado de los pies.

—No te preocupes, disfruta la escena, él no puede vernos ni escucharnos. Del otro lado esto es un espejo. Ese hombre es Anselmo, uno de nuestros jóvenes pastores. Hace unos días abrió la bocota con un periodista, de quien ya nos ocupamos. A esta rata la tenemos en penitencia. No porque no podamos hacerle otra cosa sino que este tipo de cucarachas se dominan mejor de esta manera, haciéndoles saber que han errado.

„Temor, mi canonizado Daza. La mejor arma contra los imbéciles —que son muchos— es infundirles temor. Si los tienes de tu lado lo tienes todo. Y para eso hay que saber intimidarlos. Hacerles entender que no pueden ni deben salirse del corral. Es muy simple: se les hostiga hasta que quede sembrada en su mente la idea de lo repugnante, doloroso y deprimente que pueden ser el purgatorio y el infierno. Estas mentes inválidas no quieren sufrir ni en vida y mucho menos después de la muerte. Es el mejor negocio del mundo: la venta de lo fácil. Pórtate bien y en la eternidad no tendrás que trabajar ni preocuparte. Se trata de dominar la mente humana, manipular la culpa —Urquidi contraía los dedos cual si estuviese estrujando una esponja—, controlar sus temores; de hacerles creer que ellos merecen el castigo para obtener la gloria eterna. Incluso que ellos pidan un correctivo. En unos días Anselmo será uno de nuestros más leales servidores, promoverá el temor, hará lo que se le pida, adoptará una nueva vida, de la cual no podrá librarse jamás.

Diego Daza observaba fríamente cómo el hombre se sumergía en el agua por el cansancio en el abdomen, y volvía a la superficie para jalar aire. Sin comprender el porqué, comenzaba a disfrutar de aquella escena. Era como vengarse de la tortura que él mismo había recibido años atrás. Por un momento imaginó a Peralta Moya colgado de los pies, implorando perdón. Y, ¿por qué no?, al mismo Urquidi. La metamorfosis del arqueólogo se había completado: ahora sólo buscaba venganza, encontrar sufrimiento en los ojos de quienes le habían provocado tanto dolor, que le habían destruido la vida, que le había arrebatado su sueño de llegar a ser un reconocido arqueólogo forense. Ahora era el momento de su revancha.

—Pero hablemos de nuestro asunto —irrumpió Urquidi.

En ese momento uno de los hombres de Gregorio tocó la puerta. Al entrar le informó algo al oído. Urquidi salió por un instante y al regresar encontró a Diego con la mirada perdida.

—Como te decía, Diego…

—Yo no soy Diego.

Urquidi lo observó con cautela.

—Yo soy *El Elegido*.

—¿El Elegido de quién?

—*De Dios*.

Urquidi dejó escapar una carcajada.

—¿En qué le puedo servir…? —dijo Gregorio Urquidi haciendo su mayor esfuerzo para no liberar un gesto burlón.

—En divulgar a la humanidad que el día está por llegar, que el Apocalipsis está por cumplirse: grandes guerras estallarán, se derrumbarán los mercados internacionales, el gran imperio caerá, gran hambruna habrá en la tierra, y Dios vendrá por todos nosotros.

Urquidi se mantuvo en silencio, lo observó de pies a cabeza.

—*El Elegido* ha de iniciar su labor con los que más lo juzgarán, los que lo han de rechazar, los que han lucrado con su nombre.

El deseo de burla desapareció en Urquidi. Ahora encontraba en aquel hombre la mejor de las herramientas para lucrar aún más.

—Debo entonces expresarle mi más profundo respeto. Pero dígame usted, ¿qué debemos hacer?

—Hágale saber a su gente que ha tenido un encuentro con *El Elegido*.

—¿Cómo lograré que me crean? Necesitaré una prueba.

—Esa será la más grande prueba de fe. Que no haya pruebas. No habrá milagros ni apariciones. La humanidad deberá tener fe. Sin cuestionar. Para esto es pastor, para esto Dios lo ha elegido a usted, señor Gregorio Urquidi Montero.

—Ahora no me cabe duda que es usted, en verdad, *El Elegido de Dios*.

—*El Elegido* del Quinto Sol: Kukulcán —corrigió el hombre.

—¿*El Elegido* de Kukulcán?

—Soy la reencarnación de Kukulcán.

—¿Tú eres Kukulcán? —preguntó Urquidi más confundido que nunca.

Diego Daza permaneció un rato sin decir una palabra.

—Así es. Yo soy la reencarnación de Kukulcán.

Urquidi quiso reír en ese momento, pero caviló que aquello era una broma. De pronto Diego Daza salió sin decir palabra.

—¿A dónde vas? No hemos terminado de hablar. Espera. No te vayas.

XXV

El halach uinik Gun Zaló tenía frente a él un pedazo de piel de venado. El trozo había sido secado y estirado con el único propósito de utilizarlo como pergamino. Un sinfín de ideas rondaban por su cabeza. Algo tenía que hacer con ellas. Y la muerte podría llegar en cualquier momento, no por su edad sino por los peligros que lo acechaban. Decidió entonces dejar su testimonio. Nican Canul lo observó mientras escribía con pintura vegetal en ese trozo de piel seca. Descubrió que la manera en que Gun Zaló redactaba sus ideas era mucho más fácil y rápida que los antiguos métodos mayas. El halach uinik notó que su nacom se interesaba sobremanera en su forma de escribir.

—Te enseñaré, Nican Canul —dijo Gun Zaló y escribió—. N… I… C… A… N…

El nacom sonrió.

—Nican.

—Nican —repitió con una enorme risa—. Es fácil.

Gun Zaló escribió Canul y le enseñó al nacom cómo leerlo.

—Nican Canul.

—Nican Canul —volvió a sonreír el nacom—, Nican Canul, Nican Canul.

El halach uinik aprovechó el deseo y la habilidad del nacom para aprender y lo aleccionó durante muchos días.

—Quiero que enseñes a mucha gente lo que has aprendido, para que en cada casa, en cada poblado, en cada jurisdicción puedan redactar su historia, sus pensamientos, sus ideas. Que quede un testimonio de nuestros pueblos. Un día tú y yo no estaremos, pero la gente que sobreviva escribirá lo que vea, lo que sienta, lo que recuerde.

De aquello Nican Canul dejó su testimonio:

De gente nueva es su lengua,
nuevas sus sillas, sus jícaras, sus sombreros.
¡Golpeadores de día,
afrentadores de noche,
magulladores del mundo!
Torcida es su garganta,
entrecerrados sus ojos;
floja es la boca del rey de su tierra [...]
No hay verdad en las palabras de los extranjeros.[41]

Gun Zaló, por su parte, se dio a la terea de redactar un poco de lo que había vivido en Yucatán. Cada vez que veía los ojos de Zazil Há se sentía menos español. No los despreciaba, simplemente no quería que llegaran y destruyeran aquella cultura que había aprendido a amar. Lo había visto a su llegada, presenció y fue cómplice de infinidad de crímenes de los que estaba arrepentido. Y no le quedaba duda de que el día en que Ch'aak Temal fuera conquistada por los españoles, ese día comenzarían a morir. Tenía informes de que Montejo había partido rumbo a la destruida Tenochtitlan para conseguir más gente. Sus temores le quitaron el sueño.

Y no se equivocaba. Montejo llegó a la Nueva España, donde seguía a cargo de sus encomiendas: minas y granjerías. Recaudó los ingresos de aquellos meses, consiguió dinero prestado, juntó más voluntarios y se encontró con su hijo, el Mozo, quien le habló de su viaje a Tabasco. Comprendió entonces que Yucatán no era una isla, y que no era necesario rodear, sino seguir por el Golfo de México.

—Iremos, pues, hijo mío, por rumbos de Tabasco y Acalán en vez de entrar por el oriente.

—Hay un hombre adinerado de nombre Juan de Lerma —dijo el Mozo—, quien os podría ayudar con vuestra empresa. Se dice que es comerciante y que anda buscando nuevos negocios.

No tardó el Adelantado en viajar a la Vera Cruz, donde reclutó más expedicionarios, a quienes convenció con la mentira de que hasta el momento no habían recibido ataques de los indios, que por el contrario, habían sido recibidos con agrado; luego buscó a Juan de Lerma, un ambicioso español maloliente. Rumoraban que se debía al exceso de ajo que consumía; otras versiones eran que se bañaba cada dos semanas. Lo cierto era que el putrefacto aroma que despedía su cuerpo era insufrible. Cuando Montejo lo trató por primera vez pensó que había algún animal muerto por la zona. Al entrar a una taberna y sentarse en una de las mesas del fondo, el Adelantado dedujo que la pestilencia provenía del sobaco de Lerma. "¿Sobaco? —pensó—. ¡No! ¡Qué mal deduje! ¡Aquella fetidez le emerge de los pies, la cola, la panza, las axilas, la boca!" Montejo no sabía que a ese hombre le decían el Tufo Acaudalado. Se abrochaba sólo los dos botones bajos de la camisa, y ese día en la taberna, Lerma hundía constantemente las uñas en la jungla que tenía en el pecho. Pidieron dos tarros de cerveza, entonces una bebida de importación, ya que aún no se producía en la Nueva España, donde se consumía zendecho (pulque de maíz), chinguirito, pozoles, ponches, tepaches, chicha, zambumbia, tesgüino, aguardiente y vino de caña o de mezquite. No sería hasta 1542 —cuando el emperador Carlos V otorgó un permiso a Alonso de Herrera— que se crearía el primer establecimiento cervecero en la Nueva España.

—¿Y qué es lo que podéis prometerme con esta propuesta? —preguntó Lerma y le dio un trago a su tarro.

—Mucho oro.

La cerveza le escurrió por la barba a Lerma, que sonrió en ese momento.

—Eso me gusta —Lerma alzó su tarro de cerveza—; trato hecho.

La sociedad con el Tufo Acaudalado le sirvió de mucho a Montejo, quien con los recursos recibidos logró comprar un navío y arrendar un bergantín que le permitirían salir en diciembre de 1528 rumbo a Salamanca de Xemanha. Pero se enteró de que la nueva Audiencia de la Nueva España había llegado a la Vera Cruz. Sin espera acudió a su encuentro para solicitarles la gubernatura de Tabasco.

—Vos sois bastante ambicioso —dijo el oidor, Nuño de Guzmán.

—Teniendo el gobierno de aquellas tierras será más fácil lograr la conquista de Yucatán —dijo Montejo.

—Os daré el nombramiento de alcalde mayor —respondió Nuño de Guzmán.

Con esta nueva alcaldía el Adelantado cambió sus planes: mandó un grupo de gente en busca de Alonso de Ávila para que se dirigieran a la región de Acalán, donde ya había sido fundada la villa española Santa María de Victoria, en los bordes del río Grijalva. Al llegar descubrió que sólo había una pequeña población de cuarenta vecinos, dispuestos a abandonar la tierra. Los pobladores le explicaron a Montejo que la zona se extendía por la costa del Golfo hasta unas montañas, y que por lo mismo el territorio lleno de ríos, arroyos, ciénagas y selvas tropicales era un lugar complicado para llevar a cabo expediciones.

—La humedad y el calor son insoportables —dijo uno de ellos.

El Adelantado insistió para que se quedaran, pero ellos respondieron con un comentario que le desmoronó todos sus sueños:

—No hay oro. Además, los indios son belicosos y traicioneros. Hemos intentado hacerles la paz, pero en cuanto parece que ya no habrá más encuentros nos vuelven a atacar.

Lo único que logró convencer a los colonos para que permanecieran en la villa fue la llegada de los tres navíos y cien soldados que traía Montejo. De alguna manera la soledad y el hecho de sentirse abandonados por la Corona había sido una de las razones para pretender volver a la Nueva España, pero la llegada de nuevas tropas calmó los ánimos de éxodo. Tras lograr esta pequeña victoria, en 1529 Montejo nombró a su hijo teniente de gobernador, capitán general y repartidor de los indios de Tabasco, y a Gonzalo Nieto como consejero. Poco después llegó Alonso de Ávila, quien sin espera, al encontrarse con Montejo, hizo alarde de sus logros.

—Matamos a cuarenta indios —mintió.

Debido a que todos conocían la personalidad de Ávila no hubo necesidad de desmentirlo. Era como hablar con un perico que no cesaba en repetir las mismas estupideces todo el tiempo. De aquello que contaba Ávila, había algo que sí era cierto: la pérdida de un navío antes de su llegada a Santa María de Victoria. Navegaban bajo las tempestuosas lluvias sin imaginar que los vientos eran tan sólo un aviso. Pasaron la noche tratando de mantener los navíos a flote cuando los azotó un huracán.

—Caímos al mar —contó otro de los marineros—, y gracias a Nuestro Santo Dios que nos salvó la vida, logramos abordar el otro navío.

Le contaron a Montejo que se había perdido todo: los caballos, el cargamento, las armas. Y peor aún, tuvieron que tirar al mar la mitad de los potrillos y carga del navío sobreviviente para evitar que se hundiera. Esa noche Montejo perdió el sueño; permaneció hasta el amanecer frente al mar. Por un instante decidió volver a la Nueva España y atender la encomienda que tenía. ¿Por qué no? Dinero no le faltaba. Quizá le tomaría un par de años reponerse de aquellas pérdidas. ¿Volver fracasado? ¡No! En algún lugar debía estar el oro.

—Maldito renegado —dijo cuando el sol se asomó por el horizonte.

Fue a donde se encontraba su hijo y le encomendó realizar la conquista de Xicalango, muy cerca de la villa de Santa María, donde se encontraban, mientras él se dirigía a la sierra en compañía de Alonso de Ávila, treinta hombres de caballería y veinte de infantería que el oloroso Lerma le había enviado esa semana.

Llegaron al río Grijalva y Alonso de Ávila sugirió seguir la corriente.

—Es la mejor manera de no perdernos —dijo.

Montejo ordenó entonces a sus hombres que fabricaran media docena de canoas. Envió a un grupo de hombres que los siguieran con caballos por la orilla, mientras él y Ávila cruzaban por el río. En algunas ocasiones éste se portó amigable, haciéndoles un recorrido placentero en el cual observaron infinidad de aves y otros animales. Pero también hubo tramos en los que la corriente parecía enfurecer, arrastrándolos y azotándolos contra las piedras. Dos canoas quedaron totalmente destruidas y tres de sus tripulantes murieron arrastrados por la corriente. Con gran dificultad lograron rescatar a diez. Luego decidieron orillarse para sacar las canoas y esperar mejores tiempos.

Cuando por fin se calmaron las aguas intentaron seguir. Apenas si llevaban un par de horas en el río cuando una lluvia de flechas hirió a cuatro de ellos. Ávila, enfurecido, sacó su arma y comenzó a disparar, matando a más de veinte nativos.

Decidieron entonces no volver a intentar entrar por la paz a ningún poblado. Ya había perdido mucha gente, mucho tiempo, muchas batallas. "Para fines de 1529 o principios de 1530, Montejo y Ávila habían logrado someter una buena parte del territorio, no sin pasar por grandes trabajos, fatigas y sufrimientos. Casi en los linderos con Chiapas, se enteró de la proximidad del capitán Juan Enríquez de Guzmán, pariente de Nuño de Guzmán, que intentaba subyugar la región montañosa. Éste había salido de Cuidad Real de Chiapas (San Cristóbal). Pacificar la zona interesaba a ambos, y decidieron ayudarse mutuamente. Cuando Montejo le comunicó su proyecto de dominar Acalán, Guzmán opinó que el mejor camino para efectuarlo era por la vía de la Ciudad Real. Le prometió guías y apoyo si se decidía por ello".[42]

No bien habían llevado a cabo aquella alianza cuando Montejo sintió un par de retortijones intestinales. No le dio importancia, pero una hora más tarde su gente lo vio corriendo para esconderse entre unos matorrales. La pedorrera provocó que más de tres sufrieran de un ataque de risas, y no precisamente por el hecho de oler o escuchar la liberación de flatulencias, sino porque Montejo repitió varias veces ese mismo día el acto de salir corriendo, dejando lo que hacía o la conversación que tenía en el momento para evacuar. Fue tal su sufrimiento que al tercer día se encontraba rozado y anémico. Comprendió entonces que no era una diarrea cualquiera y decidió volver a Santa María de la Victoria para tratarse aquella infección.

Ávila quedó al mando de la expedición rumbo a Acalán por el camino a Cuidad Real, que se extendía ciento sesenta y cinco kilómetros a través de la sierra. Sólo hasta llegar a dicho lugar descubrieron que era uno de los peores caminos que podían tomar: la altura y lo cerrado del camino les dificultó su travesía. Al ano checer la neblina les impedía dar un solo paso. Amanecían húmedos por la bruma. Hubo días en que las nubes parecían estar a sus pies. Cuando el sol aclaraba distinguían que el abismo era mayor del que habían visto la tarde anterior. En una parte del camino la orilla de la montaña era tan estrecha que cuatro caballos cayeron al vacío. Sabían que intentar impedirles el clavado sólo los llevaría a la muerte junto a sus animales. Pasaron largas noches en desvelo, temerosos de caer al vacío mientras dormían. Sus caminatas se convirtieron en lentas manecillas que arrastraban los pies. Bostezo tras bostezo, buscaron ansiosos el fin del camino.

Al llegar a Ciudad Real, lo primero que hicieron fue curar sus heridas, comer y dormir. La mayoría de ellos despertó quince y veinte horas después.

Luego de recuperar energías recibieron caballos, armas y provisiones por parte de Juan Enríquez para seguir su camino a Chiapas, donde encontraron una zona más áspera que la anterior. Antes del anochecer Ávila caviló que seguir sólo los llevaría a una muerte segura, y decidió volver. Pasaron por la laguna de Petha; anduvieron entre ciénagas y enormes tramos de lodo. La lluvia parecía no darles tregua. Para su suerte llegaron a pequeños poblados donde los nativos eludieron entrar en conflictos dándoles de comer y sirviéndoles de guías. En el Usumacinta los mismos nativos les brindaron varias canoas, que ellos mismos unieron para que pudieran llevar los caballos sobre éstas. Dieciséis kilómetros adelante encontraron el pueblo de Tanoche, el cual estaba abandonado. Nuevamente Ávila dedujo que Gonzalo Guerrero tenía que ver con esto. No quiso caer en la trampa y siguió su camino, no sin antes capturar un par de pobladores de Tanoche a los que obligó a que le guiaran para encontrar la manera más fácil de llegar a Acalán. Pronto llegaron a una enorme laguna que se perdía en el horizonte. Los nativos les contaron que cuando Cortés cruzó mandó construir un puente, el cual ya estaba destruido. Y debido a los temporales difícilmente lograrían hacer lo mismo. Más fracasos, más trabas, más errores. Ávila comenzó a perder el control. No tenía gente para construir un puente, el clima le dificultaba todo lo que intentaba llevar a cabo. Maldita sea. Volvieron a Tanoche y permanecieron ahí. Gun Zaló ordenó que no se les atacara, para que fastidiados decidieran abortar aquella conquista. Pero cuatro meses más tarde los extranjeros seguían ahí. El halach uinik decidió entonces enviarles canoas para que se largaran.

XXVI

La rabia de saber que Gastón Peralta Moya se había apoderado del monolito tenía al arqueólogo forense en un estado de ánimo insoportable. Nuevamente aquel hombre le robaba un hallazgo. Pasaba horas planeando la manera de robarle el monolito, pero sabía que eso era casi imposible. Años atrás él mismo había entrado en la casa del historiador en Papantla; fue testigo de los sistemas de seguridad con los que celosamente guardaba sus obras de arte y libros antiguos. Ordenó a sus hombres que espiaran su casa día y noche. Luego se le informó que el ayudante del historiador salía tres veces por semana.

—¿A dónde se dirige? —preguntó Daza.

—No lo sabemos. Se desaparece.

—¿Cómo que se desaparece?

—¿Cuántas veces lo han seguido?

—Tres.

—¿Y cómo se les perdió? ¿En qué momento?

—En el Metro.

—Vuélvanlo a seguir hasta que descubran a dónde se dirige cada vez que sale de la casa del historiador.

En ese momento la Burra intervino:

—Yo conozco a alguien que te puede servir.

—¿Quién?

—El jefe de los vagoneros.

—¿De qué?

—Los vagoneros, mi rey: los que venden piratería. Él tiene el control de todas las líneas. Puede dar la orden a todos los vagoneros para que lo busquen.

—¿Cómo se llama?

—Le dicen el Panzón Cárcamo.

—Vamos a buscarlo —dijo Diego Daza.

El Panzón tenía una rutina diaria, casi exacta: llamar al número de la Cruz Roja para molestar a las operadoras que activaban los servicios de emergencias. Todo inició cuando el saldo de su teléfono celular quedó en ceros y rascarse la panza ya le había aburrido. De pronto leyó el número de emergencias en una ambulancia que pasaba por ahí y decidió corroborar dos cosas: que funcionara y que fuese gratuito.

—Cruz Roja —respondía la operadora.

—Hola, preciosa.

Luego supo que no había forma de que lo descubrieran y activó su nuevo pasatiempo en sus largas horas de holgazanería:

—Hola, bonita, cómo te llamas —y le colgaban el teléfono:

Bip bip bip.

—Tengo una emergencia, me pegué con un martillo, me está sangrando la uña —y una vez más le colgaban.

—Ya sé que no quieres hablar conmigo.

Bip bip bip.

—¿Por qué me cuelgas?

Bip bip bip.

—Quiero conocerte.

Bip bip bip.

—¡Puta!

Bip bip bip.

—Quiero acostarme contigo.

Bip bip bip.

La rutina de los años le había dado a las operadoras la habilidad de reconocer su voz, y la de muchos otros imbéciles como él; y al Panzón la de reconocer a las operadoras sin experiencia. En muchas ocasiones lograba que ellas activaran el servicio de emergencia inútilmente. Martina, una pipiola al servicio, pretendió esa noche que el Panzón pusiera en tela de juicio su actitud:

—Mire señor —quiso explicar y los demás operadores la observaron con risa—, ésta es una línea de emergencia. Usted no sabe cuántos necesitan de una ambulancia y llamadas como la suya impiden que una verdadera emergencia reciba servicio. Sólo una de cada diez llamadas es real. Deje de estar molestando.

—Tienes razón —interrumpió Cárcamo—. Perdóname. Sólo dime una cosa, ¿de qué color es tu tanguita?

Bip bip bip.

—Si me vuelves a colgar el teléfono te voy a seguir molestando toda la noche.

Bip bip bip.

Y se lo cumplió. El Panzón sufría de insomnio, sólo lograba conciliar el sueño al amanecer. Por lo mismo su rutina había durado tanto tiempo y no le costaba trabajo insistir diez o quince veces por hora al número de emergencias.

—¡Chinga tu madre!

Y Martina terminó por reventar: "¡Chinga la tuya, pendejo!"

—Todas son iguales —dijo el Panzón en ese instante y se carcajeó—. Primero muy atentas; luego te cuelgan; después piensan que pueden educarte; pero terminan sacando la casta, te insultan igual o si no es que peor. No aguantan nada. ¿Qué son sesenta llamadas? —dejó de insistir por esa noche.

Sus años primaverales los opacó con su primer muerto, el día que encapuchado asaltó un banco. Su rehén era una mujer de cincuenta y seis otoños. La señora Valle no quería ir sola al banco, pero su esposo se aferró. Debía retirar quince millones de nuevos pesos. Y el Panzón Cárcamo debía ordeñarle el dinero y varios litros de sangre frente a las cámaras para que el seguro del banco pagara al señor Valle la misma cantidad —más lo que lograra conseguir de la demanda legal—, y el seguro de vida por la jugosa cantidad de setenta millones de dólares. El gerente del banco debía asegurarse de que ese día no hubiera guardias de seguridad. Pero el Panzón Cárcamo nunca supo nada de eso. Salió del banco y justo a la vuelta de la esquina entregó el maletín a su jefe, sin saber que había tenido en sus manos quince millones de pesos. Recibió su medio millón y lo escondió en el guardarropa por algunos meses. Más tarde la devaluación del 95 le quitó dos terceras partes del valor. Pronto la necesidad lo llevó a los vagones del metro.

—Cárcamo —dijo la Burra al verlo en el pasillo, a un lado de las vías del Metro.

Ambos vivían en la misma calle, por lo tanto la Burra jamás aceptó acostarse con El Panzón.

—Hola, preciosa —dijo el Cárcamo al verla en los pasillos.

—Te presento a mi padrote. Tiene un trabajito para ti.

—¿En qué le puedo servir?

—Necesito encontrar a alguien.

XXVII

Mantener a los caballos sobre las canoas atadas en pares hizo más complicada la travesía por la laguna rumbo a Acalán. Alonso de Ávila cavilaba sobre seguir el mismo camino que cinco años atrás había recorrido Hernán Cortés, pero no previó que la vegetación que el otro grupo de españoles había cortado ahora se encontraba crecida. Pasaban la mayor parte del tiempo cortando con sus espadas los arbustos y hierbas que les cerraban el paso.

Tras un cansado recorrido llegaron al pueblo de Acalán, donde encontraron un pequeño grupo de mayas chontales que contrastaba con las novecientas casas bien construidas con piedras y techos de paja. Nuevamente Gun Zaló les había avisado que abandonaran la ciudad.

Aprovecharon su ausencia para servirse de sus provisiones, comer lo que encontraron en las casas y dormir esa noche resguardándose de la lluvia que cayó como un torrente. Al amanecer, mientras desayunaban, llegó un grupo de hombres enviados por el halach uinik Pach-Imalah-Ix, hijo de Pax-Bolón-Achá, quien había recibido a Cortés.

—Nuestro gran halach uinik le manda decir que desea hablar con usted —dijo el mensajero.

Alonso de Ávila había aprendido parte del vocabulario, y como pudo les hizo entender que no pretendía hacerles la guerra.

—Decidle a vuestro señor que venga, que no le haremos daño.

Los mensajeros se fueron de la ciudad para dar la noticia. Ávila y su gente aprovecharon el tiempo para descansar y recorrer el poblado, entrando en las casas y robando lo que consideraban valioso o necesario para su camino. Horas más tarde, uno de los hombres de Ávila le anunció que ya iban en camino.

—¿Cuántos son? —preguntó.

—Como cuatrocientos —respondió el hombre.

—Preparad las armas —dijo Ávila con una sonrisa.

—¿Qué? ¿No habéis dicho que no les haríais daño?

—¿Vos sois imbécil? A estos indios no se les puede tratar como cristianos. No tienen razonamiento. Son salvajes.

El hombre obedeció y dio la orden a los otros para que en cuanto llegasen los mayas los arrestaran. Pach-Imalah-Ix llegó sin defensa alguna, creyendo ciegamente en la promesa de paz. Ni siquiera tuvo tiempo de defenderse: en cuanto llegaron los recibieron con dos tiros que hirieron a dos de los hombres que lo acompañaban. Los nativos, al ver aquellas armas que podían herirlos de lejos no opusieron resistencia, ya que no cargaban lanzas ni flechas, sino aves y alimentos que pretendían regalar a los españoles.

Ávila los mandó encerrar en una casa, donde los mantuvo hambrientos y sedientos. Torturando a unos para que le dijeran dónde había oro. Pero no había. Luego le ordenó al halach uinik que mandara llamar a toda su población, la cual obedeció al saber que su señor estaba preso. La gente no lo agredió ni intentó revelarse. Gun Zaló les había augurado que si los dejaban ahí, en pocos días se irían. Cuarenta días más tarde Alonso de Ávila decidió abandonar la ciudad que había fundado con el nombre de Salamanca. Otra Salamanca; una más. Decidió que sin oro no valía la pena estancarse en una zona tan lejana de otras poblaciones, bahías y ríos.

—Vos vendréis con nosotros —le dijo a Pach-Imalah-Ix.

De igual manera obligó a que el halach uinik llevara consigo otros cien hombres para que cargaran con su equipaje. Luego de un largo recorrido llegaron a Che-Ache, una ciudad ubicada al oriente. Decidió que aquel poblado tampoco le serviría de mucho. Siguieron adelante con menos dificultad, ya que ahora el trabajo duro lo hacían los indígenas, quienes, con tal de salvar la vida del halach uinik, obedecían humildemente los españoles.

En el camino encontraron más ciénagas y vegetación áspera. El camino era fangoso debido a que las lluvias no cesaban. Pronto llegaron a un río donde Ávila les ordenó que construyeran caminos con tablones, cual si se tratase de un rey al que debía de ponerle una alfombra roja. De igual manera los hizo construir más canoas con las cuales pretendía cruzar hasta la otra orilla. Todos los días se repetía lo mismo: los indígenas abrían paso y ponían tablones para que pasaran los españoles y no se ensuciaran con el lodo.

Cinco kilómetros adelante encontraron un camino amplio y seco que llevaba a un poblado. Ávila creyó haber llegado por fin a la ciudad que buscaba, cuando de pronto a uno de sus caballos se lo tragó la tierra. Los españoles sacaron sus arcabuces y apuntaron en varias direcciones. Los mayas no se movieron. El caballo relinchaba adolorido en el fondo del hoyo al que había caído. Se asomaron cautelosamente y descubrieron que era una trampa. Y no se equivocaban; Gun Zaló, sabiendo que pronto llegarían los españoles mandó fabricar pozos cubiertos con ramas y hierbas con estacas puntiagudas clavadas en el fondo.

No intentaron sacar al animal, pues comprendieron que herido ya no les serviría. Tenía una estaca enterrada en uno de los muslos. Uno de los hombres apuntó con el arcabuz, pero en ese momento Ávila lo detuvo.

—¿Qué pretendéis hacer?

—Sacrificarlo.

—¿Para qué?

—Para que no sufra.

—Pretendéis desperdiciar un tiro para que este animal no sufra. De cualquier manera va a morir. Dejadlo que muera de dolor.

Siguieron el camino con mucho más cautela, por las orillas y cerca de árboles; en ocasiones enviando a los nativos a que cami-

naran primero donde creían que había trampas. Esa tarde llegaron a una población también abandonada. Ávila comenzaba a perder la paciencia. Cada poblado vacío, cada prueba de la ausencia
de oro, cada evidencia de que Gonzalo Guerrero estaba detrás de
todo eso no hacía más que enardecer su instinto homicida. Había
días en los que sólo pensaba en lo que haría el día que tuviese al
renegado frente a él.

Hubo algo en ese nuevo poblado que les llamó la atención: tenía
una cerca de gruesos troncos, atados con bejucos. Además había
un foso seco que de igual manera rodeaba la ciudad, y un puente
levadizo. Al entrar volvieron a saquear la ciudad; se establecieron
un par de semanas en las cuales salían de día a explorar y volvían
antes del anochecer. En ocasiones capturaban nativos y los tortura-
ban para que confesaran dónde había oro o dónde se encontraba el
renegado. Mataron a más de veinte y ninguno confesó una palabra.

Un día, fastidiado de tantos fracasos, Ávila pareció enloquecer;
gritó denuestos al halach uinik Pach-Imalah-Ix, lo bofeteó y lo tiró
al suelo. Hubo un par de españoles que corrieron a detenerlo antes
de que echara mano a su arcabuz.

—Dejadlo ir —dijo uno de los españoles.

—¿Qué? —preguntó Ávila enfurecido.

—Si lo matáis, pronto vendrá su gente a cobrar venganza.

Ávila hizo una seña para que se fueran. El halach uinik y su
gente salieron corriendo. Minutos después se dieron cuenta de que
se encontraban solos en aquel poblado. Aquel arranque beligerante
les dificultaba ahora más su estancia. Decidieron salir en busca de
otros poblados. En el camino encontraron a un joven al que hicieron
preso para que los guiara rumbo a la costa del Golfo. Más adelante
se hicieron de más presos que los llevaron a Chakán-Putún, donde
fueron bien recibidos. La ciudad se encontraba cerca de Xicalango
y tenía más de ocho mil casas de piedra y techo de paja. Igual que
la anterior ciudad, ésta tenía un muro que la rodeaba.

La rabia que traían los españoles se calmó al ver aquella ciudad
poblada, la cual tenía una gran plaza. Por fin un mercado, gente,

comercio, gritos. La soledad los estaba empujando a la demencia. Se dirigieron a la orilla del mar y encontraron cientos de canoas que salían diariamente a pescar. Ese mismo día envió un mensajero a Xicalango para que anunciara a Montejo su llegada.

XXVIII

El mago vestía un smoking negro, corbata de moño, capa, sombrero alto y un bastón. La barba y un par de anteojos le cubrían el rostro. Los pasajeros no podían evitar la curiosidad de ver al mago y al payaso en medio del vagón. Gran contraste de personajes: el mago era todo un dandi, y el payaso, un fachoso. Luego de un recorrido de cuarenta minutos, el payaso y el mago se separaron, tomando cada cual un rumbo distinto. Justo cuando el payaso Gogo salió del vagón del metro Rosario, una pequeña le preguntó: "¿Qué tienes payasito?"

—Estoy triste —le respondió—; ve, se me está cayendo el cabello, además me aprietan los zapatos, mira cómo se me hincharon los pies.

—No es cierto, así son tus zapatos —respondió la niña y se rió a carcajadas.

—Mejor dime cómo te llamas y te regalo un globo.

—¡Lucía! —dijo con un brinco.

—Bonito nombre, pero dime tú, ¿cómo quieres inflarlo? ¿De la manera fácil o la difícil?

—¡Difícil! —respondió entusiasmada dando saltos.

—Está bien, ínflalo tú —y se lo dio así, sin más ni menos, y se fue.

Se metió al baño, se quitó el disfraz, se lavó la cara, se peinó y se preparó para volver a la casa del historiador. Al bajar las escaleras para abordar el vagón sintió que alguien le seguía los pasos. No era su amigo Prudencio, pues lo vio en ese momento en el fondo del pasillo esperando la llegada del metro. Caminó lento, para no levantar sospechas, hasta llegar donde se encontraba el Ciego. En ese momento llegó el tren; Víctor entró y se mantuvo cerca de la puerta. Buscó con disimulo a la persona que lo iba siguiendo.

Docenas de ambulantes transitaban de vagón en vagón. Unos vendían discos, otros chicles, dulces, pepitas, plumas, cortaúñas, lámparas. También entraban invidentes, ancianos, niños, jóvenes mendigando. Algunas personas fingiendo pertenecer a instituciones de ayuda social para pedir dinero.

Víctor bajó del vagón en la estación Polanco y descubrió el rostro de la persona que lo estaba siguiendo. Gente subía y bajaba del metro, todo en un sincronismo simplón. El metro se fue, la persona que lo seguía se marchó. Pronto el pasillo quedó casi vacío. Víctor caviló en salir de la estación, pero temía que los estuviesen esperando en la calle. Decidió entonces trasladarse a la siguiente estación. Minutos más tarde una corriente de aire le anunció que por el túnel se acercaba el gusano mecánico; el joven esperó a que éste se detuviera para abordar, pero justo en ese momento un par de desconocidos le impidieron la entrada al siguiente vagón.

—¡Quiubo! ¿A dónde vas? —le preguntó el Panzón.

—Eso a ti te vale madre —respondió Víctor y lamentó ver que las puertas del metro se cerraban frente a él. Apretó los dientes.

—¡Más cuidado con esa boquita! —dijo el Gordo y lo amenazó con una navaja.

Víctor le enterró la rodilla en los testículos y al mismo tiempo le sumergió la navaja en la cara.

Tras la inesperada respuesta, el verdugo cayó de rodillas y Víctor aprovechó el desconcierto para poncharle con el codo la nariz al otro agresor. Un charco de sangre tiñó el piso. "Maldita sea", pensó Víctor, y se golpeó la frente con la palma de la mano izquierda.

"¡Corre!", le dijo con la mirada un espectador. Salió corriendo del metro y abordó un taxi; varias calles más adelante se bajó y abordó un camión.

Horas más tarde llamó al Ciego a su teléfono celular.

—¿Dónde estás, cabrón? —dijo su amigo.

—Ni te imaginas lo que me pasó.

—Cómo no. Te están buscando. Ya ni la chingas. ¿Cómo se te ocurre enterrarle una navaja al Cárcamo?

El Ciego ya le había contado que para vender discos tenía que pagar una cuota diaria a un tipo al que le decían el Panzón Cárcamo, pero jamás lo había visto. Víctor sintió que el piso se le desmoronaba en ese instante. Nunca alguien le había doblado las rodillas al Gordo.

—¿Él es el Cárcamo?

—Sí, güey. No te la vas a acabar, cabrón.

XXIX

Hacía varios meses que Delfino Endoque lamentaba la tristeza de su aprendiz, que no podía sacarse de la mente a la ausente Wendolyne. Le dolía saber que Saddam seguía sus pasos, repetía los mismos errores que él, Delfino Endoque, había cometido años atrás. Él le había mentido a Inés para protegerla; su aprendiz había hecho lo mismo con Wendy, quien igual, se fue de la ciudad para vivir sin él. ¿Quién era él? En verdad no lo sabía. Wendolyne no conocía siquiera su verdadero nombre, no sabía que se llamaba Saddam. Harta de tantas mentiras, cansada de tantos retardos en sus citas amorosas, fastidiada de tanta ausencia, un día Wendolyne se marchó.

Al amanecer, antes de partir, Wendy no había sentido nostalgia por la fuga; por el contrario, había sentido libertad. Se levantó muy temprano, se bañó, se maquilló; también empacó una maleta. Escribió en una nota que más tarde su madre encontró en la puerta del refrigerador, y leyó tras una de las tantas discusiones con papá: "Mami, no te preocupes por mí, voy corriendo en busca de mi pasado para tropezarme con mi futuro".

Limpió su recámara cual si fuese a regresar ese mismo día, insegura de si algún día lo haría. Guardó en la cartera un par de fotos que tenía de él y ella, no sin antes viajar al pasado contemplando alucinada cada una de las memorias impresas en papel.

Mientras el autobús partía, Wendolyne encontró en el rincón del olvido un panal de evidencias del pasado: muñecas, ropa de su niñez, cuadernos, de todo. La reacción de las abejas del recuerdo no se hizo esperar, y Wendy sintió los piquetes de las evocaciones que había eludido por el resentimiento que le provocaban hacia aquel primo, varios años mayor que ella.

¿Cinco, seis, siete? No recordaba cuántos años había tenido en aquella tan insoportable época. "No les digas nada a tus papás, porque si lo haces, te van a castigar muy fuerte, y ya sabes cómo es tu papito", le decía, y la mano entraba por debajo de su pequeño vestido. Le acariciaba el dolor por en medio de las piernas. Le trituraba el gusto de la niñez con sus roces. De pronto, el atraco, la invasión. El calzoncillo al nivel de las rodillas y ella al nivel del suelo. "¡No! ¡No quiero jugar! ¡Esto no me gusta!". Y el dolor descollaba cualquier sentimiento.

Si bien Wendy se hizo íntima del silencio, no fue precisamente por obediencia sino por necesidad; luego por curiosidad; más tarde por vicio. Primero porque no tenía palabras tras el ultraje. Nadie supo de aquella tarde de sexo mancillado. La pequeña se volvió muda. Cuando alguien le hacía una pregunta, ella sólo respondía lo esencial y regresaba al calabozo que tenía por recámara. Debía impedir que su primo entrara. Para esto cerraba las dos ventanas y permanecía, horas, sentada en una silla que atoraba la puerta. No encendía el radio ni el televisor. Estaba siempre pendiente de cualquier ruido. Todo estaba calculado: si él llegaba, ella lo escucharía y correría al armario, se escondería entre la ropa hasta que el primo malo se fuera de la casa. Entonces todas estarían a salvo: ella y sus muñecas Mónica, Rosita y Lorena. "Si escuchan algo me despiertan", les decía al sentarlas en la silla que atoraba la puerta antes de irse a dormir.

Pero dormir era un decir, porque con dificultad conciliaba el sueño. Cualquier sonido la despertaba con frecuencia. Entonces pernoctar resultaba imposible. Ya le había perdido el miedo a la soledad y a la oscuridad. En ocasiones —en medio de la madrugada— pegaba la oreja en las paredes.

Al entrar a la secundaria, el primo había quedado sepultado, nadie lo sabría —no tenían por qué—; sería un secreto que se llevaría a la tumba. Su adolescencia la convirtió en un paraíso donde los recuerdos brillaban por su ausencia. Se dedicó a vivir, a olvidar, a ignorar los sucesos en casa. Su vida la veía como un álbum de fotografías; retrataba todo lo que le acontecía y al revelarlas destrozaba las fotos con rostros tristes y enojados, con personajes desconocidos, y las quemaba. Cuando alguien le repugnaba o le desagradaba, decía con pedantería: "No lo conozco". Guardaba todas aquellas fotos con paisajes llenos de luz y colores, con sonrisas. Esos retratos sí merecían ser enmarcados, estar en los pasillos, en el buró, en la cartera, en cualquier lugar visible que le recordaran tanta felicidad, que en vez de llorar se le iluminara el gesto con el brillo de sus dientes.

Lo infernal no era destartalar recuerdos sino tener agallas para sacar un retrato, al verdugo que la humillaba y le exigía tuviera el valor de verlo a los ojos y gritarle: "¡Ya no dueles!". Una foto, sólo una. El recuerdo de Iván, que había huido cobardemente. Ni una carta, ni una llamada, nada de aquel adolescente insípido al que aceptó como novio.

Él había sido "el primero" en verla totalmente desnuda, acostada en una cama, con los ojos cerrados, con cada uno de sus músculos tiritando. El primero en besar aquellos senos erguidos, firmes, vírgenes. "Cierra los ojos; déjate llevar", le decía. Ya lo había intentado anteriormente. Entre los tantos "Hoy no, no puedo, tengo miedo", logró cerrar la puerta de la recámara con ella adentro el domingo en que sus padres, ausentes, habían augurado llegar muy tarde de la visita dominguera a los parientes colonos en el otro extremo de la gran metrópoli. La acorraló entre su cuerpo y la pared, la besó, y para "su suerte" Wendy vestía una falda. Con gran facilidad introdujo las manos por debajo de aquel —si así se le podía llamar— obstáculo, le despojó las pantaletas y sin preámbulo la penetró por menos de un minuto. Lo detuvo. No le permitió más. Sintió un dolor en la entrepierna que la hacía sentirse nuevamente violada. Quiso llorar pero se contuvo. Se puso las pantaletas, le dio un beso al pérfido y le prometió que en otra ocasión sería.

La búsqueda del cumplimiento no se hizo esperar. Ella con miedo cerraba el cierre de su pantalón y le decía que aún no era el momento, que tenía miedo, que no era correcto, que no podía, que no debía, que le había bajado; cualquier excusa, menos que no quería.

Tras una interminable cadena de insistencias se dejó llevar, entregó su voluntad, cerró los ojos, imaginó un edén, un piano tocando, un aroma selecto; se olvidó del mundo, respiró profundamente, dejó que las caricias, los roces, los besos, el vaho barnizaran su piel, que los vellos se erizaran. Cerró los ojos nuevamente, y sin poder eludirlo, pensó en todo: en lo que su padre diría, en la sociedad, en lo que él pensaría de ella después de eso, en un posible embarazo, en una cadena de hijos, en un abandono, en un matrimonio, en un divorcio, menos en cómo terminaría ésa, su primera vez. Pero la excitación le borró todo tipo de pensamientos, en pocos segundos comenzó a sudar, a moverse agitadamente, a gemir silenciosamente de placer, a ignorar la realidad, a soñar con las piernas abiertas, con los muslos tensos, a drogarse con cada susurro. Sorpresivamente, en medio de lo que para ella era tan sólo el inicio, el bandido que había invadido su intimidad, poniendo su pudor a un lado, cayó sobre su pecho sudado y sonrío. No cuestionó si se había sentido bien o si le había gustado. Halagó como quien le aplaude a un actor o a un cantante por su excelente actuación, e inclusive agradeció. Ella esperaba que por lo menos ambos permanecieran juntos en la cama, abrazados, besándose, pero él se puso de pie, se dirigió al baño, regresó, encendió el televisor y comenzó a vestirse.

—Mis papás no han de tardar, vamos a la sala antes de que lleguen —le urgió mientras se abrochaba la camisa.

Se preguntó si eso, lo que tantos llamaban hacer el amor, por lo menos era sexo. Y si así era, a dónde debía llegar el tren a toda velocidad en unas vías cortadas de tajo en la orilla de un abismo, un poema inconcluso, una promesa incumplida, una violación paliada. Un trueque inicuo: sexo por amor.

Se revolcó en los escondrijos del enojo, se sintió una puta violada, una puta mal pagada, que en su caso resultaba peor. Vomitó al llegar a casa. Lloró, se maldijo, se acusó de puta, la peor de todas, incluso peor que la más barata, por no haber vergonzosamente obtenido siquiera la más humillante de las retribuciones.

Años más tarde conoció a Saddam. Y se enamoró con demencial ilusión. La tarde en que Saddam la recostó en la cama decidió no pensar en el primo ni en Iván. Sintió un besuqueo en el cuello, y un susurro al oído. Después, suave y lentamente, le besó las mejillas, la quijada, los hombros. Recorrió cual hormiguita el camino casa, milímetro a milímetro los senderos de su piel. Se demoró un poco más en los pechos, los saboreó, lamió en círculos de afuera hacía adentro hasta llegar a la aréola, y así chupó sus pezones en abundancia. Su lengua bajó al abdomen; le lamió el ombligo, el vientre, la cintura, la volteó boca abajo, le chupó toda la espalda, y delicadamente le mordió las nalgas, las lamió, le besó las piernas, las pantorrillas, cada uno de los dedos de los pies, se regresó a la entrepierna. Al llegar a la vulva, sin tocarla, la recubrió con su aliento. De pronto, poco a poco, el frote de sus labios en su vulva.

La máquina del tren se echó a andar lentamente. Sintió cómo cambiaba de vías; el aire soplaba, soplaba suave, la locomotora avanzaba, pausadamente aumentaba la velocidad, se escuchaba: *ffuu... ffuu... ffuu...* De pronto el silbido: *¡Tú, tú!* Wendy iba dirigiendo el tren. Sí, ella llevaba el control. ¡Acelera, acelera! ¡Sigue, sigue, sigue, acelera! Sí, así, así, así. Qué rico es esto. Es el momento de ondear mascadas de seda. Sí. Bailemos, bailemos. Oh, oh, sí. Wendolyne sonrió porque el tren no se había detenido. Aún se escuchaba la máquina que avanzaba: *ffuu... ffuu... ffuu... ¡Tú, tú!* Sonrió de gozo. Oh, oh. Oh, así. Una sonrisa. Baila, baila y encontrarás esto. ¿Esto es hacer el amor? Sí, oh. Despacio. Aún no, que aún no es el final. ¡Oh no! Otra vez el abismo frente a ella. ¡Sigue, sigue! Vio como se acercaban al deleznable barranco del sexo sin gloria; tuvo miedo de caer nuevamente. De pronto apareció un puente. Wendolyne sonrió. No lo podía creer, por primera vez —había cruzado— sus ojos pudieron apreciar lo sublime que era el otro lado del abismo. La máquina se acercó al punto de Gloria, por fin entendió el significado real de la *G*. Ahora ella era la máquina. No se detuvo. ¡Sigue, sigue! Ahora todo lo encontraba apasionante, seductor: pedirle deseosamente que la despeinara, que la mordiera, que la cogiera. Se sintió una puta golosa, la que siempre quiso ser en la cama.

Llegó a la meta y no pudo detenerse. Intentó frenar. No lo logró. Cerró los ojos, tensó cada uno de sus músculos, le rasguñó los brazos a su amante, dejó salir un largo suspiro y se estrelló como una botella que se deshace en mil pedazos. Toda ella estaba desmoronada. Se inundó en los ríos de su vientre y se sumergió bajo las olas del maremoto de un orgasmo indómito.

XXX

Gran halach uinik, Gun Zaló, le vengo a contar lo que usted me ha ordenado investigar. Al hombre que dicen el Adelantado Montejo, le traicionaron muchas de sus gentes. A saber, dicen que ya estaban cansados de seguir buscando oro. Bien sabio ha sido el gran halach uinik en decir a los hombres de estas tierras que no los ataquen. Así ha ocurrido y así se han ido. Debo decir que es doloroso saber que algunos han muerto en sus manos, pero como bien usted dice habrían muerto muchos más.

El Adelantado, a saber, tenía ya muy poca gente, allá en Xicalango, donde se encontraba su hijo, al que dicen el Mozo. También le informo que su gente hambrienta y sedienta exigía volver a Tenochtitlan. Pero Montejo les prometió que pronto habían de encontrar el oro. Sé también que un hombre al que llaman Lerma le envía gente y recursos, a saber.

Y al recibir estas gentes y alimentos de la isla que dicen Cuba, donde, a saber, vive el que llaman Lerma, decidieron los dzules ir a Campech, donde los recibieron bien, de igual manera en el poblado de Ah Canul. A saber, le ha cambiado el nombre, igual que muchas otras ciudades donde pasa, por Salamanca. Yo creo que al Adelantado le gusta harto ese nombre.

Gran halach uinik, Gun Zaló, luego de que el Adelantado recibió las gentes y alimentos que el que dicen Lerma les envió, y con ello mandó hacer más expediciones. A saber, los mandó por el oriente y otros por el sur y otros por el noreste, para que en cada poblado se asienten sus gentes, y les pongan nombres nuevos. También decidió venir por estos rumbos de Cochuah, Uaymil y Ch'aak Temal. Con ellos envió al asesino que dicen Ávila y un sobrino del Adelantado que llaman también Francisco, a saber, éste es un joven que dicen tiene quince años de edad. Llegaron a Tutul Xiu, donde fueron bien recibidos. Como el gran halach uinik sabe, ellos han tenido grandes enemistades con los sotuta y nosotros los cheles. A saber, ellos los han ayudado a llegar a Cochuah.

Y obedeciendo toda la gente de la zona, les han hecho saber a los dzules que el halach uinik no es usted, gran Gun Zaló sino yo, Nican Canul. Y cuando llegaron sus mensajeros, respondí que no tenía interés en llevar a cabo alianzas con ellos, pero han insistido tanto. Y como dijo usted, gran halach uinik, no descansarían.

Y así, el Adelantado mandó al que dicen Alonso de Ávila, para que intentase convencer al halach uinik de Uaymil, quien les ha dicho que el halach uinik de Ch'aak Temal no soy yo, sino usted, gran Gun Zaló. Los dzules han convencido a la gente de Uaymil, diciendo que los hemos tenido subyugados.

De igual manera la gente de Bacalar le ha dado canoas a los dzules para que puedan navegar en las hartas lagunas y pantanos que llegan al río que desemboca en la bahía de Ch'aak Temal. Bien ha sabido el gran halach uinik engañar a los dzules. Pues, a saber, cuando llegaron a nuestra ciudad y la encontraron deshabitada, grande enojo tuvieron. Destrozaron hartas casas y robaron muchos mameyes, cacao y otras frutas de los huertos. También intentaron robar la miel que tenemos en las dos mil colmenas que hicimos en troncos huecos puestos en tierra de costado, con los extremos tapados con una piedra y con barro, pero las abejas los atacaron. Salieron corriendo y se metieron apurados en las aguas de la laguna. Ahí estuvieron harto tiempo, observando las más de dos mil casas, y la costa que se encuentra por un lado y la laguna por el otro.

Así, el que dicen Ávila, ordenó que ahí, en nuestra ciudad, se quedara su gente. Ladrones, han querido llamar Villa Real a nuestra

Ch'aak Temal. Pronto llamó a la gente que tenía en Chable. Entiendo su estrategia, gran halach uinik, al esperar a que Alonso de Ávila enviara mensajeros al Adelantado. Y como ordenó, así lo hicimos, los atacamos en el camino y les dimos muerte. Recuperamos lo robado y volvimos aquí, donde hace ya tiempo hemos tenido que escondernos.

XXXI

Gregorio Urquidi llevaba doce años al mando del Centro de las Adicciones y diez de haber fundado su iglesia *El santuario de los hombres de buena fe*. Asimismo seguía controlando la Iglesia católica en México de forma secreta. Viajaba constantemente de Tlaquepaque a la ciudad de México. Su nivel de riqueza se encontraba a la par de los grandes magnates del país. Era accionista en diversas empresas internacionales y nacionales: hoteles, medios de comunicación, entre otros; de igual manera tenía ocho años de haber iniciado una sociedad con el Greñudo Suárez, quien tras la millonaria suma invertida en el transporte de droga, logró el monopolio en el narcotráfico. Por otra parte financiaba la precampaña presidencial —con publicidad maquillada de noticias de su gobierno en Internet, periódicos, radio y televisión— de Eulalio Valladares Lasso, hermano del Greñudo Suárez.

Su proyecto de venganza hacia Gastón Peralta Moya y Delfino Endoque se había convertido en un plan postergado debido a sus múltiples ocupaciones y problemas. Por ello había invertido mucho dinero en llevar a Diego Daza a sus redes, aprovechando su enojo, frustración y conflicto psicológico. De eso ya no tenía duda: el arqueólogo forense estaba acorralado en el oscuro callejón de la demencia. No era siquiera la mitad del que había conocido doce años atrás: el rencor lo tenía cegado, y eso era sin más la mecha que detonaría una vil venganza en contra del historiador y el detective.

La forma más rápida y simple de desquitarse era utilizando sus influencias políticas u ocupando a los matones del Greñudo Suárez. Pero Gregorio Urquidi Montero no los quería muertos sino vivos para poder hacerlos sufrir como lo había hecho con su padre Salomón Urquidi. A Gastón Peralta Moya lo tenía en la mira. Cuando Eulalio Valladares Lasso supo del hallazgo del monolito, ingenuamente solicitó a Urquidi ayuda para venderlo clandestinamente; Urquidi con alevosía y ventaja le ordenó que se lo vendiera a Gastón Peralta Moya, para que llegado el momento en que Diego Daza le solicitara ayuda para encontrar el monolito, el director del Centro de las Adicciones fingiera no estar enterado, incluso llevando a cabo una llamada telefónica para pulir su teatrillo ante el arqueólogo. Su venganza consistía en darle al historiador una cucharada de su propio chocolate, así como él lo había hecho doce años atrás con infiltrados, controlando sus pasos, para llegado el momento lanzar la estocada mortal.

Por otra parte a Delfino Endoque lo había acechado todos esos años, obligándolo a llevar una vida nómada. No lo había encontrado pero sabía que por ahí seguía, escondido como ratón. Tenía informes de que trabajaba independientemente para la PGJ. Y no le quedaba duda de que el detective pretendía ingenuamente denunciar su ilegalidad. Pero ¿cómo?, si tenía al precandidato presidencial, al narco y a los más importantes empresarios de su parte. Gregorio Urquidi era inmune a cualquier ley, tenía la sartén por el mango. En realidad, desmoronar a Delfino Endoque como un trozo de galleta era un juego para él. Para ello preparó el escenario perfecto: puso el pedazo de queso para el pequeño ratoncillo que pretendía derrotar al gigantesco felino.

La carnada era el padre Ernesto Bañuelos. Al taimado jamás le dio un puesto importante en *El santuario de los hombres de buena fe*, ni mucho menos en la Iglesia católica. Era más bien su sirviente personal, su títere. Cuando se molestaba con él, cuando se hartaba de tenerlo frente a él, cuando le asqueaba verlo sudar y limpiarse las manos empapadas en la sotana, lo mandaba a dar el catecismo a la parroquia de la colonia aledaña al Centro de las Adicciones, como quien saca a un perro de la casa cuando no lo quiere oír ladrar.

Pero Urquidi no imaginó —al principio— de lo que era capaz aquel hombre diminuto. No le pasó por la mente que cuando lo corría de su presencia en realidad lo premiaba, lo mandaba a su pequeño y muy personal paraíso donde Bañuelos, Bañuelitos, el niño que nunca tuvo una sola novia, seguía buscando aquel amor de primavera, aquel beso infantil, aquel roce con las nenas en faldas de primaria y calcetas hasta las rodillas. En las clases de catecismo sentaba a las niñas en las bancas de enfrente y las imaginaba en sus corpiños marcados por pechitos nacientes. Las sentaba en su regazo y mientras ellas le contaban sus trivialidades, dejaba caer su mano sobre sus delgadas piernas. Cualquier fricción, cualquier acercamiento, cualquier manoseo fugaz, cualquier posibilidad de besarles la mejilla era sin más una explosión interna, una adictiva sensación que lo guiaba a la ceguera.

Pero jamás había tenido el valor de rebasar aquellos límites, porque en el fondo amaba tanto a esas niñas, que la simple idea de quebrantar su pudor era como bajar a una diosa de su altar. Hasta que un día, Urquidi lo sorprendió con una chiquilla de ocho años sentada en sus piernas. Lo observó de lejos por un largo rato. Bañuelos le peinaba el cabello con los dedos mientras ella contaba de memoria la forma en que la Virgen María había concebido al niño Jesús.

—¿Tú sabes cómo nacen los niños?

—Sí.

—Con amor. Cuando dos personas se aman pueden tener hijos. Eso es algo puro. ¿Sabes cómo es el amor entre dos personas?

Bañuelos tenía en las manos a una pequeña confundida entre el amor y la admiración, vulnerable, hechizada por el ilusorio sentimiento de la gratitud, engreída por las constantes adulaciones de aquel falso cómplice de sus travesuras. Pero el sacerdote aún no cruzaba la línea. Faltaba quien jalara el gatillo: Gregorio Urquidi, que al verlo desde la puerta del salón de clases supo que ahí estaba el queso para el ratoncillo Delfino Endoque.

—Padre Bañuelos —dijo al entrar en el aula.

El sacerdote se secó las manos en la sotana, quitó a la niña de su regazo, se puso de pie, comenzó a sudar y a respirar agitadamente.

—Quiero enseñarles algo.

—¿A quién?

—A usted y a su alumna. Me han contado que ella es la más inteligente del grupo y quiero su opinión.

La pequeña encontró lo que no había en casa: halagos espurios, una embustera muestra de admiración, y un fingido respeto por su inteligencia. Gregorio Urquidi los llevó a la sacristía. Sobre el escritorio había un ejemplar de *Romeo y Julieta* y una cámara de video.

—Acabo de comprar esta cámara —dijo Gregorio Urquidi y Ernesto Bañuelos comenzó a temblar de miedo—. Quiero hacer una obra de teatro. Y sé que ella nos puede ayudar. ¿Te gustaría, hermosa?

—Sí.

—Es una historia de amor. Y tú podrías ser la protagonista. Pero quiero ver si tienes la habilidad para actuar. ¿Puedes?

—Sí —la niña no cabía en su emoción.

—La actuación es cosa seria —Urquidi hizo un gesto de formalidad—. Uno no se debe reír. No puede. Cuando los actores se besan, en realidad no lo sienten, porque es una actuación. Claro, a veces los actores se enamoran y las escenas de amor son más reales en la película. Te voy a dar una demostración. Toma la cámara y presiona este botón.

La niña, emocionada, obedeció y comenzó a filmar mientras Gregorio Urquidi tomó el libro, caminó lentamente hacia el padre Ernesto Bañuelos, le tomó la mano y leyó un fragmento de *Romeo y Julieta*:

"Si con mi mano, por demás indigna profano este santo relicario, he aquí la gentil expiación: Mis labios, como dos ruborosos peregrinos, están prontos, están prontos a suavizar con un tierno beso tan rudo contacto".

Le dio el libro al padre Bañuelos, quien sin entender aún lo que ocurría, obedeció como siempre lo hacía, y leyó el diálogo de Julieta:

"El peregrino ha errado la senda aunque parece devoto. El palmero sólo ha de besar manos de santo".

"¿Y no tiene labios el santo lo mismo que el romero?" —continuó Urquidi.

"Los labios del peregrino son para rezar".

"¡Oh, qué santa! —Urquidi se llevó la mano a la frente, con asombro, y sin mirar a la cámara continuó—. Truequen pues de oficio mis manos y mis labios. Rece el labio y concededme lo que pido".

"El santo oye con serenidad las súplicas" —leyó Bañuelos.

"Pues oídme serena mientras mis labios rezan y los vuestros me purifican" —Gregorio Urquidi tomó de las mejillas al padre Bañuelos y lo besó.

La incertidumbre se apoderó del pequeño hombre que no supo cómo responder. Urquidi le hizo señas para que siguiera leyendo.

"En mis labios queda la marca de vuestro pecado" —dijo temblando y empapado en sudor.

"¿Del pecado de mis labios? Ellos se arrepentirán con otro beso" —Gregorio Urquidi se acercó al padre Bañuelos para besarlo nuevamente, pero justo en ese momento se detuvo y volteó a la cámara—. ¿Te das cuenta? Eso es la actuación. No se siente nada. Ahora vamos a ver cómo te sale a ti —y le entregó el libro con entusiasmo y señaló los párrafos a leer.

—¿La misma escena? —preguntó la niña.

—Sí —hizo un gesto afirmativo—. Pero ahora él es Romeo y tú eres la bella Julieta.

La niña obedeció y comenzó a actuar con dificultad. Temerosa y con deseos de salir de ahí, leyó cada uno de los versos hasta el momento en que Bañuelos la tomó de las mejillas para besarla.

"Pues oídme serena mientras mis labios rezan y los vuestros me purifican" —el sacerdote se acercó lentamente y percibió el infantil aliento de la niña y acarició sus labios indefensos.

—Pero el beso debe ser más apasionado —dijo Urquidi sosteniendo la cámara. Que se vea real. Vamos a repetirlo; tú estás muy bien, hermosa. Vas a ser una gran actriz.

Finalizadas aquellas primeras grabaciones, Gregorio Urquidi le dio una cantidad de dinero al sacerdote para que llevara a la niña a divertirse y le comprara regalos.

—Te recomiendo que le digas a tus papás que los regalos se los dio la fundación de damas católicas a todos los niños y niñas que aprenden bien el catecismo. Si no te los van a quitar, y no te van a dejar continuar con tu carrera como actriz.

De aquella aspirante a actriz quedó en la pequeña sólo el despreciable recuerdo de una infancia truncada. Las falsas grabaciones continuaron día a día; la mayoría de éstas sin la presencia de Gregorio Urquidi, que con toda intención dio rienda suelta a la insaciable sed de sexo del pedófilo Ernesto Bañuelos. El director del Centro de las Adicciones movió ágilmente la baraja escondiendo los ases debajo de su manga: instruyó al mediocre sirviente para que llevara a su telaraña a más niños y niñas, quienes seducidos por los regalos y los engaños fueron cayendo uno a uno hasta llegar al coito entre ellos, de forma bisexual. Los videos eran subidos a la página de pornografía infantil y vendidos en todo el mundo.

De igual manera se llevó a cabo la misma estrategia de pedofilia en *El santuario de los hombres de buena fe*, donde hacía dos semanas se había presentado el *Elegido del Quinto Sol: Kukulcán*. En una ocasión, durante una convención nacional en el Auditorio Nacional, a puerta cerrada, libre de medios de comunicación, dio el anuncio de la llegada de dios. Sabía que decir desde un principio que el *Elegido* era la reencarnación de Kukulcán era todo un riesgo, así que convenció al desequilibrado para que no mencionara aquel nombre.

—Pero el único dios es Kukulcán —insistió.

—Sí —intervino Urquidi—, pero la gente no cree en él, cree en el dios que les ha inventado la Iglesia católica, tú y yo lo sabemos. Hazme caso. La gente te espera. Anda, ve, dales el mensaje de dios.

En ese momento se escuchó la voz, con acento portugués, que anunciaba la aparición de Gregorio Urquidi bajo seudónimo:

—Siu nombre de origen hebreo esh: *El hijo preferido*. Y no cabe duda que en verdad Dios nuestro señor lo tiene como uno de sus preferidush, porque ha cuidado de su rebaño. Démoshle un grandioso aplausho a nuestro queridísimo guía, el pastor Benjamín.

Al salir Gregorio Urquidi al majestuoso escenario, la gente se puso de pie, la música cristiana lo recibió, las luces giraban por todo el auditorio, como en los grandes espectáculos musicales; papeles de colores y flores caían del techo. La súper estrella del medio religioso hacía una reaparición después de casi trece años, sin que la gente se percatara que era el otrora Arzobispo Primado de México, su Alteza Serenísima, Gregorio Urquidi Montero, que supuestamente había muerto acribillado.

—¡Alabado sea nuestro señor!   dijo el pastor con acento portugués, y alzó las manos.

Sonreía porque en el fondo se burlaba de toda esa gente; se carcajeó al saberlos tan ciegamente serviles. No importaba en realidad la religión; cualquiera que fuese, las masas demostraban la misma mentalidad retrógrada. Todos obsesionados con la existencia de un dios que les garantizara la vida eterna, sin preguntarse: ¿qué se supone que uno debe hacer en la vida eterna? ¿Sentarse infinitamente en una nube y ver pasar el tiempo? ¿Burlarse de las estupideces que hacen los vivos? ¿Rezar a lado del Señor para que disminuya el índice de ignorancia? ¿No hay sexo? ¿Hay ahí una biblioteca para seguir leyendo a sus autores preferidos?

—Dios hizo una promesa —dijo Urquidi con acento portugués—. Dijo que volvería

La gente aplaudió, gritó, chifló.

—Muchos no le creerán que es dios, de la misma manera en que no le creyeron a Jesús nuestro señor. ¡Un aplauso para Jesús! ¡Una porra para Jesús!

La gente volvió a aplaudir y a gritar. El grupo musical volvió a cantar un párrafo de una canción dedicada a Jesús.

—Pero el nombre de nuestra iglesia es… —Urquidi extendió el micrófono al público.

—*¡El santuario de los hombres de buena fe!* —gritó la gente.

—¡No se escucha!

—*¡El santuario de los hombres de buena fe!*

—¿Tienen fe?

—¡Sí!

—¡No les creo!

—¡Sí, tenemos fe!

—¿Qué me responderían si les digo que *El Elegido de Dios* está en la tierra?

Hubo un breve silencio.

—No tienen fe —dijo Urquidi y les dio la espalda.

—¡Sí, tenemos fe! —se escuchó fuertemente.

—¿Tienen fe?

—¡Sí!

—¿Tienen fe?

—¡Sí!

La música comenzó nuevamente con cánticos alegres. La gente desde sus butacas cantó y bailó, hipnotizada por las palabras del pastor Benjamín. Luego de un par de minutos de histeria colectiva, Urquidi detuvo la música y seriamente dijo:

—Dios nos ha enviado un mensaje.

Hubo otro momento de silencio.

—Y sólo aquellos que tienen fe se salvarán. Debo admitirlo. Cuando él llegó a mí, y me dijo que era, que es, debo decir, *El Elegido de Dios*, no le creí. Pero comprendí que si quería ganarme la vida eterna y el perdón de mis pecados debía tener fe. Sí, señoras y señores, debemos tener fe, creer en el mensaje que se nos envía. ¿Quieren conocerlo?

—¡Sí!

—¿Tienen fe?

—¡Sí!

—¡Entonces démosle un fuerte aplauso al *Elegido de Dios*!

La gente aplaudió, pero en el momento en que el alucinado entró, por un instante volvió el silencio. Lo observaron sin poder reconocer su rostro, ya que Urquidi había ordenado que en las pantallas no se mostraran acercamientos de él y del *Elegido*. Para evitar el silencio la música comenzó de nuevo.

—¡Démosle un fuerte aplauso a *El Elegido de Dios*! —insistió Urquidi.

La gente aplaudió, cantó, gritó; hubo quienes se arrodillaron, otros se desmayaron. La demencia comunitaria era la prueba fehaciente del éxito de aquel plan malévolo. El *Elegido* tomó el micrófono y habló; luego de un rato dijo algo que le puso a Urquidi los nervios de punta:

—…su poder y su amor por sus hijos son infinitos, también vino a estas tierras. Nuestro país fue el elegido.

Urquidi se apresuró a intervenir antes de que dijera la palabra Kukulcán:

—Así es, y por eso *El Elegido de Dios* está aquí. ¡Un aplauso!

La presencia del *Elegido* en la convención fue un éxito; como consecuencia hubo un crecimiento inesperado de fieles en *El santuario de los hombres de buena fe*. Cada domingo en el santuario superior, se prometía la pronta reaparición de aquel hombre. Urquidi lo tenía como la gran súper estrella del espectáculo religioso, del que nadie estaba enterado. Todos los fines de semana ocurría lo mismo: gritos, llantos, cantos, aplausos, baile, desmayos, euforia, demencia comunitaria, histeria colectiva, ceguera multitudinaria, ¡bravo!, ¡bravo!, ¡bravo!, ¡un aplauso!, dios está en camino, ¿tienen fe?, sí, qué bueno, porque sólo así alcanzarán la gloria eterna. Todo era gloria para Gregorio Urquidi, éxito rotundo. Los fieles saturaban los santuarios para ver en las pantallas gigantes la transmisión en vivo desde el santuario superior del *Elegido de Dios*, que los dejaba esperando.

Un domingo, tras la ya acostumbrada celebración en *El santuario de los hombres de buena fe*, Bañuelos se encontraba en un sofá desnudando a una niña de seis años. Felipe Osuna grababa la escena mientras Gregorio Urquidi les explicaba a otros dos niños cómo debían llevar a cabo sus actuaciones en cuanto entraran a cuadro. En ese momento entró el *Elegido*; Osuna se apresuró a cerrar la puerta con llave.

—Están de suerte, mis pequeños artistas —dijo Urquidi—, *El Elegido de Dios* está con nosotros y va a participar en nuestra película.

El *Elegido* miró en varias direcciones.

—Ustedes, mis pequeños artistas, serán bendecidos por *El Enviado de Dios*, su mano los tocará —dijo Urquidi, guiándolos al sillón. En ese momento le ordenó a Bañuelitos que le cediera el lugar al *Elegido*.

—¿Te gusta? —preguntó Urquidi— ¿Cuál de ellas te gusta? ¿O te gusta el niño?

El *Elegido* respondió: "A Quetzalcóatl se le hacían ofrendas en las cuales se le regalaban infantes". Urquidi sonrió: "Tómala, eres *El Elegido de Kukulcán*".

El Elegido observó detenidamente los ojos de la niña, y en ese momento volvió a su mente uno de los eventos más dolorosos, en los que él se escondía de la vida. Llevaba cinco años haciéndolo. Se enamoró, y justo cuando creyó haber encontrado la felicidad ella murió atropellada y él comenzó a enloquecer. El día que volvió del funeral lavó a mano cada una de las prendas de su amada, las planchó y las dobló. Platicó por varias horas con ella, con Maëly. Acomodó las blusas, los pantalones, las faldas, faldas tableadas, rectas, cortas; las separó por colores, por tamaños; boleó los zapatos; enmendó las prendas íntimas. Guardó en una caja cuantos objetos personales pudo. Cuando creyó haber terminado escuchó una ráfaga de viento; corrió la cortina de vestidos en el ropero. Abrió los ojos. Abrió la boca. Y se abrió frente a él el telón que separa el júbilo y el dolor: la locura, para unos el salvavidas en el naufragio de la vida. Escuchó su nombre en el fondo del ropero. "Ven, ven", le decía la mujer de blanco. Sintió la brisa en la cara, el frío del desierto, mucho frío. Corrió aún más la cortina de ropa: la frontera de la demencia y la cordura.

Y cruzó. Entró al desierto. Dos manadas de nubarrones en pleno duelo de lágrimas chocaron entre sí y levantaron una tormenta de arena. Rugió el cielo. Gritó el silencio. "¡Vete. Regresa!", vociferó una moribunda corazonada de su lucidez. "Vuelve antes de que sea demasiado tarde". Y no volvió jamás. Encontró frente a él un desierto lleno de tormentas de arena, frío, oscuridad, miedo, los gritos en el silencio y el mar: *fff... fff... fff...* El mar que los acompañaba. Ambos envueltos en un vacío vestido de blanco. Un vacío efímero en sus noches sempiternas en las que él llevaba su otra vida con la mujer que aún se encontraba atada al péndulo del recuerdo. Esclavas evocaciones del pobre hombre, que sumergido en el triste espejismo de tenerla, la tenía a su complacencia, la hacía suya, la desnudaba, la amaba, acariciaba su ausencia presente en lo inaudito, le besaba el recuerdo desventurado, y ya con el falo enardecido, hirviendo en su soledad, la tomaba en sus brazos, la acostaba sobre un lecho de flores blancas, y permanecía eternidades observando su cuerpo desnutrido por la ausencia, cada vez más esquelético, cada vez más amarillento. Su rostro pálido, ojeroso, triste, muerto. La mujer muerta sonreía y le acariciaba lascivamente el duro falo, le recordaba lo rico que era tenerlo entre las piernas y lo jalaba hacia ella, para que él comiera de su piel ahora sin sabor y sin textura y terminara vaciándose a solas en el vacío de su realidad, creyendo que le hacía el amor a la mujer de huesos de cartón, piel de papel, ojos de gelatina, hilos desnutridos, la mujer muerta: Maëly.

Hubo dos razones por las que *El Elegido* no entró en el grupo de pedófilos liderados por Gregorio Urquidi: una, porque contra su propio juicio se castigaba y prometía fidelidad a una mujer que había muerto años atrás y rondaba por los pasillos nostálgicos de la lealtad, una lealtad desleal para ambos, manteniéndolo muerto en vida y a ella viva en la muerte; y la otra, porque ni siquiera en los laberintos de su demencia aprobaba la pedofilia. Una patología —si es que existe en la persona— sólo necesita un detonador: el asesino en potencia necesita la situación, por muy tranquilo que éste se muestre ante la sociedad, si lo provocan y si pierde el control, o tiene las posibilidades de llevar a cabo un homicidio y salir libre de culpa, lo hará. De igual manera ocurre con un pederasta potencial. Pero quien no sostiene dicha patología difícilmente la adopta.

El Elegido se acercó y vio a la niña, extendió la mano y justo cuando sus dedos se encontraban a unos centímetros, un temblor le impidió aquel acto. Salió del lugar sin decir palabra alguna.

XXXII

El reportero llegó pasadas las siete de la noche a la casa de Gastón Peralta Moya. Tal cual le era requerido, siempre que salía y regresaba a la casa, debía presentarse ante el historiador para anunciar su llegada. "Bien. Ve a dormir, te veo mañana", le dijo Peralta Moya. Luego se dirigió a la habitación que se le había proporcionado y se acostó sin mover las cobijas ni quitarse los zapatos. No podía borrar de su mente el gesto del Panzón Cárcamo, la sangre en su rostro, la gente que lo observaba corriendo por los pasillos, la calle, el tránsito, el caos urbano de todos los días. Durmió escasamente un par de horas, y entre los nubarrones de sus sueños se aparecía el Cárcamo y lo despertaba. Al amanecer se dirigió a la cocina, como todos los días.

—Por lo visto hoy dormiste mejor —dijo Rosaura al verlo entrar.

—Mucho mejor —mintió.

La cocinera puso un plato de comida frente al joven y sonrió. Tobón desayunó y se dirigió a la biblioteca. Gastón Peralta Moya se encontraba frente a su escritorio, acariciando a uno de sus tantos gatos.

—Buenos días, maestro.

—Pasa… ¿Cómo te llamas? —preguntó el historiador.

—Víctor Tobón.

Peralta Moya sonrió y siguió acariciando a su gato.

—Antes de empezar a trabajar —dijo el historiador con la mirada perdida—, quiero que me aclares algunas dudas: ¿de quién estás huyendo?

Tras el imprevisto balde de agua helada que le congeló los huesos, tragó saliva y caviló que esa mañana sería la última en aquella enorme casa.

—No entiendo —dijo evitando mostrar su nerviosismo.

El historiador le dio un ligero golpe al felino que tenía en su regazo para que se bajara; puso los antebrazos en el escritorio y se inclinó hacia el joven reportero.

—Mírame —dijo Gastón Peralta Moya.

—Lo estoy mirando —respondió el joven escriba.

—No. No lo estás haciendo. No lo has hecho desde hace varios meses que llegaste aquí. No te has dado cuenta de que en realidad no estoy ciego —el historiador movió las pupilas de derecha a izquierda.

—¿Por qué fingir una ceguera? —preguntó el joven reportero.

—Por la misma razón por la que tú te has cambiado el nombre: Saddam.

—Yo… no…

—No recordaba muy bien tu rostro, pues nos vimos sólo aquella noche en el Tajín. Eras un niño. ¡Cómo pasa el tiempo! ¿Cómo está Delfino Endoque?

El joven detective, con camuflaje de reportero, intento de payaso y aprendiz de escriba sabía que si un día lo descubría el historiador no le quedaría otra que tomar las cartas que estuvieran puestas sobre la mesa y cruzar los dedos para que le tocara una buena mano de póker en aquel juego de barajas de la vida detectivesca.

—Esto no es en contra suya —dijo—. Déjeme explicarle.

—Lo sé, me quisieron usar de señuelo.

—No exactamente. Sabíamos que Gregorio Urquidi buscaría venganza en contra suya, Diego Daza y nosotros.

—Diego Daza —Peralta Moya movió la cabeza de izquierda a derecha con una ligera sonrisa irónica—. ¿Quién lo iba a pensar? Mira nada más cómo terminó.

—¿Hay algo que usted sabe?

—Los detectives son ustedes, no yo.

—También sabemos que tiene espías: su chofer y su cocinera.

El historiador sonrío.

—¿Rosaura?

—Sí.

—¿Cómo lo supiste?

—No sabe cocinar —el joven trastabilló—. Quise decir que lo suyo no es la alta cocina.

Gastón Peralta Moya dejo escapar una carcajada.

—Le dije que tenía que aprender a hacer mejor el *Baeckeoffe*. Lo suyo no es la *Nouvelle cuisine* ni la *Cuisine classique*; tampoco el espionaje —el historiador dio un manotazo en el aire—. No son detectives, pero bien han sabido investigar siempre que les he solicitado ese tipo de tareas.

El joven detective miró al historiador por un instante y notó que no mostraba ningún cambio en su actitud. El Gastón Peralta Moya que había conocido trece años atrás, no era nada parecido al que tenía frente a él en ese momento.

—¿Por qué no está molesto?

—A esta edad ya casi nada me molesta. Hay dos tipos de viejos gruñones: aquellos frustrados con su propia vida, y los inconformes con su entorno, ya sabes, el abuelo que tiene ocho hijos fracasados y cinco nietos emos. Los llaman injustamente "viejos amargados", pero no entienden que su enojo tiene razón. Esos viejos pasan la vida queriendo corregir a los jóvenes, intentando mejorar el destino de sus descendientes para que no caigan en los mismos errores. Como te ves me vi, como me ves te verás. Urquidi está frustrado, sigue buscando venganza. Yo no, yo tengo todo lo que quiero. Logré mis metas en la vida; ya estoy viejo, mas no cansado, aún tengo cuerda. Y si quieres saber exactamente por qué no estoy enojado contigo es porque supe perfectamente bien quién eras desde el momento en que llegaste a esta casa. No reconocí tu rostro al principio, pero inferí que venías de parte de Delfino Endoque. ¡Ay, Delfino!, no cambia sus estrategias. Lo mismo hizo hace trece años: me mandó a un joven arqueólogo que fingía ser alumno de la ENAH. Claro, no dije nada entonces y tampoco hace meses que llegaste tú. Lo que sí es cierto es que me cuesta trabajo leer. Así que decidí aprovechar tu estancia.

—¿Qué quiere de nosotros?

—¿Qué quieren ustedes de mí?

—Meter a Gregorio Urquidi a la cárcel.

El historiador comenzó a reír.

—Pues eso lo veo difícil. ¿Tienes idea del poder que tiene ese hombre?

—Si no lo hacemos, seguirá acechándonos hasta el día de su muerte.

—O hasta que los mate.

—Nos mate —corrigió Saddam.

—Quizá nos mate a todos. Pero en lugar de desperdiciar el tiempo pensando en eso, mejor aclárame, ¿qué te ocurrió ayer?

—Desde hace varios años nos han estado siguiendo los hombres de Urquidi, por ello hemos llevado una vida nómada. Fino sigue trabajando como detective, y yo he sido su aprendiz. Don Segoviano lo empleaba para hacer investigaciones en casos de corrupción y poder sacar la nota antes que cualquier otro medio; luego se enteraron y llevaron a cabo una guerra sucia, una guerra de desprestigio; finalmente, lograron quitar toda la publicidad de su estación de radio. Mientras se llevaba un largo litigio lo perdió todo. Comenzó a trabajar como jefe de redacción en el periódico *La Denuncia*, donde me consiguió un empleo, de cierta manera, como infiltrado, para protección de don Segoviano. Comencé a trabajar en la nota roja mientras Delfino seguía haciendo investigaciones privadas y para la PGJ. El trato entre don Segoviano y yo frente a todos era actuado, como si yo fuese uno más de sus empleados. Un día un ingeniero que conocí un año antes, me informó sobre el monolito hallado en las obras de la nueva línea del Metro.

—¿En verdad tú fuiste el primero en enterarte? —preguntó el historiador con asombro—. Pensé que lo habías inventado para poder entrar a mi casa.

—También es cierto que no sabía que usted lo tenía. Pero sabíamos que usted nos podría llevar al monolito, y a Diego Daza.

—Y por consiguiente a Gregorio Urquidi.

—Sabíamos que Diego Daza se dedicaba a robar hallazgos arqueológicos. Así que llevamos a cabo un plan: Fino averiguó los bares que frecuentaba Diego; luego, lo seguimos una noche, Endoque entró primero, se hizo pasar por un borracho y se sentó en la barra a esperar a que llegara Daza. Sabía que siempre se sentaba en el mismo lugar: frente al cantinero. Minutos después entramos don Segoviano y yo, y fingimos una plática sobre el monolito, incluso dijimos la dirección exacta. Tal y como lo planeamos Daza salió esa noche rumbo a la obra e intentó sacarlo. Pero ocurrió algo inesperado: hubo una fuga de gases que los intoxicó a todos; los hombres que acompañaban a Diego insistieron que saliera pero él se aferró y siguió picando la tierra. La pieza estaba unos centímetros debajo de una línea eléctrica. Tuvo suerte, recibió una descarga que sólo lo dejó inconsciente. Lo llevaron a un hospital privado donde estuvo tres semanas. Y lo demás creo que ya lo sabe. Para poder ponerme en contacto con Fino utilicé un disfraz de payaso.

El historiador liberó una tira de carcajadas: "Payaso. Por eso no te encontraban. Eso es algo que sí debo aplaudirte. Te mandé seguir, y siempre te perdían de vista. ¿Cómo le haces?".

—Me cambio de ropa en los baños.

—¿Entonces, qué pasó?

—Bueno, le contaba que para que no nos encontraran los espías de Urquidi, Fino y yo nos disfrazábamos: yo de payaso y él de mago.

—¿También el detective? —Gastón volvió a reír.

—Sí. Cuando salía de aquí me dirigía al metro, un amigo pasaba caminando, y sin hablar conmigo dejaba en mis pies discretamente el traje de payaso en una mochila.

—¿Es tu cómplice?

—Sí, pero él no sabe que Fino y yo somos detectives. Él y todos nuestros vecinos creen que él es mi papá y que trabaja en el gobierno. Lo único que hacía Prudencio, el Ciego, como usted —Saddam hizo un gesto de sarcasmo—, es entregarme la mochila; luego me cambiaba de ropa y buscaba al mismo amigo, o mejor dicho, él me encontraba y minutos después llegaba Fino vestido de mago. Ayer, cuando venía de regreso, noté que alguien me seguía; intenté huir. No podía hacer llamadas ni enviar mensajes, ya que pueden intervenir los teléfonos. Entonces un par de hombres se acercaron y me amenazaron con una navaja, perdí el control y a uno lo herí con su arma, al otro lo golpeé, y salí corriendo hasta llegar aquí. Ahora sé que ese hombre es el jefe de los vagoneros y que Diego le pagó para que me siguiera.

—Diego quiere tu cabeza para recuperar el monolito y luego venderlo al *Museum für Völkerkunde*, al Museo de Etnología de Austria, que está en la Heldenplatz de Viena, la Plaza de los Héroes, donde Hitler anunció la anexión de Austria al Reich alemán en 1938. En este museo se encuentra el penacho de Moctezuma, o el que supuestamente perteneció a dicho tlatoani. Ahora que sabes que yo tengo el monolito y que no estoy ciego, necesito saber cuál es su plan.

—Hacer justicia.

—Venganza.

—No. Lo hacemos con intenciones de hacer justicia. Nuestro objetivo principal es detener una red de pornografía infantil liderada por Gregorio Urquidi.

—No se hable más del asunto. Entonces es momento de ponernos a trabajar. Prepara tus cosas porque nos vamos a Chiapas.

—¿Qué? ¿Cuándo? ¿Para qué?

—Vamos a seguir la senda del jaguar.

XXXIII

Llegué a estas tierras hace ya veinte años, vine del mar, el mar me trajo. Aquí fui esclavo, aquí trabajé, aquí me hice soldado y ayudé al nacom a hacer guerras a otros pueblos. Me hice su amigo, se hizo mi amigo, grande afecto nació entre ambos. Y le hube tanto aprecio que cuando fue atacado por un animal de una laguna saqué mi lanza y le di muerte. Así recibí mi libertad y me hice de una casa y le pedí a Na Chan Can una hija, mi amada Zazil Há. Me hice uno de ellos, y les amé, y los amo, son mi gente, no son mi raza, pero daría mi vida por ser de su raza. Así, mis hijos, son ya mitad cheles y mitad descendientes de las Europas.

Qué bonicos mis chiquillos, que ya grandes están. Cómo los mira la gente, cómo les llama la atención su piel tostada y sus cabellos rojos y sus ojos azules. Pero cómo los quieren. Ay, cómo los amo yo. Y cómo extraño a mi pequeña, que hube de dar en sacrificio. Pero así es aquí, así se debe hacer, así hube de actuar. La entregué en sacrificio, porque ya cristiano no soy. Y creo en el gran Kukulcán.

Me fue encomendada la orden de nacom, y como guerrero que soy llevé a los soldados a grandes victorias. Luego, llegaron más españoles, como yo, cuando vine por primera vez, en busca de riquezas. Si ellos supieran, si ellos entendieran, si ellos los escucharan, sé que los dejarían en paz. Pero no vienen a hacer la paz, sino a hacerse de riquezas. Así los hube de atacar cuando llegaron por primera vez, en compañía de

Aguilar, quien fuera mi compañero por mucho tiempo. Ay, Aguilar, cómo le han llorado sus hijos y su mujer Ix Nic.

Cuando supe que se había marchado, comprendí que la guerra contra los españoles apenas iniciaba. Hubo algunos años de paz, en los que no llegaron. Y hube de enseñar a nuestros soldados a luchar para cuando ellos llegaran. Na Chan Can me nombró halach uinik, y grande miedo tuve, pues tarde comprendí el valor de un halach uinik, que en castellano se dice hombre verdadero. Y yo, cómo puedo decir que soy hombre verdadero si cuando llegué a las islas de Cuba también maltraté a los hombres que ahí habían nacido.

Pero por ser esposo de Zazil Há, hube de tomar el nombramiento de halach uinik. Tarea que ha sido harto difícil, pues cuidar Ch'aak Temal me lleva a las armas en contra de otros que son de mi misma raza. Y yo no quiero matar a mi raza, sólo busco la paz. De esa manera, les dije a los otros señores de todos los poblados que no les hicieran la guerra, que los dejaran irse. Quise que se cansaran, que se marcharan, que descubrieran que aquí no hay oro.

Conocí la guerra desde que era un crío, viví la guerra cuando era un joven inmaduro, llegué y aprendí a guerrear como los mayas, con lanzas y flechas. Ahora, que he visto mucha muerte no quiero sangre en mi pueblo, no quiero ver morir a mi raza. Si tan sólo buscaran estar en paz. Pero desde que llegaron no han hecho más que buscar oro, y matar y torturar. Así hirieron a mi amigo Nican Canul con un arcabuz. Mi leal compañero Nican Canul ahora camina lento y con dificultad por la herida en su pierna. Aquí le curaron con prontitud, pero no fue posible hacer más. Ya no quiero que mi gente salga a la guerra, pero Alonso de Ávila no cesa en sus ataques. Ha aprovechado a los enemigos de Ch'aak Temal, con los cuales ha salido victorioso en algunas batallas, mas no en otras, pues no sabía él que ya desde antes de su llegada había guerras entre los pueblos de estas tierras. Para hacer que Ávila se marchara de nuestras tierras le hice llegar nuevos rumores de que su amigo Montejo había muerto en la guerra. Y nuevamente, como lo hice cuando llegaron, logré engañarlo. Ávila hubo de volver en busca del Adelantado.

En Bacalar le pidió al halach uinik que le otorgara tropas, quienes le dieron seiscientos guerreros. También le enviaron gente de Uaymil, pero la desconfianza lo atemorizó y desdeñó su ayuda pensando que eran muchos y que en el camino le darían muerte. Y no se equivocaba, pues mi intención era enviar gente como espías para saber cuáles eran sus pasos a seguir. Al llegar a Chable le informaron que yo tenía infiltrados y molesto se fue en contra de la gente de Cochuah, donde pronto dio muerte a muchos nativos.

No me quedó más que hacerles la guerra, esa guerra que tanto evité para salvar la vida de mi gente que tanto amo, mi gente que tanto me ha dado. Debí elegir, debí traicionar a mi raza para salvar a Ch'aak Temal. Oh, gran pena es esta que siento. Pero no pude permanecer aquí mientras quemaban casas y cortaban cabezas.

Mataron al halach uinik de Cochuah. Y sin posponer más aquel encuentro reuní mis tropas y marchamos rumbo a Cochuah, donde Ávila se recuperaba del último ataque. Ordené pues que se les destruyeran sus navíos y que se les encerrara en aquel poblado. Llevaba más de tres mil soldados, todos dispuestos a terminar con esta guerra, sacarlos de una sola vez. Les di instrucciones que marcharan en grupos, desde las copas de los árboles para que no los vieran. Pues sus arcabuces son más letales que las flechas. Aun así, lograron dar muerte a muchos cheles y darse a la huida. Ávila y su gente se encontraban fatigados, heridos, hambrientos, sedientos, frustrados.

Yo bien les habría dado casa y alimento, si hubiesen venido en paz. Pero no es eso lo que ellos buscan, sino oro y tierra. Somos una especie maldita. Cuando somos víctimas buscamos la justicia hasta por debajo de las piedras; y cuando somos victimarios la escondemos debajo de las piedras. Los españoles sufrimos el ataque de los musulmanes, lloramos por sus abusos, fuimos sus súbditos y buscamos nuestra libertad, luchamos para recuperar lo que considerábamos nuestro. Y cuando supimos de las islas olvidamos nuestro pasado y nos volvimos conquistadores. ¿Será la venganza de los conquistados?

Hartos años me tomó entenderlo. Hube de ser esclavo para comprender que a fin de cuentas, cualquiera puede ser rey, mas no cualquiera alcanza a ser un verdadero hombre, un halach uinik. Mucho me enseñó mi suegro Na Chan Can, y mucho he de aprender aún. ¿Cuánto tardará la humanidad en comprender que se puede vivir en comunión, sin importar las razas? Aquí estoy yo, entre mayas, en una tierra que no era la mía, con una religión que mucho demoré en entender. Dudo mucho que Montejo y Ávila comprendan esto que escribo. Pues aunque se han marchado, sé que pronto volverán a hacer más guerras.

Ávila volvió a lo que él llamó Villa Real, nuestra Ch'aak Temal. Pero temeroso a que lo atacáramos de nuevo anduvo por las selvas, donde los caballos apenas si podían cruzar las ciénagas, evitando las poblaciones. Llevaba preso al halach uinik de Uaymil, para que lo guiara, y le amenazó que si lo engañaba lo mataría.

En Chable los atacamos de nuevo, haciéndolos retroceder. Yo lo vi, yo estuve ahí cuando Ávila salió corriendo con su machete en mano. Sé que se fueron a Mazanahua, donde los recibieron bien, pues ahí no tenemos buenas relaciones. Ellos deseosos de destruirnos les dieron canoas para que pudiesen volver a Ch'aak Temal. Pero no se atrevieron a entrar porque teníamos la ciudad protegida y ellos tan sólo unos cuantos caballos y pocos hombres, hambrientos, sedientos, heridos. Así logramos obligarlos a que salieran de nuestras tierras. Los vimos quitar sus cruces que habían puesto al llegar, los vimos juntar sus provisiones, los vimos subir a sus canoas. Y para que no les quedaran más intenciones de volver, los atacamos, los perseguimos en más canoas. Ellos eran ya tan sólo unos cuarenta hombres y nosotros muchos más. Ya no tenía yo intenciones de darles muerte, sólo de echarlos. Se fueron a las Hibueras.

El peor error que pudieron cometer el Adelantado y Ávila fue entrar a la gran ciudad de Chichén Itzá, el gran santuario de Kukulcán. Luego de que los echamos de Ch'aak Temal se fueron al lugar que llamaron Puerto Caballo, siguieron su camino a Trujillo. Hambrientos y sedientos solicitaron auxilio al que dicen Andrés de Cerezeda, quien los recibió pero se negó a darle armas y soldados. Hubieron de esperar ahí sin saber bien a bien qué les esperaba. Ávila comenzó a construir *una embarcación para volver a Xicalango, pues sus temores ya no le permitían volver a pie.*

Para su buena suerte pronto llegaron dos navíos de Cuba. Según me informaron algunos espías, Ávila rogó desesperadamente al maestre para que los llevaran de vuelta con Montejo. Ya juntos los dos reunieron la poca gente que les quedaba y marcharon a Ah Canul, hicieron más guerra. Mientras que el Mozo con doscientos soldados llegaron a Ceh Pech, donde hablaron con el halach uinik para convencerlo de que le convenía aliarse a ellos y hacernos la guerra. Bien cayó en su trampa. Y les guió a la gran ciudad de Chichén Itzá, que no era habitada, pero que seguía siendo el punto de reunión para hacer culto a Kukulcán. Los enviaron ahí para provocar la ira de sus enemigos, los cupules.

Cuando supe que habían llegado a Chichén Itzá sentí gran rabia y temor de que intentaran destruir el Castillo. Bien se me informó que les habían gustado harto sus estructuras, y el dzonot sagrado. Zazil Há, mi amada esposa, y mi amigo Nican Canul se encontraban junto a mí cuando llegó el informante.

—No podemos permitir que destruyan Chichén —dijo Zazil Há.

Nican Canul la apoyó con una mirada. Y sentí un gran peso sobre mis hombros. Mi obligación era rescatar a Chichén antes de que terminara en escombros.

—Naabón Cupul no ha querido hacerles la guerra —explicó el informante—, pero dicen que los dzules han repartido los territorios, dando a cada español los servicios de dos mil y tres mil mayas.[43]

Una de mis primeras acciones tras recibir esta noticia fue juntar mis tropas y marchar rumbo a Chichén Itzá, pero fue algo tarde, pues no pude salvar al halach uinik de los cupules, Naabón Cupul, quien molesto de ver cómo los españoles obligaban a los cupules a construirles casas de madera, con techos de palma y paja, decidió dar muerte al Mozo, pero no lo logró y fue él quien murió. El Mozo dijo a todos que ya no se llamaría Chichén Itzá, sino Ciudad Real, en honor a la ciudad natal de Alonso de Ávila.

Aún no habíamos llegado a Chichén cuando me enteré que los xiu de Maní les habían dado su apoyo combatiente. Entonces, llegar y sacar a los invasores sería más complicado para nosotros, pues ahora estaban haciendo lo mismo que Cortés en Tenochtitlan: querían que nosotros nos hiciéramos la guerra entre nosotros, xiues contra cocomes, cocomes contra cheles, cheles contra xiues, xiues contra cupules y cupules contra peches.

Pero pronto los cupules se cansaron del mal trato que recibían por parte de los invasores. Luego uno de mis informantes me contó que se les veía la tristeza en el semblante y en el caminar. Fuera de ahí también obligaban a los peches, otro grupo de cheles y xiues, a que les entregaran tributo. Cuando me enteré de su descontento les envié mensajes para llegar a una alianza. Era un acto que llevaba otro riesgo, pues bien podían ellos decidir mantenerse al servicio de los españoles para derrotar a los cheles de Ch'aak Temal.

Los primeros mensajes no fueron respondidos, lo cual me dejó harto preocupado. No podía entrar a Chichén sin su apoyo; de hacerlo corría peligro mi gente. Creí entonces necesario enviar otro mensaje, el cual contestaron con prontitud.

—Dice el halach uinik de los pech que tiene su promesa de lealtad si acude a rescatar a la ciudad de Kukulcán.

Así logramos hacer una alianza para luchar contra los invasores. Comenzamos a llevar una comunicación por medio de mensajeros. El primer paso de nuestra estrategia fue no dar más tributo a los españoles, quienes pronto se vieron obligados a solicitar refuerzos. Algunas veces, llegaron a hacer presos algunos hombres para obligar a los peches y a los xiues a que les siguieran dando provisiones.

—Dile a tu halach uinik que no caiga en la trampa —mandé decirle—, y que empiece a fortificar sus poblaciones. Comiencen a fabricar flechas y lanzas.

Hubo ocasiones en que el halach uinik Naabón Cupul perdía la paciencia y ordenaba atacar a los españoles, que se defendían con sus arcabuces y espadas, dejando como resultado muchos cupules muertos.

—Gran halach uinik, Gun Zaló —dijo el mensajero—, Naabón Cupul le manda decir que espera pronto su llegada para hacer frente a los invasores. Que ya tiene las lanzas y flechas que pidió.

Tras recibir este mensaje caminé con mis tropas a los poblados cercanos de Chichén Itzá y organicé la batalla final. Ya no tenía duda de que mi alma estaba con los mayas, los cheles, los peches, xiues, todos, menos con los españoles que no estaban dispuestos a entrar en razón. Sus mentes huecas no les dejaban ver que por las buenas podían obtener casa y alimento.

Según mis cuentas de los años, la batalla de Chichén ocurrió en 1533. Formamos grandes escuadrones, organizados en distintos puntos. Bien se podía ver el Castillo desde lejos, lo cual no era bueno para nosotros, pues ellos podían estar cuidando desde arriba. Un grupo de guerreros entró por el norte, marchando sin hacer un solo ruido. Algo que a ellos aún no les convencía, pues para las guerras anunciaban con tambores y caracoles. De igual manera se formaron otros escuadrones en el sur, este y oeste, que debían esperar mientras mi escuadrón entraba por el norte. Mi objetivo era no cansarlos a todos al mismo tiempo.

Tardamos un par de horas en acomodarnos, pues hubimos de arrastrarnos entre las hierbas antes de llegar. Esperamos silenciosos entre los arbustos; busqué al que dicen el Mozo, a él debía atacar, muerto su líder los demás se darían por vencidos. Poco antes de que se escondiera el sol, los vimos salir de Chichén Itzá, fue entonces que di la orden de atacar. Primero con una lluvia de flechas y lanzas. Los españoles se esparcieron como ratoncillos corriendo de un lado a otro, buscando sus armas. Luego di la orden de que otra lluvia de lanzas les cayera encima. Escuchamos los primeros disparos. Sin espera salimos corriendo a enfrentarlos con nuestros escudos hechos de caparazón de tortuga. Los disparos se escucharon nuevamente. Algunos de nuestros guerreros cayeron muertos y otros heridos. Las lanzas y flechas cruzaban el cielo. Los gritos de guerra sirvieron para anunciar a los otros escuadrones para que salieran al ataque. La marcha de los cupules, cheles y xiues se escuchaba estruendosa. Eran doscientos españoles contra más de quinientos de nosotros. Pese a la gran diferencia hartos caían al instante por sus armas de fuego. Yo sabía que lo más difícil sería llegar a ellos y que con eso tendría muchas pérdidas, pero la batalla final debía ser en ese momento o nunca más, nunca más.

Hasta que por fin la lucha se dio cuerpo a cuerpo. Tomé la espada de uno de los soldados españoles que se encontraba muerto y me di a la tarea de buscar al hijo del Adelantado. Cuando lo tuve frente a mí, le hablé en castellano.

—¡Aquí me tienes, Mozo! —grité sosteniendo la espada en el aire—. ¡Pelea!

Me miró con desprecio.

—¡Vos sois el renegado! —respondió con otro grito y se encaminó a mí.

Su primer intento de darme muerte fue fallido. El choque de espadas fue un largo ir y venir. En una ocasión logré derrumbarlo. Su espada cayó entre la hierba, pero pronto se puso de pie y recuperó su arma. El Mozo era un ágil espadachín y yo un viejo guerrero que hacía años no se ejercitaba con esta arma. Logré mantenerme en pie por un largo rato, hasta que por fin el Mozo me hizo perder mi espada dejándome indefenso en el piso. La batalla seguía por todas partes. Sentí que en ese momento me daría muerte, pero en lugar de eso dio un fuerte grito:

—¡Si no os detenéis mataré a este renegado!

Sé que no entendieron lo que dijo en castellano, pero al verme en el piso todos detuvieron la batalla.

—¡Déjenlo que me dé muerte! —grité a los cheles, cupules y xiues—. ¡Defiendan a Chichén!

Pero no obedecieron. Los españoles retrocedieron y lograron entrar a Chichén, donde sabían que estaban seguros. Lo que aún no logro entender es por qué el Mozo me dejó libre.

XXXIV

El número de creyentes de *El santuario de los hombres de buena fe* creció descomunalmente. Tras un mes de la primera y única aparición del *Elegido*, y la insistencia de los creyentes de verlo de nuevo, Gregorio Urquidi decidió que su reaparición debía ser igual de espectacular: volvió a rentar el Auditorio Nacional, y a puerta cerrada llevó a cabo otro evento multitudinario. Según su iglesia no cobraría las entradas, pero sólo se les dieron boletos a aquellos que habían pagado su diezmo. Además, en la entrada colocó doscientas alcancías para que la gente dejara otro donativo, más el que se les solicitó en medio del evento, justo antes de que *El Elegido de Dios* hiciera su nueva aparición.

Tras dos horas de gritos, aplausos, cánticos, brincos, música, oraciones, desmayos, sanaciones, sermones, más aplausos, y llanto, se anunció la entrada del *Elegido*. En aquella ocasión Osuna dirigió el evento, ya que en el momento en que Urquidi se preparaba para salir al escenario del Auditorio Nacional, Bañuelos le urgió que fuera al camerino a ver el noticiero que presentaba evidencias que acusaban al gobernador Eulalio Valladares Lasso de tener nexos con el cártel del Greñudo Suárez, quien había sido capturado esa mañana. Gregorio Urquidi había apagado su teléfono celular dos horas antes; en cuanto lo encendió notó que tenía varias llamadas perdidas. Marcó al celular de Valladares Lasso.

—¿Qué pasó? —preguntó preocupado.

—Vendieron nuestras cabezas —respondió el gobernador.

—¿Quién?

—¿Quién va a ser? Nos quieren cerrar el paso a la presidencia. También quieren enviar una propuesta al senado para quitarme el fuero.

—En un momento te llamo.

Urquidi colgó el teléfono e hizo varias llamadas. Se comunicó con los hombres del Greñudo Suárez. Le informaron que esa mañana llegaron agentes de la PGJ, la PGR y el Ejército; rodearon la casa y tras una balacera de tres horas lograron entrar y arrestar al Greñudo Suárez y veinte de sus hombres.

—¿Quién fue? —preguntó Urquidi.

—La Güija.

—Consígueme su número, ya —ordenó Urquidi.

Mientras le regresaban la llamada ocupó el tiempo para hacer llamadas a otros políticos y empresarios, obteniendo como respuesta: "Déjame ver qué podemos hacer". El partido de Valladares Lasso pendía de un hilo, y por mucho que quisieran salvarle el pellejo al jefe de gobierno, el escándalo había cruzado fronteras. Media hora más tarde uno de los hombres del Greñudo Suárez llamó y le dio a Urquidi el número de la Güija. Le marcó en ese instante:

—Habla el papá de los pollitos —dijo Urquidi.

—Se los advertimos —dijo la Güija—. Tenemos un código: no vender droga en el país, no cometer crímenes que incluyan secuestros, violaciones, pederastia ni pornografía infantil. Ustedes no lo cumplieron.

—¿Qué? —preguntó Urquidi fingiendo no comprender.

—El Greñudo Suárez estaba obligando a los vendedores de piratería a vender droga en el país. Están llenando las escuelas de droga.

—Mira quién habla.

—Así es nuestro código: crimen sin víctimas. Toda la droga que quieras cultivar para exportar la tenemos permitida; el mercado nacional no.

—No chingues.

—Mira, no voy a discutir eso contigo en este momento. Así son las reglas desde hace cuarenta años. Si te gusta bien y si no, pues vele buscando por otra parte, curita.

—Libera a Eulalio de culpas.

—No, a ese menos, ¿para que cuando llegue a la presidencia nos chingue a todos? A ese pendejo con unas cuantas copas le sacan toda la sopa.

—¿De qué estás hablando?

—A ese imbécil se le fue la lengua: sabemos de tu red de pornografía infantil. Y eso también está fuera de nuestro código, cabrón; ya ni la chingas, con tanto pinche dinero me sales con esas mamadas. ¿No podías contratarte unas putas?

—¿A quién se lo dijo?

—A unos de sus compinches de la política. Un tal Delfino Endoque lo grabó en video, y nos envió las grabaciones de Valladares Lasso contando todo lo de tu red en Internet.

Eulalio Valladares Lasso le había prometido a Urquidi que si Endoque presentaba pruebas, el caso no saldría a la luz, y que por el contrario, mandaría arrestar a Delfino Endoque acusándolo de difamación.

—Nosotros mismos dimos a la PGJ el informe completo de su investigación sobre tu red de pornografía infantil. O sea que lo mejor será que dejes caer unas cuantas cabezas y luego hablamos.

Urquidi colgó el teléfono y permaneció un largo rato en silencio, a solas, enfurecido.

Luego mandó llamar a Bañuelos.

—Quiero que en este momento te vayas en el helicóptero a la iglesia de Tlaquepaque y no salgas de ahí. Te van a arrestar —Bañuelos abrió los ojos y comenzó a temblar y a sudar—. No te pongas así, pendejo, escucha. Voy a hacer que te inventen cuatro aliados. Cualquier cabrón que ya tengan arrestado por cualquier tontería. Tú lo vas a negar todo. Voy a sacarte de ahí en tres días, pero necesito que te calles; ni una sola palabra. Te prometo que todo va a salir bien. Luego nos vamos a ir del país. Tú eres mi brazo derecho. No debes dudar de mí. Te he dado todo lo que has querido. Has sido el consentido. ¿O no? ¿Quién quería hacerles el amor a esas niñas? Tú y solamente tú. Lo hice por ti. Para que fueras feliz. Ahora no me puedes fallar. ¿Entendido?

Bañuelitos salió casi empapado en sudor del camerino. En cuanto la puerta se abrió se escuchó la voz del *Elegido* hablando ante la multitud. Urquidi salió del camerino y se dirigió a ver qué ocurría; tras bambalinas permaneció un par de minutos escuchando lo que decía aquel chiflado. Osuna se encontraba a su lado; Urquidi lo miró y le dijo al oído: "Tenemos problemas, necesito que acompañes a Bañuelos. Ya se fue a Tlaquepaque. Vete en uno de los carros con ellos tres", dijo, y señaló a un grupo de hombres que trabajaban en el Auditorio Nacional y que no tenían nada que ver con Urquidi ni con su iglesia. Justo en el momento en que Osuna se marchó *El Elegido* dijo algo que ninguno de los creyentes esperaba:

—Dios eligió esta tierra, y aquí fundó su imperio. El dios Kukulcán ha decidido reencarnar en mi cuerpo. Yo soy la reencarnación de Kukulcán.

Hubo un gran silencio. Urquidi enfureció y dio la orden a todos los pastores que se encontraban detrás del escenario para que salieran a salvar la iglesia.

—¡No me importa lo que tengan que hacer, inventen lo que quieran, pero convenzan a esa gente que descubrimos que este hombre nos engañó! ¡Pero primero sáquenlo del escenario!

Cuando *El Elegido* llegó ante Urquidi fue recibido con un golpe en el rostro.

—¡Eres un imbécil! —gritó Urquidi.

El Elegido no respondió. Urquidi salió del lugar sin despedirse.

—Kukulcán está por venir —dijo *El Elegido*.

XXXV

Tras la denuncia de la PGJ, Delfino Endoque caviló que Urquidi tomaría represalias, principalmente en contra de Saddam. Tenía la certeza de que en cualquier momento se les aparecería. Por ello decidió no separarse de su protegido, y lo acompañó en la expedición a Río La Venta, Chiapas.

El objetivo de Peralta Moya era encontrar la ubicación exacta de un sitio marcado en el monolito. Según sus cálculos aquello se encontraba en Río La Venta, Chiapas, dentro del Cañón Sagrado, que cruza la Reserva de la Biosfera del Ocote, también conocida como la Selva del Ocote.

Delfino Endoque llegó una hora antes de abordar al camión privado que Peralta Moya había comprado para la expedición.

—Mira nada más —sonrió el historiador al verlo llegar con su perro—. ¿Quién iba a pensar que un día tú y yo estaríamos juntos en una expedición?

El detective tuvo que detener al Bonito del collar para que no saliera corriendo tras uno de los gatos de Gastón.

—Vueltas del destino —dijo el detective con la mano en el collar del Bonito.

Delfino escudriñó el lugar con la mirada y al no encontrar más gente preguntó quién más los acompañaría. El historiador explicó que hacía dos meses atrás que financiaba la exploración de un grupo de arqueólogos y espeleólogos italianos.

—Andando pues —dijo Gastón Peralta Moya con una sonrisa, y señaló el autobús—. ¿Te gusta? Es un *Tiffin Allegro Bus* —el historiador se dirigió con una mirada al hombre que sería su conductor—. ¿Puedes mostrarles a mis amigos esta maravilla? —el hombre entró al autobús y en cuestión de segundos éste se expandió mecánicamente hacia los lados, sacando dos cajones que ampliaban el interior. Gastón Peralta Moya fue el primero en abordar—. ¿No piensan venir?

Al entrar, el par de detectives se asombró al ver que no era un autobús de pasajeros común, sino una autentica casa móvil de lujo: la sala tenía al frente dos sillones giratorios y reclinables mecánicamente, dos sofás tapizados en piel color hueso; el piso alfombrado del mismo tono; gabinetes de madera fina; una pantalla de plasma de cincuenta pulgadas; aire acondicionado y calefacción; en medio un comedor a la derecha; a la izquierda una cocina con refrigerador, estufa, microondas y todos los utensilios necesarios para cocinar; luego un baño con regadera; y al fondo una recámara con una cama matrimonial, armario y otro televisor.

—Aprovechen porque a donde vamos no vamos a tener nada de esto —dijo el historiador—. Vámonos, Millán.

El conductor encendió el motor y presionó un botón con el cual los cajones que habían expandido el autobús regresaron a su posición original, ensanchando a su vez el interior de la sala. Justo antes de que la puerta se cerrara entró la mujer que se había hecho pasar por cocinera.

—Delfino —el historiador los presentó señalándolos con las manos—. Sigrid. A este muchacho ya lo conoces —miró a Saddam—. El que nos va a llevar es Millán —el hombre sentado en el asiento del conductor miró el retrovisor y saludó con la mano—. El viaje está programado para unas quince o diecisiete horas, todo depende del clima y el tránsito, así que no se desesperen —dijo Gastón Peralta Moya y se sentó en uno de los sillones giratorios; tomó el control remoto y encendió el televisor—. Tenemos televisión satelital, así que en todo momento podremos estar bien informados.

Sigrid se dirigió a la cocina y comenzó a preparar algo para comer. Saddam se sentó en el comedor y poniendo los codos sobre la mesa dijo: "Así que te llamas Sigrid", y sonrió. "Así que te llamas Saddam", respondió ella con otra sonrisa. Delfino se sentó a un lado del historiador.

—Me enteré de lo que hiciste —dijo Peralta Moya al mismo tiempo que el autobús dio vuelta a la izquierda—. Se necesitan muchas agallas.

En el noticiero se anunciaba la detención de los sacerdotes Ernesto Bañuelos y Felipe Osuna, y tres hombres que no pertenecían al clero.

—Ahora vendrá por nosotros —respondió el detective.

—¿A dónde vamos? No lo creo. ¿Ése era tu plan: que te persiguiera a la selva?

—No. Que los narcos vendieran su cabeza.

—Entregarles información no era suficiente, tú lo sabías. A mí no me engañas. Lo que quieres es tenerlo frente a frente. ¿Tu perro no tiene pulgas?

El Bonito, que estaba acostado a un lado del detective, levantó la cabeza y observó al historiador.

—Sí, a ti te hablo, cara de perro —dijo el historiador inclinándose y arrugando la nariz—. Prefiero los gatos —volvió la mirada al detective—, pero para lo que vamos a hacer tu amigo nos va a servir mucho más que un gato egocéntrico.

—¿Qué es lo que está buscando?

—Una cueva. Adonde nos dirigimos se han encontrado varias cuevas: la Media Luna, a cincuenta metros sobre el nivel del Río La Venta; el *Castillo*, a setenta metros; el *Lazo*, a ciento cincuenta metros; el *Camino Infinito*, a trescientos metros; y hay otra llamada el *Tapesco del Diablo*, adonde nadie ha entrado. Según mis cálculos ahí está lo que estoy buscando.

—¿Qué busca?

—Ya te contaré…

En ese momento llegaron Sigrid y Saddam con unos platos de comida, entregaron uno al historiador y otro al detective y se sentaron en el sofá.

—Los estudios arqueológicos demuestran que Chichén estuvo bajo la influencia de los chenes y del puuc hasta el año 900 después de la era cristiana, cuando llegaron los itzaes e introdujeron el culto a Kukulcán. Pero no llegaron en son de paz sino declarando la guerra, con intenciones de conquista. Para criticar a los españoles nos llenamos la boca con denuestos, pero olvidamos o ignoramos que también en Yucatán como en el Valle de México se llevaron a cabo guerras similares con la única intensión de despojar y dominar al más débil. Chichén fue conquistada con guerras; se impuso una nueva religión con un nuevo dios: Mizcit Ahau.

„Los itzaes dicen haber sido creados por Mizcit Ahau, el creador del Quinto Sol, pero en sí a lo que se refieren es que él, su sacerdote Mizcit Ahau, los crió, los enseñó, los llevó por el camino a la conquista de otros pueblos. Pues ése, al que seguían no era un dios, sino un sacerdote, que como muchos otros sacerdotes se autonombrarían Serpiente Emplumada de acuerdo con la lengua de cada sitio que visitaban Mizcit Ahau, Nacxit, Ha-Pai Can, Kuchit, Votán, Tohil, Nacxit, Gucumatz, Kukulchan, Kukulcán, Quetzalcóatl, todos con el mismo significado: *Serpiente Emplumada*.

„Tras la conquista de Yucatán, el fraile Diego de Landa, como muchos otros de su época, ocupó un largo tiempo de su vida en estudiar las culturas del nuevo mundo. Con la ayuda de uno de los nativos, estudió su escritura, pidiéndole a esa persona que le explicara cómo se escribía con el abecedario castellano, creando así lo que ahora se conoce como el *abc de Landa*. Pero siguiendo su creencia testaruda, Landa quemó todos los libros mayas enfrente de la población, exhortándolos a olvidar su pasado y a adoptar la religión retrógrada del catolicismo. Lo contradictorio del asunto es que dejó escrito un amplio resumen de la cultura maya en su libro

Relación de las cosas de Yucatán, incluyendo su *abc*, del cual no se supo por más de cuatrocientos años.

„En medio de la Segunda Guerra Mundial, en 1945, Yuri Valentinovich Knórosov, nacido en Ucrania, soldado del Batallón 580 de artillería pesada, del Ejército Rojo, uno de los primeros soldados aliados que entraron triunfantes a Berlín, y amante de los libros, se dio cuenta de que se estaba incendiando la Gran Biblioteca de la capital. Rápidamente entró con intenciones de rescatar algunos cuantos. Poco después salió con dos libros: *La Relación de las Cosas de Yucatán* de fray Diego de Landa y la edición *Códices mayas* reproducidos y desarrollados por J. Antonio Villacorta C. y Carlos A. Villacorta.

„Fue tal la impresión que estos libros provocaron en él que años más tarde se convirtió en etnólogo y lingüista. En 1995 —luego de una gran batalla entre lingüistas, historiadores y etnólogos—, gracias a la Universidad de Quintana Roo, se publicaron los tres volúmenes del *Compendio Xcaret* de la escritura jeroglífica maya descifrada por Yuri V. Knórosov.

—¿Y qué fue lo que usted descubrió con esto? —preguntó Delfino.

—La senda del jaguar. Cuando oscurece, la luna se convierte en jaguar y acecha a su presa. El jaguar, el más temible de los animales en el México antiguo, otro de los símbolos del dios Nacxit, Mizcit Ahau, que no es otro que Kukulcán o Quetzalcóatl, el dios creador del Quinto Sol.

XXXVI

La batalla de Chichén Itzá dejó muchos españoles muertos. Nadie supo a ciencia cierta por qué el Mozo, teniendo a Gonzalo Guerrero en sus manos, no lo mató ni lo hizo rehén. Algunos de los acompañantes contaron tiempo después que en realidad él no quería saber más de aquella conquista, que comprendió en ese momento que darle muerte al renegado era garantizar su misma muerte. Otros contaron que en algunas pláticas llegó a mostrar cierta admiración por el español que se había hecho maya.

Lo cierto es que optó por dejarlo con vida y entrara a la ciudad de Chichén, que se encontraba fortificada. Los cheles, cupules y xiues, obedeciendo las órdenes de Gun Zaló, levantaron barricadas y montaron una vigilancia día y noche para prevenir que los enemigos llevaran comida a los españoles. Impidieron la comunicación con los otros españoles que se hallaban fuera. Consiguieron refuerzos y bloquearon cualquier salida de la ciudad de Kukulcán.

Fueron largos meses de encierro para los españoles, que tuvieron que hacer cultivos para sobrevivir. Aquella cárcel sólo les brindaba el agua del cenote sagrado. Ocasionalmente lograban cazar aves. Los heridos de la batalla murieron al no recibir atención médica. El Mozo se arrepintió todo ese tiempo por no haber tomado al renegado como rehén.

Mientras tanto Gun Zaló esperaba afuera con su gente. Sabía que tarde o temprano los invasores se darían por vencidos.

—¿Qué piensa hacer con ellos cuando salgan? —preguntó Nican Canul.

—No lo sé, no lo sé —Gun Zaló miró al cielo—. Sería bueno hacerlos presos, para que cuando Montejo y Ávila intenten volver a atacarnos los usemos como defensa.

Por su parte el Mozo hacía planes para salir. Caviló en confrontar a los nativos una vez más. Ya había medido sus fuerzas, sabía sus estrategias, no le quedaba duda de que Gonzalo Guerrero era un estratega, mas no un guerrero, pues su edad no se comparaba con la del Mozo. El renegado había perdido habilidad en las armas. ¿Cuánto tiempo tendría sin usar una espada o un arcabuz? Por lo visto, mucho. Preparó sus armas y salió al ataque; descubrió entonces que el número de enemigos superaba por mucho al que habían enfrentado en la primera batalla. De aquel encuentro sólo le quedaban cien hombres, de los cuales más de la mitad estaban mal heridos.

Por más que se daba de coscorrones, el Mozo no podía encontrar la manera de salir. Estaban totalmente sitiados. Si lograban escapar pensaba acudir con sus aliados de Ceh Pech y Ah Kin Chel, para enviar algún mensajero a su padre. Una noche, mientras comían alrededor de una fogata, escucharon el ladrido de un perro. El Mozo preguntó de dónde había salido el animal. Nadie supo responder.

—Lo más seguro es que sea de los indios —dijo alguien.

El Mozo le puso un poco de comida en el piso y el perro caminó a ellos. Luego de devorar el alimento, el perro agitó la cola y sacó la lengua. El Mozo lo acarició y sonrió.

—Ya sé lo que vamos a hacer —dijo—. Conseguid algún lazo.

Cuando le llevaron el lazo, el Mozo se lo enredó en el cuello y lo llevó consigo a caminar. Aquello llamó la atención de la gente que lo vio acercarse a las orillas. El perro ladraba con insistencia; los nativos escucharon. El Mozo pasó varias horas caminando de un lado a otro, rodeando la ciudad. En realidad lo hacía para que se notara la presencia del perro y para ver dónde había menos gente cuidando la ciudad. Por fin encontró un estrecho camino, el cual parecía haber sido abandonado por los nativos. El Mozo mandó colgar una campana en uno de los edificios. Su gente no comprendía qué era lo que pretendía hacer. Ordenó que todo el tiempo la tocaran.

—¿Para qué?

—Para que sepan que estamos aquí.

Así, a partir de ese momento, cambiando turnos cada hora, alguien tocaba la campana. También dio la orden de que nadie diera de comer al perro.

—Pero…

—¡Os he dado una orden! Sólo dadle agua.

El animal permaneció amarrado, sin recibir alimento por tres días.

—Ellos esperan que intentemos salir por el frente —dijo el Mozo—. He encontrado un pequeño camino que no tiene guardias.

Tres días y tres noches se escucharon la campana y los ladridos del perro.

—Recoged vuestras pertenencias que esta misma noche nos vamos —dijo sin explicar cómo lo harían—. Y atad al perro al badajo de la campana.

El Mozo se acercó al perro y le dejó un plato de comida a un metro de distancia. El perro intentó alcanzarla pero no pudo. Entonces comenzó a ladrar y a jalarse con desesperación.

—Pronto, hay que salir de aquí, ya.

Todos caminaron a la salida que el Mozo les había dicho. Ninguno de los enemigos se percató de la fuga.

Al amanecer, la campana dejó de sonar, pues el perro se cansó y se durmió. Al halach uinik, Gun Zaló, el silencio le hizo dudar. Envió entonces gente para que investigaran. Pronto se dieron cuenta de que los españoles habían huido. De inmediato se llevó a cabo una cacería. Luego de un largo recorrido, un pequeño grupo de cupules dio con ellos, pero salieron mal heridos por las armas de fuego y tuvieron que darse por vencidos.

El Mozo y su gente llegaron al poblado de Ah Kin Chel con la actitud más humilde que pudieron mostrar. Esa noche el joven Montejo la pasó en vela. Llegaron a su mente infinidad de recuerdos de su niñez. ¡Cuánto había deseado conocer a su padre Francisco de Montejo! Había pasado toda su adolescencia luchando contra la ignominia de ser un hijo ilegítimo. Y cuando por fin padre e hijo se vieron frente a frente, no pudo más que solicitarle que lo llevase consigo. "¿Y vuestra madre?", preguntó el padre. "Ya volveré pronto", respondió el Mozo, y se fue con su padre para el Nuevo Mundo en busca de conquistas. Desde entonces los momentos junto al Adelantado eran contados. "¿Para eso vine? ¿Para sufrir esto?". El Mozo lloró aquella noche. Quiso volver a Salamanca junto a su madre. "Oh, madre mía". "Oh hijo mío", dijo ella antes de morir sin saber dónde se encontraba aquel joven aventurero. El Mozo se enteró de su fallecimiento mucho tiempo después.

Tras esa noche de desconsuelo se enteró de que su padre se encontraba por aquellos rumbos, apurado en rescatar a su hijo de las manos de los nativos. De alguna forma le habían llegado noticias de que los tenían sitiados en Chichén Itzá.

—Se encuentran en Cibkal, en Chakan, próximo a Ichcaanziho —dijo el mensajero.

Sin espera salió a su encuentro, en el cual su padre le contó que había recibido la cédula de la Corona que lo nombraba gobernador del territorio entre el río de Copilco, frontera occidental de Tabasco, y el río de Ulúa, y que pretendía hacer un viaje a las Hibueras, pero que al enterarse de los peligros en que se encontraba el Mozo cambió sus planes.

—Os cuento, padre mío, que he conocido al renegado.

—¿Cómo?

—He tenido un enfrentamiento con él.

—¿Y qué ha ocurrido? ¿Le habéis dado muerte?

—No. Sus indios vinieron a salvarle de mi espada. No hubo otra que escondernos en la ciudad, esa donde tienen una enorme pirámide.

Montejo llevaba consigo ciento veinte hombres y con los cien del Mozo lograron aumentar sus fuerzas. Pronto, con más armas y hombres decidieron padre e hijo llevar a cabo la batalla en contra del renegado. A partir de ese momento se llevó a cabo una sangrienta cacería. Ya no había tregua, ni consideraciones. Gun Zaló, al ver las pérdidas humanas, decidió esperar: hizo que sus tropas regresaran a sus poblados para recuperarse, fabricar más lanzas y flechas, y ejercitarse en las armas.

Cuando Montejo creyó haber logrado por fin su conquista, le cambió el nombre a la ciudad de Ah Kin Chel por el de Ciudad Real, en la primavera de 1534. Luego, el Adelantado volvió a Campech, dejando de nuevo a su hijo al mando de las tropas. "Le encargó consolidar el poder español antes de intentar la subyugación de las regiones sureñas, aún independientes. Pero sus hombres empezaron a desertar. Al llegar las nuevas sobre el Perú y sus fabulosas riquezas, exageradas conforme la noticia pasaba de boca en boca, los soldados de Montejo no podían menos que comparar su magra conquista con semejantes riquezas. Los Montejo decidieron que Ciudad Real debía ser abandonada. El Mozo llevó por tierra a los colonos que aún permanecían en esa villa hasta Salamanca de Campech. Con estos acontecimientos, la conquista recibía de nuevo un fuerte golpe. Las deserciones continuaron y el proceso probó ser irreversible, por más que Montejo intentó detenerlo de todas las maneras posibles, ya fuera mediante obsequios y promesas, o con amenazas y castigos a los desertores, los cuales eran capturados por partidas que patrullaban con este fin. Las cosas fueron de mal en peor. Montejo no tuvo más alternativa que encarar la realidad: si no lograba hacerse de refuerzos, debía abandonar su proyecto de conquista. Desafortunadamente para él, tanto su situación económica como la de su socio Juan de Lerma no eran buenas. Y aunque lo hubieran sido, la misma causa que provocaba las deserciones impedía el reclutamiento de nuevos voluntarios. Como último recurso apeló sin éxito a la audiencia de la Nueva España. La amenaza de un nuevo levantamiento indígena crecía y las provisiones disminuían. Montejo se desalentó. Tras siete largos años de penurias y esfuerzos su situación no mejoraba. Yucatán había mostrado ser una tierra sin metales preciosos, con pocos ríos, de tierras rocosas y en su mayoría poco fértiles, habitada por gente belicosa que había aprendido la manera más eficaz de enfrentarlos, mediante estrategias guerrilleras y de asedio. Desilusionado escribió una amarga carta al emperador, enumerando sus males".[44]

> La región no es más que un monte, el más espeso que nunca se ha visto, y toda tan pedregosa que en toda la tierra no hay un palmo de tierra sin piedra, y nunca en ella se ha hallado oro ninguno, ni de donde se pueda sacar [...] ni cosa de que se pueda sacar el menor provecho del mundo; y la gente de ella es de la más mala y de más traiciones que haya en todo lo descubierto.[45] Amado rey de Castilla, yo que he sido vuestro fiel sirviente por más de veinte y uno años os ruego licencia para poder llevar a mi gente a otros lugares que puedan ser de mejor provecho.

Pero recibir pronta respuesta era peor que esperar a que los nativos cedieran en sus ataques. Los hombres que lo habían seguido no pretendían permanecer ahí más de un mes. Las amenazas eran constantes. Montejo se sintió derrotado y lloró, lloró a escondidas para no evidenciar su fracaso. Por ello jamás intentó mostrar a nadie lo que había escrito sobre su intento de conquista, como lo había hecho Cortés en sus cartas. Las guardó, siempre las escondió; nunca mencionó que escribía sobre su trayecto, pues jamás tuvo grandes resultados. Siempre quiso esperar hasta el último momento para plagar su redacción de falsos logros. Pero en ese momento no le quedó más que lanzar aquellos papeles en la fogata que danzaba en medio del campamento. Ahí murieron sus memorias, sus frustraciones, sus fracasos. "Que alguien más lo escriba. No será mi versión."

Cuando recién iniciaba el año de 1535, Montejo y sus hombres partieron rumbo a Santa María de la Victoria, dando fin a ese segundo intento de conquista, plagado de derrotas por mala organización y una pésima estrategia bélica que los llevó a creer que al conquistar una gran ciudad como Tenochtitlan lograrían la victoria, sin comprender que al menospreciar al enemigo fraguaban su propio fracaso, y que las guerras no se ganan de la misma manera en todos los territorios.

XXXVII

Al anochecer, mientras cruzaban Oaxaca, Gastón Peralta Moya se dirigió a la recámara del autobús sin despedirse. Millán puso un disco de la Rondalla de Saltillo (fundada en 1966), y las guitarras y las mandolinas anticiparon la voz de Juan Torres Izquierdo: *Tan dentro de mí, conservo el calor que me hace sentir, conservo tu amor, tan dentro de mí, no puedo vivir, muriendo de amor, muriendo de ti...* Delfino Endoque se acostó en el sofá de la izquierda. Saddam le cedió el de la derecha a Sigrid, pero ella lo rechazó señalando la puerta de la habitación: "Yo voy a dormir allá", sonrió. *Como buscan las olas la orilla del mar, como busca un marino su puerto y su hogar...* Justo cuando Saddam intentó calcular cuánto tiempo llevaba junta aquella pareja de amantes maduros, la melodía de la Rondalla de Saltillo le revoloteó el doloroso recuerdo de Wendy.

...Yo he buscado en mi alma queriéndote hallar, y tan sólo encontré... mi soledad. A pesar de estar lejos, tan lejos de mí, a pesar de otros besos quizás, Wendolyne, aún recuerdes el tiempo de aquel nuestro amor, aún te acuerdes de mí.

Llegó a su mente la imagen del cuerpo desnudo de Wendolyne. Ese día habían hecho el amor en la recámara de Saddam, donde habían permanecido desde las diez de la mañana hasta las cinco de la tarde. Él sacó la cámara fotográfica, e *in fraganti* retrató el delgado cuerpo, los senos erectos, y una toalla en las manos secándole el cabello tras salir de la ducha que ambos habían tomado juntos. Primero argumentó que no le gustaba que le tomaran fotografías, pero al sentir en su cuerpo el brillo fugaz del flash se sintió una diosa adorada, tan amada que dio rienda suelta a su vanidad, y mientras Saddam la retrataba ella se secaba lentamente los senderos de la piel, se barnizaba las piernas con una crema y cepillaba suavemente los hilos de su empapada cabellera. Dejó guardar en los archivos del recuerdo impreso una marca en su nalga derecha, el lunar en la cintura, el remolino en la nuca, sus pezones erectos, su rostro desnudo, tantas veces, que cuando la sesión fotográfica llegó a su inesperado fin sintió que ahí había terminado el sueño de la cenicienta y se vistió de puro capricho.

Aún recuerdo aquel ayer, cuando estabas junto a mí, tú me hablabas del amor, yo podía sonreír… El joven aprendiz llevaba más de seis meses sin saber de ella. *Aún recuerdo aquel amor, y ahora te alejas de mí. Le he pedido al silencio que me hable de ti…* Seis meses en los que no derramó una sola lágrima ni escribió un solo verso ni intentó llamarla. *He vagado en la noche queriéndote oír, y al murmullo del viento le he oído decir… tu nombre, Wendolyne.*

Después de la sesión fotográfica, en la cama llegó el momento de las confesiones. Wendy le contó de su familia. Hizo una pausa, dudó por un instante en confesarle que con frecuencia escuchaba gritos en la recámara de al lado. Mamá que nuevamente le reclamaba a papá por haber llegado tarde. En realidad no era la tardanza lo que la tenía enfadada, sino que hacía años que él no la tocaba ni por accidente. Él preparaba una maleta de ropa. No la llenaba del todo, pues sabía que en unos días volvería. Su padre manejaba un taxi por toda la ciudad, escuchando la radio, su inseparable compañera, día y noche. No había nota de la cual no fraguara un comentario. Se había convertido en la estrella de las encuestas. Cuando algo en la política le incomodaba o cosquilleaba las cuerdas de la curiosidad, lo platicaba con sus pasajeros. Disfrutaba amargamente deambular por la ciudad en la soledad del volante y el riesgo cotidiano.

Lourdes, por otro lado, era una secretaria frustrada que tramitaba boletas, certificados, comisiones en una escuela pública.

—Mi madre es una mujer muy triste. Pobre, me da pena verla de esa manera, tan desconsolada, siempre tan sola, a la espera de que un gran día el milagro toque a la puerta y la sorprenda con un costal de alegrías y un trapo mágico que limpie su polvoriento corazón —dijo Wendy, y rozó con la mano el pecho desnudo de Saddam.

Le contó que con tanta belleza y juventud su madre se dio el privilegio —y castigo— de elegir, cuantas veces quiso, con el dedo índice a sus pretendientes en la fila del amor, en la cual Rodolfo ocupó uno de los últimos lugares, si no es que el peor. Joaquín, indiferente a su belleza, ni siquiera se postuló como candidato. Se abstuvo del ridículo de ser otro más del montón; evitó mirarla de frente, hablarle, sonreírle. Lo que provocó en Lourdes una incontrolable ansiedad por conocer al pérfido mustio. Despreció hasta al más galán de los galanes con tal de conseguir la atención del tipo aquel. Acogió al capricho con tal capricho que el mismo capricho de puro capricho se burló de ella: Joaquín la llevó a su cama cuantas veces quiso, y cuando quiso desapareció de su vida.

Rodolfo la coronó su reina y Lourdes azotaba la corona una y otra vez. El tiempo detuvo el reloj de papá justo el día que ella se confesó enamorada de un tal Joaquín Espinosa. Rodolfo se obsesionó tanto que, cual niño berrinchudo, en cuanto cumplió su capricho y botó el juguete preciado.

—Y mi madre —contó Wendolyne—, como dicen tantos, se quedó como el perro de las dos tortas. Mi padre se cobró con creces cada uno de los desprecios que mamá derramaba al andar en su juventud.

—Uno debe masticar las sorpresas con los ojos cerrados. Mamá no supo cómo —le dijo Wendy a Saddam y le tapó la espalda desnuda con las cobijas— el tipo la abandonó.

El matrimonio acarició su presente en cuestión de cuatro semanas. La unión desunificó su amistad, y lo poco que quedaba de cariño entre ambos pintó su raya. La indiferencia se presentó y se burló de lo consecuente. El rencor por parte de él inquietaba cada una de sus pláticas. Con sonrisas maquillaban su indiferencia en los encuentros familiares. El odio se alimentó con el acontecer del día a día hasta que Rodolfo se enamoró de otra mujer, quien en la búsqueda del trono de la felicidad, le pidió un hijo. Y él se lo prometió. Tras una interminable trenza de intentos fallidos fueron a dar al cadalso de un consultorio. "Lo siento, señor, usted es infértil", le dijo el médico.

—¿Desde cuándo? —cuestionó y sintió que se tambaleaba en el trapecio de sus miedos.

—Siempre lo ha sido… —escuchó, y en un santiamén miró al pasado por encima de su hombro y descubrió que el cordón umbilical que lo unía a la tercia de críos no había sido más que un espantoso espejismo, una cuerda floja que se partía en dos y lo dejaba en la boca de un abismo sin fin.

Como represalia inició una guerra campal en casa, exponiendo a su esposa ante los hijos como una ramera. Sin otra salida de emergencia, Lourdes admitió con odio que Wendy era hija de Joaquín. "Y los papás de los otros dos ni los conoces, ¿para qué quieres saber?", "¿y dónde vive?", preguntó Wendy tiempo después. "En Guadalajara."

Justo cuando la debacle familiar anunciaba la separación definitiva, Lourdes veía una noche en la televisión un programa pagado. Una mujer daba su testimonio:

"Mi matrimonio iba de mal en peor; mi esposo se alcoholizaba casi todos los días: llegaba, me golpeaba, me quitaba el dinero que tenía para la despensa y se iba con sus amigos a seguir bebiendo. Hubo días que sólo un huevo había para comer, y eso era lo que le daba a mis tres hijos. Yo lloraba todos los días. Hasta que un día vi en la televisión un anuncio de *El santuario de los hombres de buena fe*. Me sentí reconfortada al escuchar las palabras del obispo. Anoté la dirección y fui ese domingo. Le pedí a Dios Nuestro Señor que me cumpliera el milagro de salvar mi matrimonio y esa semana llegó mi esposo arrepentido y dejó de beber; un mes después le pedí a Jesús que me cumpliera el milagro de poner un negocio, y al día siguiente recibí un préstamo para poner un restaurante. Ahora ya tenemos cuatro restaurantes, compramos una casa con seis recámaras".

Lourdes asistió a *El santuario de los hombres de buena fe*, y aunque el milagro de que su esposo volviera a amarla no se le cumplió, adoptó aquel paliativo para hundir sus penas entre los tantos que llegaban con la misma intención. Incluso formó un grupo de oración en su casa.

—Hermana —dijo una de las vecinas a escondidas antes de iniciar la oración de aquella tarde—, ¿le puedo contar algo?

—Sí, Juanita.

—Me enteré que mi hijo… ay, me da pena.

—Cuénteme Juanita.

—Pues mi hijo es homosexual. ¿Cómo le hago para que se le quite?

El obispo Nuño dijo que esa enfermedad es curable.

—¿En serio? —Juanita abrió los ojos con espasmo.

—Así es —Lourdes le tomó las manos y la miró a los ojos—; vamos a hacer una oración para que su hijo se cure.

—¡Ay, hermana!, no sabe cómo se lo agradezco.

Minutos más tarde juntaron la donación que debían llevar al santuario el domingo e iniciaron la oración en la sala.

—Santísimo Señor, te pedimos que cures al hijo de Juanita, líbralo de esa enfermedad llamada homosexualidad, muéstrale el camino.

Wendolyne escuchó desde su recámara y decidió marcharse; se fue en busca de su padre para solicitarle asilo y ayuda económica para mantener al hijo que esperaba, el hijo que Saddam no sabía que venía.

XXXVIII

Llegaron a Tuxtla Gutiérrez al día siguiente y se estacionaron detrás de una camioneta que aguardaba a las orillas de la carretera. Millán presionó un botón sin pararse de su asiento, y la puerta se abrió; el hombre que los esperaba entró con mucha confianza.

—Les presento a Tullio Bernabei —dijo Gastón Peralta. Luego dio los nombres de los pasajeros del autobús.

—Ya está todo listo —dijo el italiano.

—Bien, vamos.

El italiano bajó del autobús, abordó una camioneta y salió por la carretera mientras el autobús lo seguía. Después de un recorrido lento y empedrado llegaron al final del camino. El autobús se detuvo y el historiador se puso de pie, estiró los brazos y dijo:

—Muy bien, muchachos, el *cruise* ha terminado, es hora de caminar.

Al bajar los recibieron más personas.

—Ellos son —dijo Tullio Bernabei— Giovanni Badino, Alvise Belotti, Antonio de Vivo, Davide Domenico, Italo Giulivo y Pascual Paco Méndez, nuestro guía. Millán abrió las compuertas laterales del autobús y sacó todo el equipaje, agua embotellada, comida, medicamentos, teléfonos satelitales, linternas, tiendas de campaña, herramientas, cuerdas, ropa, balsas inflables. Todos cargaron una mochila, incluso Gastón Peralta Moya.

Caminaron varias horas entre la oscura selva que impedía la entrada del sol, pese a que apenas había amanecido. El cacareo de los pericos, guacamayas, tucanes y más aves era tan constante como el estruendoso claxonazo de los conductores en la ciudad. También se escuchaban chillidos de monos, pero resultaba casi imposible verlos, cual si aquellas criaturas los estuviesen espiando a ellos. En ocasiones el temor los invadía y sentían a sus espaldas el acecho del jaguar, el gran cazador de las selvas tropicales, el silencioso, fuerte y ágil felino venerado por los zoques, zuyúas, mayas, toltecas, chichimecas, y finalmente los mexicas. Cada paso, cada crujido de las ramas, cada movimiento eran de tomarse en cuenta para advertir la presencia del jaguar, el animal que nunca se ve, pero está ahí presente, celoso, deseoso de sacar a cualquier intruso que ose transitar por sus sombreados territorios, llenos de copas de viejas ceibas, caobas y cedros que esconden el sol.

El escabroso, lento y difícil camino hizo que los arqueólogos y espeleólogos construyeran un escondite fijo: una especie de jaula, que en realidad no serviría de nada si se encontraban lejos de ahí y eran perseguidos por alguna fiera. Pero aun así lo construyeron.

—Traten de memorizar dónde se encuentra esta jaula —dijo uno de los italianos—. Si se sienten en peligro vengan aquí. O si se pierden. Éste será nuestro punto de encuentro bajo cualquier circunstancia de peligro.

Continuaron su camino observando pájaros, monos, mariposas e insectos raros.

—Aquí la tierra filtra el agua en el subsuelo —dijo Pascual Paco Méndez, oriundo de Ocozocoautla, Chiapas—; hay pocos ríos como La Venta, que es inaccesible para muchos animales. El agua disponible en algunas temporadas es limitada, y se acumula en los antiguos depósitos que los mayas llamaban *chultunes*, que atraen animales como el tapir y el jaguar.

Al amanecer y al atardecer la luz de la selva era escasa, en particular cuando la mayoría de los animales se encontraban en actividad. Caminaron hasta llegar al inicio del cañón, en el punto conocido como el Aguacero. Los italianos ya tenían preparadas unas balsas. En ese momento se escuchó un helicóptero a lo lejos; todos lo buscaron alzando la mirada al cielo.

—Hay que escondernos —dijo el historiador, y caminó debajo de un árbol—. Ya llegó —sonrió.

—¿Quién? —preguntó el italiano Giovanni Badino.

—Diego Daza, el arqueólogo que estudió las osamentas encontradas en Atotonilco, y que extrajo los *Memoriales* de Toribio de Benavente; ya les conté, ¿lo recuerdan? —dijo Peralta Moya.

El estruendoso sonido del helicóptero que volaba muy cerca de las copas de los árboles en ese momento provocó que el historiador gritara: "¡Quiere llegar antes que nosotros a la cueva!"

—¡¿Él sabe dónde está?! —preguntó el italiano Italo Giulivo.

—¡No creo, por eso vino en helicóptero! Pero es un pendejo. ¿Dónde cree que va a aterrizar?

El helicóptero se alejó siguiendo la línea del Río La Venta.

—En lo único que puede servirle el helicóptero en este momento es para conocer el área —explicó Gastón Peralta Moya—. Va tener que volver a Ocozocoautla o a Tuxtla, dejar su helicóptero y hacer el mismo recorrido que nosotros.

—Y si no conoce el camino —dijo Antonio de Vivo—, se va a tardar mucho más que nosotros, que ya tenemos dos meses estudiando la zona.

—O peor aún —intervino Alvise Belotti—: puede que se pierda.

—Creo que podemos seguir —dijo Delfino Endoque y caminó a la balsa inflable.

Los demás lo siguieron sin cuestionar su toma de control. Así, a bordo de aquellas balsas inflables, cargados con mochilas al hombro, chalecos salvavidas, sombreros, binoculares, brújulas, teléfonos satelitales, herramientas y cuerdas, se adentraron a los misterios del Río La Venta, lleno de cañadas, aguas tumultuosas y cascadas que corren por el cañón de aproximadamente ochenta kilómetros de largo, que atraviesa la reserva natural el Ocote, cuya grieta tiene un desnivel de ciento setenta seiscientos veinte metros, con paredes de cuatrocientos metros de altura. Se encontraron con un paisaje de majestuosa arrogancia, con aguas que se filtraban a través de las paredes, creando inefables diseños en las rocosas paredes verticales. En el trayecto encontraron algunas cuevas exploradas anteriormente por otros espeleólogos.

Un par de horas más tarde se detuvieron y acamparon a la orilla del río, junto a la cascada la Conchuda. Comieron y estuvieron largo rato hablando. Saddam revisaba las notas de todo lo que había trabajado con el historiador: intentaba descifrar qué era aquello que Peralta Moya buscaba. Tenía el monolito muchos datos de la historia de los mayas y de la conquista, ¿qué le faltaba a su libro? Cuando Gastón Peralta hizo que el joven Saddam dibujara con exactitud una copia del monolito, el aprendiz sintió un deseo de decirle un par de majaderías al historiador; pero en estos momentos comprendió la lección que el viejo le había dado: había reiniciado su apagada capacidad de observar. Bien podía haber tomado cien fotos del monolito, pero ninguna se asemejaría al indeleble retrato de su memoria. Observó de lejos al historiador explicando la imagen del monolito, y lo que había descifrado, con el *abc* de Landa; y se sintió orgulloso de saber que él, Saddam, aparte del historiador, era el único que realmente entendía a la perfección lo que había en los petroglifos e imágenes del monolito. Mientras observaba de lejos a Peralta Moya trató de leerle los labios. Casi estaba seguro de lo que el historiador decía: "La imagen tiene por un lado al dios Kukulcán; arriba, la serpiente emplumada; por otro lado un jaguar; y en otra parte a Kukulcán remando en una balsa".

"¿Llega o se va?", recordó Saddam la pregunta que Peralta le había hecho. Se puso de pie y caminó hasta el historiador.

—¡Se va! ¡Se va!

Gastón Peralta Moya levantó la mirada, observó al aprendiz y sonrió: "En efecto, muchacho, se va".

—¿De qué habla? —preguntó Alvise Belotti.

—Este joven descifró por sí mismo los petroglifos del monolito. En efecto, Kukulcán se va. Pero no se va al mar, ni se va a Chichén.

Al día siguiente continuaron el descenso por el río en las balsas, se detuvieron donde había una cueva ubicada a 50 metros del nivel del río. No entraron, ya que ése no era su objetivo.

Siguieron con el descenso en las balsas hasta encontrarse con un derrumbe. Tuvieron que rodear caminando por una hora. Llegaron a una parte del cañón donde había una terraza natural a veinte metros de altura, en cuyo interior encontraron un altar prehispánico decorado con figuras de tonalidades rojas, el piso estaba cubierto de pedazos de vasijas. Esa noche acamparon ahí y al amanecer continuaron con el descenso. El río comenzó a llenarse de curvas; el cañón se volvió muy estrecho. Horas después se detuvieron en la cueva de la Venta. Finalmente llegaron a la cueva del Tapesco del Diablo, donde esperaron para escalar al amanecer.

—¿Por qué se llama el Tapesco del Diablo? —preguntó Delfino Endoque mientras el Bonito ladraba a la orilla del río.

—Cuentan que el Tapesco lo hizo el diablo, y ahí vive el diablo —dijo Pascual Paco Méndez—; que nadie había logrado subir al Tapesco hasta que un día Bulmaro Morales siguió una bola de fuego que atemorizaba al pueblo, y decidió subir al Tapesco; al llegar se encontró con una serpiente. Entonces dijo: "Manifiéstate, Diablo", la serpiente desapareció y entre la oscuridad de la cueva encontró un jaguar. Volvió a decir: "Manifiéstate, Diablo". Dicen que el diablo se le apareció y le ofreció riquezas a cambio de su alma. Tiempo después Bulmaro Morales se convirtió en el hombre más rico de la comarca.

Todos permanecieron un largo rato observando el área. Más tarde los italianos sacaron la herramienta para comenzar su escalinata. De pronto Gastón Peralta Moya dijo: "Saddam los va a acompañar". El joven aprendiz alzó las cejas.

—Ya una vez un gringo me robó los *Memoriales* de Motolinia. Esta vez no ocurrirá lo mismo. No confío en ustedes —dijo mirando a los italianos—, así que él irá con ustedes. Y uno de ustedes se quedará aquí conmigo, incluyendo a Delfino, para asegurarme de que todos volverán con lo que encuentren ahí adentro de la cueva.

—Pero el muchacho no sabe escalar —dijo Endoque.

—Aprenderá hoy mismo.

Los italianos le dieron un arnés al joven aprendiz y le explicaron la forma como debía escalar. El rugir del río, el cacareo de las guacamayas y la altura del cañón provocaron en Saddam un temor irreprimible. Los primeros metros escalados fueron fáciles, pero al llegar a los veinte, el vértigo se apoderó del joven. "No mires abajo", le decían los italianos. Comenzaron a dolerle las manos y los pies. Luego de un par de horas llegaron a la cueva del Tapesco del Diablo, ubicada a cien metros de altura. Al entrar, Saddam se dejó caer en el piso boca arriba y respiró profundamente. Los italianos empezaron a inspeccionar el interior: encontraron objetos con forma de canastos y hechos con fibras vegetales, en perfecto estado; vasijas de alabastro, jade, figuras de concha, máscaras, un esqueleto sobre una lápida, un vaso policromado con una imagen de Quetzalcóatl remando en una balsa, la misma imagen que había en el monolito: Quetzalcóatl viajando al inframundo, donde la cueva era la entrada. Tomaron fotografías y luego lanzaron unas cuerdas para que desde abajo ataran las cajas de cartón donde guardarían los hallazgos. La labor fue pesada y delicada: tardaron todo el día en limpiar con brochas, numerar y acomodar todas las piezas en las cajas llenas de pequeñas bolas de unicel, las cuales sellaron con cinta adhesiva y bajaron con las cuerdas. Millán, Delfino y Alvise Belotti las recibieron. Poco antes de que anocheciera bajaron los arqueólogos, espeleólogos y Saddam. El historiador se encontraba feliz al ver cada una de las piezas encontradas.

—¿Qué significa esto? —preguntó Delfino Endoque.

—En la Cueva del Lazo, a ciento cincuenta metros, se encontraron once esqueletos de niños que fueron sacrificados. Eso fue lo que me dio la pauta para saber que aquí encontraría esto —el historiador sacó el vaso policromado con la imagen de Quetzalcóatl remando en una balsa—; es la misma imagen que encontramos en el monolito: Quetzalcóatl viajando al inframundo, donde la Cueva del Tapesco del Diablo es, sin más, la entrada. Esto no es evidencia de que el esqueleto sea de Quetzalcóatl, pero podría ser el de uno de los sacerdotes. Si es que en realidad el Quetzalcóatl de Tollan se fue a Tlillan Tlapallan, la bóveda celeste comprendida entre el oriente, *La Orilla Celeste del Agua Divina*. Dice el códice Matritense:

> *Y en tal forma creían*
> *en su sacerdote Quetzalcóatl*
> *y de tal manera eran obedientes,*
> *y dados a las cosas de dios*
> *y muy temerosos de dios,*
> *que todos lo obedecieron,*
> *todos creyeron a Quetzalcóatl,*
> *cuando abandonó Tula…*
> *Y tanto confiaban en Quetzalcóatl,*
> *que fueron con él, le confiaron*
> *sus mujeres, sus hijos, sus enfermos.*
> *Se pusieron en pie, se pusieron en movimiento,*
> *los ancianos, las ancianas,*
> *nadie dejó de obedecer,*
> *todos se pusieron en movimiento.*
> *En seguida se fue hacia el interior del mar,*
> *hacia la tierra del color rojo,*
> *ahí fue a desaparecer,*
> *él, nuestro príncipe Quetzalcóatl.*[46]

—¿Quién fue Ce Acatl Topiltzin Quetzalcóatl? —explicó el historiador—. Cuenta la leyenda que nuestro noble príncipe Uno-Caña Serpiente Emplumada, hijo de Mixcóatl, nació en el año 943 de esta era. (Las fechas son inciertas. Muchos dicen que nació en 895 d. C. y otros que fue en 1042. Que murió entre 935, 947 y 1116 d.C.) Dicen que Mixcóatl murió antes de que Quetzalcóatl naciera y que su madre murió el día que él nació. Así, se le despreció por no tener padres. Fue gran pensador. Andaba siempre en meditación y cuidado de sus pensamientos. Dice el historiador Orozco y Berra que también contó los días y acomodó el calendario de 360 días, por el compuesto de 18 meses de 20 días cada uno, que añadiendo los 5 *nemontemi* o días complementarios, forman el total de 365.

El mito de Quetzalcóatl o Kukulcán dice que un día se fue y prometió volver. Luego, a alguien se le ocurrió decir que Kukulcán era un vikingo; una hipótesis nada despreciable, teniendo a Gonzalo Guerrero como ejemplo de un verdadero extranjero europeo en Yucatán antes de la Conquista. Algunos religiosos aseguraron que su dios Jesucristo había venido a estas tierras y que así se le conoció, como Quetzalcóatl o Kukulcán, aprovechando dos referencias: la existencia de cruces en Mesoamérica y las imágenes en bajorrelieve de un hombre barbado. Kukulcán, el hombre con barba de ardilla no tenía barba, pero se mandó hacer una artificial, y es la que utilizaba. Por otra parte, las cruces eran una de las manifestaciones del sol y de sus beneficiosos efectos en las lluvias. Por eso llamaban a la cruz *Tonacacuáhuitl*, árbol de *Tonacatecuhtli*, árbol del sol.

Dice la leyenda de Tollan que Quetzalcóatl fue un hombre sabio y justo, siempre en busca de paz; que cuando se le pedía que hiciera guerras o sacrificios se alejaba; que le gustaba estar solo. Pocos lo conocían. Según el mito, cuando era necesario informar algo a la población se los hacía saber por medio de sus *tlancuacemilhitime*, que eran los hombres que decían lo que él pensaba. Otra de las fábulas es que la siembra del maíz era abundante, las mazorcas eran grandes, las calabazas eran grandes, tanto que un solo hombre había de cargar una sola mazorca.

Nótese que el Códice Matritense dice *Su Sacerdote Quetzalcóatl*. Cuenta otra leyenda: Se fue al sur. Caminó por hartos pueblos, enseñando y construyendo ciudades, donde ahora también se le recuerda y donde también hay libros pintados con su imagen y enseñanzas, donde también existen monumentos y piedras con su cara, y donde se le llama de otras formas: "En Tajín era el señor del Viento, el señor del Rayo, del Trueno y de los Relámpagos, el Dios Huracán, el Uno Pierna, Venus-Quetzalcóatl".[47] "Y luego, por los años 928 y 948 retornó el grupo Itzá, que había abandonado las tierras de Chichén Itzá por trescientos años para vivir en Chakan-Putún. Pero no regresaron solos los itzaes a su antigua ciudad Chichén Itzá: Quetzalcóatl, con el nombre de Kukulcán iba con ellos".[48]

De acuerdo con la versión de los mexicas, Quetzalcóatl se fue de Tollan por no hacer guerra con Tezcatlipoca, que sentía enojo porque la gente quería a Quetzalcóatl y lo obedecían y lo seguían y hacían lo que él ordenaba. Tezcatlipoca quería que se hicieran sacrificios humanos y guerras contra otros pueblos. Tezcatlipoca buscó muchas maneras de que la gente ya no creyera en Quetzalcóatl. Una de ellas fue que Tezcatlipoca tomó la forma de un anciano y fue a una de las cuatro casas de Quetzalcóatl y le dijo que había tenido un augurio: que de no ser que abandonara Tollan muchas muertes habría y que él no podría detenerlo. Luego le dijo que sí había una, que debía beber un brebaje y que con éste encontraría la solución. Quetzalcóatl lo olfateó y supo que era licor. Y como él no bebía lo rechazó, pero él insistió hasta que Quetzalcóatl accedió. No hubo necesidad de que bebiera más, con eso fue en demasía para que perdiera el control de sus palabras y de sus acciones. Tezcatlipoca lo llevó con la gente de Tollan y lo mostró en ebriedad.

"Ahí tienen a su sacerdote —dijo Tezcatlipoca frente al gentío—, que ha dicho tanto sobre la pureza del cuerpo y de los pensamientos. Por eso se esconde, por eso no sale a verlos, por eso no habla con ustedes, por eso dice que está en meditación, porque en sus momentos de pensamiento se embriaga."

Los que han querido hacer de esta historia mayor vergüenza para Quetzalcóatl, dicen que esa misma noche se fue con su hermana y que hubo de hacer labores de varón con ella. Y que al despertar se sintió en tan triste repudio hacia sí mismo que por eso se fue.

Funestos presagios de ruina se venían por todas partes. Tanto arreciaron las calamidades, que Quetzalcóatl resolvió abandonar

Tollan; ninguna súplica lo detuvo, poniéndose en camino en compañía de sus parciales. Quemó sus casas, sepultó sus riquezas, dio libertad a los pájaros, y precedido de músicos flautistas para entretener su pena se alejó para siempre de la ingrata ciudad, detenido dos veces en el tránsito por los ruegos de sus secretarios, no mudó de propósito, aseguraba ir a Tlapallan, al llamado de su señor, e iba a ver al sol.[49]

Mariano Veytia relata que los chichimecas decían haber llegado de un lugar llamado Chichén, y que por ello chichimeca proviene de la palabra Chichén. Ahora bien, en esos años poco o casi nada se sabía sobre dicha ciudad, pues los cronistas de la Conquista sólo enfocaron su atención al Valle de México. Entonces, cuando mencionaban Chichén, agregaban no saber dónde se encontraba aquel lugar.

Los itzaes fueron criados o creados por Mizcit Ahau, o Kukulcán, y no pudieron estar en Yucatán antes de 900 d.C., pues estaban por el rumbo de Laguna de Términos y Champotón, región que se conocía con el nombre de Zuyúa. Los itzaes partieron de Champotón hacia Yucatán en el katún 8 Ahau (928-948), fecha en que todavía los toltecas de Tula, Hidalgo, irían a traer a Ce Ácatl Topiltzin Quetzalcóatl, sacerdote de esa deidad para que los gobernase. La llegada de Kukulcán a México, donde lo llamaron Quetzalcóatl, implica que ciertos elementos culturales desarrollados en Chichén pasaron al Altiplano Central, como las pinturas de Cacaxtla, las pinturas de Valle de Bravo, el templo de Tlahuizcalpantecuhtli en Tula, por lo cual las llamadas influencias toltecas en Chichén Itzá no existieron; al contrario, hubo influencias de Chichén en Tula.

Dice la historia que Quetzalcóatl se fue a morir a Tlillan Tlapallan, lo que se ha malentendido por muchos años como Yucatán. Pero Tlillan Tlapallan no era un lugar o región geográfica, sino la bóveda celeste comprendida entre el oriente y el poniente: *La Orilla Celeste del Agua Divina*.

En otras palabras, la hipótesis sostenida por numerosos investigadores y durante mucho tiempo, respecto a que Ce Ácatl Topiltzin

Quetzalcóatl abandonó Tula y fue a Yucatán, lo cual explica la presencia de columnas serpentinas, Chac Mooles, pilastras decoradas con guerreros y columnatas, no se sostiene cronológica ni estilísticamente hablando. En cambio sí se observa que esos elementos se originaron en Chichén y pasaron a Tula, partiendo del estilo que desarrollaron los itzaes, basado en elementos de Xochicalco, Costa de Veracruz y la Huasteca, Costa del Pacífico de Guatemala y Usumacinta, por los finales del Clásico de Mesoamérica. De esta manera queda claro que este personaje legendario no pudo ir a Yucatán. Además, porque el sacerdote Quetzalcóatl de Tula murió en el año 999 de la era cristiana, y porque los itzaes que llevan el culto a Kukulcán o Quetzalcóatl conquistaron Chichén en un 4 Ahau, o sea entre los años 968 y 987 de la era cristiana.[50]

La verdad es que Quetzalcóatl no se fue al mar, ni se fue a Chichén Itzá. La cultura tolteca no influenció a la cultura maya como se dice en todo el mundo. Al revés, Chichén Itzá influyó en Tula. El origen de Quetzalcóatl se encuentra en la Ciudad de los Dioses: Teotihuacan.

—Lo que quiere decir que —continuó Saddam— *la senda del jaguar* o la serpiente emplumada inició en Teotihuacan, se formalizó en Xochicalco, Morelos; pasó a Zuyúa, ubicado en Xicalango, isla de Términos, Champotón, que fue al parecer el lugar o punto de concentración de varios grupos: quichés, cakchiqueles, itzaes, xiues. Los sacerdotes que salieron de ahí adoptaron, todos, el mismo nombre, *Serpiente Emplumada*, traducido a las lenguas de cada región. Finalmente se dispersó por todo el sur, pasando por Chiapas, Guatemala, Yucatán y Quintana Roo, llegando a Chichén Itzá, de ahí regresaron a Tollan, luego a Texcoco y México-Tenochtitlan y el Valle de México.

—Por eso el monolito apareció en la ciudad de México, donde llegó otro de los tantos kukulcanes. Ahí se le hizo un monolito a Quetzalcóatl, con estilo maya-yucateco. Y no sólo eso, Gonzalo Guerrero dejó su testimonio —dijo el historiador, dirigiéndose a Sigrid—; ¿puedes traerme la caja de madera que está ahí? —señaló varias pertenencias que cuidaba con gran celo. La mujer obedeció y entregó a Peralta Moya la caja que tenía un candado y de la cual sacó un documento.

—Es una copia de los escritos del náufrago Gonzalo Guerrero —sonrió Gastón—. No iba a traerles los originales, ¿verdad? Dice así:

Vine del mar, llegué del mar, aquí me trajo el mar. Y aquí aprendí el culto a Kukulcán. Fue Na Chan Can quien me enseñó, fue él quien me explicó el origen del Quinto Sol. De él aprendí que Kukulcán no era un hombre, sino un dios, y los hombres tomaban su nombre y se hacían llamar Kukulcán, que se dice en castellano, Serpiente Emplumada. En Ch'aak Temal se le conoce por Mizcit Ahau. ¿Estaban o llegaron? Llegaron, los hombres criados por Mizcit Ahau llegaron a Chichén, y le llamaron Chichén Itzá.

—Lo que nos aclara que Gonzalo Guerrero jamás fue considerado como Kukulcán, ni dios ni nada por el estilo. Lo que sí puede ser muy posible, no tengo la certeza, es que él les enseñó a escribir. O por lo menos los instruyó para que redactaran *Los libros del Chilam Balam*.

XXXIX

La noticia del fracaso de Francisco de Montejo se esparció por todos los poblados. El gran héroe era sin más el halach uinik Gun Zaló. Hubo una gran celebración en Ch'aak Temal, llena de danzas y grandes banquetes. El Ah Nacom propuso que se llevaran a cabo algunos sacrificios humanos, pero Gun Zaló comentó que ya habían tenido muchas muertes.

—Ellos ya han hecho el gran sacrificio —dijo.

El Ah Nacom se dejó convencer por aquel argumento.

Finalizadas las celebraciones, Zazil Há recibió a Gun Zaló en su aposento de la forma más sensual que conocía. Lo besuqueó eróticamente hasta acostarlo y desnudarlo. ¿Qué más podía pedirle a la vida? Sí, ahí estaba su felicidad, con esa mujer que le había dado su juventud, hijos, amor, pasión, paciencia. Zazil, Zazil, Zazil Há, repitió, mientras ella le estrangulaba el falo con los labios. ¿Es mío? Sí, tuyo. Mío, dijo Zazil Há, quien prontamente cabalgó sobre el halach uinik.

Tras aquella sicalíptica noche, la tranquilidad volvió. Trabajaron en los cultivos, en las colmenas, en la pesca, y reconstruyeron las ciudades. Un año después se le solicitó su apoyo en Ticamaya, llamadas tiempo después las Honduras.

—Le manda decir el halach uinik Cicumba —dijo Nican Canul— que el que dicen Andrés de Cerezeda está matando a muchos, allá en Ticamaya.

Gun Zaló se mantuvo en silencio por un instante y llegó a la conclusión de que si Cerezeda lograba dominar aquellos territorios bien podían marchar poco a poco hasta llegar a Ch'aak Temal.

—Ordena a las tropas que alisten sus armas —dijo y se puso de pie.

Nican Canul salió cojeando por la herida recibida en una batalla, de la cual jamás se recuperó. El halach uinik se despidió de Zazil Há sin imaginar que esa sería la última vez que se verían.

Partieron de la bahía de Ch'aak Temal con cincuenta canoas rumbo a Ticamaya. El recorrido fue lento debido a las constantes lluvias. Hubo ocasiones en que tuvieron que atracar y esperar a que las lluvias torrenciales les dieran tregua. Cuando finalmente llegaron a las orillas de Ticamaya, el halach uinik Cicumba los recibió con gran agrado.

—Los dzules traen muchas armas —explicó Cicumba.

—¿Quién los viene dirigiendo? —preguntó Gun Zaló.

—Dicen que se llama Lorenzo de Godoy.

El halach uinik Gun Zaló observó detenidamente la zona. Recorrió parte del Río Ulúa en canoa y a pie, áreas de peligro tanto como albergues. Al anochecer instruyó a las tropas de Ticamaya para que no atacaran al mismo tiempo, sino en bloques. Por más que Gun Zaló intentó dormir esa noche, no lo logró. La última noche de su vida la pasó pensando en la mujer que más había amado en la vida, Zazil Há.

Antes de que saliera el sol, las tropas se prepararon para el ataque, de acuerdo con las instrucciones de Gun Zaló. Avanzaron sigilosos entre los arbustos, rodeándolos por completo. Los españoles se percataron de la presencia del enemigo y sin dar tregua comenzaron a disparar. Las flechas cruzaron el cielo. Unos y otros corrían de un lado a otro escudándose con los árboles, evadiendo las flechas y las balas. El calor tropical y la humedad hacían aún más complicado el encuentro. Había lodazales por todas partes. Los heridos de ambos bandos comenzaron a caer. Los soldados de Gun Zaló salieron al ataque; pronto la batalla fue cuerpo a cuerpo. Cicumba entró con su gente. Más flechas surcando el cielo, más fuego, un estruendoso retumbo.

Luego de un par de horas de enfrentamiento, en el que todos se encontraban fatigados, comenzó la huida. Empezó a llover. Todo parecía indicar que Gun Zaló había ganado esa batalla. Los españoles corrían entre los árboles y la maleza del trópico. El halach uinik los persiguió con sus lanzas. Sabía que si los dejaba huir, pronto volverían a cobrar venganza. Sigue, sigue, corre, no falta mucho, échalos de estas tierras, Gun Zaló. Tenía que evitar que llegaran a la orilla del Río Ulúa. Los tenían acorralados, corrían, corrían, sí, pero les iban pisando los talones. ¡Cuidado con aquel, va a disparar! ¡Al piso todos! Sólo así lograban los dzules avanzar sin que las flechas y lanzas de los nativos les hicieran daño. ¡Corre! ¡Cuidado! ¡No! Una flecha de ballesta se dirigía a ellos. Fue cuestión de segundos. Nadie vio quién disparó. Nadie la vio venir. Fue demasiado tarde. ¡No! ¡No! ¡No! ¡No a él! ¡A él no lo maten! Le atravesó del ombligo al costado. ¿Qué hacemos? ¡Sácala! ¡No! ¡Morirá! ¡Sigan, dijo Gun Zaló tirado entre la hierba y el fango, sigan, no se detengan!, repitió, y la sangre se enjuagaba con la lluvia.

Los españoles que seguían corriendo notaron que ya no los perseguían, voltearon la mirada y descubrieron un grupo de gente haciendo un tumulto. Era él, sí, ¿quién más si no Gonzalo Guerrero?, el renegado, el traidor, él, él, ese hombre al que habían herido era el renegado, por fin le hemos dado su merecido a ese traicionero, volvamos. No hay que darle tregua, hay que acabarlo. Corran, ahí vienen, salven sus vidas. Pronto los tiros hirieron a más de cinco. Traían arcabuces. ¡Carguen a Gun Zaló! ¡No! ¡Mátenlos, déjenme aquí! ¡Luchen! De pronto un disparo, ¡pum!, otro, ¡pum! Ironía de la vida: Gonzalo Guerrero, que en su juventud fue arcabucero, murió en manos de otro arcabucero.

El homicida se detuvo un momento a ver al hombre del que tanto se hablaba en aquellos rumbos, del que tanto se discutía, el renegado, y por renegado, no pensaban darle la gloria histórica, mencionarlo sería engrandecerlo, aplaudir su traición. ¡No, no lo merece! Que nadie escriba sobre él. Que nadie mencione en sus cartas al náufrago Gonzalo Guerrero. Pero, mi señor, ya otros lo han hecho. ¡Pues que no se escriba más! ¡Aquí no existió!

Pero los hombres que tanto amaban y respetaban a Gun Zaló no pretendían dejarles el cuerpo; y arriesgando lo poco que les quedaba de gente dieron marcha atrás, en contra de los españoles. La lluvia pareció haberse aliado a los nativos, pues pronto un torrencial aguacero se dejó caer. ¡Lancen sus flechas! ¡Ahora! ¡Mátenlos! ¡Rescaten a Gun Zaló!

Cuatro hombres lograron llegar al lugar donde se encontraba el cadáver. Y mientras los demás seguían disparando flechas y lanzas, los españoles corrían gustosos, sabiendo que la guerra, no una batalla, sino la guerra, por fin la habían ganado.

Y aquel día, entre lágrimas y lluvia cargaron al halach uinik Gun Zaló. Le quitaron la flecha que le traspasaba el abdomen, lo lavaron, le pintaron el cuerpo como él solía hacerlo, hicieron los honores merecidos, y con gran pena lo cargaron hasta el mar, donde sólo se escuchó el estruendoso retumbo de las olas, ¡tum!, silencio, otro retumbo, ¡tum!, otro, ¡tum! Ya no olía a sal, ya no sabía a sal, ya no sentía la sal. Ahí lo dejaron flotar, para que el mar se lo llevara. Si el mar lo trajo, que el mar se lo lleve.

XL

Luego de una expedición de diez días, Gastón Peralta Moya les pagó a los espeleólogos y arqueólogos por su trabajo y volvió con el par de detectives a la ciudad de México; el historiador se sentía triunfante, ya que contrario a lo que esperaba, Diego Daza no se apareció por el lugar. La entrada a la ciudad fue lenta debido a la congestión vial. Mientras tanto, en el televisor vieron la noticia que anunciaba la muerte del gobernador de la ciudad de México Eulalio Valladares Lasso. Había rumores de que se había dado un tiro en la sien, tras estacionar su auto en la carretera México-Cuernavaca.

—Mira nada más —dijo Peralta Moya—, a ver si mañana no amanezco también suicidado en mi casa.

Otra de las noticias anunciaba protestas en contra del arresto de los dos sacerdotes acusados de liderar una red de pornografía infantil. La Iglesia negaba los hechos y, por medio de un periódico, acusaba a la PGJ de abuso y tortura hacia los presuntos implicados.

Al llegar a la casa del historiador encontraron tres autos de lujo estacionados frente al portón, lo que le impidió la entrada al autobús. En ese momento bajó de uno de los autos Gregorio Urquidi, vestido de traje negro. Desde el interior del autobús, Peralta Moya y Endoque lo observaron rodeado de guardaespaldas.

—Ahí tienes lo que buscabas —dijo el historiador moviendo la cabeza de izquierda a derecha.

En ese momento sonó el teléfono de Saddam:

—Víctor —dijo una voz femenina—. Soy Wendy. ¿Nos podemos ver?

La llamada se cortó. Saddam marcó de nuevo pero el teléfono se anunciaba apagado.

—Es Wendy —dijo Saddam con alegría.

Delfino volteó a verlo y supo que el joven merecía esa felicidad. Dirigió la mirada al parabrisas del autobús, vio a Urquidi esperándolos y tomó una decisión:

—Yo voy a bajar. Ustedes esperen aquí —se dirigió a Saddam—. Voy a pedir que te dejen ir.

—Pero… —intervino Saddam.

—Obedece.

Saddam siempre obedecía las instrucciones de su amigo, lo había hecho desde que era niño y no dudó que también esta vez el detective saliera libre de peligro.

—Y en cuanto puedas, ve con Wendy, búscala, sé feliz —Delfino le tocó el cabello y bajó del autobús.

—El hijo pródigo ha vuelto —dijo Urquidi con una sonrisa burlona—. ¿No piensa bajar tu viejo amigo? ¿De qué tiene miedo, si el diablo no existe? —Urquidi hizo una seña con la mano para que bajaran.

Peralta Moya, Saddam, Millán y Sigrid bajaron del autobús.

—¿No piensas invitarnos a pasar? —preguntó Urquidi.

—Deja que Saddam se vaya —respondió el historiador con serenidad.

—¿Vamos a entrar? —preguntó Urquidi.

—Sí —respondió Peralta Moya y dio instrucciones a Millán para que abriera.

Justo cuando cruzaron la puerta el historiador insistió: "Deja que el joven se vaya."

—Que se largue, a mí él no me importa.

El detective miró al joven e hizo una seña con la mirada. Saddam se fue en ese momento.

—¿Quieres presenciar nuestro suicidio, como Valladares Lasso? —dijo Peralta Moya.

—Me gustaría presumir que en verdad tuve algo que ver en eso, pero lamento decepcionarte. En verdad, el cobarde se dio un tiro. La Güija lo amenazó y él decidió acelerar su fin.

—Por cierto, me enteré que viene Kukulcán —sonrió Gastón.

—Sí, ese imbécil me hizo reír un rato.

Gregorio Urquidi caminó hacia el piano y le pasó el dedo índice por encima.

—Qué sucio está este lugar —la casa estaba verdaderamente limpia.

—A tu nuevo negocio le va muy bien —respondió Gastón Peralta.

—No es mi culpa que haya tantos pendejos en este país —sonrió Urquidi caminando por la sala—. Estupidez más depresión más ignorancias igual a mucho dinero para las iglesias y centros de ayuda. La estupidez no es fortuita, sino el resultado de la ruina mental que han provocado aquellos que han tenido el poder, entre ellos, nosotros, los religiosos.

—¿Qué quieres? —preguntó Delfino.

—Hacer tiempo —Gregorio Urquidi observó el reloj en la pared y sonrió—. No pienso matarlos. En esta ocasión, no. Bueno, sí. A una jovencita llamada Wendolyne que, por cierto, está esperando un hijo de Saddam. Si yo fuera tú ya estaría buscándola —Urquidi les dio la espalda, salió de la casa y abordó uno de los tres automóviles, luego los guardaespaldas lo siguieron. Los autos se alejaron y Delfino Endoque le pidió un auto a Peralta Moya.

XLI

Saddam había tomado un taxi a su casa creyendo que ahí encontraría a Wendy. Marcó a su teléfono celular, pero seguía anunciándose apagado. Al salir encontró al Guapo y al Pichorras listos para iniciar su ruta; les pidió que lo llevaran a la casa de Wendolyne, que se encontraba de paso. El Antromóvil había dado vuelta en Montevideo cuando sonó el celular de Saddam.

—Tú y yo tenemos cuentas pendientes —era el Panzón Cárcamo.

La llamada fue corta, sin preámbulo. Tenía raptada a Wendy. El Pichorras iba sentado junto al Guapo y reconoció rápidamente en el gesto de Víctor una angustia irreprimible. Supo que la llamada tenía que ver con Wendolyne.

—¡Hijo de tu puta madre, te vas a morir, desgraciado! —gritó Víctor antes de que la llamada se cortara.

—¿Qué pasó, cabrón?

—¡El Panzón raptó a Wendy! ¡Vámonos derecho al 18 de marzo!

—¿Qué te dijo el Cárcamo?

—¡Que tiene a Wendy! ¡Métele la pata a esta chingadera! —gritó Víctor.

—¿Y si te está poniendo una trampa?

—¡Por supuesto! Busca venganza.

—¿Y si no la tiene?

—¡Sí la tiene, porque la escuché que dijo mi nombre!

El Guapo aceleró. En Montevideo los autobuses deben circular en el único carril de contraflujo, que estaba saturado. En los otros cinco carriles en sentido contrario el tránsito fluía como agua. Sin precaución, el Guapo comenzó a rebasar. Esquivaba los carros. Entraba y salía de los carriles de sentido contrario. Algunos pasajeros le exigieron que disminuyera la velocidad.

—¡Maneja más despacio, cabrón, que no traes pollos! —le dijo un pasajero.

El Guapo ignoró la advertencia, le subió el volumen a la música, encendió un cigarro y siguió la travesía. A mano derecha apareció un tren que cruzaba lentamente y que detendría el tránsito por varios minutos. El Pichorras le ordenó que le ganara la carrera. Tras escurrirse entre unos camiones alcanzó a cruzar las vías sin un rasguño. Todos vieron una cortina de vagones que se cerraba a sus espaldas.

—¡Hijo de tu madre, ya te dije que manejes bien! ¡Nos vas a matar! —dijo un pasajero con barba tupida, desde el cuello hasta los pómulos.

Ni el Pichorras ni Víctor ni el Guapo pusieron atención al reclamo del pasajero enojado. Era tanta la rabia que cuando el barbudo se puso de pie era demasiado tarde para ellos.

—¡Te estoy diciendo que manejes con cuidado! —gritó y le atornilló un puñetazo en la mejilla al Guapo.

El Pichorras, que ahora se encontraba parado cerca de la puerta, no tardó ni medio minuto en reaccionar con un derechazo. El Guapo detuvo el Antromóvil, lo apagó, seguro de que ni Víctor ni el Pichorras lo abandonarían en esos momentos; se bajó, se quitó la camisa para presumir su musculatura y retó al barbudo:

—¡Bájate, cabrón!

La rabia del barbón no se hizo esperar y empezó el duelo. El Pichorras lo siguió por detrás y le rompió las cervicales al barbudo con una barra de acero. La furia de los pasajeros se hizo presente y uno tras otro bajaron en defensa del barbón que se encontraba tirado en el asfalto. Cuatro hombres se le fueron encima al Guapo y otros seis en contra del Pichorras.

—¡Vete, Víctor! ¡Después te vemos en el metro! —alcanzó a decir el Pichorras.

Se subió al Antromóvil y se dio a la fuga sin saber que esa sería la última vez que vería al Guapo con vida. El Pichorras tampoco lo supo: él y su hermano, sin imaginar lo que les esperaba esa tarde oscura, en medio del tumulto, comenzaron a correr en direcciones contrarias. Dieciséis personas lo mataron.

Esa mañana Wendy había regresado a México, después de un par de meses en Guadalajara. Con exactitud el Cárcamo no sabía quién era Wendy, ni imaginó que ese día la encontraría. Lo único claro era que debía localizar a una flacucha llamada Wendolyne, novia del imbécil que le había perforado la mejilla izquierda casi dos semanas atrás. Había logrado apoderarse de un par de fotografías que le ayudarían a encontrar a su víctima. Se rascaba la panza y miraba de cuando en cuando el retrato de la niña desconocida. Ella solita llegó a la boca del lobo: arribó a la estación en la central del norte y trasbordó en La Raza hasta llegar a 18 de marzo.

Wendy no tuvo tiempo de contarle que pensaba darle una sorpresa y que creyó que con ayuda del Ciego sería mucho más fácil. El Panzón Cárcamo no la habría reconocido de no ser porque uno de sus achichincles le avisó:

—Jefe, jefe, ahí está la vieja del cabrón que le enterró la navaja.

—Ya lo sé —respondió el Cárcamo, quien estuvo a punto de perder a su víctima.

El Ciego se había acercado a ella con mucha discreción. Temía por su vida y por la de toda su familia.

—Vete, huye en cuanto llegue el metro, y en la próxima estación te bajas —le dijo el Ciego.

Entre vagoneros todo se sabe en la 18 de marzo. También quiso decirle que planeaban raptarla, pero el achichincle del Cárcamo le quitó la palabra de la boca:

—¡Pinche Ciego quítate, no estorbes! —le dijo y lo tiró a las vías con un empujón.

El tren iba rápido y el pobre Ciego no tuvo tiempo de responder; ni tiempo tuvo de darse cuenta de que la muerte había llegado por él. Intentó salir de las vías pero fue triturado bajo las ruedas del Metro. Nadie pudo ayudarlo. Mucho menos Wendolyne, pues en ese momento las pinzas del Panzón Cárcamo le atornillaron el cuello. Estaba loco. La tomó del cuello y le enterró el cañón de la pistola en la sien. Su achichincle lo siguió por el pasillo:

—¿Qué hacemos ahora, jefe?

—Vamos a llamarle al idiota ése —respondió el Panzón—. Dame el teléfono de tu amorcito —le dijo a Wendolyne y le lamió la mejilla, muy cerca de los labios.

Nadie les puso atención. Todos estaban ocupados con la muerte del Ciego. Además, el Cárcamo se había encargado de convencer a todos los vagoneros —con el argumento de que Saddam trabajaba como soplón para las autoridades— para que lo ayudaran, llegado el momento. Y el momento llegó.

Para entonces habían cancelado el servicio y cortado la corriente eléctrica. El Panzón se escapó por las vías. Tenía a su rehén del cabello: la llevaba a la estación Potrero. Cantaba: *No estoy triste, no es mi llanto, es el humo del cigarrillo que me hace llorar. ¿Quién te crees?; ¿una diosa?, flor hermosa que algún día se marchitará.* No pensaba ir muy lejos; quería venganza: quería al que le había marcado la cara.

—Tengo que ir a "miarbolito", ¿me ayudas, princesa? —le dijo—. Bájame el cierre y no se te ocurra pasarte de lanza o te quedas sin eso —y le puso el cañón en el vientre.

Wendolyne tenía las manos como gelatina. De pronto sintió náuseas y una indomable necesidad por vomitar.

—Ya, no seas chillona, como si nunca hubieras visto una de éstas —le dijo el Cárcamo y se sacudió la verga en cuanto terminó de orinar.

Luego la llevó a su casa en la calle Ricarte.

—Y dime, ¿qué le viste al puñal de tu noviecito? —dijo mientras la amarraba a una silla—. ¿Te coge rico? No vayas a pensar que se me antojó. Yo soy puro machín. Ahora que… contigo sí me animo. Me habían dicho que estabas más flaca, pero ya veo que no. Sí hay carnita. ¿Sabes? Una vez tuve una novia, se llamaba Carmen. La quise mucho. Luego hice un *bisnes*. Tenía que darle matarile a una de esas señoras fufurufas. Me dieron medio millón por el trabajito. ¿Y qué crees? Que llegó la devaluación y me quedé sin lana. La pinche Carmen me puso el cuerno y… *de tin Marín, de do pingüé, cúcara, mácara, a ti te fregué, y se quedó el que menos fue*, decía Palillo. ¿Sabes quién fue Palillo? Qué vas a saber, estás bien pendeja. La cosa es que a fin de cuentas también me la eché. Sabía mucho. Y si no iba a seguir conmigo, no podía dejarla vivita y coleando. O mejor dicho: culeando. Igual que a ti y a tu noviecito. ¿Tienes idea de por qué te está pasando todo esto? ¿Ves esto? —le enseñó la herida en la mejilla—. Me lo hizo el pendejete de tu noviecito. Es mi venganza.

Pero en realidad el Panzón Cárcamo también lo hacía por la suma de dinero que Diego Daza le había ofrecido por llevarle a Saddam.

—Ah qué Víctor… Ya se tardó. Le mandé decir dónde era la parranda. Yo creo que no le gustan las fiestas sorpresa. ¿Por qué no llega?

Decidió llamarle para darle personalmente la dirección. "Y más vale que vengas solo", le dijo enfurecido mientras se rascaba los testículos. Se encontraba totalmente enardecido porque había esperado a Saddam más de lo esperado; y porque las hormigas le habían avasallado las nalgas minutos atrás.

—Aquí te dejo —le dijo—, porque a donde voy nadie puede ir por mí.

Cogió una revista que se encontraba sobre la mesa, una cajetilla de Camel y entró al baño. Se sentó a defecar, encendió un cigarrillo y comenzó a leer. La lista de las mujeres más sensuales del año llamó su atención. Por un momento olvidó que Wendolyne estaba en su recámara atada a una silla. La mujer —de la revista— en bikini le hacía ojitos. Sonrió e imaginó una escena lasciva. Besó los senos de la actriz en la fotografía. De pronto una comezón interrumpió su fantasía. Se rozó la nalga derecha con un manotazo, pero no fue suficiente; la izquierda también requirió de su auxilio. Bajó la mirada y descubrió que la taza del baño se encontraba invadida por un ejército de hormigas.

—¡Malditas hormigas!

Wendolyne lo vio salir enfurecido echando pestes:

—¡Pinches insectos! Mira nada más, lo que me faltaba, que unas hormigas me coman el culo. Estoy hasta la madre de este pinche lugar. Tomemos ventaja de la situación. Le voy a pedir una lana a tu galán. ¿Cuánto le pediremos? Doscientos mil pesos.

Saddam tenía veinte minutos en casa del Pichorras cuando llamó el Cárcamo. Todos se encontraban de luto por la muerte del Guapo. El cuerpo se les entregaría hasta el día siguiente. Pero esa noche estuvieron todos en el patio. La abuela organizó todo para el rosario. La madre preparó café para todos y las tías hicieron sándwiches de jamón.

El Pichorras se encontraba sin camisa. Se podían ver claramente los tatuajes en su pecho y en la espalda: una imagen de la Virgen de Guadalupe. El Guapo le había regalado todas esas estampas en años anteriores.

—Por siempre, carnal —le dijo y se dieron un abrazo.

—Vas a ver que siempre te va a cuidar, carnal —dijo el Guapo—. "Y yo también", quiso decirle, pero creyó que al expresarlo excedería los límites de la cursilería. Prefirió demostrárselo en todo momento.

—En todo momento, hasta la muerte. Por siempre, carnal —pensó antes de morir, justo cuando Saddam se dio a la fuga en el autobús y la furia de los pasajeros se transfería al Pichorras.

El Guapo, antes de dejar que lincharan a su hermano decidió enfurecerlos aún más tomando como rehén al barbón. Fue así que el Pichorras logró escapar para dar aviso a toda su banda. (Muchos de ellos choferes de microbús que circulaban por esa misma calle.) No era un cobarde ni mucho menos un traicionero. Llamó por teléfono a cuantos pudo y envió a quince de ellos en defensa del Guapo. Tenía la certeza de que su hermano podría librarse del cadalso, como muchas otras veces. "Pero fue muy tarde, le contaron al Pichorras esa noche: Cuando llegamos ya habían matado. Sólo pudimos vengar su muerte con unos cuantos de ellos. Después llegaron los granaderos y nos tuvimos que dar a la fuga."

El Pichorras ni siquiera puso atención. Respiraba tranquilamente. Miraba a la nada. No comió, no dijo nada. De pronto sonó el celular de Saddam, era el Panzón Cárcamo:

—Quiero doscientos mil pesos —dijo el Gordo, y colgó sin esperar respuesta alguna; le acarició la pierna a Wendolyne—. Ya si no hace eso, quiere decir que no le interesas, chiquita. Mira que yo sí asaltaba cualquier banco por ti.

El Cárcamo le besó la nariz, sonrió lujuriosamente; miró con cautela a Wendolyne, quien no quería hablar de nada; luego guardó silencio. Wendy sintió eso como un vendaval de alivio. El Cárcamo cerró los ojos y cayó como piedra sobre un sillón. Tres horas más tarde despertó de golpe: no bostezó ni se talló los ojos; se rascó los testículos y la panza. Se metió a la regadera y comenzó a cantar: *No estoy triste, no es mi llanto, es el humo del cigarrillo que me hace llorar.* Al abrirse la puerta del baño, Wendolyne vio escapar una nube de vapor; luego el Gordo salió desnudo; se vistió frente a ella y se roció una loción de imitación. Ella experimentó un mareo tras aquel pésimo olor.

—Es la del pegue —dijo el Cárcamo con enorme orgullo—. Es "Tomy hil fáigter".

Se peinó, se puso una chaqueta de cuero y sacó una revista de un cajón para evadir el aburrimiento. Se sentó frente a Wendolyne mientras observaba las caricaturas semidesnudas con cautela y luego leía los diálogos: "Richard, necesito que mates a mi esposo". "Tú sabes que tus deseos son órdenes para mí, corazón".

—¡Órale!, va a matar al esposo de Bárbara.

Bárbara le pedía a Richard que por amor a ella no tuviera compasión de su esposo: "Mátalo". La mujer en la caricatura se encontraba en calzones y brasier. El Cárcamo le besó las tetas a la caricatura y suspiró.

—¡Ay, mamacita!

En ese momento sonó el teléfono:

—¿Ya la tienes?

—Sí, patrón —respondió el Panzón Cárcamo.

—Anota la dirección donde debes traerla.

—Vámonos. Ya es hora, preciosa —dijo, y Wendolyne sintió un temor irreversible.

El Panzón Cárcamo llegó a la casa de Diego Daza a las dos de la madrugada. La Burra se sorprendió al ver que llevaban a una mujer embarazada. Había sido cómplice del arqueólogo forense en todo momento; había callado en momentos en los que no estaba de acuerdo, pero ver a aquella joven la remontó en su pasado, por alguna razón se imaginó siendo raptada, sin figurarse que a ella le había ocurrido lo mismo a pocos meses de haber nacido. Al verla llegar se apresuró a recibirla, le preguntó cómo estaba su embarazo y se enteró de que era de alto riesgo. La llevó a la recámara y la recostó.

Pronto salió a la sala y encontró al Panzón Cárcamo sentado frente a Diego Daza.

—Cárcamo, ¿nos puedes dar unos minutos?

—Sí, claro —dijo sin levantarse.

—Pues llégale, cabrón.

—¿Cómo? ¿Y mi paga?

—Ve a caminar, en un rato recibes tu dinero.

—Son las tres de la mañana.

—¿Mucho miedo, cabrón? Ve por unas cervezas.

Daza hizo un gesto de afirmación y el Panzón Cárcamo tuvo que salir de la casa.

—Ya ni la chingas, pinche pendejo —dijo la Burra enfurecida—. Esta niña no te ha hecho nada. Te he aguantado un chingo de mamadas, pero esto ya es demasiado.

—Esto no es asunto tuyo, pendeja.

—Sí. Sí lo es, pinche alucinado. Primero fui tu cómplice en todos esos robos de piezas arqueológicas; te acompañé a Chiapas, donde te perdiste mentalmente y tuvimos que regresar por tus viajes de locura; pero esto rebasa los límites, es una chamaca.

—¿De qué viajes de locura hablas?

—No te hagas pendejo.

—No entiendo.

—Estoy hablando de eso que inventaste con el pastor de la iglesia a la que vas.

—No entiendo.

—Te haces pendejo. Ay sí, mírenme, soy *El Elegido de Dios*.

—¿*El Elegido de Dios*?

—Pero aquí tienes a tu pendeja, que hace lo que quieres, obedece, calla, sigue. ¿Y qué recibe? Ni siquiera una caricia. Me gustaría que un día, por lo menos un día, hiciéramos el amor. O que por lo menos me cogieras como lo hacía cualquiera de los clientes que tenía. Desde que estoy contigo no he tenido sexo.

Entonces Diego Daza se detuvo por un instante y vio a la Burra.

—¿Qué? ¿No hemos hecho el amor?

—Tú sí estás muy mal —negó con la cabeza—. Ya no recuerdas nada.

—La verdad no.

—Te informo. Me besas, me acaricias, pero nunca te atreves a hacerme el amor.

Daza hizo un recuento de todo lo que había en su memoria: la primera ocasión en que supuestamente habían hecho el amor él comenzó a divagar, se perdió en la incongruencia y la Burra finalizó con un "no te preocupes". Luego aquella noche en que ambos habían permanecido escuchando el silencio. ¿Ambos? ¡Carajo! Ella lo dejó sobre la cama y se fue. Volvió en la madrugada y lo encontró en el piso: "Vamos a dormir, ya es tarde", le dijo. "¡No! ¡No! ¡No es posible! Yo lo vi, lo viví." ¡*El Elegido* era él, Daza! "¿Todo fueron alucinaciones? —se preguntó— ¿Qué me está ocurriendo?"

Se derrumbó temblando de miedo: "¿Qué hice?", se preguntó y lloró abrazando las piernas de la Burra. "¿Qué he hecho? Dime. Ayúdame.

De pronto se quedó en silencio. La Burra lo observó con desconsuelo. Minutos más tarde Diego volvió a hablar:

—¿Dónde estoy? —miró a la Burra como si no la conociera. Y salió de la casa.

—Diego… Espera… —lo siguió.

Los guardaespaldas tenían órdenes estrictas de Urquidi de seguirlo a todas partes y en casos extremos de evitar cualquier acto irracional que pudiese causar alguna catástrofe.

—Quítense de mi camino —exclamó Diego con enojo.

Los guardaespaldas observaron a la Burra y ella asintió con la mirada. Entonces lo tomaron de los brazos y —aunque Diego se rehusó— lo obligaron a subir a la camioneta.

La Burra subió rápidamente a la recámara, sacó dinero y se lo entregó a Wendolyne: "Vete, vete en este momento". Ambas mujeres bajaron por las escaleras.

Encontrar la casa de Diego Daza no fue difícil para Delfino Endoque. Llevaba consigo varios miembros de la policía vestidos de civiles. Rodearon la calle. Dos permanecieron en un automóvil por si el Cárcamo intentaba darse a la fuga. El Panzón estaba rabioso, pues tenía diez minutos de haber vuelto a la casa del arqueólogo forense. Al no encontrar a nadie, marcó al teléfono de Daza, pero éste no respondió. Le trituraba no saber si recibiría su pago. Decidió entonces llevar a cabo su venganza personal hacia el joven que le había marcado la cara con una navaja. Llamó a Saddam para exigirle los doscientos mil pesos, y se enteró de que ya no tenían a Wendolyne.

Justo cuando colgó el teléfono, Endoque y Saddam entraron a la casa por una ventana. El Cárcamo amenazó: "Si me hacen algo ella se muere". "¿Dónde está?", preguntó Delfino.

—Ahí estás, putito —le dijo a Saddam.

Uno de los agentes entró por la puerta, aprovechó el descuido y disparó al Cárcamo pero únicamente alcanzó el brazo izquierdo. El Panzón disparó hacia el agente y lo mató. Aprovechó que Delfino y Saddam corrieron a socorrer al agente encubierto y escapó por la puerta grande. Uno de los agentes estuvo a punto de arrollarlo con el auto; por un instante sintió el impulso de aplastarlo y dar por terminado el asunto pero no podía hacer nada hasta encontrar a Wendolyne, quien en ese momento le llamó a Saddam.

—¡Estoy en un teléfono público! —le dijo con voz agitada—. ¡Ven rápido! ¡Me siento muy mal!

—¡Ve por ella! —dijo Delfino en cuanto Saddam le explicó que ella estaba a salvo en una tienda muy cerca de ahí—. Mientras tanto yo voy por este pendejo.

El Panzón Cárcamo había bajado a punta de pistola a un conductor que pasaba por ahí. "¡Dame las llaves o te mato aquí mismo!" Encendió el auto y se dio a la fuga. Delfino y los agentes encubiertos lo persiguieron en dos autos por Circuito Interior hasta llegar a Eduardo Molina. El Bonito estaba en el carro. Delfino Endoque lo emboscó con el auto y lo empujó para que se estrellara contra un poste, perdiendo asimismo el control del auto y estrellándose a su vez contra otro poste. El detective quedó atorado, sin heridas, entre el asiento y el volante. Lo que le dio tiempo al Panzón Cárcamo para salir corriendo. El sangrado en su brazo no cesaba, empezó a sentir que los dedos se le adormecían. Buscó un lugar dónde escabullirse. Pronto llegó a un circo. Sabía que correr haría obvia su presencia. Se sabía presa fácil. La policía no tardaría en llegar, pues de seguro algún vecino de la zona reportaría el choque contra el poste. En cuanto Delfino salió del auto le ordenó al Bonito que lo persiguiera. Llegó ladrando y se le fue encima al Panzón, quien de una patada lo lanzó tres metros a su izquierda, azotándolo contra la jaula de un león.

—¡Quítate, pinche perro! —gritó.

Delfino enfureció aún más al llegar corriendo y descubrir que su perro se encontraba vulnerable junto a uno de los leones que lo olfateaba.

Si alguna vez el Panzón vio a alguien rugiendo de ira, gritando con furia, dispuesto a matar con tal de saciar su sed de venganza, fue a aquel detective. Al león le pareció que el perro inconsciente afuera de su jaula era un buen aperitivo antes del desayuno. El detective vio de lejos cómo el felino jaló con una de sus patas al Bonito y se lo devoraba.

—¡No! ¡Suéltalo! —gritó Delfino Endoque y sacó su revólver y le dio varios tiros al león. Pero fue demasiado tarde para rescatar al Bonito.

Se le fue encima al asesino de su perro; lo golpeó hasta que el Panzón Cárcamo logró derribarlo y siguió su camino.

No lloró, no dejó escapar una sola lágrima; por el contrario, en la cúspide de su demencia arremetió contra un elefante que se encontraba comiendo: le jaló el rabo y le golpeó el trasero con un palo. Éste se paró en dos patas y con la trompa erecta barritó. Salió enloquecido del corral que Delfino había abierto, provocando un sonido estentóreo con sus pisadas.

Logró liberar a un chango que no dejaba de berrear de locura, subía y bajaba colgado de las rejas; pronto escaló un poste de luz y se colgó de uno de los cables. El ruido alteró a los demás animales en sus jaulas. El domador de leones salió con el temor de que sus felinos anduvieran sueltos. El mago no encontró un truco para desaparecer la desgracia que estaba por ocurrir. Las bailarinas intentaron tranquilizar a las focas.

¡Pum pum pum!, el Cárcamo escuchó las tremendas pisadas del paquidermo acercándose, y descubrió que sufría de un abominable miedo a los elefantes. Corrió aterrado. Un payaso más viejo que el circo donde trabajaba, salió con un vaso de whiskey; sonrió al ver cómo el mamífero marchaba tras ese hombre mofletudo aterrado.

¡Pum pum pum!

—Mira nada más. Un elefante persiguiendo a otro elefante —dijo, rió y regresó a su carromato.

El hombre de acero intentó detener al cuadrúpedo y corrió tras éste.

—¡Chiquita, detente! —le decía con cariño, rozando los límites de la cursilería—. ¡No te enojes, pequeña!

¡Pum pum pum!

El Cárcamo se tropezó con las piedras por la desesperación y cayó al suelo.

—¡Chiquita, detente! —dijo el hombre de acero; le acarició la trompa y se llevó a la Chiquita de vuelta a casa.

El Panzón no logró tranquilizarse; salió desquiciado del lugar hasta llegar a la calle; se colgó de la puerta de un tráiler con once toneladas de basura esperando el cambio del semáforo, y con cañón en mano obligó al conductor a que se bajara. Deambuló en busca de una clínica para que le atendieran la herida en el brazo. Un poco antes de que dieran las cuatro y media de la madrugada, fue a dar a los carriles de Circuito Interior, justo donde inicia una curva, frente a la calle Morelos; el Panzón Cárcamo perdió el dominio del volante en carriles laterales; el peso del contenedor hizo que saliera fulminado, cruzara los carriles y cayera a las vías del metro de la línea cinco, entre las estaciones Terminal Puerto Aéreo y Oceanía, en avenida Río Consulado, frente al Peñón de los Baños. Como pudo, se dio a la fuga. Primero se creyó que había muerto, pero más tarde fue detenido y trasladado al Ministerio Público. Helicópteros sobrevolaban la zona para dar la nota en los noticieros. El tránsito de aquella mañana se volvió un caos inolvidable. Mientras, dos grúas tipo pluma, una de treinta y otra de cuarenta toneladas, retiraban el pesado vehículo de las vías. Ese día el servicio del metro no se normalizó hasta las seis de la tarde.

XLII

Mi amigo Gun Zaló murió un 14 de agosto de 1536. Llegó a estas tierras en agosto de 1511. A saber, vivió veinticinco años entre nosotros; más de veinte, siendo como nosotros, los cheles. Han pasado muchos años desde su muerte. Su esposa Zazil Há harto sufrió. Sus hijos, siguen ahí, grandes, buenos hombres y mujeres son. Ya nada es igual, ya nada será igual.

"Entonces todo era bueno y entonces (los dioses) fueron abatidos. Había en ellos sabiduría. No había entonces pecado… No había entonces enfermedad, no había dolor de huesos, no había fiebre para ellos, no había viruelas… Rectamente erguido iba su cuerpo entonces. No fue así lo que hicieron los dzules cuando llegaron aquí. Ellos enseñaron el miedo, vinieron a marchitar las flores. Para que su flor viviese, dañaron y sorbieron la flor de nosotros… ¡Castrar al sol! A eso vinieron a hacer aquí los dzules. Quedaron los hijos de sus hijos, aquí en medio del pueblo, ésos reciben su amargura…"[51]

Murió el halach uinik Gun Zaló y ya no hubo paz. En 1541 Montejo el joven volvió, vino y plantó su flor, vino a hacer la conquista definitiva de estas tierras. Y el 6 de enero de 1542 puso la cruz en TiHó (Mérida). Poco a poco el yugo de los dzules se fue imponiendo aquí y allá. El último intento por sacar a los dzules fue el violento encuentro de los grupos del oriente, entre ellos los cupules y los chichuncheles que atacaron a los españoles la noche del 8 de noviembre de 1546, en el calendario sagrado, el 5-Cimi 19 Xul, "muerte y fin", fecha en extremo significativa dentro del tzolkin o cuenta astrológica de 260 días. La victoria quedó de parte de los dzules. Para finales de 1546, la conquista del norte y de una parte del centro de Yucatán quedó consumada.[52]

Aquí, a Ch'aak Temal, el Mozo mandó al asesino Gaspar Pacheco, vil y despiadado que muchos mató, lanzándolos vivos al mar, amarrados con piedras, para que ni sus cadáveres pudieran salir. A otros les cortó las manos y pies, orejas y narices. A saber, disfrutaba del sufrimiento de nosotros. Reía al ver al hombre revolcarse en el piso sin sus piernas, llorando sangre.

Luego, llegaron los franciscanos, decían que traían la palabra de Dios. A todos enseñaron que Jesús había muerto en sacrificio. Y aquí enseñaron qué se hacía para salvar del pecado. Decían que Jesús murió para salvarnos del pecado. A saber, así lo entendieron aquí, y así lo hicieron. Aquí se inició el sacrificio de la cruz.

Había necesidad de mostrar a Dios que estábamos dispuestos a hacer sacrificios para limpiar nuestros pecados. Aquí se fabricaron las cruces de madera. Y a un crío se le crucificó. Sus manitas fueron clavadas, sus piecitos fueron clavados, sangraba, lloraba, le dolía, sí, lloraba, pero era un sacrificio como nos enseñaron los cristianos. Fueron ellos los que nos aleccionaron a sacrificar a nuestros hijos. Ellos sacrificaron a su hijo Jesús, nosotros sacrificamos a los nuestros. Muchas cruces pusimos, y en muchas cruces a nuestros hijos dejamos muertos. Hasta que un día el fraile Diego de Landa los encontró, vio a nuestros hijos clavados en las cruces, y lloró, dijo que se arrepentía. "¿Qué hemos hecho, Dios mío?", dijo.

XLIII

—Vete, vete lo más pronto posible. Si no lo haces, seré capaz de seguirte —dijo Saddam con el corazón asfixiado cuando el amanecer alumbró su rostro negro.

Se encontraba en un cementerio. Había pasado dos días deambulando por las calles, y toda esa noche observando el montón de tierra que tapaba la fosa donde habían enterrado los restos de Wendolyne, y quizá sus ganas de vivir...

Fue tanta la tierra que tenía en el rostro y tantas las lágrimas después de tanto rascar con los dedos la tierra de la sepultura, que acabó con bolas de lodo en las mejillas. Lo único blanco eran sus dientes y sus ojos. Maldijo a la vida y a los humanos y a los animales y a la tierra y al agua y a las plantas y a la niña usurpadora de vida y a su responsabilidad por haberla procreado y a su lujuria en la fiesta de graduación y a los besos en el hotel de paso y al día en que se conocieron y a la tumba que yacía frente a él esa mañana de julio, y a ese amanecer frío y nublado en que ella, ella, Wendolyne, no amaneció.

Cerró los ojos y se dejó caer. Y al abrirlos la tierra seguía igual de negra, y el frío igual de frío. Fino lo observaba con el corazón hecho un desastre por el largo llanto de la noche. Permaneció enmudecido entre las sombras viendo cómo Saddam, enojado con la vida, enterraba las uñas en la tierra una y otra vez sin descanso.

—Maldita, ¿por qué te la llevas? —y los puños de tierra volaban por el aire.

—Alcatraces —dijo Delfino con una lágrima escurriendo por su mejilla—. A ella le gustaban los alcatraces.

—¿Qué haces aquí? —preguntó Saddam con la cara enfangada, mientras se sentaba.

—Toma —dijo Endoque y extendió el brazo para darle una botella de aguardiente.

Saddam le dio un trago al dolor y se empinó el frasco. Se embriagaron hasta que el líquido se terminó, acompañados de la prudencia del silencio, hasta que el sol rebasó los límites del horizonte.

—Se murió —dijo Saddam sin poder articular sus movimientos de manera correcta por la ebriedad.

—Se fue —y Delfino eructó.

—Ya nunca más le veremos reír —dijo el joven aprendiz hundido en la más tormentosa borrachera de su vida—. Ya no, Fino.

—Sí —respondió Endoque—. Se llamará Bi… bina.

—Bibiana —corrigió—. Estás borracho.

—Bibina está… chiquita.

—Pues sí… acaba de nacer.

—Está muy bonita.

—¿Ya la viste?, yo no —dijo Saddam y las bofetadas del recuerdo lo atormentaron una vez más:

—Quiero que se llame como ella —dijo Wendolyne, justo al entrar a la ambulancia.

—Será como tú digas —respondió Saddam.

Wendolyne estaba bañada en sudor. Estaba dando a luz en ese momento.

—¡No te des por vencida, amor!

—¡Ay! ¡Ay! ¡Ay!

—Tú puedes —le dijo el paramédico.

Y el llanto de una recién nacida, prematura, irrumpió por completo el cansancio de Wendolyne.

—¡Es una niña! —dijo el paramédico.

La nostalgia de ver morir a Wendolyne no le permitió dar oídos a los berridos de su bebé. Quizá de haberla escuchado habría nombrado a su historia: "El escándalo de Wendolyne", pero no la escuchó. El silencio de Wendolyne. Los gritos de Bibiana. El llanto de Wendolyne. La sonrisa de Bibiana. Qué más da, este relato es de las dos. La madre muriendo por la hija y la hija viviendo por la madre. Finalmente llegaron al hospital, bajaron la camilla, uno de los paramédicos montado sobre la camilla, que avanzaba por los pasillos del hospital, intentaba revivirla dándole RCP. Entre la conmoción del deceso una enfermera desapareció tras una puerta con la bebé envuelta en una sábana. Murió su amor. Murió Wendolyne y Saddam quiso morir con ella, morir por ella, emprender ese último viaje de la mano con ella. Qué vergüenza ser un payaso triste, que tortura sonreír sin chiste, qué pena no poder morir de amor, sonrisas para ti, sonrisas para ella, sonrisas para todos, rían que Gogo está llorando, sean todos ustedes bienvenidos al circo del payaso triste y rían con él, escuchen sus palabras huecas, ríe, ríe, qué él te está contando un chiste para no llorar, para no morir de pena, para olvidar. Cántale una canción, Saddam, recítale un poema al oído, Gogo, acaríciale el alma, aprendiz, antes de que se esfume con ella, bésale el corazón, muchacho, ahora que aún hay tiempo, ahora que aún está caliente. Sonríe y evítale un fracaso más a este triste payaso enamorado, escucha con atención el poema que se esconde tras la carcajada de la vida, ríe tú que aún estás vivo, porque Wendolyne no. Wendolyne está muerta.

Y esa tarde el aprendiz lloró todas esas lágrimas que debió derramar en el pasado. Lloró recordando lo que Wendolyne le dijo antes de que la ambulancia llegara por ellos a la tienda de donde ella le había llamado por teléfono: "Quiero que se llame como ella", y le contó que una mujer le había ayudado a escapar.

—Vete —le dijo la Burra.

Pero antes de partir, Wendolyne dio media vuelta y le preguntó:

—¿Cómo te llamas?

La Burra sintió que las rodillas le rechinaron, cerró las persianas de los ojos, y en la oscuridad del recuerdo encontró a Marcelo; suspiró, caminó al buró, abrió un cajón, sacó una novela, leyó un trozo de papel, suspiró, sonrió, puso la nota en su pecho y respondió:

—Bibiana... Me llamo Bibiana, con be grande, con be de burro.

México D.F., agosto 2009

BIBLIOGRAFÍA

Arqueología Mexicana, revista, número 21, edición especial, *Los mayas, rutas arqueológicas*, 2006; número 37, *Mayas, hallazgos en el norte de Yucatán*, mayo-junio, 1999; número 42, *Calakmul, la gran urbe maya*, marzo-abril, 2000; número 53, *La serpiente emplumada en Mesoamérica*, enero-febrero, 2002.

Casas, Bartolomé de las, *Historia de la destrucción de las Indias*, tomo II.

Cervantes de Salazar, Francisco, *Crónica de la Nueva España*, Atlas, Madrid, 1971.

Chavero, Alfredo, *Resumen integral de México a través de los siglos*, tomo I, bajo la dirección de Vicente Riva Palacio, Compañía General de Ediciones, México, 1952.

—, *México a través de los siglos*, tomos I y II, Cumbre, México, 1988.

Códice Matritense de la Real Academia de la Historia (textos en náhuatl de los indígenas informantes de Sahagún), ed. facs. de Del Paso y Troncoso, vol. VIII, fototipia de Hauser y Menet, Madrid, 1907.

Cortés, Hernán, *Cartas de Relación*, Grupo Editorial Tomo, México, 2005.

Clavijero, Francisco Javier, *Historia Antigua de México*, con prólogo de Mariano Cuevas, Porrúa, México, 1964, de la primera edición de Colección de Escritores Mexicanos, México, 1945. Original de 1780.

Crónica de Chac Xulub Chen, versión de Héctor Pérez Martínez, incluida en *Crónicas de la Conquista de México,* introducción, selección y notas de Agustín Yáñez, Biblioteca del Estudiante Universitario, 2ª edición, México, 1950.

Díaz del Castillo, Bernal, *Historia verdadera de la Conquista de la Nueva España,* Porrúa, México, 1955.

Dominé, André, *El Vino,* H.F. Ullmann, Tandem Verlag GmbH, España, 2008.

El libro de Chilam Balam de Chumayel, versión del maya por Antonio Mediz Bolio, San José, Costa Rica, 1930.

El libro de los libros del Chilam Balam, edición de Alfredo Barrera Vásquez, Fondo de Cultura Económica, México, 1948.

Erdely, Jorge, *La explotación de la Fe,* Ediciones B, México, 2008.

Fernández de Echeverría y Veytia, Mariano, *Historia antigua de México,* tomo I, Editorial del Valle de México, México, 1836.

Fowler, Will, coordinador, *Gobernantes mexicanos,* Fondo de Cultura Económica, México, 2008.

Garibay, Ángel Ma., *Teogonía e historia de los mexicanos,* Porrúa, México, 1965.

Krickeberg, Walter, *Las antiguas culturas mexicanas,* Fondo de Cultura Económica, México, 1961.

La crónica de hoy, http://www.cronica.com.mx/nota.php?idc=222315

Landa, Diego de, *Relación de las cosas de Yucatán,* Dastin, Promo libro, España, sin fecha de publicación.

León Portilla, Miguel, *El reverso de la conquista,* Editorial Joaquín Mortiz, México, 1964.

—, *Historia documental de México,* Universidad Nacional Autónoma de México, México, 1964.

López Austin, Alfredo y Leonardo López Luján, *El pasado indígena,* El Colegio de México, Fondo de Cultura Económica, México, 1996.

López Austin, Alfredo y Luis Millones, *Dioses del norte, dioses del sur,* Ediciones Era, México, 2008.

Memorial de Sololá, Anales de los Cakchiqueles, traducción directa del original, introducción y notas de Adrián Recinos, Biblioteca Americana, Fondo de Cultura Económica, México, 1950.

Milenio, revista, núm. 590, febrero 9 de 2009, pp. 19-21.

Montell, Jaime, *México: El inicio (1521-1534)*, Joaquín Mortiz, México, 2005.

Orozco y Berra, Manuel, *Historia Antigua y de las culturas aborígenes de México*, tomos I y II, de 400 ejemplares, Ediciones Fuente Cultural, México, 1880.

Pacheco, María Martha, coordinadora, *Religión y sociedad en México durante el siglo XX*, Instituto Nacional de Estudios Históricos de las Revoluciones de México, 2007.

Padilla, Yolanda, *Tres miradas norteamericanas sobre la Revolución y el conflicto religioso en México. Reporte de investigación*, Universidad Autónoma de Aguascalientes, México, 2002.

Palencia, Alfonso de, *Guerra de Granada*, libro III (1483), accesible en Biblioteca Virtual Miguel de Cervantes (edición digital de 1999 basada en la edición de 1909: Madrid, Tipografía de la Revista de Archivos).

Pérez, Joseph, *Isabel y Fernando. Los Reyes Católicos*, Nerea, Madrid, 1988.

Piña Chán, Román, *Chichén Itzá, la ciudad de los brujos del agua*, Fondo de Cultura Económica, México, 1980.

Proceso, Revista, núm. 1329, 21 de abril de 2002, pp. 19-20.

Sharer, Robert J., *La civilización maya*, Fondo de Cultura Económica, México, 1998.

Sodi M., Demetrio, *Chilam Balam de Maní*, segunda parte, cap. VII, en *Códice Pérez*, Ediciones de la Liga de Acción Social, Mérida, 1949.

Solís, Antonio de, *Historia de la Conquista de México*, Editorial del Valle de México, México, sin fecha de publicación.

The books of Chilam Balam of Chumayel, editado por Ralph L. Roys, Carnegie Institution of Washington, publicación 438, Washington, 1940. De este manuscrito, cuyo original se extravió, existe una reproducción facsimilar hecha por G. B. Gordon, University Museum, Serie de publicaciones de Antropología, vol. V, Philadelphia, 1913.

El Universal, http://www.el-universal.com.mx/notas/511533.html

Zepeda Paterson, Jorge, coordinador, *Los Intocables*, Planeta, México, 2008.

NOTAS

1 Hernán Cortés dice en sus cartas de relación: *Los primeros descubridores al llegar a Yucatán, preguntaron a los indios naturales que cómo se llamaba aquella tierra; y los indios no entendiendo lo que se les preguntaba, respondían en su lenguaje y decían Yucatán, Yucatán, que quiere decir: "No entiendo". Así los españoles pensaron que se llamaba Yucatán.* Véase: Cortés, p. 8 Cabe mencionar que por mucho tiempo los españoles pensaron que Yucatán era una isla.

2 Solís, pp. 136-140.

3 Cortés, p. 19.

4 Solís, pp. 143-151.

5 *Crónica de Chac-Xulub-Chen*, pp.189-193.

6 Díaz del Castillo, p. 2.

7 Díaz del Castillo, pp. 47-48.

8 Díaz del Castillo, p. 44.

9 Cervantes de Salazar, libro I, Cap. XXVIII.

10 Díaz del Castillo, p. 44.

11 Díaz del Castillo, p. 44.

12 Díaz del Castillo, p. 47.

13 Erdely, p. 11.

14 Erdely, p. 19.

15 Zepeda, 2008, pp. 14-15. Investigación y redacción de Sanjuana Martínez.

16 Erdely, pp. 34-35.

17 Erdely, p. 39.

18 Estadísticas del DIAR, entrevista por Rodrigo Vera, revista *Proceso*, num. 1329, 21 de abril 2002, pp. 19-20.

19 Revista *Milenio Semanal*, num. 590, febrero 9, 2009, pp. 19-21.

20 *El libro de los libros del Chilam Balam*, pp. 68-69.

21 Solís, pp. 143-151.

22 *Chi* significa "boca"; *chen*, "pozo", "boca del pozo"; e *its*, "brujo", *aha* o *a*, "agua". Chichén Itzá: "En la boca del pozo del brujo del agua".

23 A decir de Roys Chichén entonces tal vez se llamaba Uuc-yab-nal "los Siete Abnal".

24 *Chilam Balam de Chumayel.*

25 No debe confundirse a *Chac* o *Chaac* con *Chac Mool*. Chac era el dios maya de la lluvia. Su imagen era representada con una cara con una trompa inclinada hacia arriba. Se le invocaba para obtener buenas cosechas, similar a Tláloc, y Pitao Cocijo, para los zapotecas. El término *Chac Mool* (Gran jaguar rojo), fue inventado en 1875 por el explorador Auguste Le Plongeon, y se refiere a una escultura maya que representa a un hombre acostado sosteniendo un plato sobre el vientre, apoyándose sobre sus codos, con las rodillas dobladas y la cabeza girada 90 grados hacia un lado.

26 Xochicalco se ubica en los municipios de Temixco y Miacatlán estado de Morelos, México, a 38 km al sudoeste de la ciudad de Cuernavaca. Su apogeo ocurrió en el periodo llamado Epiclásico, entre los años 650 y 900 d.C.

27 Se refiere a los *nonoualcas* de Tabasco y los *xulpiti* que podrían haber sido los *xiues*, puesto que estos tuvieron su hogar también en Nonoualco.

28 Zuyúa se encontraba en la Laguna de Términos entre Xicalango y Champotón en la costa del Golfo de México, en Campeche, al suroeste de la Península de Yucatán. Los españoles dieron el nombre de Laguna de Términos cuando descubrieron Isla del Carmen en 1518, creyendo que la laguna separaba lo que creían era la Isla de Yucatán de tierra firme.

29 *Tacnáhuyú* o Tacaná se encuentra en Guatemala.

30 *Chilam Balam de Chumayel.*

31 La palabra *cenote* fue inventada por los españoles al no poder pronunciar *dzonot*, que quiere decir *pozo*.

32 *Chilam Balam de Chumayel.*

33 *Chilam Balam de Chumayel.*

34 *Crónica Matichú.*

35 *Chilam Balam de Chumayel.*

36 Durante estos años (1185 a 1350), se agregan elementos como pinturas murales que recuerdan o conmemoran la guerra y conquista de los cocomes de Mayapán; guajes pintados o calabazos; discos de oro y de cobre con escenas guerreras; relieves de águilas y jaguares comiendo corazones humanos; templetes o mausoleos con cuatro escalinatas; altares de cráneos; banque-

tas decoradas; almenas como remates de los techos de los edificios y otros más. Piña Chan, pp. 65-70.

37 *Tlatoque* es el plural de *Tlatoani*.

38 Landa, p. 68.

39 Montell, p. 249.

40 Exposición Teotihuacán Ciudad de los Dioses en el Museo Nacional de Antropología e historia de la ciudad de México, 2009.

41 *Chilam Balam*

42 Montell, pp. 254-255.

43 Sharer, p. 704.

44 Montell, p. 274.

45 Chamberlain, *Conquista y colonización de Yucatán*, p. 171.

46 Códice Matritense, fol. 180.

47 Piña Chan, p. 65.

48 León-Portilla, 1984, p. 47.

49 Orozco y Berra, tomo I, p. 155.

50 Piña Chan, pp. 32-42.

51 *Chilam Balam de Chumayel.*

52 León Portilla, p. 70.

La senda del jaguar de Antonio Guadarrama Collado
se terminó de imprimir y encuadernar en mayo de 2014
en Quad / Graphics Querétaro, S. A. de C. V.
lote 37, fraccionamiento Agro-Industrial La Cruz
Villa del Marqués, QT-76240

Dirección editorial, Yeana González López de Nava;
Edición, Héctor Orestes Aguilar;
Cuidado de la edición, César Gutiérrez;
Formación y diseño de portada, Víctor de Reza.